# Tú escribes el final

# Tú escribes el final

## IV Premio Terciopelo

## Raquel Rodrein

TERCIOPELO

© Raquel Rodrein, 2009

Primera edición: marzo de 2010

© de esta edición: Libros del Atril, S.L.
Marquès de l'Argentera, 17. Pral.
08003 Barcelona
info@terciopelo.net
www.terciopelo.net

Impreso por Brosmac, S.L.
Carretera de Villaviciosa - Móstoles, km 1
Villaviciosa de Odón (Madrid)

ISBN: 978-84-92617-38-8
Depósito legal: B. 2.237-2010

A mis padres.
De no haber sido por vosotros no me
habría convertido en la persona que soy.

A mis hermanas, Mamen y María.
Mis niñas del alma e incansables
compañeras de viaje.

Y sobre todo a Isa y Gerry.
Fuentes inagotables de apoyo
e inspiración. Sin vosotros esto
jamás habría sido posible.

# Nota de la autora

*A*unque *Tú escribes el final* es una obra de ficción, la mayoría de las localizaciones son reales si bien han podido sufrir modificaciones a lo largo de los últimos años. En ocasiones me he tomado la libertad de cambiar algunos datos con fines de carácter puramente narrativo. Cualquier otro tipo de piadoso error cometido es exclusiva responsabilidad de la autora. La alusión a personajes contemporáneos es meramente puntual sin que ello produzca alteración alguna en el desarrollo de la trama.

Aunque es innegable que las experiencias y las personas que nos han acompañado a lo largo de nuestra vida son, sin duda, fuentes inagotables de inspiración, los personajes de esta historia son totalmente ficticios y cualquier parecido con la realidad es pura coincidencia.

# Prólogo

*Vuelo British Airways Londres-Edimburgo*
*3 de febrero de 2006*

*E*l ser humano es impaciente e inconformista por naturaleza. Impaciente por salir del vientre materno, ansioso por crecer, desesperado por saber y angustiado al mismo tiempo por la ignorancia. Se pasa la mayor parte de su existencia queriendo ser aquello que no es, deseando alcanzar lo inalcanzable, queriendo obtener aquello que no posee. Pero la vida es astuta y calculadora. La picardía del destino se burla de nuestros deseos más insospechados para después hacerlos realidad. Y cuando se logra conquistar la cima, nos quedamos atrapados en ella sin saber cómo volver a bajar a la superficie sin riesgo de resbalarse y desaparecer.

Estos pensamientos impedían a Liam Wallace conseguir cerrar los ojos después de más de doce horas de vuelo desde que despegara de Los Ángeles e hiciera escala en Heathrow. No es que no estuviera acostumbrado a volar durante tantas horas, al contrario. El problema radicaba en que en esta ocasión lo hacía en clase turista, cuando curiosamente cualquier desplazamiento de largo recorrido lo realizaba en *jet* privado desde hacía más de un año.

Le costó sudores y lágrimas distraer a Clyde Fraser, su secretario, representante y, a veces, insólito ángel de la guarda. Su recién estrenado guardaespaldas, Mario Delgado, había sido otra de las ideas de Clyde y, a pesar de que Liam estaba en total desacuerdo, obviamente había terminado perdiendo la batalla.

Ya había intentado entrar con él en los aseos, pero Liam le dedicó una sonrisa perversa que significaba «ni se te ocurra».

Con aquella vieja y aparentemente inocente excusa, trató de despistarlos a ambos y lo consiguió tal y como la gente solía hacer en las películas. Muy fácil si en su equipaje de mano hubiera llevado una peluca, una gafas ahumadas, una gorra, una gabardina y otros zapatos. Pero en este caso, lo único que llevaba consigo era su pasaporte y su cartera con algunas tarjetas de crédito y no más de seiscientos dólares en efectivo. Lo decidió en cuestión de segundos. De pronto no sólo le estimulaba la idea de pasar desapercibido. Sencillamente lo necesitaba.

—Perdona, ¿podrías hacerme un favor? —preguntó Liam en el instante mismo en que salía del aseo.

Un joven, más o menos de su estatura, vestido con camisa blanca, jersey en una mano y gorra en la otra, se giró en dirección a aquella voz que le hablaba. Por suerte era la única persona que se encontraba allí.

Se disponía a coger su pequeña maleta que se encontraba apoyada en el suelo cuando fue consciente de quién le estaba hablando.

—Pe... perdone... ¿usted es...? —En su rostro se dibujó una tímida e incrédula expresión. Debía de ser algunos años más joven que Liam.

—Sí, soy yo —le respondió Liam con una extensa sonrisa, esa franca sonrisa que había cautivado a millones de espectadores en todo el mundo.

—Permítame una pregunta: ¿Qué es lo que puedo hacer por usted, señor Wallace?

—Liam, por favor y tutéame, ¿de acuerdo? —Otra colosal sonrisa—. ¿Tu nombre?

—Charles, Charles Mortensen.

—Es un placer, Charles —dijo Liam estrechándole calurosamente la mano—. Bien, escucha. Quiero coger un vuelo de la British que sale dentro de una hora para Edimburgo. Un vuelo regular pero no puedo hacerlo porque tengo a dos gorilas esperándome en la cafetería que creen que voy a subir con ellos en el avión que nos espera.

—¿Y?

—Necesito tu ropa

—¿Mi ropa? Pero...

—Sí, Charles. Necesito hacer el cambiazo para coger ese vuelo sin que nadie me persiga.

—¿No estará metido en...? —Se arrepintió de la pregunta tan poco acertada.

—No hagas caso a todo lo que se publica.

—Pero señor Wallace...perdón... Liam. La gente te va a perseguir de todas formas.

—Ahí hay utensilios para afeitarse. Ahora mismo me deshago de la barba y con tu ropa lograré pasar inadvertido. Con la gorra y tus gafas de sol nadie me va a conocer hasta que esté dentro de la puerta de embarque. Te daré lo que tenga en la cartera —dijo sacándola del bolsillo de su abrigo—. Tengo unos a ver... déjame contar... 585 pavos.

—No quiero tu dinero —aclaró.

Liam se sintió ridículo ante la patética oferta que le acababa de hacer. Si estaba en aquella terminal, era evidente que necesitaría cualquier cosa menos su dinero.

Hubo un corto silencio. El pobre Charles debía de estar fascinado con la situación tan surrealista que estaba viviendo en ese momento. Liam Wallace, uno de los mejores actores de los últimos tiempos, pidiéndole semejante favor.

—¿Y bien? —preguntó Liam algo nervioso.

—Esto no será una broma, ¿verdad? —preguntó claramente receloso, mirando en todas direcciones por si lograba descubrir signos de una cámara oculta.

—En mi vida había hablado más en serio.

Charles caviló durante escasos segundos antes de tomar una decisión.

—De acuerdo. Me pondré a vigilar al lado de la puerta para que nadie entre. Y quiero una entrada para la próxima entrega de los Oscars.

Otro silencio. Y luego otra sagaz sonrisa por parte de Liam.

—Trato hecho. —Sacó su móvil y se lo entregó para que le grabara su número de teléfono de forma que pudiera contactar con él.

—¿De veras que vas a hacerlo?

—¿Por quién me tomas? Estás hablando con un escocés. Un trato es un trato. —Sabía que no siempre había cumplido sus promesas pero esta vez tenía la intención de llevarla a cabo.

Ninguno de los dos podía dar aún crédito a lo que allí estaba sucediendo. La realidad superaba la ficción.

—¡Vamos! ¿A qué esperas para darte ese afeitado?

# Capítulo uno

La azafata volvió a dedicarle una preciosa sonrisa mientras atendía la petición de la señora de mediana edad que tenía sentada justo a su lado. Afortunadamente, se había pasado la mayor parte del viaje dormitando y su hija, que debía de ser la persona mas tímida y prudente sobre la faz de la tierra, sólo se limitó a comentarle lo bien que le sentaba a Liam su nuevo aspecto. La gente no dejaba de sorprenderle. A pesar de que estaba claro que era él quien estaba sentado allí esperando para aterrizar en unos escasos veinte minutos, nadie se le había echado encima en busca de un autógrafo o pidiéndole un hijo. Le estaban mostrando un respeto sin límites, aunque prefería no cantar victoria. Sabía que levantaría mucha expectación el hecho de que hubiera burlado la vigilancia de sus vigilantes. Prefería no pensar en la que habría montado Clyde cuando se hubiera enterado de su jugada. Estaba seguro de que había sido capaz de plantarse en la torre de control del aeropuerto para ponerse en contacto con la tripulación y cerciorarse de que, efectivamente, iba sano y salvo en ese vuelo. Seguramente tendría más de una llamada esperándole en cuanto pusiera los pies en Edimburgo.

El avión inició su descenso y Liam tragó saliva. Volvió a la realidad, al motivo de aquel regreso a su Escocia natal. Esta vez no se trataba de un viaje cualquiera. Desde que abandonó la tierra que le vio nacer, a finales del verano del 94, había regresado siempre que su familia y sus obligaciones lo habían requerido. No faltó a la boda de su hermana Jane ni a la de su hermano Keith. No se había perdido el bautizo de sus sobrinos ni el sexagésimo cumpleaños de sus padres. Había pasado allí las vacaciones navideñas siempre que su agenda se lo permitía. Trató de no descuidar esas pinceladas de realidad. Necesitaba de aquellos contactos, aquellos paisajes, aquellos silencios, aquella lluvia estival seguida de un sol radiante o aquel frío que cortaba la respiración. Si hubiera carecido de todo eso, no sabía cómo habría podido seguir prorrogando su estancia en Estados Unidos. Probablemente habría tirado la toalla. Todos se desvivían para hacer que volviera. Pretendían en todo momento terminar con sus aspiraciones. Por una parte, se deshacían en halagos hacia su desmesurado talento innato y aún por descubrir, demandando de esos ciegos *yankees* un poco más de sentido común porque le consideraban un actor inmejorable e insuperable. Pero por otra, le suplicaban que renunciara y que volviera a sus orígenes y a su profesión. Justo cuando estaba a punto de claudicar, Clyde, que por entonces había dejado el periodismo para montar su propia productora en la ciudad de Nueva York, le sugirió que se presentara a una audición para una obra en Broadway. Así lo hizo y obtuvo el papel protagonista.

Aquella fue su primera y auténtica oportunidad. La obra *El novelista* se estrenaba en septiembre de 1998 y a partir de ese instante su vida y su suerte cambiaron de forma extremadamente radical. Clyde Fraser se convertiría en su sombra. Del teatro pasó a la televisión; con una serie que batió los récords de audiencia en todo el país y cuyos derechos se vendieron a cientos de cadenas televisivas de todo el mundo. De ahí al cine. Sólo llevaba en su currículo cinco películas. Por una de ellas, *Delito de omisión*, había ganado el Globo de Oro al mejor actor principal y por la última, *El juicio final*, en la que interpretaba a la perfección la vida de un nazi arrepentido, estaba doblemente nominado al Oscar como mejor actor y productor.

Volvió a sentir un nuevo descenso del avión en su vientre. Un estremecimiento le recorrió toda la espina dorsal. No quería hacer frente al dolor que lo embargaba. Hacía casi dos años que no había vuelto a casa, al lugar del que quizás nunca debió salir. Quiso borrar de su mente el instante de su vida en el que recibió la desoladora noticia de la enfermedad de su madre. Sólo se había dignado a volar hasta Edimburgo para estar junto a ella unos pocos minutos en aquella triste habitación de hospital. No pudo soportarlo y huyó despavorido hacía el aeropuerto para volver a Nueva York. Sabía que debería haber permanecido allí y la angustia de haber querido hacerlo y no haberlo logrado lo mantuvo atormentado durante muchas noches.

Su hermana Jane le había tenido al corriente del estado de su madre en todo momento, si bien estaba convencido de que no lo estaba haciendo de buen grado. Debería haber subido en uno de tantos aviones privados que tenía a su disposición para estar allí junto a ellos, pero no lo había hecho. Lo había pospuesto una y otra vez durante un par de semanas por la mejoría que parecía existir hasta que el inevitable aunque esperado desenlace había tenido lugar. Tras una aparente mejoría, su madre había fallecido a los sesenta y cuatro años de edad la pasada madrugada. Las lágrimas acudieron desesperadas a sus ojos pero él las borró de inmediato con la ayuda de una servilleta de papel.

Había tenido una acalorada conversación con Clyde antes de despegar de Los Ángeles. La triste noticia los había pillado a ambos fuera de combate. Liam quiso salir del país de inmediato y quería hacerlo solo, a lo que evidentemente Clyde se opuso rotundamente.

Un chófer y un guardaespaldas contratados por su socio, a pesar de la oposición de Liam, lo esperaban a la entrada de Scottish Green, su morada californiana, para llevarlo al aeropuerto donde un *jet* privado de Miramax Studios lo trasladaría hasta la ciudad de Londres. Otro avión privado lo llevaría directamente desde allí hasta Edimburgo.

—La noticia no se ha filtrado y sabes de sobra que hay parcelas de mi vida privada que afortunadamente ni el más avispado de los *paparazzi* ha conseguido revelar. La prensa sabe que mi vida al otro lado del Atlántico es intocable. Si ellos lo respetan, ¿acaso tú no deberías hacer lo mismo?

—Maldita sea, Liam, no se trata de respeto. Desde el día que decidiste dedicarte a esto sabías que vivir aislado sería sencillamente algo insostenible. Reconozco que eres de los pocos que casi lo ha conseguido y no sabes el mérito que eso supone. No puedes hacer y deshacer a tu antojo como últimamente vienes haciendo. Ya sufriste las consecuencias de ello hace tiempo y no necesito recordarte el resultado. Sabes que no es prudente en estos momentos.

Liam le volvió la espalda al tiempo que apoyaba su frente sobre el cristal de las gigantescas puertas correderas que comunicaban con su jardín. Contemplaba sin ver el perfecto verdor que rodeaba la magnífica piscina de su residencia en Palm Canyon.

—Harás un sencillo comunicado de prensa cuando yo te lo diga y lamento manifestarte que en este preciso instante los resultados que puedan derivarse de mi escasez de prudencia es lo que menos me afecta.

—¿Se puede saber qué demonios te pasa? —Clyde depositó su botella de cerveza sin alcohol ya vacía sobre la mesa más cercana y se acercó a él.

—Estoy pensando en tomarme un descanso —respondió Liam sin mirarlo.

—No es el mejor momento y tienes que seguir con la promoción, pero si quieres tomarte unos días para estar con tu familia, hazlo. No te vendrá mal.

—No estoy hablando de tomarme unas vacaciones.

Esta vez Liam se giró y se enfrentó a la mirada sombría de Clyde que lo observaba atentamente sin pestañear.

—Acaba de fallecer tu madre y estás afectado. No tomes decisiones precipitadas de las que probablemente a la larga te puedas arrepentir.

—Me conoces y sabes de sobra que una vez que tomo una decisión ya no hay marcha atrás. —Cruzó el salón hasta el comedor. Cogió su móvil, que estaba encima de una mesa, y después fue en busca de su chaqueta.

—No estás enfocando esto de la forma más adecuada —le dijo Clyde mientras lo seguía.

Liam se detuvo en seco y con una opaca mirada lo fulminó.

—Maldita sea, Clyde, mi madre acaba de morir. Han pasado dos años, dos jodidos años en los que no he tenido las agallas suficientes para volver a casa porque estaba empezando a convertirme en una persona que dista mucho de la que era a ojos de toda mi familia. Quisiera que por una vez me dejaras a solas con la poca decencia que me queda.

Le dio la espalda y se encaminó hacia la salida trasera del inmueble.

—¿Se puede saber adónde vas? —preguntó Clyde aún aturdido por el tono y sentido de las palabras que acababa de escuchar. Estaba más que acostumbrado a ese tipo de escenas pero lo que había visto hacía un instante en los ojos de Liam fue algo verdaderamente insólito.

Liam interrumpió su paso acelerado y volvió a regalar a Clyde aquella inexplicable mirada gélida.

—Mario y John me esperan para llevarme al aeropuerto de Heathrow. En cuanto aterricemos en nuestra terminal de Londres, olvídate de que Liam Wallace existe.

Clyde estuvo a punto de decir algo pero cualesquiera que fuesen las palabras que quería pronunciar no fue capaz de articular sonido alguno. Siguió a Liam y subió al vehículo con él.

# Capítulo dos

*L*a sonriente azafata se detuvo una vez más al lado de su asiento y le entregó un pequeño papel doblado.

—Un mensaje del comandante —le dijo con un intencionado tono bajo de voz.

Liam le daba las gracias al tiempo que desdoblaba la nota entregada que decía:

> Un coche te espera a tu llegada al aeropuerto. A la salida encontrarás a un joven de cabello largo y pelirrojo recogido en una coleta con un cartel con el nombre de Thomas MacDonalds. Dirígete a él y te guiará hasta un Lexus azul oscuro. Te entregará las llaves y a partir de ese instante me olvidaré de que existes, pero por favor no te olvides de que yo continuo aquí esperando noticias. Mantente en contacto, te lo ruego.
>
> Buena suerte, Clyde

De nuevo sintió una punzada de retorno a la realidad cuando se encaminó por error a la puerta del copiloto pensando que era la del conductor. Sonrió para sí mismo y se dirigió a la puerta correcta para abrirla.

Tomó aire antes de poner en marcha el vehículo en dirección al nordeste por Jubilee Road. Le quedaba aproximadamente una hora de camino hacia su destino. En Graigforth tomó la segunda salida para incorporarse a la A84 que le llevaría hasta Callander, condado de Stirling. Mantuvo la vista en un punto fijo durante todo el trayecto. Aquella carretera se la conocía como la palma de su mano. La había recorrido millares de veces desde su más tierna infancia para pasar las vacaciones estivales y otras fechas entrañables en compañía de su familia. Esos paisajes sólo le evocaban imágenes memorables, pero a partir de ahora las cosas iban a ser muy distintas. El funeral de Katherine Eileen Wallace sería la causa.

Giró a la derecha en Cross Street y continuó hasta Main Street, observando el deambular tranquilo y pausado de los habitantes del lugar. Redujo la velocidad durante unos segundos para mirar el Rob Roy Visitor Center y prosiguió su camino hasta la esquina de Screw It. Sabía que tendría que volver por donde había venido para llegar al cementerio, pero antes quiso cruzar el puente sobre el río Theith para admirar su casa. Allí se alzaba orgullosa, de un blanco inmaculado que contrastaba con el tejado grisáceo de pizarra, salpicada de ventanales rodeados de coloridas flores que hasta en los días más tristes y lluviosos desprendían una luz indescriptible.

La nostalgia lo embargó de nuevo frente a aquellas serenas aguas en las que tantas veces se había bañado haciendo locuras de todo tipo sin importar que hiciera calor o frío e incluso en unos estados de embriaguez memorables. Se dedicó a sí mismo una mueca melancólica reconstruyendo algunas escenas que su mente había querido desterrar hacía mucho tiempo y reanudó su marcha hasta Brigde Street para asistir a la iglesia.

Dejó el coche aparcado a unos cien metros del templo. En el mismo instante en que puso los pies sobre el suelo adoquinado y levantó la cabeza, se cruzó con la mirada de su hermano Keith que lo observaba con una extraña expresión a poca distancia. Lo había visto llegar desde la entrada en la que empezaban a aglomerarse todos los asistentes. Escapó de la multitud mientras se veía obligado a detenerse una y otra vez para recibir las muestras de condolencia. Liam se acercó con paso firme hasta él.

—Menudo cambio —le dijo Keith refiriéndose a su afeitado y a su atuendo informal.

Liam asintió con la mirada, todavía incapaz de pronunciar palabra.

—Tienes aspecto cansado, pero sin duda estás mucho mejor que la última vez. Por un momento he creído estar en otra época y otro lugar. Parece como si no hubiera pasado el tiempo.

—Pero sí que ha pasado —dijo Liam.

—Creí que vendrías acompañado de tu manada.

—Hice un trato con Clyde. Lo dejé plantado en Londres —le contestó, con las manos metidas en los bolsillos y clavando la vista en el suelo.

—¿Quieres decir que has venido solo? —preguntó Keith incrédulo.

Liam asintió y esta vez sí que lo miró directamente a los ojos del mismo intenso color azul que los suyos y Keith supo que estaba a punto de derrumbarse. Sabía lo que en ese instante necesitaba su hermano. Necesitaba un abrazo pero no pudo hacerlo, todavía no. Le apretó el hombro cordialmente. Liam sabía que era una forma de decirle que todo se haría a su debido tiempo y lo entendió.

—Entremos —le dijo Keith—. Todo el mundo te está esperando.

Se sintió rodeado de rostros afligidos, la mayoría de ellos conocidos. Los abrazos y los mensajes llenos de afecto y adoración por Katherine Wallace lo llevaron a desear evaporarse de aquel lugar por el intenso sufrimiento que le invadía en aquel momento. Al tiempo que supervisaba a la multitud, concentró su búsqueda en la primera fila de asistentes para encontrarse con el desconsolado rostro de James Wallace, su padre. Sentada a su lado se encontraba su hermana Jane, que alzó despacio la cabeza para mirarlo con una expresión de desazón. Dijo algo al oído de su padre y ambos respondieron a la silenciosa mirada de Liam, presa del mismo desconsuelo.

Jane contuvo el aliento cuando su hermano se detuvo ante ella. Repentinamente el corazón comenzó a martillearle en el pecho. El aspecto de Liam era de total agotamiento. Sin embargo, estaba espléndido.

—Jane —susurró Liam al tiempo que se le humedecían los ojos y acogía en sus brazos a su hermana mayor. Jane se sintió súbitamente derrotada por un oscuro conflicto interior. Estaba tan feliz de tenerlo tan cerca. Se aferró a él sollozando en silencio. Se separó de ella inmediatamente para encontrarse con la imponente figura de su padre, que de la noche a la mañana parecía haber envejecido diez años.

—He vuelto a casa —murmuró Liam.

James no necesitó escuchar nada más. Lo estrechó con firmeza entre sus brazos impregnándose de la angustia contenida por su hijo.

Ambos temblaban, confinados cada uno en su propio dolor.

—¿Por qué, Liam? Dime, ¿por qué? —Aquella suplicante cuestión hacía referencia a tantas cosas. A la muerte injusta de su esposa y a sus propias vidas, sobre todo a la de Liam.

—Nadie tiene la respuesta, papá.

Se le humedecieron de nuevo los ojos al tiempo que expulsaba el aire para volver a mirar a su hijo.

—Mamá está tan feliz de que hayas vuelto…

Liam supo en ese preciso instante que aquel regreso a Callander marcaría un antes y un después en su caótica existencia. Lo que todavía ignoraba era el hecho de que, en breve, tendría que hacer frente al papel más complicado de su carrera y esta vez no lo interpretaría frente a una cámara.

El ruido de la enérgica lluvia que golpeaba la ventana de su antigua habitación lo despertó después de haber logrado cerrar los ojos durante lo que calculó no debía de ser mucho tiempo. Trató de abrirlos completamente para consultar la hora en el reloj de su mesilla de noche. Faltaban diez minutos para las tres de la madrugada y no hacía ni dos horas que se había ido a dormir después de una jornada de sentimientos que dejarían huella en su alma hasta el fin de sus días.

Se incorporó y permaneció un rato sentado en su cama mirando al vacío y oyendo el dinámico sonido de la embravecida lluvia escocesa contra los cristales. Se levantó y salió al pasillo, pero volvió a entrar porque hacía un frío de mil demonios. Abrió su armario para buscar algo de abrigo y lo primero con lo que tropezó fue con un grueso albornoz de color azul. Eso fue lo que se puso encima y se aventuró a salir de nuevo hacia las escaleras. La madera crujía bajo sus lentos pasos. Trató de no hacer ruido para no despertar a nadie. Entró en el salón y encendió sólo una de las lámparas de mesa que se hallaba junto al sofá que había frente a la chimenea. Aprovechó para echar algo de leña y avivar el fuego para compensar la falta de calor en la estancia.

Cuando se levantó, después de dejar sobre la cubeta un pequeño tronco que finalmente no utilizó, se encontró con varios marcos de fotos con imágenes de sí mismo, solo o acompañado de sus hermanos o sus padres. Una de ellas lo mostraba en brazos de su madre con la nariz llena de merengue el día de su quinto cumpleaños. A ambos lados había una de los tres Wallace en los desfiles de los Festivales de Verano de Edimburgo donde habitaban durante el resto del año. Siguió con la mirada la hilera de retratos de su vida. Graduación en Derecho, compañeros de clase suyos y de Keith del Saint Mary R.C. Primary School de Edimburgo, su primera aparición con once años en una obra en Saint Augustine School, su primer papel protagonista en una adaptación de *David Copperfield* de Charles Dickens en el King's Theatre y una excursión familiar al Parque Nacional Trossachs, entre otros. Por último, se fijó en una foto mucho más reciente que se apoyaba sobre un libro ya que la sujeción del marco estaba doblada.

En aquella imagen rodeaba con sus brazos a sus padres en la fiesta ofrecida a los nominados y galardonados de la entrega de los Globos de Oro del año 2004. Sostuvo el marco de fotos en sus manos y con el pulgar acarició aquella parte del cristal donde se hallaba el sonriente rostro de su madre. Se disponía a colocarla en su lugar cuando su campo visual se centró en aquel libro sobre el que había estado reclinada la fotografía.

Se trataba del libro *The Writing of One Novel* del escritor estadounidense Irving Wallace. Lo cogió y abrió la contraportada con manos temblorosas. Todavía conservaba el sello de Cooper Hay Books de Glasgow. Notó cómo se agitaba su respiración al ver las palabras escritas en la primera página.

«No sueñes tu vida, vive tus sueños»
Feliz cumpleaños
Amy, 23 de Noviembre de 1993

—Vaya, creí que era el único que no podía dormir. —Su padre estaba apoyado en la puerta, de brazos cruzados.

Liam se asustó y, sin querer, dejó caer al suelo el libro que sostenía en sus manos.

—No te había oído entrar. Perdona si he hecho ruido y te he despertado.

—No he logrado cerrar los ojos. Te escuché levantarte y yo hice lo mismo.

—¿Cuánto tiempo llevas ahí? —preguntó Liam confuso mientras se agachaba para recuperar el libro. Una foto salió disparada de entre sus hojas.

—El suficiente.

James esperó a que recogiera la foto para ver la contrariada expresión que se dibujaba en el rostro de su hijo mientras la contemplaba.

Liam miró la foto y a continuación a su padre que lo observaba con semblante reflexivo.

—Voy a preparar un café bien cargado —dijo James.

—Que sean dos —añadió Liam.

# Capítulo tres

Ambos sostenían con ambas manos la humeante taza mirando al vacío. Aún no habían pronunciado palabra. El libro de Irving Wallace junto con la foto reposaban sobre la gruesa mesa de madera de la cocina. Fue James quien rompió el tedioso silencio.

—¿No hay nada que quieras decirme, Liam?

Liam levantó la vista de su taza y lo miró atentamente.

—No sé por dónde empezar —respondió de nuevo absorto en sus pensamientos.

—¿Cómo te sientes?

—Se supone que soy yo quien debería hacerte esa pregunta. Acabas de perder a la mujer con la que has compartido más de cuarenta años de tu vida. Y no sólo eso; el hijo en el que tenías puestas todas tus ilusiones no ha estado a la altura de las circunstancias en los momentos en que más lo necesitabas.

—Esa respuesta no me convence —le dijo James mientras bebía lentamente de la taza.

—Me he convertido en un desconocido —continuó Liam—. Estoy exiliado de mí mismo. He logrado el respeto y la admiración de gente que no sabe nada de mí y, sin embargo, no he sido capaz de provocar esos mismos sentimientos en aquellos que me han visto crecer y madurar. —Se detuvo un instante antes de continuar—. He vuelto al que fue mi hogar después de haber tocado fondo para ver en los ojos de Jane el conflicto interior que la está envenenando y para ver a Keith sacrificar una muestra de ternura a favor de una simple muestra de afecto. He cometido errores garrafales, pero los he reparado, papá.

No llevo aquí ni veinticuatro horas y me he topado con demasiados recuerdos, recuerdos que he querido arrinconar una y otra vez, pero parece que mi corazón se resigna a doblegarse ante el olvido. Y ¿quieres saber cómo me siento? Te lo diré. Me siento un ser despreciable y ruin. Me siento mezquino, ingrato. Es más, creo que hace tiempo que dejé de sentir.

De nuevo el silencio. James bebió un sorbo del líquido caliente y sin decir nada se levantó de su asiento.

—¿Dónde vas? —preguntó Liam con inquietud en la voz.

Su padre le puso la mano sobre el hombro cuando pasó por su lado y se lo apretó afectuosamente.

—Vuelvo enseguida. Tengo algo para ti.

No tardó más de cinco minutos en volver a la cocina. Traía consigo una vieja caja de madera que colocó frente a él.

—¿Qué es esto? —preguntó aturdido.

—Mamá lo tenía guardado para ti. Lo recibimos la víspera de Navidad. Descúbrelo tú mismo. Te espero en el salón.

—Pero…

—Es mejor que estés solo. —Se volvió a levantar—. Tenemos todo el tiempo del mundo.

Liam asintió confundido y dejó marchar a su padre. Miró de nuevo la foto que había encontrado dentro del libro que Amy le había regalado. Allí estaban los dos, abrazados y sonrientes en el centro de la imagen con dos jarras de cerveza, rodeados de George, Valerie, Jill, Tommy y Mel, en un pub de Shandwick Place.

Le temblaba el pulso cuando se disponía a abrir la caja. Había algunas fotos de su último año en la Facultad de Derecho de Edimburgo, amuletos o fetiches de recuerdos de actividades relacionadas con la universidad, entradas de museos o del Traverse, portadas y recortes de artículos y críticas que se hacían eco del estreno de sus películas así como de fiestas y otros eventos en los que siempre era noticia. También se encontró con varios recortes de periódico que no hablaban precisamente de lo buen actor que era, sino más bien de su falta de prudencia por conducir bajo los efectos del alcohol. Parecía como si aquella caja quisiera recordarle de un golpe lo que había sido de su vida durante los últimos diez años.

Pero lo que llamó su atención de inmediato fue un sobre de

tamaño folio desgastado y atado con una cinta. Alguien lo había abierto para ver lo que había en su interior pero lo había vuelto a guardar utilizando el mismo método. En el sobre no había ninguna dirección, ni remitente, ni destinatario. Deshizo el nudo de la cinta y lo puso boca abajo para deslizar el contenido. Se trataba de un manuscrito cuidadosamente encuadernado. Encima de la solapa del mismo había un sobre adherido que estaba destinado a él. Antes de abrir el cuaderno, rasgó el sobre que contenía su nombre y extrajo una carta escrita a mano. Aquella letra la reconoció inmediatamente. Suspiró intranquilo mientras desdoblaba el papel y comenzó a leer.

22 de diciembre de 2005,
Aquí estoy de nuevo, Liam. He regresado a Escocia después de varios años. Esta vez el motivo de mi visita ha sido diferente. Sencillamente en este momento de mi vida necesitaba volver aquí, aún sabiendo que no te encontraría, pero una vez me hiciste prometer que el día que decidiéramos poner una fecha al cumplimiento de un sueño encontraríamos la manera de hacérselo saber al otro y el tuyo se ha cumplido.

Sé que merecías una explicación después de todo lo que ocurrió, pero tuve razones más que justificadas para hacer lo que hice. Bien sabe Dios que fue la decisión más dura que he tenido que tomar en toda mi vida. Supongo que cuando quise darme cuenta del error que había cometido ya era demasiado tarde. Pasados los años he visto que, a pesar de todo, ha merecido la pena. Has llegado a la cima y eso es lo único que me importa.

No te escribo estas letras para hacerte reproches. A pesar de que nos unían los mismos deseos e inquietudes, la vida nos ha llevado por caminos totalmente opuestos. Finalmente, cada uno ha encontrado lo que realmente quería o, al menos, espero que así sea. Parte de mi sueño era que se cumpliera el tuyo. A pesar de tu aparente vulnerabilidad, siempre me ha faltado el arrojo y la rapidez de toma de decisiones que tú tuviste y de sobra sabes que te admiro por ello. Aunque no lo creas, me has demostrado ser el más valiente de los dos. Sabías lo que querías y has luchado hasta conseguirlo.

He seguido tus pasos a través de tus padres. He visitado Escocia en varias ocasiones y siempre que he podido he venido a visitarlos. Tú sabes mejor que nadie lo que supuso para mí el cariño mostrado por toda tu familia después de la pérdida de mi padre. Espero de corazón que tu madre se recupere. Es tan injusto todo lo que le está sucediendo. Te estaré eternamente agradecida por haberme hecho pasar en esta bendita tierra el año más feliz de mi vida como tampoco me olvido del tiempo que tuve la suerte de tenerte a mi lado en San Francisco.

Fui a verte en tu primera obra de Broadway y no sabes lo orgullosa que me hiciste sentir. Todavía tiemblo de la emoción sólo de pensarlo. He visto tus películas cientos de veces, aunque he de confesarte que habría hecho muchos retoques en alguno de los guiones que interpretabas. ¿Recuerdas? Yo escribo, tú interpretas. Nuestro lema. Espero de corazón que seas feliz de verdad.

Sé que has creado tu propia productora, Arbroath Film Entertainment. Adjunto a esta carta te mando una preciosa historia. Una historia con la que te identificarás plenamente porque tú formas parte de ella. Pero tiene una particularidad. No está terminada, Liam. Volviste a aparecer en mi vida en un momento crucial y no he dejado de pensar en ello desde entonces. Tengo la vaga sensación de que desde aquel mismo instante en que volví a sentirme inundada por la inmensidad de tus ojos en el hotel Alvear Palace, el barco de mi vida comenzó a hundirse de nuevo, si bien sospecho que a pesar de mis intentos, nunca llegó a estar a flote. Se que esto llegará a tus manos en el momento apropiado. Ahora es tu decisión. Esta vez, tú escribes el final.

Te quiere siempre, Amy

Volvió a leerla un par de veces más porque aún no daba crédito a toda la información que acababa de recibir en tan sólo unos minutos. Sintió que las lágrimas de impotencia afloraban en sus ojos pero apretó los labios en un gesto inconsciente para tratar de apartarlas de sus pupilas. Dobló el papel de nuevo y lo metió en su sobre. A continuación, abrió el manuscrito. En la primera página decía: «Dedicado a Liam Wallace».

La segunda página comenzaba con la siguiente frase:

AEROPUERTO INTERNACIONAL DE EDIMBURGO,
26 DE AGOSTO DE 1993

De nuevo cerró el cuaderno. No pudo continuar. Se levantó y se dirigió al salón donde su padre le esperaba.

Y

Estaban sentados de nuevo frente a frente en el salón.

—¿Por qué has elegido precisamente este día para mostrarme todo esto? —Los ojos de Liam mostraban un dolor demasiado intenso.

—Porque tu madre me hizo prometer que no lo haría hasta que...

—¿Hasta que muriera? —le interrumpió él con cierto tono de impotencia en la voz.

James sacudió la cabeza.

—Hasta que volvieras.

—No he vuelto para quedarme, papá. Es cierto que quiero pasar algún tiempo aquí pero eso no significa que me vaya a olvidar de mis otras obligaciones.

—No me refería a volver en el sentido estricto de la palabra sino al figurado. Hoy lo he visto en tus ojos, Liam. Has estado aquí muchas veces, pero no eras tú el que nos visitaba. Estabas aquí físicamente, pero tu alma vagaba sin rumbo y lo sabes. Hacía años que no veía en ti esa mirada sincera que siempre te caracterizó. Esa transparencia fue sustituida hace demasiado tiempo por una oscuridad infinita en la que, sin saberlo, estabas empezando a ahogarte.

—Prefiero no hablar de ese tema —susurró terriblemente angustiado.

—No tengo intención de hacerlo porque el milagro ha ocurrido y aunque tu madre no haya vivido para verlo con sus propios ojos, sé que donde quiera que se encuentre ha sido partícipe de ese momento al igual que lo he sido yo.

Liam agachó la cabeza y escondió el rostro entre sus manos.

—¿Es cierto que siempre que ha regresado a Escocia ha venido a visitaros? —Volvió a levantar su rostro lentamente a la espera de la respuesta.

Su padre asintió.

—¿Cuándo fue la primera vez? —Le volvió a temblar la voz.

—En diciembre del 98. Dos semanas antes de Navidad.

Liam rememoró inmediatamente el día en el que tan sólo meses antes de aquellas fechas, había visto con sus propios ojos cómo Amy ya estaba fuera de su alcance.

—No puedo creerlo —dijo a media voz a medida que se levantaba del sofá y comenzaba a pasear de un lado a otro sin atreverse a pronunciar palabra.

De repente se detuvo.

—Estuvo aquí y no me dijisteis nada ¿cómo pudisteis hacer algo semejante?

—Ella nos lo pidió así. No teníamos elección.

Liam se dio cuenta de que comenzaba a acelerarse, pero apretó los puños en un vano intento de calmarse y tomó aire antes de volver a hablar.

—¿Y después de aquella primera vez?

—Todos los veranos hasta el año 2001. Sólo felicitaciones de Navidad durante los dos primeros años. Después se esfumó. Hasta que recibimos esta caja hace unos meses.

—¿Por qué dejó de visitaros de repente? ¿Qué ocurrió?

—La última vez que estuvo aquí vino expresamente para darnos la feliz noticia.

—¿Qué noticia?

—Se iba a casar.

Liam permaneció largos segundos en silencio mirando a su padre. Volvió a tomar asiento.

—¿Llegó a darte algún dato del afortunado? —Esta vez la agonía de su voz fue demasiado evidente.

—Creo recordar que su nombre era Jorge Stich.

—¿Jorge Stich?

—Era argentino de ascendencia alemana, economista y trabajaba con ella en Murray & MacBride en San Francisco. Antes de incorporarse allí, había estado trabajando en Chicago durante cuatro años. La firma se había asociado con alguien más según nos explicó, y le habían ofrecido la posibilidad de dirigir las oficinas que tenían previsto abrir en América Latina. Una vez que contrajera matrimonio, se marchaba a vivir a Buenos Aires.

—Buenos Aires… —repitió para sí Liam en un débil murmullo. Recordó con una dolorosa claridad su viaje a Buenos Aires para promocionar *Delito de omisión* y localizar posibles exteriores para el rodaje del próximo proyecto que protagonizaría y produciría con Clyde como socio de Arbroath Film Entertainment. Era curioso que el personaje al que él iba a dar vida fuera precisamente un alemán huido a Argentina. Aquel suceso de tres escasos minutos en la ciudad de Buenos Aires supuso el comienzo de su declive personal, lo cual resultaba paradójico. Precisamente, aquel oscuro periodo en el que a punto estuvo de descender al mismo infierno fue el que le llevó a interpretar el mejor papel de su carrera.

—Estaba en todo su derecho, Liam.

Se volvió a levantar para dirigirse hasta la ventana que daba al porche. Ahora lo comprendía todo. Aquello fue un duro golpe que no supo encajar. La indignación estaba a punto de hacerlo estallar.

—¿Derecho a qué? —preguntó enervado y resentido girándose hacia su padre—. ¿Derecho a dejarme plantado como lo hizo? ¿Derecho a romper el pacto que habíamos establecido? ¿Derecho a visitar a escondidas a mi familia e implicarlos en el grave error de guardar el secreto durante años? ¿Derecho a meter en una vieja caja de madera los escombros de mi vida para después invitarme a que escriba el final de una historia que podíamos haber escrito los dos juntos? ¿Derecho a qué, papá?

—A ser feliz.

—¿Y qué hay de mí?

—Tú tuviste otra forma de buscar tu felicidad, hijo, y no puedes negar que la conseguiste. Has alcanzado tu sueño más preciado.

—No puedo creer que estés diciendo algo semejante —le dijo con mirada entristecida.

—Si ella se hubiera unido a ti en el intento sabía que no lo conseguirías. Te dejó volar. Es tan simple como eso.

De repente Liam empezó a sonreír con sarcasmo.

—¿Me estas diciendo que ella hizo el sacrificio de apartarse para que consiguiera mi anhelada fantasía de convertirme en actor? Dios… ése es el acto más vil y cobarde que alguien se ha atrevido a hacer por mí.

—Por duro que te parezca es así. No seas insensato, Liam. Tú estabas viviendo a unos niveles que estaban a años luz de Amy. Hace once años que decidiste aventurarte a cruzar el Atlántico para probar suerte y la suerte te acompañó. Eres rico, guapo y poderoso, y estás rodeado de mujeres por las que muchos mortales darían la vida. Tú elegiste un camino y Amy eligió otro. No tenéis derecho a reprocharos nada el uno al otro. Vuestra relación no llegó a cuajar. Siempre fuisteis más amigos que pareja.

—¿Amigos? —Volvió a mostrar una sonrisa melancólica—. Eso es lo que os dijo… «amigos». Su mejor amigo resultó ser la persona que lo abandonó todo para seguirla. No me marché a California para ser actor, papá. Me marché para iniciar una vida junto a ella.

—Pero no salió bien. Nunca me he inmiscuido en vuestras decisiones. Además, desde que perdisteis el contacto nunca volviste a mencionarla.

—¿Cómo pretendías que la mencionara después de lo que había hecho? Me abandonó. Desapareció sin darme una explicación coherente. ¿Cómo… cómo podíais mirarme a la cara sabiendo que ella había estado aquí? —Sus ojos eran la viva expresión de la rabia contenida.

—Tenerla a ella aquí aunque fuera sólo durante unas horas era como tenerte a ti, Liam. Siento si no lo hicimos correctamente pero así lo pidió Amy. Ella juró que tenía sus razones para hacer lo que hizo. Lo hecho, hecho está. Ya no hay marcha atrás.

—Si sabes que ya no hay marcha atrás, ¿por qué me has enseñado la caja? ¿Por qué precisamente ahora?

—Por una razón muy sencilla, hijo. Te he visto coger el libro que te regaló, he visto esa mirada cuando has leído sus letras dedicadas y cuando has sujetado la foto entre tus temblorosas manos.

—¿Y qué mirada es ésa si se puede saber?

—La misma mirada que se reflejaba en mis ojos cada vez que tu madre estaba cerca.

# Capítulo cuatro

Sintió un leve zarandeo seguido de un suave cosquilleo en su nariz. Después, unas sofocadas risas; las risas de unos niños. Dio un manotazo a aquello que parecía provocarle el cosquilleo y las risas se hicieron más audibles. Despertó al tiempo que escuchaba la voz de su hermana Jane.

—Sshhhhhh, ¿pero se puede saber qué…? Fuera de aquí los dos, ahora. Dejad descansar al tío Liam.

Liam abrió los ojos y recobró el sentido. No se acordaba de que se había quedado dormido en el sofá. Alguien le había puesto una manta encima y se percató de que aún llevaba puesto el albornoz.

—Ya se ha despertado, mamá —dijo Matt.

—Sí, tía Jane, ya está despierto, ya está despierto —anunció Sarah.

Liam se reincorporó apartando la manta. Se frotó los ojos para volver a abrirlos y ver a sus sobrinos expectantes delante de él. Jane estaba a sólo unos pasos de ambos contemplando la escena. Parecía una especie de dios griego allí sentado con el cabello alborotado. Aquella figura soberbia y aquellos rasgos hacían de él el hombre más tierno y al mismo tiempo el más hercúleo de la tierra.

—¿Y bien? Creo que el campeonato de cosquillas está a punto de empezar.

Matt y Sarah intercambiaron miradas y con una pícara sonrisa los dos se lanzaron a los brazos de su tío. Era una costumbre que parecían no haber olvidado o quizás era Jane quien se lo había recordado. Lo que Liam no había olvidado es que después de aquella batalla acabaría con el cuerpo molido y con ciertos músculos de su rostro doloridos de tanto reír. Jane tuvo que intervenir como de costumbre para separarlos antes de que acabaran con él.

—Me rindo, me rindo —decía Liam—. Habéis ganado. Os declaro campeones.

Matt y Sarah se levantaron sonriendo.

—Vamos, os quiero a los dos en la cocina ahora mismo.

—Pero ¿no vamos a ir a Arbroath? ¿No vas a venir con nosotros, tío Liam? —preguntó Matt con sus expresivos ojos, los mismos de Jane.

—El tío Liam ha hecho un viaje muy largo —los interrumpió Jane— y necesita descansar. A propósito, y antes de que se me olvide, acaba de llegar tu maleta. La hemos dejado en tu habitación. —Volvió a dirigirse a los niños—. Iremos a Arbroath otro día. Venga, los dos a la cocina, que el abuelo os está preparando un chocolate. No le dejéis solo.

Los niños obedecieron cabizbajos y desaparecieron de la estancia cuando Liam los detuvo.

—En cuanto os toméis ese chocolate, me doy una ducha y nos vamos de excursión ¿Trato hecho?

Unas amplias sonrisas se volvieron a dibujar en sus preciosos rostros.

—No estás obligado, Liam —le dijo Jane sin mirar a los niños.

—Quiero hacerlo, ¿de acuerdo? Siempre que tú me des tu consentimiento, claro.

—Sabes de sobra que no lo necesitas.

—Entonces… —Liam miró por el rabillo del ojo a sus dos sobrinos que esperaban una respuesta.

—Id con el abuelo —ordenó Jane—. El tío Liam os avisará cuando esté listo.

Matt y Sarah salieron disparados del salón.

Liam se volvió a encontrar con la mirada de su hermana que se acercó, apartó la manta y se sentó a su lado.

—Siento la forma de… —dijo Jane.

—Hacía tiempo que no tenía un despertar tan auténtico.

Jane sonrió.

—¿Qué te hace tanta gracia? —preguntó Liam frunciendo el ceño.

—Apuesto a que te han despertado de mejores formas. Más de una estaría dispuesta a hacer cola para despertarte todas las mañanas.

Liam se vio obligado a devolverle la sonrisa pero no le hizo ningún comentario.

—¿Cómo has pasado la noche?

—Ha sido un poco atípica. Lo siento sobre todo por papá porque prácticamente ha sido él quien me ha consolado a mí en vez de a la inversa. Me siento tan... —Se quedó sin palabras.

Jane desvió su mirada hacia el manuscrito de Amy que se hallaba encima del reposabrazos del sofá. Liam la siguió con la mirada.

—¿Lo has leído? —le preguntó.

Jane asintió. Liam esperó a que se pronunciara al respecto.

—No es una historia de ficción. Es espléndida por la sencilla razón de que es real. No lo leas a la ligera, hazlo cuando estés preparado.

—Me pregunto si alguna vez lo estaré.

—Lo estarás, pero todo a su debido tiempo.

Jane se compadeció de él. Allí estaba con los ojos aún enrojecidos y algo hinchados, pero igual de cautivadores. A su vida personal, medianamente encauzada después de un cúmulo de contrariedades, se había sumado ahora el fallecimiento de su madre y el encuentro con ese pedazo de su pasado que tanto le había marcado. Jane podría haber aprovechado aquel momento para aclararle aquellas dudas y dejar abierto un pequeño camino hacia la esperanza, pero sabía que no podía hacerlo. Amy confiaba en que el tiempo era un arma de doble filo. Podía separar y unir, podía hacer que se amara y que se odiara, podía abrir heridas pero también podía curarlas.

—Ha pasado demasiado tiempo.

—Recuerda que aquí las cosas van más despacio.

Jane sabía que de un momento a otro se iba a desmoronar. Hubo un corto silencio roto por la voz destrozada de Liam.

—Necesito que me abraces —le dijo.

Jane así lo hizo. Su hermano se acurrucó hecho un ovillo encima de su regazo y comenzó a llorar como nunca antes lo había hecho. Jane calmó sus temblores acariciando su hombro y su cabello. Era la primera vez en su vida que lo veía llorar.

—La echo tanto de menos, Jane —le decía una y otra vez entre sollozos.

Jane conocía la pasión de su madre por Liam al igual que la de Liam por su madre. Pero en aquel momento sabía que no lloraba solo por Katherine Wallace. También lo hacía por Amy MacLeod.

Era casi mediodía cuando Liam llegó a Arbroath acompañado de sus sobrinos. Finalmente, Jane y Keith se habían atrevido a dejarlos en sus manos aunque este último no estaba muy convencido. No veía a Liam muy capacitado para llevarse a dos chiquillos de siete y ocho años a casi dos horas de camino por una carretera comarcal después de todas las emociones que llevaba sufridas. Jane trató de interceder poniendo como excusa que a Liam le haría mucho bien pasar aquel día con los niños y se puso fin a la discusión.

Ver las caras de emoción de ambos durante todo el trayecto a través del espejo retrovisor haciéndole partícipe de todo tipo de anécdotas de sus aún cortas vidas le llenó de felicidad. Era cierto que la risa de un niño le hacía olvidar todo lo malo. No paró de reír durante todo el camino y agradeció en silencio a su hermana Jane el regalo inesperado que le había brindado durante aquella jornada.

Tuvo la suerte de poder dejar el coche aparcado cerca de la zona portuaria. El histórico puerto de Arbroath estaba situado al sudeste del centro de la ciudad. La industria pesquera había sido el principal sustento de la población durante generaciones. Arbroath era especialmente popular por sus ahumados especiales realizados sobre astillas de madera al fuego.

El frío cortaba la respiración, pero agradeció ese aire puro que le llenaba los pulmones. Cuando pusieron pies en tierra, se ocupó de abotonar bien los abrigos de Matt y Sarah, aunque ambos se negaron a ponerse sus gorros y bufandas. Liam los amenazó con darse media vuelta y regresar a Callander y los dos terminaron obedeciendo sin rechistar. Les propuso alquilar unas bicicletas para hacer un pequeño circuito de no más de cinco o seis kilómetros por los alrededores de Forfar Loch para entrar en calor y ambos aceptaron emocionados la propuesta.

Pararon para hacer algunas compras en Angus Farmer Market aprovechando que era el primer sábado del mes. Una vez devueltas las bicicletas, saciaron su voraz apetito en The Pageant, en Kirk Square, donde se vio obligado a firmar algunos autógrafos ante la mirada orgullosa de sus sobrinos. Dieron un último paseo por el puerto antes de volver a Callander. No eran aún las cuatro de la tarde y prácticamente ya estaba empezando a oscurecer. Los tres contemplaban exhaustos el paisaje apoyados en una barandilla.

—¿Cuándo vas a volver? —le preguntó Sarah con mirada avispada.

—Todavía no me he marchado —le contestó Liam con una amplia sonrisa—. ¿Ya os habéis cansado de mí?

Tanto Matt como Sarah sacudieron la cabeza con tímidas sonrisas. Liam los atrajo cariñosamente hacia él.

—¿Te vas a quedar más tiempo? —Fue Matt quien preguntó esta vez.

—Quizá, no estoy seguro.

—Papá dice que ya no te gusta venir aquí —añadió Sarah— aunque la abuela siempre le regañaba cuando lo decía.

Liam sintió un pequeño pellizco en el estómago.

—¿De veras crees que no quiero venir? —Acarició cariñosamente su cabeza a través del suave tejido de lana de su gorro.

—Yo creo que no puedes venir porque tienes demasiado trabajo. Eso decía siempre la abuela ¿Es por eso que tampoco tienes hijos? —preguntó con los ojos muy abiertos.

Liam no pudo evitar esbozar una sonrisa.

—Para tener hijos hace falta una mujer que quiera tenerlos.

—Una novia, ¿verdad? —intervino Matt—. Pero mamá dice que tienes novia.

Liam se acordó de Lisa. No había vuelto a conectar el móvil desde su llegada a Escocia. Supuso que tendría que tener cientos de llamadas perdidas.

—El que tenga novia no quiere decir que vaya a tener hijos con ella —contestó sonriendo.

—Claro, tonto —explicó Sarah a su primo—. Tendrá hijos cuando encuentre a la novia adecuada.

—Exacto, eso es —añadió Liam.

—¿Y si encuentras a una novia guapa la traerás aquí? —preguntaron los dos al unísono.

—Por supuesto —respondió Liam riendo—. Me tendréis que dar el visto bueno.

Los tres rieron de lo lindo. Cuando las risas se acallaron Sarah dirigió una mirada de admiración a su tío.

—Promete que vas a venir a vernos pronto otra vez —le suplicó—. Ahora todo estará muy triste sin ti y sin la abuela.

Liam se agachó para ponerse en cuclillas a la altura de ambos.

—Escuchadme con atención los dos —les dijo—. Sé que últimamente os he tenido un poco abandonados, pero eso no significa que no me haya acordado de vosotros. El trabajo me ha robado mucho tiempo de mi vida, más de lo que hubiera deseado, pero ahora pienso hacer un pequeño descanso para dedicarme más a aquellos a los que quiero. Prometo que me veréis más a menudo en carne y hueso y no a través de una *webcam*. Es más, hablaré con papá y mamá para llevaros a California de vacaciones el próximo verano. Ahora que sois más mayores y responsables no creo que me vayan a poner ninguna pega.

—Tío Liam ¡Qué bien! Tienes que convencerlos, ¿eh? Por favor, convéncelos —gritaba emocionado Matt.

—Empezaremos a hacer méritos los tres para conseguirlo, ¿vale?

Ambos asintieron y de inmediato echaron los brazos al cuello de Liam para darle un beso. Liam los mantuvo abrazados durante un rato y se separó de ellos antes de que vieran como se le atravesaba un nudo en la garganta.

—Volvamos ya a casa si no queremos tener problemas con la *Sargento* Jane.

Volvieron a reír con energía y se dirigieron hacia el lugar donde estaba aparcado el vehículo para regresar a Callander.


Jane cerraba con sigilo la puerta de la habitación de los niños al tiempo que Liam salía del baño envuelto en una toalla a la cintura.

—¿Ya se han dormido? —le preguntó en voz baja.

—Sí, estaban realmente agotados. Si vas a darles un beso de buenas noches seguro que no se enteran.

—Lo haré de todos modos —le contestó con aquella cándida mirada tan propia de él.

—No tardes —le dijo Jane con una leve pero calurosa sonrisa—. La cena ya está lista.

Liam asintió. Jane se dirigía hacia la escalera cuando Liam la detuvo.

—Jane.

—¿Sí? —Su hermana se volvió hacia él. A pesar de que era su hermano menor, de nuevo se volvía a sentir empequeñecida por aquella portentosa fisonomía.

—No tengo palabras para agradecerte lo que has hecho por mí. Me refiero entre otras cosas al hecho de que hayas mediado a mi favor con Keith con el tema de los niños.

Jane se encontró de nuevo con aquellos ojos azules, tomó su muñeca entre sus manos y la apretó con una infinita ternura.

—Lo he hecho por ellos. Cuando llegaron del colegio y les dije que estabas de camino, apareció un brillo en los ojos de ambos que es difícil de describir. Para un niño, ser el centro exclusivo de atención aunque sea por unas horas por parte de alguien que el resto del mundo idolatra es todo un privilegio. No estaba dispuesta a privarlos de ese pequeño momento de gloria en sus vidas. Y aunque no lo creas, Keith también te agradece lo que has hecho hoy por ellos. Los dos te lo agradecemos.

Liam no supo qué decir. Se deshizo de las manos de su hermana y la envolvió en un emotivo abrazo. Jane se sintió conmovida y al mismo tiempo abatida porque había soñado tantas veces con volver a percibir aquellas oleadas de sentimientos por parte de su hermano, que por un momento no creyó que aquello pudiera estar sucediendo. Se separó de él y le acarició suavemente el antebrazo.

—Ponte algo encima rápido o pillarás un resfriado. La cena nos espera —añadió con una simpática mueca.

—Bajo enseguida.

La cena transcurrió de forma apacible. Todos se mostraron cordiales y amables con el solo objetivo de hacer olvidar a James por unas horas la desdicha que le acompañaría eternamente.

Anabelle, la esposa de Keith, había cocinado una deliciosa sopa típica escocesa, *Cullen skink*, elaborada a base de abadejo ahumado, leche y puré de patatas. Jane había cocido el salmón fresco que Liam había traído de Arbroath. Lo había cocido entero en un caldo de agua, vino y verduras hasta que su piel rojiza se volvió de un delicado color rosa. Estaba realmente exquisito. Douglas, el esposo de su hermana Jane, había colaborado comprando en una pastelería de Main Street de Callander un pastel Dundee, cubierto de almendras, con frutos secos y especias. Había sido sin duda todo un banquete, y como era costumbre en las reuniones familiares, los caballeros que había en la mesa se levantaron de sus asientos para retirarlo todo y llevarlo a la cocina. Keith insistió en que Liam le ayudaría, librando así a Douglas y a su padre de la tarea. Liam sabía que quería quedarse a solas con él y parecía ser que el resto de los presentes habían comprendido perfectamente sus intenciones.

Keith iba metiendo los platos en el lavavajillas mientras Liam se dedicaba a ir fregando a mano algunas cacerolas. Hablaban de temas intrascendentes como la política, asuntos concernientes al despacho de Keith y la cercanía de la ansiada primavera. Una vez Keith hubo terminado su labor se dirigió hacia la despensa. Ninguno de ellos quiso pronunciarse sobre la triste pérdida de su madre. Cada uno guardaba su pena en silencio.

—No sé si sería apropiado ofrecerte un whisky —le dijo saliendo de la despensa y colocando la botella en la mesa de la cocina.

—Si tu objetivo es ponerme a prueba, la respuesta es no —dijo Liam con la vista fija en el fregadero.

—No ¿qué?

—No es apropiado que me ofrezcas un whisky. —Esta vez sí que alzó una mirada en cierto modo desafiante. Al ver que su hermano no pronunciaba palabra, Liam volvió a sus quehaceres domésticos.

—Entonces beberé por los dos —añadió Keith.

Abrió un armario para coger un vaso. Lo llenó y lo dejó sobre la mesa. Después abrió un cajón cercano al horno y extrajo un paño limpio para secar lo que Liam iba soltando en el escurridor.

—No hace falta, yo puedo hacerlo —le dijo sin mirarlo.

—Así acabaremos antes —contestó Keith.

Terminaron aquella tarea en pocos minutos sin que mediara palabra alguna entre ellos. La tensión era palpable. Keith se acercó hasta la mesa para beber de su vaso mientras Liam lo hacía hasta el frigorífico para coger una pequeña botella de agua.

—Gracias por llevarte a los niños hoy a Arbroath. Les has hecho pasar un día inolvidable. Necesitaban saber que aún estabas ahí.

Liam bebió un trago largo de la botella.

—Siempre he estado ahí —le dijo con semblante serio.

—No siempre, Liam. Al menos no de la manera que nosotros hubiéramos querido.

—Lo he hecho lo mejor que he podido. Me gustaría saber cómo lo habrías hecho tú si hubieras estado en mi lugar —decía mientras cerraba la puerta de la cocina.

—No quisiera estar en tu lugar.

—¿De veras? Pues yo diría que sí que te habría gustado.

—Siempre envidié tu talento si es eso a lo que te refieres, pero en ningún momento he envidiado al hombre que estaba empezando a hundirse en el fango y que no ha tenido la valentía suficiente para pedir ayuda.

—Sí que la pedí.

—¿Dónde? ¿En una exclusiva clínica de rehabilitación para millonarios? No es ésa la ayuda de la que yo estoy hablando. ¿Qué hay de tu familia? Esa familia de la que tanto te enorgulleces cuando hablas con tus queridos amigos de la prensa.

Liam guardó silencio. Sabía que su hermano tenía aún mucho más que decir.

—Han sido casi dos años, Liam. Dos años. ¿Sabes lo que es ver la frustración en los ojos de tu hermana y de tus padres e incluso en los de tus sobrinos cuando sus compañeros de clase les repetían hasta la saciedad que su tío Liam, el actor, era un borracho? Maldita sea, teníamos que cerciorarnos a través de Clyde de que estabas sobrio para que pudieras aparecer en la *webcam* y hablar con ellos. ¿Cómo crees que nos hemos sentido todos sabiendo que te dejabas ir y que estabas cometiendo el error de apartarte cada vez más cuando lo que tenías que haber hecho era precisamente todo lo contrario?

—Tú no lo entiendes.

—Entonces explícamelo de una maldita vez.

—Me sentía avergonzado, humillado —respondió Liam cabizbajo—. No podía acudir a vosotros en ese estado. Para mí era una deshonra. Si crees que no me importaba el hecho de no estar a vuestro lado en aquellos momentos, te equivocas. Lo único en lo que pensaba era en si todo aquello por lo que había luchado merecía realmente la pena. Había momentos en los que deseaba dormirme y despertarme de nuevo en mi apartamento de Edimburgo, listo para ir al despacho para ver qué problemas podía resolverle al mundo en vez de causarlos yo. Si me metí en aquel problema yo solo, tenía que salir de él de la misma manera. No estaba dispuesto a que os ensuciarais las manos por mi culpa.

—Sabes que en el momento en que nos hubieras tendido la mano habríamos acudido todos, sin excepción.

—Ahora lo sé, pero en aquel momento estaba perdido. La decepción se había apoderado de mi persona. Estaba en medio de ninguna parte y no sabía qué rumbo tomar. Me había transformado de tal manera que ni yo mismo me reconocía. He reaccionado tarde, Keith, pero lo he hecho. —Tomó aire en un intento de calmarse antes de proseguir—. He vuelto a recuperar el control de mi vida, algo que creía que nunca volvería a conseguir.

—Para volver a recuperar el control has dejado demasiadas cosas en el camino.

—Nunca me perdonaré el no haber estado al lado de mamá en sus últimos momentos y eso será un peso con el que tendré que cargar el resto de mi vida. No hace falta que me lo recuerdes.

—Había momentos en los que ni Jane ni yo parecía que existiéramos. Siempre la misma cantinela. El pobre Liam, la tensión emocional que arrastraba Liam, la soledad de Liam, Liam necesita esto, Liam necesita lo otro. Una y otra vez… y nosotros esperando en silencio a que Liam se dignara a aparecer para enfrentarse de una vez por todas a la realidad. ¿Sabes lo que es verlos a los dos hundidos en la más absoluta de las miserias por tu culpa? ¿Sabes lo que es ser un cero a la izquierda?

—¿Estoy oyendo hablar al mejor abogado de toda Escocia, padre de familia entregado, fabulosa esposa, encantadora hija, al que siempre me ponía de ejemplo mi padre desde que me levantaba hasta que me acostaba? —La indignación de Liam empezaba a ser más que evidente.

—Sabes que eso no es cierto —dijo Keith a sabiendas de que sí lo era.

—Siempre estuve a tu sombra. Tú eras el hijo perfecto e impecable. Lograbas triunfar en todo aquello que te proponías. Carrera, mujeres, trabajo. Yo, sin embargo, fui el mediocre, el inseguro pero encantador Liam que se quedaba siempre atrás esperando alcanzarte algún día, pero cuando parecía que por fin iba a estar a tu altura, tú entonces inventabas alguna argucia para conseguir mejorar tu marca mientras que yo, como era habitual, me volvía a quedar en el camino.

—Si crees que lo que acabas de decir te disculpa de todo lo que has hecho te estás engañando a ti mismo.

—No estoy buscando culpables donde no los hay, Keith. El único responsable de mis actos soy yo y nadie más. Pero no me vengas con monsergas con respecto a quién ha sido o dejado de ser el hijo predilecto porque por ahí sí que no voy a pasar.

—Tengo que reconocer que tu capacidad de oratoria no la has perdido. Si estuviéramos ante un jurado estaría claro a favor de quién se habría pronunciado un veredicto.

—A tu favor supongo —contestó Liam después de beber de un trago lo que quedaba de agua en su botella.

Keith sacudió la cabeza.

—Lo que te diferencia de mí es que tú eres el mejor en cualquier cosa que te propongas hacer. Yo sólo soy el mejor en lo que sé hacer.

Keith bebió un trago de su whisky. Contempló el vaso casi vacío. Levantó la mirada de nuevo hacia su hermano.

—No podía volver aquí y ver la decepción en vuestros ojos. Sabía que me estaba equivocando, Keith. Lo sabía, pero aún así estaba convencido de que la única forma de empezar de nuevo era apartándome de todos los que deseaban tenerme a su lado.

No supe encajar con valentía el cáncer de mamá porque no podía creer que en el momento más crítico de mi vida también tuviera que enfrentarme a una enfermedad que probablemente terminaría con su vida.

—En ese momento deberías haber vuelto y lo sabes.

—Lo hice.

—No estuviste ni treinta minutos en el hospital. Maldita sea, mamá no tuvo tiempo de reaccionar a tu visita. Te volviste al aeropuerto como alma que lleva el diablo sin siquiera pasar por casa para ver a tu familia.

—No, Keith. No estaba en condiciones de tomar esa decisión y eso tú también lo sabes. Otras personas como Izzie y Clyde tuvieron que tomarlas por mí. Si no hubiera sido por Izzie no habría salido de ese agujero. Jamás me podré olvidar de las consecuencias de mis actos. Sé que con mi actitud mamá se puso mucho peor, pero te repito que puedes estar tranquilo porque estoy pagando con creces la condena y la estaré pagando de por vida.

Keith mantuvo la vista fija en su hermano.

—Siempre decía que si tu ausencia servía para que volvieras a ser el Liam de siempre, entonces todo valdría la pena.

—No sé hasta qué punto. A veces me pregunto si… —No pudo continuar.

—Fue el cáncer lo que acabó con nuestra madre, no tú. Quiero que eso te quede claro. Tampoco me parecería justo que te culparas por algo que ni tú ni nadie podíamos controlar.

De nuevo el silencio.

—No he vuelto a tomar una copa desde el mismo día en que Izzie y Miles entraron en casa. Querías preguntarlo, pero no te atrevías. Te he ahorrado el mal trago —dijo haciendo hincapié en las últimas palabras.

—Nunca he dudado de tu capacidad para salir de grandes aprietos. Si algo he admirado en ti, es eso precisamente.

—¿El qué? —preguntó Liam sin saber a ciencia cierta a lo que se refería.

—Por muchas veces que caigas siempre te levantas y continúas sin ayuda.

—Yo no lo veo como una virtud; más bien un defecto que ha hecho que esté a punto de perder lo que más quiero.

Keith se levantó y se dirigió hacia él.

—Mamá siempre nos decía que, a pesar de las apariencias, eras el más vulnerable de todos nosotros. Incluso en sus últimos días nos lo recordaba. «Liam no es tan fuerte como todos pensáis, os necesita. No le guardéis rencor porque sé que está sufriendo tanto o más que nosotros.» Yo estaba tan indignado y cegado que no veía en ti tal vulnerabilidad. Lo único que veía era simple cobardía.

—No te equivocaste.

—Sí, en cierto modo, sí que lo hice. No supe entender por lo que estabas pasando y por una vez en la vida traté de ponerme en tu lugar. A pesar de todo, tengo que darte las gracias —le dijo.

—¿Por qué? —le preguntó Liam con expresión confusa.

—Por haber vuelto.

Esta vez Liam recibió el abrazo que su hermano le había negado dos días atrás.

# Capítulo cinco

Se hallaba sentado en el porche contemplando ensimismado aquel armonioso paisaje que se extendía ante él en una soleada pero glacial mañana mientras disfrutaba del simple placer de una taza de café. Pasaban diez minutos de las ocho y la casa estaba en completo silencio. Los demás aún dormían, pero él, como marcaba la tradición, no lograba encontrar un sueño placentero.

Miró de nuevo el móvil que descansaba a su lado sobre el banco de madera en el que se hallaba sentado. Calculó la hora exacta del Estado de California. Sería medianoche, pero estaba seguro de que tanto Clyde como Lisa estarían disponibles.

Indeciso lo tomó en sus manos. Poner en marcha aquel diminuto chisme supondría reanudar el contacto con la realidad y no estaba seguro de querer hacerlo. Terminó el café y se puso en pie con el móvil en la mano. Se encaminó hacía la verja enredada en flores y la abrió para salir al caminito de adoquines que llevaba a la carretera comarcal. Lo encendió con manos temblorosas y tecleó su código. En pocos segundos la BT le daba la bienvenida a Escocia. Esperó a que la pantalla empezara a emitir avisos y no tardó mucho en hacerlo. Entre mensajes y llamadas debía de haber más de cincuenta avisos. Comenzó por Lisa. Tardó pocos segundos en contestar.

—Vaya… pensé que te habías olvidado de que la vida al otro lado del Atlántico seguía su curso —le dijo con voz suave pero firme.

—Es la primera vez que conecto el móvil desde mi llegada. Supongo que Clyde te habrá puesto al corriente.

—Me he enterado por un comunicado de prensa. —Hubo un largo silencio al otro lado de la línea y Liam pensó que la comunicación se había cortado, pero no fue así—. ¿Cómo estás? Ha debido de ser duro.

—Lo ha sido. Demasiados recuerdos —fue lo único que pudo decir. Por un momento se sintió como un extraño frente a la voz de Lisa.

—¿Cuándo vuelves? Te echo mucho de menos.

—Aún no lo sé. —Liam se dio cuenta de que él no le había dicho que también la echaba de menos, pero no podía decir algo que no le salía del corazón. Llevaba saliendo con Lisa casi siete meses. Trabajaba para la Fox, guapa, interesante, inteligente y buena en la cama. No se podía pedir más, pero para él no era suficiente y ella lo sabía. Siempre era lo bastante prudente en sus relaciones como para dejar claro desde un principio cuáles eran sus intenciones, pero todas cometían el mismo error creyendo que lo cambiarían y evidentemente nadie lo había conseguido. La persona que podría haberlo logrado ya estaba fuera de su alcance desde hacía demasiado tiempo.

—Entiendo —le dijo.

—Quiero tomarme un descanso. Necesito estar aquí más tiempo.

Lisa leyó entre líneas y tuvo la ligera sensación de que aquel descanso abarcaba más de lo que ella hubiera deseado.

—No te noto con muchas ganas de hablar —añadió con voz queda.

—Lo siento. Quizás no debería haber llamado, pero no quería que te preocuparas —le dijo de repente sintiéndose culpable por el tono que estaba tomando la conversación—. Allí es tarde y supongo que estarás cansada, así que ya hablaremos en otro momento.

—Como quieras. Llama al menos para decir cuándo vuelves.

—Así lo haré. —Lisa descubrió una vez más que era una simple llamada de cortesía—. Cuídate, ¿vale? Nos vemos pronto. Un beso.

—Hasta pronto —le dijo Lisa. La comunicación se cortó. Lisa permaneció largos minutos tumbada en su cama mirando al techo. El Liam Wallace con quien acababa de hablar no era el

Liam Wallace que ella conocía. Sabía que había sufrido una pérdida enorme pero algo le decía que con su regreso a Callander algo mucho más profundo lo había transformado. Por mucho que le costara aceptarlo, Lisa sabía que su pequeño romance con el gran Wallace había terminado.

Pasaron el resto de la jornada paseando por Trossachs National Park con toda la familia. Volvieron después de almorzar para que Matt y Sarah descansaran antes de volver a Edimburgo. Liam llamó a Clyde para hacerle saber que se quedaba una semana más y sorprendentemente no le puso ninguna objeción. Se limitó a decirle que tendría un avión preparado para recogerlo en el aeropuerto.

El lunes por la mañana se marchó con su padre a pescar en Loch Lomond y, una vez que habían regresado a casa, Liam lo decidió. Fue a su dormitorio para sacar de su armario la caja de la discordia que su padre le había entregado aquella noche en que sus esquemas se habían vuelto a derrumbar. Sacó el manuscrito de Amy y cogió su paquete de tabaco. Se puso algo de abrigo para salir al porche y una vez sentado, tomó aire, abrió el cuaderno y su mente se trasladó a la ciudad de Edimburgo, concretamente al mes de agosto de 1993.

### AEROPUERTO INTERNACIONAL DE EDIMBURGO, 26 DE AGOSTO DE 1993

A pesar del mes en el que se encontraba, no esperaba menos de Escocia cuando su avión aterrizó en el Aeropuerto Internacional de Edimburgo procedente de San Francisco y con escala en la ciudad de Londres. Como era de esperar, el día era triste y lluvioso pero a Amy MacLeod no le importó en absoluto. Si algo diferenciaba a las ciudades de la vieja Europa del resto del mundo es que irradiaban la misma belleza y encanto independientemente de lo que marcaran sus termómetros o del color del cielo que las cubría.

No tardó mucho en retirar su enorme maleta de la cinta transportadora. Afortunadamente, la fila para pasar aduanas era larga pero fluida. Si bien iba a pasar allí un año completo, no había traído consigo demasiado equipaje. Su madre se había empeñado en que llevara lo estrictamente necesario porque estaba segura de que a su regreso traería el triple de lo que llevaba a la ida.

Antes de salir de la terminal buscó con la mirada la primera oficina de cambio más cercana para cambiar algunas libras. Luego se encaminó hacia un puesto de prensa donde poder adquirir una tarjeta telefónica. Una vez hubo comprado la tarjeta, buscó la cabina más próxima para avisar a su madre de su llegada. Después marcó el número de Jill para anunciarle que en pocos minutos tomaría el autobús que la llevaría a Edimburgo. La parada estaba justo en frente de la salida. Jill, la única prima por parte de su padre que aún permanecía en Escocia y a la que no veía desde hacía casi nueve años, insistió en que se quedara en su apartamento durante la primera semana mientras tomaba el primer contacto con la ciudad. Más adelante la ayudaría a trasladarse a su alojamiento cercano a la facultad. Ésa era la idea inicial pero el casero había tenido la amabilidad de no cobrarle los cuatro últimos días de agosto. Su contrato entraba en vigor el uno de septiembre, así que convenció a su prima de que lo más práctico era instalarse a su llegada.

Abrigaba el deseo de conectar pronto con Edimburgo. Una vez colocado su equipaje en los huecos destinados a tal fin, se acomodó en un asiento de la parte de arriba del autobús y respiró hondo cuando contempló las imágenes que se desplegaban ante sus ojos. Sintió un leve cosquilleo en el estómago ante la perspectiva del año que le esperaba en la tierra que había visto nacer a su padre. Eran tantas las historias de Escocia que habían inundado su infancia que cuando alcanzó el uso de razón se juró a sí misma y a su padre que algún día volverían para quedarse una larga temporada. Era lo que quería Angus Mac-Leod una vez se hubiera retirado, pero un cáncer se adelantó a sus propósitos hacía menos de un año y se lo llevó antes de tener la oportunidad de cumplir aquel sueño. Fue entonces cuando decidió marcharse ella misma a Escocia con el incondicional apoyo de su madre y con la ayuda de una beca de la Universidad de Stanford donde se había licenciado en Derecho hacía dos meses. Estaba ansiosa por comenzar el curso de posgrado en Derecho Internacional. Se había informado igualmente de la posibilidad de realizar también otro curso algo más corto relacionado con la Propiedad Intelectual.

El trayecto duró media hora aproximadamente y, como era de esperar, el autobús no la dejó exactamente cerca de su alojamiento. El ambiente en la ciudad era realmente mágico como consecuencia del Edinburgh Fringe Festival. No podía haber elegido mejor fecha para su llegada. Estaba deseando instalarse y disfrutar de un primer paseo por la Royal Mile. Cuando bajó tirando con toda la fuerza que pudo de su impresionante maleta, metió las manos en el bolsillo de sus tejanos y sacó el mapa de la ciudad para calcular exactamente dónde se encontraba. Concretamente entre High Street y South Bridge. Comenzó a caminar hasta Drummond Street, pero se detuvo para contemplar la inmensa fachada de piedra ennegrecida de la Facultad de Derecho de Edimburgo. Reconoció la cúpula que la coronaba y que tantas veces había visto en fotos. Nada que ver con las extensiones de césped y palmeras que rodeaban Stanford. Sintió una mezcla de inquietud y excitación. Miró a ambos lados de la calle admirando todos los edificios que la rodeaban y, sin querer, se le escapó una sonrisa de satisfacción.

Continuó calle abajo hasta encontrase con un edificio de tres plantas con una puerta de entrada de un vivo color azul que contrastaba una vez más con el grisáceo color de la piedra característico de las construcciones escocesas. Su prima salía en ese instante de una pequeña tienda de ultramarinos que estaba justo al lado.

—¡Amy! —Se fue directamente hacia ella en cuanto la descubrió sacudiendo los brazos en señal de saludo.

Soltó en el suelo la bolsa con algunas compras que llevaba en la mano y acogió a su prima en un caluroso abrazo.

—¡Oh Amy, qué alegría tenerte aquí por fin!

—Aún no me lo puedo creer. Creo que estoy todavía en una nube —le dijo Amy abrazándola con fuerza.

Jill se separó de ella unos instantes para contemplarla.

—¿Qué tal el viaje? Veo que no has tenido ningún problema para llegar. ¡Estás magnífica! ¿Qué es lo que ha quedado de la joven Amy? Menudo bronceado californiano y tu pelo… está más claro. Uff… no sabes cómo te envidio. Te los vas a llevar a todos de calle. Ya lo verás.

—Esto va a desaparecer en pocos días. Pronto estaré de tu mismo color —añadió Amy riéndose.

—Ya tengo las llaves de tu estudio en mi poder. Treinta metros cuadrados muy bien aprovechados. El señor MacGregor estará aquí el día uno de septiembre a las nueve en punto de la mañana para el pago de la fianza y la firma definitiva de entrega.

—¡Fantástico! No se qué habría hecho sin ti. Ha sido todo mucho más fácil teniéndote aquí.

—Te he comprado algunas cosas para el desayuno porque hoy vamos a pasar todo el día fuera.

—No tenías que haberte molestado, podría haberlo hecho yo. Estás siendo demasiado buena conmigo; no sé cómo voy a agradecértelo.

—Me lo agradecerás en cuanto coloquemos todo lo que llevas en esa maleta en el armario y nos vayamos a comer algo acompañado de una buena cerveza. Ya has visto el ambiente que hay con lo del Festival.

Amy se frotó las manos como clara muestra de deseo de irse de fiesta a la mayor brevedad posible y las dos rieron con ganas mientras se disponían a entrar en la puerta azul del número 5 de Drummond Street. Conforme se disponían a entrar, un joven alto de cabello oscuro algo ondulado y de ojos impresionantemente azules salía en ese mismo instante del edificio. Las saludó a ambas con una amplia sonrisa, aunque Amy notó la cara de tonta que se le quedaba cuando por unos microsegundos aquella sonrisa se detuvo más de la cuenta sobre su persona. El joven desapareció calle abajo.

—¿Son todos así? —preguntó Amy riendo.

—La verdad es que no. Has comenzado bien, amiga. Como sea tu vecino esto promete.

—Prefiero no hacerme ilusiones. —Las dos estallaron en una alegre carcajada—. ¡Qué tiemble Edimburgo porque Amy MacLeod ya está aquí!

# Capítulo seis

*C*erró los ojos para concentrarse y visualizar aquel momento. A pesar del tiempo transcurrido, casi trece años, aquella imagen aún se conservaba nítida e inamovible en sus retinas. Supuso que había pasado inadvertido ante sus ojos, pero parecía ser que la impresión que ella se había llevado al verlo por primera vez fue la que él pretendía. No pasar desapercibido. Lo había conseguido, pero se había enterado demasiado tarde de que había cumplido su objetivo.

Tardaron poco menos de una hora en sacar la ropa de la maleta, guardar lo estrictamente necesario y hacer las pertinentes comprobaciones del estado de la vivienda. El pequeño estudio resultó no ser tan pequeño porque estaba aprovechado al milímetro. Su habitación se separaba del resto de la estancia por medio de una alta estantería de madera que estaba segura estaría llena de objetos en las próximas semanas. La cocina americana era minúscula pero con todo lo necesario, incluso horno microondas y una pequeña nevera. La única parte independiente era el baño con ducha y una pequeña claraboya que daba a una bocacalle. Los dos ventanales del resto del apartamento daban a la misma calle Drummond. No era Holyroodhouse, pero atendía a sus expectativas.

Era casi la una de la tarde cuando salieron de Drummond Street y, para regocijo de Amy, las nubes abrieron paso a un cálido sol. Giraron a la derecha hasta South Bridge y de nuevo hacia la izquierda hasta Chamber Street.

—Debes de estar agotada con el cambio de horario y yo en

vez de obligarte a descansar, voy y te obligo a salir —le dijo Jill aferrándose con cariño al brazo de su prima.

—Estoy en Edimburgo en pleno apogeo del Fringe Festival y me vas a dejar encerrada, ¿por quién me tomas?

Las dos rieron.

—He quedado con Mel para tomar algo en Hebrides de Market Street. Es de lo pocos sitios en los que con suerte puedes encontrar mesa a pesar de estar en las fechas del festival. Después daremos una vuelta por Princes Street y alrededores de todo lo que es la Royal Mile. Sobre las seis he quedado con unos antiguos compañeros de la facultad en el Traverse Theatre. Hay una obra de teatro independiente y totalmente amateur que se llama *El vecino de al lado*. Tanto los escritores como los actores, productores o encargados de vestuario, tienen sus respectivas ocupaciones durante el día pero se dedican a esto como una forma de llenar su tiempo con algo que quizás es a lo que realmente querrían dedicarse. ¿Te parece buena idea?

—Has dado en el clavo para ser el primer día.

—Esto no ha hecho más que empezar.


Devoraron con extraordinaria rapidez la primera cerveza acompañada de unos bocadillos de salmón y arenques y unos nachos con queso. Jill trabajaba en la sede principal del Royal Bank of Scotland en Edimburgo desde hacía casi tres años. Se había graduado en Economía por la Universidad de Edimburgo. Llevaba algo más de un año saliendo con Mel, que era profesor de Estadística de la universidad, pero aún no habían decidido irse a vivir juntos. Aunque Jill estaba muy enamorada, prefería seguir disfrutando aún de una parcela de libertad más amplia.

Amy se levantó para pedir otro par de cervezas cuando un joven de cabello rubio y de aire despreocupado entraba en el local buscando con la mirada a alguien. Ese alguien era Jill, que le hizo una señal y Amy supuso que debía tratarse de Mel. Se acercó a la mesa y, después de besar a Jill, ésta se levantó para hacer las respectivas presentaciones.

—¡La famosa Amy! He oído hablar tanto de ti que creo que

es como si te conociera de toda la vida. —Mel le dio un cariñoso abrazo—. ¡Qué alegría verte por fin!

—Muchas gracias, me siento halagada. Por Dios, Jill, no me digas que todos en esta ciudad son así de simpáticos y de guapos. Si lo llego a saber habría venido mucho antes.

—Estás teniendo la suerte de la principiante, chica —le respondió Jill con una sonrisa burlona—. Te queda un año por delante para descubrir la cruda realidad.

—Gracias por no incluirme en el cupo de la cruda realidad —añadió Mel con un ocurrente gesto—. Bien, necesito una cerveza.

Las dos horas que estuvieron en Hebrides se le pasaron en un abrir y cerrar de ojos. Mel también se encargaba de organizar los seminarios en el AHRC Research Centre for Studies in Intellectual Property and Technology Law de la Facultad de Derecho. Como conocía su faceta de escritora aficionada tal y como le había contado Jill, era él quien le había comentado la posibilidad de acudir a un curso precisamente sobre Propiedad Intelectual.

Mel le dio el nombre de un amigo suyo llamado Daniel Harris que trabajaba en el Scottish Centre for International Law y que la ayudaría en todo lo necesario para que emprendiera con éxito su posgrado. Adoraba ese acento tan peculiar de los escoceses. Al principio resultaba un poco chocante esa forma de hablar tan recia, pero pasados unos minutos llegaba a ser enérgica, vivaz e incluso seductora. Mel pagó la cuenta y salieron de allí para dirigirse a la Royal Mile.

Mel le explicó encantado que la milla real comprendía las cuatro antiguas calles de Castle Hill a Canongate, las cuales formaban la arteria principal del antiguo Edimburgo y que unían el castillo con el palacio de Holyroodhouse. Aún se percibía el pasado medieval en las innumerables callejuelas que partían de la calle principal. La Royal Mile era un hervidero de gente. El festival alternativo conocido como «*fringe*» («al margen») era sin lugar a dudas una de las concentraciones de teatro, danza y música más importantes de Europa. Comenzó siendo una costumbre arraigada entre estudiantes de arte dramático y actores aficionados. Con el paso del tiempo esta informalidad desapareció para dar paso a un festival bien organizado por las entidades competentes de la ciudad. A pesar de ello, el dinamismo original del Fringe seguía vivo de tal forma que cualquier lugar era idóneo para representar el fragmento de una obra, bailar o recitar poesía.

Amy ya había gastado un carrete de veinticuatro fotos y estaba en proceso de colocar uno nuevo. Continuaron su camino por Lawnmarket en dirección a Castle Terrace para acudir a la cita en el Traverse Theatre de Cambrigde Street. Tenían media hora escasa para tomar un tentempié en el Traverse Café antes de que empezara la representación. En pocos minutos estuvo rodeada de una marea de gente que conocía a Mel y Jill. Fue presentada formalmente a la mayoría de los que se acercaron a saludar, aunque cuando entraron en el auditorio, se separaron del resto y sólo se quedaron con Tom, Valerie y Eddie.

Tomaron asiento en la cuarta fila. Amy fue consciente en ese momento del cansancio acumulado que sufría la totalidad de su cuerpo. Cerró los ojos y dejó escapar un suspiro.

—Demasiado para el primer día, ¿no? —preguntó Jill con una simpática sonrisa.

—Pienso aguantar como una campeona. No hay mal que por bien no venga porque así esta noche no extrañaré nada mi nueva cama y no sufriré los estragos del jetlag.

Tom, que acababa de sentarse a su lado, le entregó el programa de actuaciones para que le echara un vistazo.

—Tu primer recuerdo del Fringe —le dijo con un expresivo gesto.

—Muchas gracias —le respondió mientras desdoblaba el folleto para interesarse por los actores que iban a intervenir en la función.

Amy leyó a grosso modo el nombre del guionista, productores, actores principales y secundarios. Se preguntó si algún día vería reflejado en un papel su nombre como guionista. Dejó de soñar para fijar su mirada en los decorados del escenario. El mobiliario de un apartamento algo desordenado.

—Vaya, hoy actúa Wallace —comentó Eddie.

—¿Quién es Wallace? —preguntó Jill.

—¿No te acuerdas? Creo que estaba en clase de mi hermano Mark, aquel que se disfrazó en el segundo año y se hizo pasar por el nuevo decano. Faltó poco para que lo expulsaran.

—Sí, ahora que lo dices, recuerdo algo —añadió Jill pensativa— pero si te digo la verdad creo que no lo he visto nunca.

—Estaba claro que lo de actuar lo llevaba en la sangre, ¿verdad? —Amy tuvo curiosidad por ver a ese tal Wallace.

—Eso parece —dijo Jill echando un vistazo al folleto.

En ese instante algunas luces empezaron a apagarse y el silencio reinó en el teatro mientras bajaban el telón. No pasaron más de cinco minutos hasta que volvió a alzarse y entonces, para sorpresa de Jill y Amy, la puerta del apartamento del decorado se abrió y apareció tras ella el chico con el que ambas se habían cruzado esa misma mañana en la puerta azul de Drummond Street.


Lloró desconsoladamente al final de la obra y no sólo porque el desenlace hubiera sido triste, sino por las increíbles sensaciones que aquel actor le había transmitido con su admirable interpretación. Su habilidad para captar el corazón del espectador era sencillamente prodigiosa. Contagiaba de igual manera una sonrisa, un llanto, el dolor, la euforia, la frialdad o la desesperanza.

Hacía mucho tiempo que sus sentidos no saboreaban los efectos de una sacudida tan fuerte de sus emociones. Deseó de corazón haberse acercado a él con la sola intención de alabar su magnífica demostración de talento, pero supuso que aquella noche estaría desbordado de felicitaciones. El auditorio parecía venirse abajo por los incesantes aplausos del público aclamando sobre todo a Liam, el cual tuvo que salir cuatro veces al escenario para agradecer las muestras de gratitud.

Sin duda, su primer día en Edimburgo había dado para mucho. Después del teatro habían vuelto a salir para tomarse una copa. Era casi medianoche cuando se metió en la cama. No tuvo tiempo de hacer balance de todos los recuerdos de la intensa jornada porque el sueño la venció rápidamente.


Siguió haciendo turismo en pequeñas dosis por su cuenta durante los días previos al comienzo del curso. Royal Museum of Scotland, la casa de John Knox, la catedral de Saint Giles o el monumento a Sir Walter Scott entre otros. Aprovechó para ir a la tienda que tenía cerca de casa para proveerse de todo tipo de refrigerios. No le habría desagradado encontrarse nuevamente con Liam Wallace para que le ayudara a subir la compra. Se preguntó a quien conocía en aquel edificio, pero de pronto se enfadó consigo misma por hacerse esas preguntas. Sus proyectos en Escocia estaban muy lejos de dejarse cautivar por cualquier especie de *highlander* que paseara por la calle. Tenía asuntos mucho más importantes que atender.

El curso comenzaba el día siete de septiembre, así que en cuanto hubo firmado todo lo concerniente a su contrato de alquiler, se dedicó a preparar el dossier con toda la documentación que la facultad le exigía para la formalización definitiva de la matrícula. Una vez estuviera en su poder, tendría que finalizar la tramitación definitiva de su visado de estudiante.

Se encaminó hacia el Scottish Centre for International Law que estaba ubicado en el conocido Old College, el bello edificio diseñado por Robert Adam que era la sede de la Facultad de Derecho de Edimburgo fundada en el año 1707 y considerada como un renombrado centro de enseñanza e investigación. Era la sexta universidad fundada en las Islas Británicas y una de las más antiguas de Escocia estando, por supuesto, entre las más importantes del Reino Unido.

Permaneció largos minutos embelesada frente a la impresionante fachada antes de entrar en busca de Daniel Harris, el amigo de Mel. El ambiente de los pasillos era bastante ajetreado. La euforia del Fringe ahora daba paso a la ineludible responsabilidad del nuevo curso. Había un despacho habilitado para recepción de documentación de estudiantes extranjeros y allí fue donde se dirigió. Esperó su turno ya que dos chicas japonesas estaban delante de la puerta. Afortunadamente, no tardaron más de diez minutos. Golpeó suavemente antes de entrar y una señora de mediana edad le indicó que se acercara. La placa que había en su mesa mostraba su nombre. Laura MacCormick.

—Buenos días —le dijo en un tono extremadamente profesional.

—Buenos días, venía a completar el trámite definitivo de

mi matrícula para el posgrado de Derecho Internacional. Me han dicho que pregunte por Daniel Harris.

La señora la observó con cara de pocos amigos. «Una recomendada», debió pensar.

—¿Su nombre? —le preguntó.

—Amy MacLeod.

—Un momento, por favor. —Se levantó de su asiento y se encaminó hacia la puerta del despacho que tenía detrás. Se ausentó breves segundos para salir de nuevo.

—Puede pasar, el señor Harris la recibirá.

—Gracias, muy amable —se dirigió hacia la puerta del despacho rogando que ese tal Harris no fuera tan agrio como su secretaria. En el momento en que se cerraba la puerta tras ella, un Daniel Harris que Amy no se esperaba se levantaba sonriente de su asiento rodeando la inmensa mesa que tenía delante.

—Así que tú eres la amiga de Mel —dijo dándole la mano y mostrándole una atractiva sonrisa. No supo la razón, pero esperaba alguien más mayor, pelirrojo y con barba. Pero lo que se encontró la sorprendió gratamente. Era de cabello moreno y lacio, piel tostada, unos sugestivos ojos color miel y no era mucho mayor que ella.

—Sí. Bueno, en realidad soy prima de Jill —dijo tratando de recobrar la compostura.

—También conozco a Jill. Edimburgo no es una ciudad excesivamente grande, así que al final me temo que todos tenemos relación con todos.

—Ya veo —fue lo único que se le ocurrió decir.

—Siéntate, por favor.

Amy obedeció y de nuevo se volvió a encontrar con aquella enigmática sonrisa. Él fijó la vista en el pequeño dossier que ella llevaba aún en la mano.

—Supongo que ya traes toda la documentación preparada —le dijo.

—Sí, creo que he aportado todo lo que se solicitaba. Espero que no falte ningún papel —añadió Amy mientras depositaba en sus manos la pequeña carpeta.

—Vamos a echarle un vistazo. —Empezó a pasar hojas—. San Francisco, bonita ciudad. Nada que ver con esto, supongo.

—La verdad, no. ¿Has estado allí alguna vez? —le preguntó Amy ya en un tono de mayor confianza.

—Sólo he estado en Nueva York y parte de la Costa Este.

—No tiene tampoco mucho que ver con la Oeste. Te lo aseguro.

—Un viaje muy largo. Pero seguro que merecerá la pena. Espero comprobarlo algún día. —Nuevamente levantó los ojos del dossier mientras en su boca se dibujaba un divertido gesto.

Amy, una vez más, se quedó sin palabras. Daniel continuó con su tarea.

—Stanford… magnífico. Tienes un currículo envidiable.

—Gracias —respondió halagada.

—¿Por qué elegiste Escocia?

—Mi padre… era escocés.

—Claro, tu apellido MacLeod. Oh, vaya… lo siento no pretendía entrar en temas personales.

—No tiene importancia. Hace casi un año.

—Lo lamento. No debería…

—He crecido con Escocia —lo interrumpió Amy— y creo que éste era el momento más apropiado de mi vida para venir aquí y ver con mis propios ojos aquello de lo que tantas veces oí hablar durante mi niñez y mi adolescencia.

—¿Te ha decepcionado lo que has visto hasta ahora? —le preguntó Daniel.

—A decir verdad, todo lo que he vivido hasta este momento ha superado con creces mis expectativas.

—Me alegro de que así sea. —Terminó de revisar el resto de los documentos presentados—. Bueno, todo está perfecto. Ahora necesito tu pasaporte original.

Amy se lo entregó y contempló como él mismo se encargaba de introducir una serie de datos relativos a su persona en el ordenador. Se giró hacia el otro lado de la mesa para retirar de la impresora unas cuantas hojas. Las colocó delante de ella y le señaló dónde tenía que firmar.

—Dado que vienes con una beca completa, nosotros nos encargamos de liquidar con Stanford el primer plazo. Para el siguiente tendrías que estar pendiente de que ellos te hagan los ingresos correspondientes en tu cuenta. ¿De acuerdo?

—De acuerdo —respondió Amy.

—Este ejemplar es para ti y este otro es el que tienes que acompañar junto con este impreso y una foto tipo carnet para el consulado.

En un par de minutos estaba matriculada en la Facultad de Derecho de Edimburgo para especializarse en Derecho Internacional.

—Estupendo, ha sido mucho más fácil de lo que esperaba.

—Aquí las cosas también funcionan —añadió Harris con un simpático gesto.

Amy se levantó.

—Bueno, te agradezco mucho que me hayas atendido personalmente —le dijo.

—Ha sido un verdadero placer. —Le tendió la mano y ella la acogió en la suya sujetándola suavemente.

—Supongo que nos veremos por aquí.

—Así lo espero.

Amy se dio media vuelta para dirigirse a la puerta y, en ese instante, Daniel decidió correr el riesgo.

—Son casi las doce y media… iba a salir a almorzar… ¿Tienes algún plan? Quiero decir, ¿has quedado con alguien? —Daniel pensó que debía de estar haciendo un ridículo espantoso.

Amy se volvió hacia él con rostro estupefacto.

—Perdona —le dijo Daniel arrepentido—. No quiero que te veas obligada.

—Bueno, la verdad… —murmuró Amy algo abrumada.

—He debido parecer descarado —la interrumpió—. Era solo que… bueno… es mejor comer acompañado.

—No sería una obligación. Me encantaría —respondió Amy con una tímida sonrisa.

—Dame cinco minutos, hago un par de llamadas y estoy contigo. —Daniel le correspondió con una apacible expresión en su rostro que le agradó.

—Te espero fuera —le dijo Amy mientras salía del despacho.

—De acuerdo —susurró Daniel mientras tomaba el auricular en sus manos y le dirigía una cautivadora mirada.

Mientras Amy esperaba a que saliera en su busca se preguntaba una y otra vez si estaba haciendo lo correcto. Desgraciadamente tardaría poco tiempo en darse cuenta de que no había tomado la decisión más acertada y lo peor de todo es que el pobre Harris no tendría la culpa de ello.

# Capítulo siete

—...*He* dicho que he preparado té de sobra, ¿te apetece una taza?

Liam regresó al presente. Su padre, apoyado de brazos cruzados en el marco de la puerta de entrada, le hablaba.

—Oh, perdona. Sí, claro, tomaré una taza. Pero creo que lo haré dentro. Aquí ya estaba empezando a congelarme —respondió Liam a medida que cerraba el cuaderno y se levantaba.

Tomaron asiento en el sofá que había junto a la chimenea. Liam rodeó su taza con ambas manos para volver a entrar en calor mientras cavilaba sobre aquel último pensamiento de Amy plasmado sobre el papel. Cuando el primer trago del relajante líquido se deslizó por su esófago tuvo, por primera vez en mucho tiempo, una extraña sensación de paz y equilibrio.

Ella nunca lo supo, pero aquel día Liam bajaba por las escaleras que había en el lado opuesto del atrio justo en el momento en que ella se disponía a salir del edificio acompañada por su amigo Daniel Harris. La reconoció de inmediato. También juraría haberla visto entre el público el día de su actuación en el Traverse. Era imposible olvidar aquel cabello color castaño claro recogido en una coleta que dejaba escapar sin querer algunos mechones desordenados sobre su bronceado rostro. Un rostro que contrastaba a la perfección con el brillo de sus pequeños pero expresivos ojos verdes, la naturalidad de sus movimientos, su peculiar estilo y la afectuosidad siempre patente en su mirada. Estaba lejos de ser perfecta. Sin embargo, Liam tenía la certeza de que ni siquiera ella era consciente de que aquella serie de pormenores, una vez ligados entre sí, daban

como resultado a un ser que se diferenciaba extraordinaria-
mente del resto.

—Llevamos cuatro días juntos prácticamente todo el día.
Espero que no se te haya hecho muy largo —le decía Amy a
Daniel mientras paseaban de regreso a su apartamento.

Era un tipo realmente encantador. Había recorrido con ella
gran parte de la ciudad y resultó ser una magnífico guía. Sal-
vando el horario de trabajo de Daniel, el resto de la jornada lo
había pasado en su compañía desde el mismo día en que se conocieron. No se podía decir que existiera una química fuera de
lo común entre ambos. Lo que era innegable era la atracción física y sabía que no tardaría mucho en dar sus frutos. El exotis-
mo de sus ojos, que a veces parecían insondables, le daba ese
toque misterioso que volvía locas a las mujeres. Daniel podía
resultar indescifrable pero, sin duda, resultaba irresistible. Habían cenado en un italiano de Nicolson Street. Aparte de la cerveza previa de los aperitivos, se habían bebido una botella de
vino entre los dos. Y los efectos estaban comenzando a hacer
estragos.

—Por desgracia para mí el tiempo pasa demasiado rápido
contigo, Amy. Me gustaría que los días tuvieran como mínimo
cuarenta y ocho horas —le dijo con una turbadora mirada
mientras se paraba junto a la puerta de su apartamento.

—Mañana se me acaban estas pequeñas vacaciones. ¿Estás
seguro de que seré buena compañía después de tanto derecho
penal, medioambiental…? ¿No te hartarás de mí?

Daniel no dijo nada. Se limitó a sonreírle mientras llevaba
la mano a su mejilla para después deslizarla suavemente hasta
el borde de su mandíbula y así levantar su rostro hacia él. Al
principio fue un simple beso en la punta de su fría nariz. Sintió cómo él rozaba su labio inferior con la punta de la lengua.
Amy recibió el sabor dulce de su boca con una intensidad que
no esperaba. Debería haberse resistido pero sabía que estaba
acabada cuando notó sus expertas manos sobre su nuca y su
espalda. Esta vez desvió sus labios hacia el lóbulo de su oreja y
se detuvo allí unos instantes para hundir su rostro en la curva
de su cuello. Volvió a sellar sus labios una vez más y Amy le
acarició el cabello mientras se fundía en su boca. Daniel se separó de ella tratando de controlar su respiración.

—Creo que esto te aclarará cualquier duda respecto a si estoy o no harto de ti —declaró Daniel con voz entrecortada.

Aquella fue una de las muchas noches que Daniel Harris pasaría en el número 5 de Drummond Street.


El mes de octubre estaba llegando a su fin. Cada día le suponía un mayor esfuerzo salir de la cama para enfrentarse a las frías temperaturas. Por lo menos, las mañanas que se despertaba al lado de Daniel se sentía agasajada, porque además de que tenía la caballerosidad de prepararle el desayuno, sabía que no era la única que tenía que abandonar el calor de su edredón.

La noche anterior Daniel le había pedido que se quedara en Market Street con él, pero Amy se negó alegando como excusa el hecho de que tenía muy abandonadas las prácticas de Derecho Medioambiental y debía ponerse al día. Además, el seminario de Derecho de Propiedad Intelectual y Nuevas Tecnologías comenzaba dentro de una semana. Los días empezaban a resultarle cortos con tanta actividad. Hablaba con su madre tres veces por semana para ponerle al día de todos los acontecimientos. Ya le había hablado de Daniel, aunque tampoco había querido entrar en muchos detalles. Estaba feliz y su madre así lo percibía a través de su voz, y también triste por no poder pasar Acción de Gracias junto a ella. Lo peor serían las fiestas de Navidad. Sabía que las pasaría acompañada de toda la familia. Pero la ausencia de su padre se sumaba a la de ella. Lamentablemente su economía no podía hacer frente también a otro par de vuelos a San Francisco. La beca de Standford cubría el curso completo, pero no todos los gastos de comida y alojamiento. Afortunadamente había ahorrado durante dos años consecutivos trabajando por horas en un bufete de Montgomery Street.

Continuaba compartiendo fantásticas veladas con todos los amigos de Jill y Mel, los cuales quedaron fascinados cuando supieron que estaba saliendo con el guaperas de Harris. A Jill le sorprendía que estuviera durando tanto porque, desde su punto de vista, Daniel no tenía nada en común con ella. Lo que no le confesó a su prima es que ella a veces también se había hecho esa pregunta.

A pesar del clima tan diferente, Amy tuvo que reconocer

que se había adaptado totalmente a la forma de vida escocesa. Se preguntó cómo reaccionaría cuando volviera a San Francisco porque con demasiada frecuencia tenía la impresión de que la readaptación no sería tan fácil como creía.

Cuando terminaron las clases de aquel día, aprovechó para almorzar con Mel, Daniel y Valerie. Jill no pudo salir del banco porque, como era costumbre, a fin de mes siempre se acumulaba el trabajo. Quedaron en verse en un café cercano a Grassmarket para tomar algo rápido porque después quería pasar el resto de la tarde en la biblioteca buscando documentación.

Mel la esperaba sentado junto a Valerie saboreando una cerveza en una mesa cerca de la entrada y le hizo una seña cuando la vio. Se dirigió hacia donde estaban y les dio un tierno abrazo a ambos.

—¡Estás fantástica! El frío te sienta mejor que el sol californiano, ¿sabes? —le dijo Valerie.

—No escucharé lo que has dicho —dijo riéndose—. ¿No ha llegado Daniel? —le preguntó.

—No llevamos aquí ni cinco minutos —respondió Mel.

Amy se deshizo de la bufanda, el gorro y su abrigo y se sentó de espaldas a la entrada.

—Mientras, voy a pedirme una cerveza. —Se volvió a levantar para dirigirse hacia la barra.

—Hablando del rey de Roma… —susurró Mel.

Amy miró distraída hacia la puerta del local en el momento en el que entraba Daniel acompañado por alguien que no tuvo tiempo de ver porque el camarero reclamaba su atención.

—Una cerveza y el menú de hoy también, por favor.

Echaba un vistazo a los entrantes cuando notó en su cintura las inconfundibles manos de Daniel y su voz que decía:

—Hola preciosa.

Se volvió hacía él para plantarle un beso en la boca en el mismo instante en que se percataba de que el acompañante con el que había entrado charlando amigablemente era nada más y nada menos que Liam Wallace.

—¿Llevas mucho rato esperando? —le preguntó.

—No. Acabo de llegar. —De repente, se puso nerviosa. No quería mirar a Liam, pero inevitablemente sus ojos se desviaban hacia donde él estaba.

—Amy, te presento a Liam; un viejo amigo. Él era el protagonista en aquella obra del Traverse que fuiste a ver el día de tu llegada y que tanto te gustó.

Liam le tendió su mano con una clara sonrisa. Ésa era la palabra. Clara, franca y limpia sonrisa. No enigmática como la de Daniel.

—Es un placer, Amy. Me alegro de que te gustara la actuación. —Sujetó su mano con moderado afecto.

Su voz sonaba igual de poderosa que cuando interpretaba y los ojos los tenía aún más bonitos de lo que recordaba. Tenía una melena oscura y ondulada que le daba un toque bohemio y despreocupado a la vez que refinado. Era delgado pero esbelto y de mayor estatura que Daniel. Debía de medir al menos 1,90. Vestía tejanos con un grueso suéter de cuello alto de color negro y una chaqueta de piel.

—El placer es mío —respondió Amy.

—Y ellos son Mel y Valerie. Supongo que te sonarán sus caras de la universidad.

—Sí, creo que os he visto alguna vez —añadió Liam mirándola a ella y no a Mel y a Valerie—. Encantado.

—Lo mismo digo… Bueno ¿qué tal si te unes a nosotros? Nos disponíamos a almorzar —propuso Mel.

—No… gracias. Continuad con vuestro plan. Ya he almorzado. Me he cruzado por la calle con Daniel y, bueno… da igual. Otro día nos vemos y me pones al corriente de todo. Hasta pronto.

—No te marches, por favor. Por lo menos toma un café con nosotros —lo interrumpió Amy con una insistencia que quizás había resultado demasiado evidente.

A Liam le pilló completamente por sorpresa aquel alto en la conversación.

—¿No serás capaz de declinar la invitación de alguien como Amy? —preguntó Daniel en tono bromista.

Liam miró fijamente a Amy. Por un momento creyó que ambos estaban solos en aquel bar.

—Sería un grave error por mi parte no aceptar —le dijo.

Amy regresó a la barra para retirar su cerveza con el objetivo de evitar que todos notaran cómo el color de sus mejillas subía de tonalidad.

—Fantástico, ¡ahora todo el mundo a la mesa! —exclamó Valerie.

Liam resultó ser una caja de sorpresas. A pesar de su imponente aspecto, desprendía una sencillez y una espontaneidad difíciles de ocultar. Tenía un sentido del humor bárbaro. Era un gran conversador y lograba mantener en vilo a sus contertulios cada vez que comenzaba a contar alguna historia. Pero cuando era otro quien continuaba con el hilo de la charla, de repente guardaba silencio y lo descubría observando con detenimiento a todos mientras los escuchaba, si bien se delató en más de una ocasión cuando desviaba su genuina mirada hacia ella aunque fuese otra persona quien tomaba la palabra.

Era un año mayor que Amy. Se había licenciado también en Derecho por la Universidad de Edimburgo. Curiosamente, también iba a hacer el curso de posgrado en Derecho Internacional, pero se estaba preparando los exámenes para colegiarse y estaba echando una mano en el despacho de su hermano varias tardes durante la semana. Así que no podría asistir a las clases hasta finales de año. Amy le ofreció toda la ayuda que fuera a necesitar mientras no pudiera asistir y él aceptó encantado su ofrecimiento.

Se despidieron esperando verse de nuevo el próximo fin de semana y cada uno se encaminó hacia el lugar de sus respectivos trabajos. Valerie, Mel y Liam tomaron la dirección contraria a la de Daniel y Amy. Cuando se dirigían calle abajo Amy no pudo evitar mirar hacia atrás y Liam tampoco pudo evitarlo. Le dedicó una cálida sonrisa y por primera vez Amy le correspondió de la misma manera.

# Capítulo ocho

—*E*s muy tarde y me tenías preocupado —le dijo James mientras lo veía entrar por la puerta trasera de la cocina.

—Necesitaba tomar el aire —añadió Liam en voz baja mientras se deshacía de todas las capas de ropa que llevaba encima.

—Has debido de tomar el de toda Escocia. Empezaba a pensar que te había sucedido algo.

Liam guardó silencio. Sabía lo que en realidad le preocupaba a su padre. Se fue hacia el fregadero para lavarse las manos.

—No he estado de copas por ahí ni nada por el estilo. Fui al cementerio y después he estado conduciendo sin rumbo fijo. Finalmente me detuve en Paisley y allí he permanecido hasta que me he dado cuenta de que efectivamente era bastante tarde.

—Queda algo de guiso, caliéntate un poco. No se puede decir que estés comiendo mucho durante estos días. Debes cuidarte para la vuelta al trabajo.

—No tengo mucho apetito, pero comeré un poco si eso te hace feliz.

Se acercó al horno y se sirvió un plato. Tomó asiento frente a él y comenzó a comer.

—Mmmm… vaya, he de reconocer que está buenísimo. Había olvidado que tú también eras experto en las artes culinarias, aunque… bueno, los dos sabemos que tuviste una excelente maestra.

James levantó la vista de su plato y Liam advirtió la nostalgia que reflejaba su rostro. Soltó su cubierto para alargar el brazo hasta la mano de su padre para finalmente apretarla suavemente entre la suya.

—¿Por qué no vienes a pasar una temporada a Los Ángeles conmigo o a Nueva York? Te vendrá bien un cambio.

—¿Y quién te ha dicho que yo quiera cambiar?

—¡Oh, vamos papá!—. Liam le soltó la mano, pero su padre le sujetó el brazo con ternura.

—Lo siento, lo siento. Sé que lo haces con la mejor de las intenciones pero mi sitio está aquí. Lo sabes de sobra. Además, tienes los Oscar a la vuelta de la esquina.

—Los Oscar me importan un bledo.

—No digas eso, no voy a permitir que digas eso después de todo lo que has luchado. Sabes que estaría feliz y orgulloso de estar a tu lado en ese momento tan importante de tu vida, pero traicionaría a tu madre porque ella habría querido más que nadie en este mundo estar presente para compartir contigo ese momento de gloria.

Liam comprendió su postura.

—De todas formas sabes que, a su manera, ella va a estar ahí siempre —continuó James.

—Siento que está conmigo todo el tiempo, pero me da miedo perder esa sensación.

—Si algún día la pierdes eso no va significar que hayas dejado de recordarla. Simplemente verás que el tiempo lo va curando todo y finalmente te acostumbrarás a su ausencia.

—¿De veras crees que soy capaz de acostumbrarme a la ausencia de alguien a quien quiero?

—Lo demostraste con Amy.

Liam no dijo nada y continuó comiendo.

—Necesitaría las llaves de casa. Mañana quiero ir a Edimburgo —dijo de repente.

—Ya sabes dónde están. Te vendrá bien el contacto con la gran ciudad, aunque te recuerdo que Edimburgo no es Callander. No podrás pasear con la misma tranquilidad. Llevas demasiados días encerrado aquí.

—Aquí me siento más libre que en cualquier otro lugar. Por extraño que te pueda parecer es así.

—Pues no sabes cómo me alegra oírte decir eso. —Esta vez James le ofreció una sonrisa sincera.

—¿Qué habría sido de mi vida si...? —No pudo continuar.

—¿Si qué?

—Si hubiera seguido ejerciendo la abogacía. Si no hubiera hecho caso a los instintos de Amy.

—Probablemente el mundo se habría perdido algo muy grande.

—No me refiero a...

—Sé perfectamente a lo que te refieres. Probablemente serías un picapleitos al que todo el mundo temería y estoy seguro de que Edimburgo se te habría quedado pequeño. Habrías terminado marchándote donde tú y yo sabemos.

—¿San Francisco?

James asintió y se levantó de su asiento para meter sus cubiertos en el lavaplatos.

—Ahora que estás leyendo la historia de Amy, la añoranza y la impotencia de no saber te está mortificando, ¿me equivoco? —le preguntó volviéndose y apoyándose en la encimera.

—Estoy descubriendo detalles que hace años creía que formaban parte de mi imaginación, pero ahora me doy cuenta de que todo era cierto.

—A juzgar por lo que llevas leído, tengo la impresión de que vas a descubrir mucho más.

—Estoy seguro de que ya nada va a ser igual a partir de ahora —murmuró Liam.

—Me complace que empieces a darte cuenta de ello.

—¿Qué voy a hacer cuando termine? —le preguntó con recelo.

—Creo que Amy lo deja bastante claro. Escribir el final. Tú eres el único que puede hacerlo —respondió James.


Amy cumplió sólo en parte su propósito de pasar la tarde en la biblioteca en busca de la documentación pertinente para sus prácticas. Perseveró en su intento de concentrarse en el cumplimiento de su objetivo, aunque no lo llegó a lograr. Su mente esquivaba con insistencia sus meditaciones sobre el derecho penal para trasladarse a los sucesos del mediodía. Levantaba la mirada de los textos de los tratados que tenía sobre la mesa esperando que alguien conocido entrara por la puerta.

Sólo tenía ganas de volver a su apartamento para darse una ducha caliente y meterse en la cama.

Finalmente, la persona conocida que entró en la biblioteca fue Daniel. Sin saber la razón, se sintió aliviada. Su subconsciente estaba empezando a jugarle malas pasadas y necesitaba tenerle al lado para aplacar la incertidumbre que estaba empezando a invadirla.

Aquella noche, si Daniel intuyó su ansiedad no lo manifestó. Se mostró tierno cuando se acurrucó bajo las mantas con ella.

—Gracias por quedarte —le dijo al oído mientras la atraía hacia él posando la mano sobre su vientre.

Amy apretó la mano con la suya, pero guardó silencio. Pasados unos minutos se quedó dormida en sus brazos.


Aquel viernes volvió a la biblioteca después de tomar un sándwich y una Coca-cola en la cafetería de la facultad. Buscó el sitio donde se solía sentar y agradeció en silencio que estuviera libre. Colgó su abrigo y bufanda sobre la silla. Luego dejó sobre la mesa la carpeta y sacó los cuadernos y demás utensilios de su cartera. Se dirigió hacia la hilera de estanterías que tenía a un par de metros para localizar sus manuales y compendios.

Comenzó a retirar los textos que necesitaba y fue a dejarlos de nuevo sobre la mesa. Iba a comenzar con la recogida de datos cuando su mirada se desvió hacia la hilera de mesas que había al otro lado de la zona de ordenadores. Allí estaba Liam, rodeado de libros abiertos, mordiendo el capuchón de su bolígrafo que sujetaba con una mano mientras que la otra se la pasaba por el cabello para retirar algunos desordenados mechones. Parecía que necesitaba ayuda y Amy no tenía ningún inconveniente en ofrecérsela.

Suspiró dispuesta a levantarse, pero parecía que alguien ya se le había adelantado. Una chica se acercó a hablar con él. Parecía que se conocían bastante a juzgar por sus gestos. Habría dado lo que fuera por saber de qué estaban hablando. De repente, ambos miraron en su dirección y Amy fue pillada in fraganti. Liam pareció sorprendido de haberla visto y levantó la mano en señal de saludo. Amy le respondió de la misma forma y volvió a colocarse en posición de estudio. Quería volver a mirar hacia atrás, pero el agobio se lo impidió. Trató de olvidar que estaba allí y volvió a concentrarse en su tarea. Consultó el reloj varias veces. Sólo habían pasado diez minutos. ¿Seguiría hablando con la chica? ¿Se habría marchado y no se había dado cuenta? Cerró uno de los tomos que tenía delante y abrió otro.

—¿Sigue en pie la ayuda que estabas dispuesta a ofrecerme? —Allí estaba de repente, sentado a su lado con aquel aspecto encantador y desenfadado.

—Vaya… uff… no te esperaba…

—Siento haberte desconcentrado.

Amy le sonrió.

—Por supuesto que mi ofrecimiento sigue en pie. Pero te advierto que soy muy exigente.

—Eso me gusta.

—No cantes victoria tan pronto —le dijo con un simpático gesto.

—Voy a por mis cosas… no desaparezcas.

Cuando fue hacia su mesa en busca de su material se volvió para mirarla esbozando una traviesa sonrisa.

Estuvieron trabajando sobre todas las anotaciones que ya tenía hechas Liam, que curiosamente complementaban perfectamente todas las que había hecho Amy. Habían adelantado muchísimo trabajo entre los dos y Amy tuvo que reconocer que sin habérselo propuesto habían formado un equipo perfecto. Pasaron más de cuatro horas en aquel lugar y para su sorpresa en ningún momento habían hecho referencia a circunstancias personales de sus vidas. Tuvo una agradable sensación de armonía y despreocupación estando a su lado. Si hubiera creído en la reencarnación, habría jurado que en otra vida Liam había sido su compañero de aventuras y desventuras desde su más tierna infancia. Amy miró distraídamente su reloj.

—Vaya, es muy tarde —dijo Liam mirando también el suyo—. Son casi las siete. Seguiremos otro día.

—Oh… no, podemos continuar si quieres.

—Es viernes… supongo que habrás quedado para salir, ¿no? —le preguntó sin levantar la mirada de los libros que iba cerrando y amontonando en una pila.

—Había quedado en llamar a mi prima Jill pero ya ves, se nos ha pasado la tarde en un abrir y cerrar de ojos y al final no lo he hecho.

Los labios de Liam trazaron una leve sonrisa. Estaba claro que le había agradado el hecho de que a Amy las horas se le pasaran volando en su compañía.

—¿Y qué pasa con Daniel?

—Daniel... pensaba que te lo había dicho. Está de congreso en Holanda. Se marchó ayer y no vuelve hasta dentro de una semana.

—Es cierto, me comentó algo al respecto. Ya se me había olvidado.

Mientras ambos se afanaban en recoger todas sus pertenencias se produjo en breve silencio.

—Me gustaría invitarte a cenar, pero no quiero que te sientas obligada —dijo de pronto mirándola y pillándola por sorpresa—. Es lo menos que puedo hacer después de haberme aguantado durante casi cuatro horas.

Amy miró de nuevo su reloj.

—Bueno... —murmuró mostrando una agradable sonrisa— si sólo te tengo que aguantar como mínimo otras... veamos... tres horas más, en fin... creo que podré soportarlo.

Liam se mordió los labios para no estallar de alegría.

—Bien. Lo tomaré como un sí. Pero nada de pasar por casa. Nos vamos desde aquí directamente y dejaremos todas las cosas en mi coche. No vaya a ser que te arrepientas.

—Pero ¿me has mirado? Si estoy hecha un desastre. No tardaré más de...

—Estás preciosa —le interrumpió.

—Creo que necesitas comer algo cuanto antes. La mirada se te está empezando a nublar —dijo Amy con media sonrisa en los labios.

—En marcha entonces.

Los dos se encaminaron hacia la puerta de salida, sin dudas y sin vacilaciones, pero con la aparente certeza de que algo iba a cambiar en sus vidas a partir de aquella tarde.

Liam la sorprendió llevándola a un encantador bistró de

Commercial Street. Comenzaron bebiendo agua para saciar la sed de aquella larga tarde de encierro en la biblioteca. Luego insistió en pedir una botella de vino con el simple objetivo, aclaró, de celebrar que se habían conocido. Le prometió que era buen chico y que no tenía intención de emborracharla ni nada parecido.

El vino, el calor del lugar, el suave murmullo de los comensales y la música eran el enclave perfecto para una primera cita. Amy se recordó a sí misma que Liam no era una cita.

—Vaya… —suspiró Amy— creo que el vino me está haciendo efecto.

—Entonces no sigas bebiendo. No quiero ser responsable de que termines en mal estado y tener que llevarte a casa a rastras —le dijo en el mismo tono en que le hablaría a un hermano mayor si lo tuviera.

—Háblame de ti —le rogó con una graciosa sonrisa.

—¿Qué quieres saber? —le preguntó mientras untaba una tostada con queso y se la llevaba a la boca.

—¿Por qué te dedicas a la abogacía?

Liam esperó unos segundos y bebió un sorbo de su copa de vino para dejar pasar el resto de la comida.

—Supongo que por la misma razón que tú —le respondió.

—No te entiendo —añadió Amy confundida.

—Sí. Sí que lo entiendes. Lo que querías preguntar es: ¿por qué demonios has estudiado Derecho si lo que realmente te gusta es la interpretación? Y yo te he contestado que lo hago por la misma razón que tú.

—¿Y cual crees tú que es mi razón?

—Ahora yo debería preguntarte: ¿por qué demonios has estudiado Derecho si lo que realmente te gusta es escribir?

Amy estuvo a punto de derramar el vino de su copa.

—¿Cómo sabes…?

—Una de las veces que te has levantado para consultar legislación en el ordenador. Fui a coger uno de los libros que tenías debajo de tu cartera y sin querer ese cuaderno se salió de donde estaba.

—Vaya —murmuró Amy.

—Sólo me ha dado tiempo a leer la primera página, pero ha sido suficiente para saber que eres francamente buena. Tienes derecho a llamarme capullo y fisgón. Si ahora te levantas y me dejas aquí tirado, lo entenderé porque me lo tengo merecido. No está nada bien lo que he hecho, pero no he podido evitarlo. Espero que me perdones.

Amy no podía dar crédito a lo que le estaba sucediendo. Liam le sostuvo la mirada durante unos instantes. Después la desvió hacia su plato.

—Por favor, di algo. Este silencio me está matando —susurró sin atreverse a mirarla.

Amy tardó en pronunciarse y cuando lo hizo Liam se quedó perplejo y emocionado al mismo tiempo.

—Es algo que llevo haciendo casi desde que tengo uso de razón. Escribo para mí. A pesar de que alguna vez me he planteado la posibilidad de mostrar a alguien aquello que plasmo sobre el papel, jamás me he atrevido a hacerlo. Liam, tú eres la primera persona que lo ha hecho.

—Y encima lo he hecho sin tu consentimiento. Dios, soy un perfecto imbécil.

—Eh, vamos —dijo Amy mientras alargaba su mano y le apretaba suavemente el antebrazo—. Deja de torturarte. Lo has hecho y ya está. No voy a dejar de hablarte ni nada parecido, ¿de acuerdo?

—¿Estás segura? —preguntó Liam con rostro taciturno—. ¿Hay algo que pueda hacer para reparar mi error?

—No ha sido ningún error. Quizás estabas predestinado a leer las bobadas que escribe Amy MacLeod.

—No voy a tolerar que digas eso. Es más, quiero que me lo dejes para seguir leyendo.

—Oh vamos, Liam.

—Por favor —le rogó con semblante serio pero con sonrientes ojos.

—Te propongo un trato —le dijo Amy con un gracioso gesto.

—Cuando me miras así, me das miedo —dijo Liam arrellanándose en la silla.

—Me he enterado de que estás preparando otro nuevo papel para una obra en el Traverse. ¿Me equivoco?

Liam ya la estaba viendo venir.

—Estás muy bien informada por lo que veo.

—Yo te dejo mis manuscritos y tú me invitas a los ensayos.

—Eso es chantaje barato —dijo sacudiendo la cabeza entre risas mientras cogía su copa de vino.

—Lo toma o lo deja, señor Wallace. —Amy sostuvo su copa en la mano con firmeza.

Liam elevó la suya al mismo tiempo y la chocó suavemente contra la de su compañera de mesa.

Por los buenos comienzos.

—Por Liam Wallace, el actor —dijo Amy.

—Por Amy MacLeod, la escritora —añadió Liam.

# Capítulo nueve

*San Francisco, 9 de febrero de 2006*

—*P*odemos apelar, Amy. La batalla aún no está perdida.
—Elaine Walker, abogada, antigua compañera de bufete y encargada del asunto de la custodia de la hija de Amy, trataba de seguir sus pasos pero le fue imposible alcanzarla.

El rápido taconeo de Amy se oía por los concurridos pasillos de los Juzgados de McAllister Street como si de un momento a otro fueran a agujerear el suelo.

—Amy, por favor. No ganas nada con esa actitud. Esto aún no ha acabado. Entiendo cómo te sientes.

Amy se detuvo hecha una furia.

—Tú no tienes hijos, Elaine. ¿Cómo demonios vas a saber cómo me siento?

—No hace falta que seas tan...

—Lo siento, lo siento —farfulló dándose la vuelta y continuando su camino hasta el ascensor. Elaine la acompañó sin pronunciar palabra.

Caminaron las dos juntas hasta la salida del edificio para dirigirse al parking. Amy fue a buscar el mando de su bolso, pero no lo encontraba. Cuando al final lo hizo, se le resbaló al suelo. Se agachó para cogerlo y antes de pulsarlo para abrir la puerta delantera se detuvo para apoyarse sobre ella.

—No voy a poder soportarlo —dijo manteniendo la vista fija en el suelo.

—Lo harás. Como abogada, sabes que esto tenía que acabar así.

—Tiene sólo cuatro años. Y va a sacarla del país para llevársela durante dos meses.

—Sólo los meses de verano, Amy. Ningún juez le habría concedido esos dos meses si no fuera porque tú sigues en San Francisco y el padre en Buenos Aires. Habría sido un régimen normal de visitas, pero las circunstancias no son las normales. Ambos estáis viviendo a miles de kilómetros y no es justo que tu hija lo pague. Hazte a la idea de que son unas pequeñas vacaciones. Piensa que para Leah será eso y así tienes que hacérselo ver.

—Para ti es fácil.

—No. No lo es. Podemos apelar, Amy, pero sabes de sobra que ningún juez en su sano juicio permitiría separar a Leah de su padre. Ha demostrado una solvencia económica sin precedentes y quiere a Leah. Aunque tú no lo creas, la quiere.

—La está utilizando como moneda de cambio. Sabes perfectamente que no quiere hacerse cargo de ella. Lo único que pretende con todo esto es hacerme daño a mí. Maldita sea, Elaine, ni siquiera estuvo presente el día de su nacimiento. Se ha perdido dos de sus cumpleaños, las funciones del colegio; se ha perdido tantas cosas. Siempre dijo que yo había querido tener esa hija para ocupar algún vacío existente en mi vida. Para él estaba todo perfecto tal y como estaba. Leah fue un fallo en su organizada y planificada vida.

—Lo único que podemos hacer es obligar a Jorge a viajar a San Francisco durante dos o tres veces al año para que el contacto con Leah no sea tan alejado en el tiempo.

—Él no va querer nada de eso, te lo aseguro. Y yo tampoco lo quiero para Leah.

—En el fondo la quiere, Amy. Estoy segura de ello. Deberías aceptar ese trabajo en Nueva York. San Francisco solo te traerá malos recuerdos. Deberías empezar de nuevo en otro lugar.

—No lo sé, de veras que no sé lo que voy a hacer.

—Encontrarás el camino adecuado.

—Te equivocas. Siempre he escogido el camino incorrecto y ya es demasiado tarde para remediarlo.

Las lágrimas afloraron en los ojos de Amy y Elaine la acogió en sus brazos para aplacar su dolor. No supo la razón por la cual su amiga comenzó a llorar desconsoladamente como si de un momento a otro su corazón se fuera a partir en dos. Un autobús de línea acababa de pasar por la avenida principal. La parte trasera dedicada a la publicidad mostraba una gigantesca imagen del desangelado y atormentado rostro de Liam Wallace en *El juicio final*.

Leah salió corriendo de los brazos de la señora Cooper cuando vislumbró a su madre saliendo del coche.

—¡Mami! —gritaba mientras corría hacia ella.

Amy la apretó entre sus brazos mientras se la comía a besos. La profesora de Leah se unió a madre e hija.

—Tenía entendido que era su esposo quien vendría, perdón, quiero decir...

—No se preocupe —la interrumpió Amy—, he hablado con él para decirle que yo me encargaba de recoger a Leah.

—De acuerdo. De acuerdo —asintió la profesora no del todo convencida.

—¿Por qué no ha venido papá? —le preguntó Leah tirando con fuerza de su mano para captar su atención.

—Tenía algunos recados que hacer y he venido yo en su lugar. Ahora iremos a casa de la abuela.

—Vale —respondió Leah sonriente y conforme con aquel plan.

—Es una niña encantadora, traten por todos los medios de que continúe con ese equilibrio —comentó la señora Cooper.

—Hacemos todo lo posible.

—Lo sé, he visto pocas madres como usted, señora Stich.

Parecía que todo el mundo se olvidaba de que ya había dejado de ser la señora Stich, pero Amy no se molestó en corregirla.

—Gracias —le dijo mientras se daba la vuelta para dirigirse a su vehículo.

La pequeña Leah abrió la puerta trasera y ella misma se acomodó en su silla a la espera de que su madre le pusiera el cinturón de seguridad. Amy arrancó el motor de su Audi y miró por el retrovisor la imagen de su hija saludando a su profesora a través del cristal. La señora Cooper no sabía que aquella sería la última vez que vería a Leah.

Y

Aquel sábado Amy acompañó a Liam a hacer unos recados en Glasgow. Dado que todavía no conocía aquella ciudad aprovechó la oportunidad para visitarla con él.

Mientras conducía por la M8 Liam le habló un poco más de su familia. Era el menor de tres hermanos. Su hermana Jane y su hermano Keith aún no se habían casado, aunque ambos tenían sus respectivas parejas. Keith era abogado y socio fundador de su propio bufete y Jane trabajaba como profesora de secundaria en Saint Margaret School. Su madre, Katherine, era ama de casa aunque antes de nacer Keith había trabajado como enfermera durante varios años. Su padre, James, era ingeniero. Todos habían volado ya del nido y se habían establecido por su cuenta. Liam vivía en un estudio de Rose Street que pagaba con sus esporádicos trabajos como actor, sus ahorros de las becas concedidas por sus magníficas calificaciones y con los casos que empezaba a pasarle su hermano. Sus padres vivían en Calton Hill, en Edimburgo, aunque pasaban la mayor parte del año en una segunda residencia que poseían en Callander, a orillas del río Teith.

—Tengo que llevarte a Callander. Conociéndote estoy seguro de que te va a encantar —dijo Liam desviando la vista de la carretera durante unos segundos para mirarla.

—Será un placer acompañarte —le dijo.

—El día 23 es mi cumpleaños. Supongo que lo celebraré y, por supuesto, no hace falta decir que estás invitada. Tú y Daniel, claro.

Hubo un corto silencio que Liam volvió a romper.

—¿Puedo hacerte una pregunta muy personal?

—Adelante —respondió Amy algo recelosa.

—¿Qué has visto en Daniel? Aparte, evidentemente, de que es un guaperas y está bien situado.

—Es buen tipo. Tú debes saberlo mejor que yo, que le conoces desde hace mucho tiempo.

—Bueno… siento decirte que yo lo conozco de una manera diferente… —La volvió a mirar de reojo.

—Tú también piensas que no pegamos nada, ¿verdad?

—Yo no he dicho eso.

—No lo has dicho, pero lo piensas. Reconócelo.

—Deduzco por tus palabras que hay alguien más que ya te ha planteado esta misma cuestión, ¿me equivoco?

—Sí. Jill y Valerie, incluso Mel —reconoció Amy.

—¿Y no tienes nada que decir al respecto?

—Soy libre de estar con quien quiera. Lo único que me faltaba es tener que dar explicaciones a todo el mundo.

—Yo no te estoy pidiendo explicaciones, Amy. Sólo te estoy pidiendo una opinión. Estás saliendo con alguien que conozco desde que era un chaval y quiero saber qué tal os va porque, a decir verdad, me sorprende bastante que estés saliendo con alguien como él.

—¿Por qué no vas al grano? Hay algo que ignoro y no sabes cómo decírmelo, ¿verdad?

Liam la volvió a mirar y tardó en contestarle.

—No quiero que te hagan daño —dijo finalmente.

—¿Adónde quieres ir a parar?

—Daniel no es mal tipo. De hecho, hemos sido buenos amigos, pero debo decirte que la fidelidad no es precisamente uno de sus puntos fuertes.

—Por Dios, Liam, no voy a casarme con él.

—Lo sé, lo sé. Perdona si me estoy inmiscuyendo demasiado, pero me caes fenomenal y no soportaría ver cómo sufres.

Amy guardó silencio.

—¿No te habrás enfadado? —Desvió sus ojos hacia ella con semblante preocupado. Esta vez retiró la mano izquierda del volante para agarrar suavemente la muñeca de Amy y volver a retirarla.

Amy lo miró a los ojos de una forma que Liam no supo cómo interpretar.

—No pasa nada. —Fue lo único que dijo.

No volvieron a pronunciar palabra hasta que llegaron a Glasgow.


Liam dejó su Golf en un parking cercano a Sauchiehall Street. De aquella manera Amy podría pasear y echar un vistazo a todas las tiendas de aquella bulliciosa zona comercial mientras él se dirigía a una notaría de Regent Street para retirar varias escrituras relacionadas con un asunto de herencia que llevaba a medias con su hermano Keith. Después iría al despacho de Michael MacGregor, un colaborador, para llegar a un acuerdo sobre un tema de despido y desahucio. Le entregó un mapa de la ciudad antes de verse con ella en un par de horas aproximadamente en el Griffin Bar de Bath Street.

Después de dar un primer paseo por Sauchiehall Street y sus alrededores, Glasgow School of Art o el Royal Concert Hall, tomó un autobús para dirigirse a George Street. Aprovechó para sentarse a descansar en uno de los bancos de George Square mientras contemplaba la fachada de la City Chambers y la estatua de Walter Scott sobre su columna central. Echó un vistazo a la Gallery of Modern Art. Miró el reloj y al ver que no le quedaba mucho tiempo decidió dirigirse al lugar en donde Liam la estaría esperando. Llegó diez minutos tarde y lo distinguió a lo lejos en la puerta de Griffin mirando de un lado a otro de la calle con expresión inquieta. Esa inquietud se convirtió en una cordial sonrisa cuando la vio acercarse entre los peatones.

—Estaba empezando a preocuparme —le dijo.

—Lo siento, me despisté con el tiempo.

—No te preocupes. Después de comer te acercaré a los sitios que no has podido ver. ¿Tienes hambre?

—¿Tú qué crees?

Le pasó el brazo cariñosamente alrededor de los hombros para sorpresa de Amy y ambos entraron en el local. Cómo venía siendo habitual, el tiempo al lado de Liam se le pasaba con demasiada rapidez. No quería que aquel día acabara. A pesar de la conversación que habían mantenido durante el viaje de ida, en ningún momento se sintió incómoda. No paraba de contar historias y de inventar chistes. Llegó un momento en que le tuvo que pedir que parara porque le estaba dando la sensación de que empezaba a faltarle el aire de tanto reír. Era un auténtico payaso.

Después de almorzar, Liam le enseñó algunos rincones típicos de Glasgow desconocidos para los turistas. La condujo hacia la universidad para mostrársela. Amy pensó que no tenía nada que envidiar a la de Edimburgo. Después visitaron la catedral de la que Amy tomó unas preciosas fotos.

—Hay un sitio que quiero que conozcas antes de irnos —le dijo Liam aprovechando que estaban de nuevo cerca de Bath Street.

El sitio resultó ser Cooper Hay, una librería. Qué mejor sitio para una escritora aficionada que un lugar como aquel en el que según Liam se podía encontrar cualquier ejemplar raro que te empeñaras en buscar.

Amy se despistó expresamente para ir en busca de un libro de un escritor estadounidense cuyo apellido era curiosamente Wallace y cuyo título también curiosamente era *The Writing of One Novel*. Antes de pagarlo en caja y de que le pusieran un papel de regalo, sacó un bolígrafo de su bolso para escribir una pequeña dedicatoria. Liam estuvo a punto de pillarla in fraganti. Afortunadamente ya estaba empaquetado así que no tuvo ocasión de verlo. Le mintió diciéndole que era un libro para su madre.

Salieron de Glasgow hacia las seis de la tarde. No llevaban ni diez minutos de camino, cuando Amy sintió que se le cerraban los ojos. Liam aprovechó un semáforo en rojo en Springburn Road para coger su abrigo del asiento trasero y colocarlo suavemente encima de Amy. Ella se removió en su asiento esbozando una perezosa mueca de agradecimiento por su amable gesto.

—Gracias —le dijo en un débil murmullo.

—Sshh, descansa.

Amy volvió a levantar vagamente sus párpados para encontrarse con aquellos radiantes ojos azules que la observaban sin pestañear con una asombrosa ternura. Volvió a dedicarle una sonrisa antes de que el sueño la venciera de nuevo.

# Capítulo diez

*T*rató de aguzar el oído, pero aquellos gritos parecían perderse en la lejanía. No lograba averiguar de dónde procedían. Sintió que le faltaba la respiración. Quería pedir ayuda pero no podía articular palabra. Aquel sonido… ¿Era lluvia?… ¿Tormenta? Sentía cómo el agua la estaba empapando. ¿Por qué nadie podía escucharla? ¿Dónde estaba? Volvió a abrir la boca para decir algo y trató de moverse, pero un dolor atroz le atravesó la espina dorsal.

—…no pude evitarlo, se metió en mi carril y debió de perder el control del vehículo al entrar en la curva con esta maldita lluvia ¡Oh Dios mío! —decía una voz masculina desesperada en la distancia.

—…aquellas luces… la ambulancia… y los bomberos… ya llegan. —Era la voz angustiada de una mujer.

Amy trató de gritar, pero de nuevo se vio incapaz de hacerlo. La vista se le volvió a nublar mientras inconscientemente se llevaba la mano a su costado. El simple roce le provocó una terrible tortura. Notó cómo una sustancia viscosa se deslizaba por su frente. Trató de respirar, pero no lo conseguía por más que lo intentaba. Iba a perder el conocimiento.

—Leah… —fue lo único que dijo en un hilo de voz.

De nuevo la oscuridad total. Después, la nada.


Liam se despertó con el corazón acelerado. Le faltaba el aire y por un brevísimo instante creyó que se ahogaba. Se pasó la mano por la frente y se dio cuenta de que estaba empapado.

Trató de alcanzar el interruptor de la lámpara de su mesilla de noche, pero sintió que sus manos no le respondían. Estaba temblando. Con lentitud trató de incorporarse en la oscuridad. Había sido una pesadilla. Aunque le hubiera parecido de lo más real, había sido sólo una pesadilla. Con torpeza, logró finalmente encender la luz. Faltaban pocos minutos para las cuatro y media de la madrugada.

Sobre el edredón se encontraba el manuscrito entreabierto de Amy. Había cerrado los ojos plácidamente pensando en su agradable imagen durmiendo en el asiento de su viejo Golf. Esa apacible sensación se había convertido en un aterrador estremecimiento que no sabía cómo explicar.

Fue a darse una ducha para tratar de ahuyentar los fantasmas que parecían perseguirle. Después bajó silenciosamente a la cocina para prepararse un té. Volvió a tomar asiento en el sofá del salón dispuesto a continuar recordando a Amy.

Aquel viernes por la noche, Liam la dejó sana y salva en la puerta de Drummond Street. La citó a la mañana siguiente para invitarla a desayunar e ir a los ensayos del Traverse. Amy cayó rendida bajo las mantas, feliz ante la perspectiva de que pasaría un día más junto a Liam. Liam, sin embargo, se pasó la noche en vela leyendo el manuscrito que había descubierto en la biblioteca. Desayunaron en una cafetería cercana a su apartamento. A pesar del aspecto cansado de Liam, estaba muy guapo.

—La culpa de este aspecto la tienes tú —le dijo en tono bromista—. Me pasé la noche leyendo *El momento perfecto*.

—¿Hablas en serio? ¿Te has pasado la noche en vela por culpa de…?

—Por culpa de algo que me impedía quedarme dormido porque me tenía enganchado —interrumpió.

—¿Estás siendo sincero conmigo? No quiero que me halagues si no me lo merezco.

—Mereces algo más que halagos. Eres buena, pero que muy buena.

—Liam, no juegues conmigo. Esto es más importante de lo que crees.

Liam acercó su silla hacia el borde de la mesa para estar más cerca de ella. Tomó el rostro de Amy con ambas manos y lo acercó aún más hacía él. Amy pudo sentir sobre ella el aliento a café. Tuvo que cerrar los ojos un instante para no ahogarse en aquellas dos piscinas de agua cristalina.

—Mírame —le ordenó con voz socarrona.

Amy volvió a encontrarse con la realidad.

—Escúchame bien. Es lo mejor que he leído en mucho tiempo. Tienes talento y sería egoísta de tu parte esconder semejante aptitud. No te estoy diciendo que lo abandones todo para dedicarte a esto. Hay que ser consciente de la realidad, pero no pierdes nada con intentarlo.

Amy sujetó las manos de Liam y las volvió a deslizar hacia la superficie de la mesa.

—Tienes que creer más en tus posibilidades —le animó apretando suavemente las manos de Amy entre las suyas.

—¿Por qué demonios me haces sentir tan bien?

—Vaya —le soltó las manos—. Creía que eso de hacer sentir bien a alguien era una virtud y a juzgar por la cara que estás poniendo en este momento parece ser un inconveniente —protestó a regañadientes con media sonrisa en los labios.

—Tienes una percepción de las cosas. No sé si es intuición, agudeza… Dios… eres excepcional. Es difícil encontrar a alguien como tú.

—Hay mucha gente como yo, te lo aseguro.

—Pues dime dónde, muchacho, que me los llevo a todos a San Francisco.

—De eso nada, conmigo debería bastarte. No seas avariciosa.

—Qué fácil es quererte, Liam Wallace —le dijo Amy.

Hubo un repentino y breve silencio. Aquel comentario le había pillado totalmente fuera de juego.

—Pues si quieres que yo también te quiera, a partir de ahora tendrás que seguir mis consejos —añadió Liam rompiendo el hielo.

—Prometo escucharte.

—¿En todo?

—En todo.

—Bien… tomaré nota de lo que has dicho y muy pronto te pondré a prueba.

Esta vez la picaresca de su sonrisa no dejó indiferente a Amy.

La mañana de ensayos fue un conglomerado continuo de emociones. Liam, como era de esperar, estuvo magnífico. Pese a que Amy le increpaba en los descansos con referencia a algunos puntos del guion que podrían ser retocados, Liam terminó cediendo junto con el productor y guionista para darle la razón. Incluso ensayó algunas escenas con él y tuvo que reconocer que era como trasladarse a una dimensión desconocida.

Pasaron juntos el resto del día y hacia las nueve de la noche cada uno se retiró a su respectivo apartamento.

Amy aprovechó la ausencia de Daniel para poder disfrutar durante más tiempo de la compañía de Liam. Quedaron para estudiar algunas tardes en la biblioteca. Los exámenes estaban cerca. Había comenzado a asistir a algunas clases del posgrado y a Amy se le iluminaba el rostro cada vez que lo veía aparecer por clase.

Daniel regresó de Holanda el viernes por la tarde y fue a buscarla a la biblioteca. La encontró, como ya le habían comentado, acompañada de su inseparable Wallace. Amy salió fuera, dejando a Liam dentro para no hacer mucho ruido en el recinto.

—¿No me vas a dar un beso? —le preguntó Daniel.

Amy lo agarró por el cuello y lo besó con una extraña efusividad que ni ella misma esperaba. No supo si era porque realmente quería besarlo o porque después de una semana llena de ambigüedades por parte de Liam, su mente le estaba jugando malas pasadas.

—Vaya, parece que me has echado de menos.

—Mucho —le dijo deseando estar convencida de sus palabras—. Podría haber ido a buscarte al aeropuerto, pero se me he echado el tiempo encima.

Daniel volvió a buscar sus labios en el instante en que Liam salía de una de las puertas de la biblioteca con sus pertenencias y las de ella.

Amy se separó de Daniel para ir en su busca. Daniel la siguió.

—Gracias. No tenías que haberte molestado —dijo Amy mientras Liam le entregaba sus carpetas, su abrigo, bufanda y bolso.

—¿Vienes a tomarte algo con nosotros? Te invito; es lo menos que puedo hacer para agradecer el haberte ocupado de mi chica durante esta semana —intervino Daniel.

Liam supo que Amy detestó aquel comentario.

—Ha sido un auténtico placer conocer a Amy más a fondo. Sería yo quien tendría que agradecerte el que hayas estado fuera durante una semana para poder ocuparme de ella.

La tensión era claramente indiscutible. ¿De qué iba Liam con esa conducta de idiota adolescente?

—En ese caso, estamos en paz —respondió Daniel.

—¿De veras que no te apetece venir con nosotros? —A Amy, de repente, dejó de apetecerle la presencia de Daniel.

—He hecho planes.

—No me habías dicho nada.

—Contaba con que hoy tendrías muchas ganas de ver a Daniel así que me he organizado por mi cuenta. De todas formas seguro que coincidimos en algún bar.

Si las miradas mataran, Liam sabía que Amy lo habría fulminado allí mismo.

—Bien, en ese caso, nos veremos por ahí —añadió Daniel tendiéndole la mano a Liam. Liam la chocó con la suya y se despidió de ellos dejando a Amy sin posibilidad de réplica alguna.


La cena junto a Daniel pasó sin pena ni gloria. Trató de escuchar atentamente sus aventuras y desventuras en el Congreso de La Haya pero evidentemente su mente estaba en otra parte. Daniel pagó la cuenta y se dirigieron a Finnegan's a tomar una copa antes de regresar a casa. Con la gran cantidad de pubs que existían en la ciudad de Edimburgo, Liam había tenido que elegir precisamente aquel lugar.

Charlaba animadamente junto a la barra con la misma chica con la que estuvo aquel primer día de la biblioteca. Cuando él la descubrió entre la afluencia de gente, se limitó a levantar la cabeza en señal de saludo. Obviamente, Amy hizo lo mismo.

A partir de ese momento comenzó la guerra en silencio entre ambos. Se ignoraban mutuamente, pero al mismo tiempo se vigilaban. Perdió el contacto visual debido a un grupo de cuatro personas que se habían colocado justo delante de ellos. Trató de disimular sus estiramientos de cuello delante de Daniel. En aquel instante lo vio besando a la chica y una oleada de malestar la inundó. ¿Qué demonios le estaba sucediendo? Liam era su amigo, su amigo del alma. Ella estaba con Daniel, por Dios. ¿Cómo podía estar ocurriéndole aquello? Por supuesto que Liam era libre de besar a quien le viniera en gana. Pero su forma de actuar la estaba dejando perpleja. ¿Qué demonios pretendía?

—¿Por qué no me llevas a casa? —le rogó a Daniel—. Aquí hay demasiada gente y tengo ganas de estar a solas contigo.

—Estaba esperando a que lo dijeras —dijo plantándole un beso en los labios.

Daniel la tomó de la mano para sacarla del local. Aquella noche prefirió no quedarse en Drummond Street. Una confusa sensación de deseo la ahogó cuando Daniel se metió con ella bajo las mantas y empezó a acariciarla. La arrastró con él en un desbordante ir y venir de sobresaltos. Cuando parecía que los movimientos se suavizaban, Amy lo atraía de nuevo con el hechizo de sus manos y Daniel se sintió plácidamente sometido. Jamás pensó que la dulce Amy se pudiera comportar así. Agradeció a Liam en silencio lo que acababa de provocar en ella.

# Capítulo once

*L*a semana siguiente la pasó refugiada en sus estudios. Sabía que Liam ya se había examinado para poder colegiarse definitivamente, pero no hubo manera de localizarlo. Tampoco quería preguntar demasiado por él después de lo ocurrido el fin de semana anterior. Llegó el día de su cumpleaños sin que hubiera tenido noticias suyas y sintió una tremenda tristeza porque deseaba entregarle el regalo que le había comprado en Glasgow. De repente tuvo una idea. Dejó todo lo que estaba haciendo y consultó la hora. Las cuatro de la tarde. Se puso ropa de abrigo y bajó a la calle con su bolsa de Cooper Hay. Hacía mucho frío, así que tomó el primer autobús que la dejara cerca del Traverse. Era día de ensayo y quizás había una posibilidad de que aún se encontrara allí. Cuando llegó a su destino se identificó ante uno de los conserjes diciendo que venía en busca de Liam Wallace.

—Acaba de salir hace diez minutos, señorita. ¿Puedo hacer algo por usted?

Amy no dijo nada. En ese momento oyó algunas risas que venían de uno de los pasillos que daban al lateral del teatro. Vio aparecer por la esquina a Michael, un compañero de reparto de Liam.

—¡Hola, Amy! —Se dirigió hasta ella con una agradable sonrisa—. Después os veo, chicos. ¿Qué tal? Te hemos echado de menos. ¿Cómo es que no has venido con Liam? Acaba de marcharse hace un rato, ¿no te has cruzado con él?

—No. Acabo de llegar. Es sólo que bueno… no he sabido nada de él en toda la semana. Sé que habrá estado ocupado.

—Se examinó el martes —aclaró Michael.

—Lo sé y por eso quería saber cómo le había ido.

—Salió bastante contento, así que no creo que vaya a tener problemas para aprobar.

—¿Te importaría darle esto cuando lo veas? —dijo mostrándole la bolsa de Cooper—. Hoy es su cumpleaños y…

—¿Por qué no se lo entregas personalmente? —preguntó Michael algo confundido. Cuando percibió la inquietud de Amy no pudo evitarlo y quiso ir más allá—. ¿Ha ocurrido algo? Quiero decir… bueno… nos ha resultado raro que no hayas venido a los ensayos de esta semana… y Liam… a decir verdad estaba un poco raro e incluso enojado. Suponíamos que era por los exámenes, pero me da la impresión de que hay algo más.

—No ha ocurrido nada que yo sepa —mintió Amy.

Michael guardó silencio.

—¿Me harás el favor? —le suplicó—. Seguro que lo verás esta noche. Prométeme que se lo entregarás.

—De acuerdo, parece que no tengo elección. Pensaba que tú también estarías en esa celebración.

—Me voy a Glencoe a esquiar y mañana tengo que levantarme muy temprano.

—Entiendo. Bueno, haré lo que me has pedido.

—Gracias, Michael. Te lo agradezco.

—¿Puedo acercarte a algún sitio?

—No, gracias. Necesito pasear un rato. Me vendrá bien despejar la mente.

Amy se encaminó hacia la salida.

—Esperamos verte pronto por aquí —le dijo Michael convencido de que algo no iba bien.

—Yo también lo espero —contestó Amy con una sonrisa en los labios pero con tristeza en los ojos.

Michael sabía que no se equivocaba al pensar que Amy y Liam estaban hechos el uno para el otro. El problema radicaba en que ninguno de los dos se había dado cuenta y, en caso de que fueran conscientes de ello, no parecía que estuvieran dispuestos a reconocerlo.

Y

Su estancia en Glencoe le hizo olvidar los nostálgicos momentos del día 23 de noviembre. Habría deseado ver su rostro cuando abría el libro y leía su dedicatoria. ¿Qué estaría haciendo en aquellos instantes? Lo echaba terriblemente de menos. Daniel se percataba de los momentos en los que parecía no estar con él. La observaba y se daba cuenta de ello, pero fue lo suficientemente inteligente como para no hacer preguntas de las que probablemente no quería escuchar la respuesta. El colmo del fin de semana llegó el día de partida hacia Edimburgo. Amy sufrió una absurda caída al bajar del telesilla que le hizo retorcerse de dolor en su pie derecho. Cuando entraban en la ciudad, el aspecto del tobillo empezó a empeorar y Daniel tuvo que llevarla a urgencias. Tenía un esguince de grado tres. A pesar de que Amy se negó en rotundo, terminó dejándose escayolar el pie después de las advertencias del médico y del propio Daniel.

—Deberías quedarte aquí mientras lleves la escayola —dijo Daniel sentándose a su lado en el sofá y entregándole una taza de sopa caliente.

—Sabes que no puedo —dijo mientras bebía de la taza—. Te lo agradezco, pero mi apartamento está más cerca de la facultad y me las podré apañar mejor. Además, tengo buenos vecinos y Jill está cerca para echarme una mano.

—Estaría más tranquilo si estuvieras aquí —le dijo acurrucándose a su lado.

—Te vendrá mejor que esté lejos. En mi estado no estoy para hacer movimientos muy bruscos —dijo esbozando una leve sonrisa y soltando la taza en la mesita que tenía al lado.

—Eh… no estoy contigo sólo por el sexo… —Acercó su boca al lóbulo de su oreja y se la besó—. Me encargaré de que no tengas que moverte mucho—. Su voz estaba cargada de sensualidad. Después se inclinó hacia su rostro y Amy se dejó llevar por sus besos. Notó cómo sus hábiles manos se deslizaban bajo el tejido de su camiseta hasta la cinturilla de su pijama. Daniel percibió los débiles gemidos que escapaban de sus labios cuando localizó el centro de sus sensaciones. Amy, con los párpados medio entornados, pudo ver la insólita expresión de triunfo que se dibujaba en el rostro de Daniel.

Υ

Liam preparaba el desayuno a su padre cuando apareció en la cocina.

—Te he oído levantarte esta madrugada —le dijo mientras tomaba asiento.

Liam le llenó una taza de café recién hecho y se la puso sobre la mesa.

—Tuve una pesadilla y no hubo forma de volver a cerrar los ojos —dijo.

—Vaya…

—Ha sido espantoso, no logro recordar de qué se trataba, pero me he despertado con una sensación aterradora.

—Quizás deberías ir pensando en marcharte. No es que no quiera que permanezcas aquí, al contrario. Sabes que no hay nada en este mundo que me pueda hacer más feliz. Pero la realidad es distinta y quieras o no tienes que volver a ella. He visto las noticias, Liam. A pesar del comunicado que hizo Clyde en tu nombre hace una semana, la prensa está ansiosa. No has dado señales de vida y están empezando a especular con tu asistencia a la ceremonia de los Oscar. Faltan sólo diez días.

—Deja que sigan especulando. Con algo tienen que rellenar los espacios televisivos.

—No te veas obligado a permanecer aquí por mí. Voy a estar bien, así que deja de preocuparte.

—La prensa sabe perfectamente que voy a acudir a los Oscar. En muchas ocasiones dependemos de ellos. Un día te levantan y al siguiente te aplastan. Soy lo que soy y me han tenido que aceptar así; para bien o para mal.

—Te has ganado ese cariño incondicional tú solo. No he conocido a ningún actor que llegue a un estreno y haga esperar en el interior a toda la comitiva que le acompaña mientras él se dedica a firmar autógrafos y a escuchar a todos y cada uno de los que están allí esperando para verlo desde hace horas. O cuando te persiguen cuando sales a correr cerca de tu casa o a pasear al perro. ¿Y qué me dices de los que te acompañan a la salida y a la entrada de cada restaurante que frecuentas? No sé cómo has podido aguantarlo.

—Es el precio que hay que pagar. Estoy donde estoy por la gente. Sin público no sería nada. Si me respetan será porque yo también los he respetado a ellos.

—Aunque no lo creas estoy muy orgulloso de ti.

—Lo sé.

—Si no te dan ese Oscar es que son todos unos ineptos.

—Tomen la decisión que tomen tendré que aceptarlo como todo en esta vida.

Retiró el pan caliente del tostador y lo puso sobre una bandeja que dejó al lado de James. Se sentó junto a él y comenzó a untar las tostadas con mermelada.

—No te preocupes porque ya lo tenía decidido y me marcho pasado mañana. Llamé a Clyde ayer por la noche para darle instrucciones —dijo sin levantar la vista del plato.

—Volverás pronto, ¿verdad?

—Lo haré. En cuanto encuentre a Amy.

Aquel miércoles de principios de diciembre sonó el timbre del portero electrónico. Amy se había echado un rato sobre el sofá. A pesar de que el médico le había dicho que podría deshacerse de la escayola dentro de varios días, todavía sentía ciertas punzadas de dolor cuando hacía movimientos imprevistos con el tobillo. Sujetó la muleta que tenía al lado para dirigirse al interfono.

—¿Quién es?

—¿Amy? —Parecía la voz de Liam.

—¿Sí? —dijo aclarándose la garganta.

—Soy Liam. ¿Puedo subir?

Amy se quedó paralizada durante breves segundos. No se esperaba aquella visita.

—Si es mal momento puedo volver en…

—No… sube por favor —dijo a medida que pulsaba el botón de apertura.

Tardó menos de un minuto en llamar a la puerta. Cuando la abrió no supo cómo reaccionar. Allí estaba frente a ella con el rostro congestionado por el frío, aquel bonito abrigo azul marino, bufanda roja, aquel precioso cabello, alto y con aquellos ojazos.

—¿Estabas descansando? Podrías haberlo dicho y habría vuelto en otro momento.

—No. Estaba harta de tanto estudiar y se me han cerrado los ojos. —Se hizo a un lado para dejarlo entrar.

Le entregó una caja.

—Es para ti.

—Bombones… gracias —dijo cerrando la puerta y quedándose detrás de él.

Liam tomó nota rápidamente de todos los detalles del estudio de Amy a juzgar por los movimientos de su cabeza.

—Está muy bien. Muy acogedor —dijo volviéndose hacia ella.

—Me alegro de que te guste.

—Bueno… no estés de pie mucho rato —dijo acercándose a ella sujetándole la muleta—. Deja que te ayude. —La tomó por la cintura y la condujo hasta el sofá.

—No es para tanto —dijo Amy con media sonrisa—. Me las apaño bien sola.

—Ya veo que no necesitas a nadie.

—¿Quieres tomar algo? Ahí tienes mi mini cocina. Está casi todo a la vista así que puedes hacerte lo que quieras.

—¿Te preparo un té? —preguntó Liam levantándose.

—Preferiría café.

—Marchando dos cafés.

Se deshizo de sus prendas de abrigo colocándolas sobre el respaldo de una silla. Mientras echaba la mezcla en el filtro de la cafetera levantó la vista hacia ella y Amy aprovechó ese instante para romper aquel embarazoso silencio.

—Enhorabuena. He oído que ya estás oficialmente colegiado.

—Así es. Fue una semana bastante atípica. —Le volvió a dar la espalda mientras llenaba de agua el depósito—. De hecho, estas dos semanas se me han hecho eternas. —Colocó la cafetera al fuego y se quedó apoyado sobre la barra americana mirándola—. Gracias por tu regalo, aunque hubiera preferido que me lo entregaras personalmente. No imaginas lo que ha significado para mí.

—Me alegro de haber acertado.

—Aquella tarde vine a buscarte cuando salí del Traverse. Tendría que haberte dejado una nota o haber llamado al piso de Peter para decirle que había estado aquí, pero no lo hice. No estaba dispuesto a celebrar mi cumpleaños si tú no estabas conmigo. Michael me había dejado un mensaje en casa de mis padres diciéndome que había hablado contigo.

TÚ ESCRIBES EL FINAL

—Así fue —asintió Amy.

—También me dijo que te marchabas a Glencoe con Daniel ese fin de semana.

—Ya ves el resultado —dijo mirándose el pie—. Si lo llego a saber habría celebrado contigo tu cumpleaños.

—Te eché mucho de menos —le dijo.

Amy lo había echado de menos cada minuto, pero no se lo dijo.

—Todo volverá a la normalidad cuando me quiten esta pesadez de escayola.

Liam alzó su brazo para coger dos tazas de la estantería y buscó con la mirada el azucarero hasta que lo encontró. El olor a café recién hecho comenzó a inundar la pequeña estancia. Retiró la cafetera del fuego y llenó las tazas.

—Sólo un terrón, ¿no? —le preguntó.

—Sí, por favor —respondió Amy agradecida de que se acordara de esos pequeños detalles.

Se sentó a su lado al tiempo que le daba su taza.

—Mmm... la medida perfecta. Muy bueno —le dijo después de saborear el primer sorbo—. Estás muy guapo. Ese color te sienta muy bien.

—Gracias —dijo desviando la mirada hacia su taza. Ambos no pronunciaron palabra durante unos segundos—. ¿Qué es lo que ha cambiado, Amy? —preguntó de repente mirándola directamente a los ojos.

—¿A qué te refieres? —El nudo formado en la garganta de Amy fue demasiado evidente y Liam fue consciente de ello.

—Sabes muy bien a qué me refiero. Nos hemos contado nuestras vidas, nos hemos reído del mundo, hemos soñado despiertos. He llegado aquí y nos estamos tratando como auténticos extraños. ¿Qué te ha ocurrido?

—Creo que debería ser yo quien te planteara esa cuestión. ¿Acaso has olvidado tu comportamiento de hace varias semanas cuando Daniel volvía de Holanda?

—¿Qué pasa ahora con Daniel?

—No. La pregunta es ¿qué pasa contigo? «He hecho planes.» «Contaba con que tenías ganas de ver a Daniel.» «Gracias por haber estado fuera y dejar que me ocupe de ella.» Por Dios, me sentí como una pieza de ganado. Y para ponerle la guinda a la noche, te encuentro en Finnegan's besuqueándote con esa pelirroja y me tratas como a una desconocida.

—Vaya, ahora resulta que tengo que pedirte permiso para enrollarme con una tía.

—Eres idiota —le dijo sacudiendo la cabeza en un gesto desesperado.

—¡Con que es eso! ¡Estás celosa! —exclamó Liam poniendo los brazos en alto y echándose atrás sobre el respaldo del sofá.

—¿Celosa yo? Somos amigos, Liam. ¿Cómo voy a estar celosa de que beses a otra?

—Habría jurado que lo estabas.

—Y yo habría jurado que estabas disfrutando haciéndome creer que lo estaba.

—Después de todo me lo tienes que agradecer. Seguro que aquella noche te fuiste calentita a la cama con Daniel.

—Eso ha sido un golpe bajo y lo sabes. En el fondo no soportas que esté con Daniel.

—Tienes razón. No lo soporto. Estás perdiendo un tiempo precioso con él y no me gusta oír las cosas que estoy oyendo.

—No te andes con rodeos, Wallace. Estoy empezando a mosquearme.

Liam se levantó soltando de un ligero golpe su taza de café sobre la mesa. Se acercó hacia la ventana que daba a la misma calle Drummond dándole la espalda. Era la primera vez que Amy lo veía realmente enfadado.

—Maldita sea —le dijo sin mirarla—. Va diciendo por ahí que estás colada por otro al que no puedes conseguir. El muy chiflado dice que ahora los polvos contigo son espectaculares porque sabe a ciencia cierta que piensas en ese otro cuando te está follando y que eso lo pone a cien.

—Dios mío… —murmuró Amy— eso es una barbaridad.

—No sé a qué demonios esperas para plantarlo —dijo volviéndose hacia ella con evidente resentimiento en su rostro.

—Son rumores sin fundamento —replicó Amy.

—No son rumores. Lo que te acabo de decir me lo confesó él mismo.

De nuevo se produjo un desagradable silencio.

—¿Y por qué a ti? —preguntó mostrando una expresión preocupada y aturdida.

Liam volvió a sentarse a su lado tratando de tranquilizar su estado de ánimo.

—Prefiero no saber la respuesta a esa pregunta. Si saberla implica que voy a perderte, no quiero saberla.

—Dios… si tengo que pasar el resto del año como estas últimas semanas, te juro que me vuelvo a San Francisco.

Liam pasó un brazo alrededor de su hombro para acercarla a él. Amy se recostó sobre su pecho mientras sentía como deslizaba su mano por sus cabellos. Era la primera vez que su contacto físico era tan próximo.

—Siento haberme pasado de la raya. Te apoyaré tomes la decisión que tomes —le dijo con voz suave.

—No vuelvas a ponerme a prueba, Liam. Aquel día me dijiste que pronto me pondrías a prueba y lo has hecho; vaya si lo has hecho.

Liam la sujetó por el mentón, obligándola así a levantar su rostro hacia él.

—No he pretendido ponerte a prueba, pero si te sirve de algo he de decirte que la has superado con creces.

Amy volvió a huir de su mirada recostándose de nuevo sobre el suave tejido de su jersey.

—No vuelvas a hacerlo porque no estoy segura de poder superar la próxima. Si eso implica una mínima posibilidad de perder tu amistad, prefiero no correr el riesgo.

Liam no tuvo fuerza moral para replicarle. Sabía que no había mucho más que añadir.

—¿Qué haría yo sin ti? —preguntó aferrándose aún más contra él en un débil susurro.

Liam la abrazó aún con más vigor haciéndose en silencio la misma pregunta que acababa de hacerle Amy.

# Capítulo doce

*E*l viernes por la mañana se aventuró a deambular por las calles de Edimburgo. Enfundado en tanta ropa de abrigo, gorro de lana e incluso gafas de sol aunque el cielo estuviera algo cubierto, lograría pasar inadvertido. A pesar de todo, estaba plenamente convencido de que en la ciudad donde había pasado la mayor parte de su vida disfrutaría sin duda de una mayor intimidad de la que venía disfrutando en los últimos años. Escocia era diferente.

Después de haber telefoneado a Keith y Jane solicitando sus respectivos permisos, se dirigió al colegio Saint Margaret para esperar a sus sobrinos a la salida de clase. En el instante mismo en que bajó de su vehículo se deshizo de todo aquello que impedía que le reconocieran. Quería causar precisamente el efecto contrario en cuanto cruzara la calle para dirigirse al encuentro de Matt y Sarah. Pidió a Jane que les mintiera diciéndoles que era el abuelo James quien vendría a por ellos para llevárselos.

Cuando cruzó Suffolk Road hacia la calle principal del edificio que congregaba la enseñanza primaria advirtió las miradas y los susurros de todos los transeúntes. Distinguió a Matt por su alegre abrigo rojo y por la forma exagerada y peculiar de arrastrar los pies sobre el asfalto. Cuando giró su cabeza y reparó en la presencia de su tío que se aproximaba hasta ellos, gritó emocionado el nombre de su prima que estaba a varios metros de él charlando con sus compañeras de clase. Ambos hicieron caso omiso a sus compañeros y salieron corriendo a su encuentro. Liam rodeó a ambos con cada brazo y los acercó a él para darles un beso ante la mirada atónita de toda la afluencia de niños y adultos que comenzaban a aglomerarse a su alrededor.

Después de que Matt repitiera hasta la saciedad a todos los que pasaban a su lado que aquel era su tío Liam Wallace y de que Sarah contemplara prendada cómo hablaba con alumnos, padres y algún que otro profesor al tiempo que firmaba autógrafos y gastaba bromas dejándolos a todos encandilados, subieron al vehículo para ir a tomar un tentempié a un Starbuck de la Royal Mile.

—¿No te cansas de la gente? —preguntó la avispada Sarah mientras mordisqueaba un bizcocho de caramelo.

—Si te digo la verdad, a veces sí, pero no se lo digas a nadie —le dijo Liam bajando el tono de voz y mirando de un lado para otro.

Sarah sonrió ante aquel gracioso gesto.

—Papá y tía Jane dicen que no sabes disimular —prosiguió Sarah.

—¿Disimular qué?

—Que estás harto de que te persigan y todo eso. A veces se te nota mucho que estás enfadado.

—¿Y? —Liam se preguntaba adónde quería llegar.

—Papá también dice que la gente te sigue queriendo aunque te enfades porque cuando te enfadas en realidad no pareces enfadado sino triste.

—Vaya… —Liam se quedó perplejo.

—¿Y qué dice mamá? —preguntó Liam dirigiéndose a Matt que acababa de devorar en dos bocados su trozo de tarta.

—Mamá dice que eres el mejor. —Las comisuras de su boca estaban llenas de chocolate. Era una delicia ver aquella traviesa sonrisa.

Su pequeño momento de intimidad acabó cuando un grupo de turistas que subieron a la segunda planta de la cafetería se acercaron para solicitar una foto con el gran Wallace.


Después de dejar a los chicos en casa de Jane y de despedirse de ellos con una terrible pena, retomó de nuevo el simple placer de pasear por las calles que lo vieron crecer. Volvió al lugar donde estaba aparcado su vehículo con intención de hacer su primera visita al Traverse despúes de doce años. Le sorprendió ver allí a Neil, el mismo conserje. Lo conoció de inmediato y lo abrazó amigablemente al tiempo que le mostraba sus condolencias por la muerte de su madre. Edimburgo seguía siendo una pequeña ciudad después de todo. Dudaba que Neil se hubiera enterado por una nota de prensa. Su familia ya era querida en Edimburgo mucho antes de que Liam se decidiera a poner los pies en un teatro. Estuvo más de media hora charlando con él sobre los cambios sufridos en el Traverse en la última década. Tardó poco tiempo en formarse un gran revuelo debido a su presencia en el lugar y Liam se sintió feliz de estar rodeado de sus conciudadanos.

Se encaminó hacía el escenario en el que tantas veces había soñado despierto. Un grupo de jóvenes ensayaba algunas escenas bajo la supervisión de su director. Cuando se percataron de su presencia suspendieron su actuación impresionados por la visita inesperada. Liam les rogó que continuaran y pidió permiso para sentarse en la primera fila para ver la actuación. Se sintió como todo un veterano a pesar de no serlo ni mucho menos. A sus casi treinta y siete años le daba la sensación de haber vivido varias vidas, cuando en realidad no hacía tanto tiempo que él había estado ocupando aquel mismo lugar.

Cuando terminó la escena comentó sus impresiones con el joven director y se unió al resto del reparto para felicitarlos. Más de uno fue a buscar su móvil para inmortalizar el momento. Cuando se marchó de allí habiendo recibido un aluvión de abrazos y buenos deseos para los Oscar, se vio desbordado por una extraña sensación de opresión en el pecho. Una sensación que se fue hasta su garganta y que le obligó a tomar el aire con fuerza para después expulsarlo antes de poner en marcha su vehículo.

«Demasiada nostalgia», pensó.

Sin saber la razón, retrocedió para dar la vuelta y dirigirse a Drummond Street. La puerta seguía manteniendo aquel alegre color azul. Multitud de recuerdos se empezaron a agolpar en su mente. Desvió la mirada hacia el cruce con Nicolson Street cuando vio salir de aquel edificio a un matrimonio con una niña algo mayor que Sarah. El hombre tiraba de una maleta. Su rostro le era familiar. Había un taxi esperándolos justo delante. El taxista se bajó para ayudar a la pareja con el equipaje y fue entonces cuando la reconoció. En el instante en que se volvió hacia su marido y rompía a llorar en sus brazos lo supo. Se trataba de Jill, la prima de Amy. Y aquel que la sostenía en sus brazos calmando sus sollozos era Mel. La niña pelirroja que en ese instante se agarraba apenada a su madre debía de ser la hija de ambos. ¿Qué estaba ocurriendo? Indeciso abrió la puerta y bajó del coche. Comenzó a caminar con paso firme hasta la esquina de la calle cuando de pronto se detuvo en seco. De repente el pánico se apoderó de él.

Observó cómo Jill se dirigía hacia la puerta del taxi en el instante mismo en que él había interrumpido sus pasos. Ella intuyó la presencia de alguien que la observaba a varios metros y dirigió una fugaz mirada hacía aquel individuo. Liam se giró para volver hacía el vehículo, invadido por la incertidumbre y el temor. Una vez dentro, volvió a respirar con calma y abrió la guantera en busca de su móvil. Lo conectó y tecleó el nombre de Clyde. Tardó en responder y pensó que estaría reunido, pero al quinto tono oyó como descolgaban.

—¿Qué tal? ¿Cómo va todo? —Su voz era tranquilizadora—. No has perdido el tiempo. Ya hay varios videos tuyos colgados en Youtube durante tu estancia en Edimburgo.

Liam sintió cierto alivio al escucharlo. Clyde debió de notar su respiración acelerada.

—Liam, ¿estás ahí? ¿Va todo bien?

—Sí, todo va bien —respondió con voz ahogada.

—Mientes —le dijo—. Dime qué te ocurre.

Liam tardó en hablar.

—Necesito que me hagas un favor personal —dijo al fin.

—¿De qué se trata?

—Aunque tú no te encargues personalmente quiero la máxima discreción, ¿entendido?

—¿Por qué no vas al grano?

—Quiero que investigues lo que ha sido de Amy MacLeod durante estos últimos diez años.

—¿Amy MacLeod? Pero... —Clyde tragó saliva antes de continuar pero no pudo pronunciar palabra. Agradeció que Liam continuara con la conversación.

—Se licenció en Derecho por la Universidad de Stanford en

el año 93, por si lo habías olvidado —interrumpió Liam—. Su madre, viuda de Angus MacLeod vivía en San Francisco, Pacific Heights y se llama Emily. Lo último que sé de ella es que —tomó aire antes de continuar— se iba a casar con un argentino llamado Jorge Stich que trabajaba con ella en el mismo bufete, Murray & MacBride.

Hubo un engorroso mutismo a ambos lados de la línea telefónica porque tanto uno como otro sabían lo que venía a continuación.

—A ambos les ofrecieron un buen puesto en las oficinas de América Latina, concretamente Buenos Aires —prosiguió Liam—. Aunque eso ya lo sabes de sobra porque estabas allí presente si mal no recuerdo. —El tono que utilizó fue manifiestamente ofensivo—. Estos son todos los datos que te puedo facilitar.

—Me dejaste claro hace tiempo que no querías saber nada de ella. ¿A qué viene ahora todo esto? —preguntó Clyde sorprendido y aterrado.

—No hagas preguntas, por favor. Haz lo que te he pedido, pero sin hacer preguntas.

—No habrás cambiado de opinión, ¿no? Vas a volver pasado mañana.

—Sí. Regreso pasado mañana.

—Te veré en Nueva York. Tenemos que atender allí unos asuntos durante un par de días. Conecta tu ordenador portátil durante el viaje de vuelta y te pondré al corriente. Tienes mucho trabajo acumulado.

—De acuerdo —obedeció Liam sabiendo que no tenía otra elección.

—Sé que me has dicho que no haga preguntas y lo siento, pero tengo que hacerte una si quieres que lleve a cabo tu encargo con la máxima celeridad y diligencia. Siempre he tenido curiosidad al respecto.

—Adelante —respondió viendo que no tenía escapatoria.

—Ella, quiero decir, Amy MacLeod. ¿Tiene ella algo que ver con el anillo? —preguntó sabiendo perfectamente cuál sería la respuesta.

Liam permaneció callado preguntándose a qué demonios venía que le hiciera esa pregunta a aquellas alturas.

—¿De qué me hablas? —preguntó con voz recelosa.

—Sabes perfectamente de qué estoy hablando. Ese viejo anillo que te has negado a quitarte en los rodajes de las escenas de tus películas.

De nuevo otro largo y penoso silencio.

—Sí. Es ella.

—De acuerdo. Tendrás tu informe encima de la mesa en menos de una semana. Nos vemos el miércoles. Buen viaje, Liam.

—Ah, otra cosa más —dijo Liam mientras buscaba un teléfono en la agenda del móvil—. Apunta este número. —Liam lo enumeró—. Es Charlie Mortensen. Encárgate de facilitarle un par de invitaciones para los Oscar.

—¿Charlie Mortensen? ¿Quién diablos es…? No puedo hacer algo así y lo sabes.

—Sí que puedes, así que simplemente, hazlo, ¿vale? —interrumpió Liam algo ofuscado.

—De acuerdo.

—Gracias. Adiós, Clyde.

Clyde permaneció temblando varios minutos mirando al vacío rogando para que aquella llamada que acababa de recibir no hubiera sido más que producto de su imaginación.

Liam, mientras hablaba por teléfono, no advirtió cómo el taxi de Jill pasaba por su lado. Tampoco advirtió cómo giraba la cabeza en su dirección con una mirada interrogante. ¿Era Liam Wallace lo que habían visto sus ojos?

# Capítulo trece

*D*iez días después, Daniel Harris caminaba apresurado por el pasillo de su domicilio mientras se ponía un albornoz para acudir a la llamada de alguien que pulsaba el timbre con insistencia.

—Ya voy… —dijo mientras deslizaba el cerrojo sin mirar por la rejilla.

Cuando abrió la puerta se encontró con una enfurecida Amy que entraba a trompicones en el vestíbulo. Daniel se hizo a un lado con rostro estupefacto para dejarla pasar y cerró la puerta tras él.

—Perdona, me has pillado en la ducha… no sabía que… —De repente se detuvo para contemplarla allí frente a él sumida en un ataque de nervios y cruzada de brazos mirándolo con una expresión exacerbada—. ¿Se puede saber qué demonios te pasa?

—Eres un pedazo de imbécil, ¿sabes?

—Creo que me he perdido… —le dijo.

—¿Por quién me has tomado, Daniel? ¿Quién te crees que eres para ir hablando por ahí de nuestros sentimientos? ¿Cómo te has atrevido a decirle semejante atrocidad a Liam? Has hecho que esté a punto de perderlo. —Se fue hacia él enfurecida golpeándole el pecho con los puños—. Liam es mi amigo y es intocable, ¿me oyes? Si vuelves a hacer algo parecido te juro que…

Daniel le sujetó ambas muñecas con fuerza.

—¿Qué? ¿Qué es lo que vas a hacer? ¿Dejarme?

Amy se deshizo de sus manos.

—¿Por qué sigues conmigo? —le preguntó Amy.

—Sería yo quien debería hacer esa pregunta. Era sólo cuestión de tiempo.

—¿De qué hablas? —Su voz denotaba una clara indignación.

—Basta ya de juegos, Amy. ¿Es que no te has dado cuenta? Por Dios, es más que evidente. Desde el mismo día en que os presenté saltaron chispas y todo el mundo fue partícipe de ello.

—Te equivocas.

—Si tratas de negar lo que está tan claro a los ojos de todos, te estás traicionando a ti misma.

—¿Por qué le contaste aquella mentira?

—Ya que esto va a terminar podrías tener la decencia de reconocerlo.

—Si tan seguro estabas de que era así ¿por qué has continuado saliendo conmigo?

—A pesar de todo, deseaba alargar un poco más el final.

—No sabía que fueras tan cínico —añadió mirándolo a los ojos con cierto resentimiento.

—Ni yo que fueras tan ingenua.

—Quiero que sepas que cuando he estado contigo he estado al cien por cien y Liam es, ante todo, un compañero además de un gran amigo y una excelente persona. Esa es la relación que me une a él. Lo creas o no, así es. Lo último que quiero hacer durante este año es dejarme aquí el corazón por culpa de un escocés.

—Vaya… gracias por la parte que me toca —le dijo Daniel con sátira en la mirada.

—No me hagas sentir culpable porque sabes que tú tampoco estás enamorado de mí. A veces he llegado a pensar que estás enamorado de ti mismo.

—¡Oh claro! Ahora, como marca la tradición, vienen las patéticas excusas.

—Terminemos esto de una vez como personas adultas, por favor. Te empiezas a comportar como un quinceañero celoso.

—No te preocupes por eso. Mi ego masculino no se ha sentido herido. Tú eres la única que se está haciendo daño a sí misma y espero que no termines lamentándolo en el futuro.

Amy guardó silencio y se encaminó hacia la puerta de salida. Daniel la acompañó. Puso la mano sobre el picaporte al tiempo que lo miraba pero esta vez sus ojos no expresaban rabia. Su desconcertante mirada se trasladó hacia el pasillo que llevaba a su habitación.

—Ese ruido ¿Te has dejado abierto el grifo de la ducha? —le preguntó.

Daniel sacudió la cabeza sin levantar la mirada del suelo.

—Tengo compañía —le dijo finalmente en un hilo de voz.

—Vaya... —Amy agarró el picaporte con firmeza y abrió la puerta...—. Eres un hombre de recursos.

—Escucha, Amy... yo... —De repente el invencible Daniel Harris parecía que se estuviera desplomando—. Siento que todo esto haya terminado de esta manera.

—Has sido tú quien ha acabado con esto. No lo olvides.

—Tarde o temprano iba a suceder. Estuvo bien mientras duró. Te he liberado, Amy, así que no me hagas sentir culpable. Como bien dices, seamos adultos y acabemos con esto sin rencor.

El vacío en los ojos de Amy era indefinible.

—Sin rencor... —repitió Amy.

—Quiero que seas feliz con la persona adecuada.

—Eso dice mucho de ti.

Daniel sabía que no había nada más que añadir.

—Suerte, Amy.

Amy no esperó al ascensor. Desapareció escaleras abajo sin pronunciar palabra. Ya estaba todo dicho.


El martes era el último día de clase antes de las vacaciones de Navidad. Hacía dos días que había terminado con Daniel y tres que no veía a Liam. Su amiga Valerie sabía por el momento lo delicado que estaba pasando. A esa triste anécdota se le habían sumado aquellas fechas en las que estaba lejos del hogar y en las que echaba terriblemente de menos a su padre. Así que tanto ella como Jill estuvieron apoyándola de corazón en aquellos infelices momentos. Después de haber almorzado en compañía de ambas y de haber telefoneado a su madre con la que había derramado algunas lágrimas, se dispuso a dar un paseo para dirigirse al despacho de Liam.

—Ahora mismo está reunido, señorita MacLeod. No creo que vaya a tardar mucho. Si quiere puede sentarse mientras lo espera —le anunció la secretaria.

Había estado allí en un par de ocasiones, pero siempre había entrado acompañada por Liam para recoger algún expediente o para consultar algo en el ordenador. Escuchó la apertura de la puerta del corredor que había justo frente al lugar donde ella se hallaba sentada. Percibió la voz de Liam hablando con otras personas.

— ...la suerte está de nuestro lado en este momento así que crucemos los dedos para que todo siga así a partir de ahora —decía mientras aparecía en la sala de espera.

Se quedó sorprendido de su presencia y después le guiñó rápidamente un ojo mientras le dirigía una fugaz sonrisa. Era su forma de decirle que estaría con ella en un minuto mientras acompañaba a sus clientes hasta la puerta de salida.

—Sé que está haciendo usted una gran labor, señor Wallace. Su hermano puede estar orgulloso de tenerle como socio... aunque he oído que pronto levará anclas —le dijo un hombre de baja estatura y cabello canoso.

—Todavía es pronto para hablar de eso. Me temo que me queda aún mucho por aprender. No hay que ser impaciente.

—Estaremos en contacto —le dijo el otro acompañante que debía ser el hijo por su innegable parecido.

—Les tendré al corriente —dijo Liam tendiéndoles la mano a ambos.

—Gracias por todo.

—A ustedes por haber confiado en nuestros servicios.

Ambos clientes desaparecieron por la puerta de salida y Liam se encaminó hacia Amy al tiempo que ésta se levantaba de su asiento.

—¡Qué agradable sorpresa! —le dijo dándole un abrazo.

Amy percibió un agradable olor a colonia.

—Estás muy guapo vestido de chaqueta y corbata. Nunca te había visto así. Te sienta fenomenal.

—Gracias.

Ambos fueron conscientes de las miradas indiscretas de Christine, la secretaria.

—Vamos a mi despacho y me pones al día.

Amy lo siguió por el pasillo en silencio. Cuando entraron y Liam cerró la puerta tras él, permaneció varios segundos mirándola. Notó que algo no iba bien.

—Si tienes mucho trabajo puedo venir en otro momento. Venía por si te podías escapar para tomar un café por la zona.

Liam se acercó a ella.

—¿Va todo bien? —le preguntó.

Amy mantuvo la vista fija en su corbata sin decir nada.

—¿Amy?

—Echo de menos San Francisco y a mi familia. Mi padre… me acuerdo mucho de él y… Daniel y yo hemos terminado.

—Lo siento —dijo acogiéndola en sus brazos—. Siento que te sientas triste, pero sabes que no estás sola. Me tienes a mí, ¿vale? No quiero que se te olvide.

Amy se separó de su abrazo y lo miró con expresión agradecida.

—No se me olvida.

—Así me gusta. Creo que lo que tenía que hacer puede esperar a mañana —dijo dirigiéndose a un armario para coger su abrigo y su bufanda— así que vamos a tomarnos ese café y después te invito a cenar.

—Pero…

—Nada de peros y cuando acabemos de cenar te llevo a casa para ayudarte a preparar la maleta —dijo mientras se ponía el abrigo.

—¿La maleta?

—Sí. En cuanto termine los asuntos pendientes que tengo aquí por la mañana y tú termines los tuyos en la facultad, voy a buscarte y nos marchamos a Callander.

—¿Callander?

—¿Quieres dejar de repetir todo lo que digo? —Le mostró una efusiva sonrisa.

—No puedo ir a Callander. Dentro de cuatro días es Nochebuena y voy a cenar con Jill y con el resto de la familia.

—No vas a cenar con Jill. Vas a pasar la Nochebuena y fin de año en Callander. Siempre pasamos las vacaciones de Navidad allí y no puedes faltar.

—¿Qué va a decir Jill de todo esto? ¿Y tu familia? Liam, no puedo hacerlo.

—Mi familia está encantada con la idea. En cuanto a Jill, no te preocupes porque ya está avisada y me ha dado su consentimiento para que te vengas conmigo.

—Veo que lo tenías todo muy organizado. ¿Cuándo pensabas decírmelo?

—Tenía intención de ir a buscarte cuando saliera de aquí para darte la sorpresa pero te has adelantado, pequeña bruja.

Amy se echó a reír en ese instante cuando la puerta del despacho se abrió.

—Mmm... perdón, no sabía que estabas acompañado. —Un tipo muy elegante y con un leve parecido a Liam, aunque unos años mayor, apareció tras la puerta.

—Si tuvieras por costumbre llamar antes de entrar sabrías que estoy acompañado —le dijo en tono serio pero bromista al mismo tiempo—. Entra, no te quedes ahí como un pasmarote. Amy, te presento a mi hermano Keith.

Keith le tendió la mano cortésmente y Amy la tomó entre la suya.

—Es un placer Keith.

—El placer es mío... —Miró a su hermano y después de nuevo a ella—. Te ha tenido escondida demasiado tiempo. Creíamos que eras producto de su imaginación.

—Es así de simpático, así que vete acostumbrando —bromeó de nuevo Liam.

—Eres mucho más bonita de lo que nos habían dicho.

Liam estuvo a punto de fusilar con la mirada a su hermano.

—Pues a mí me parece agradable —le dijo Amy mirando a Liam con un gesto revelador.

Liam tuvo que devolverle la sonrisa.

—¿Te marchas? —preguntó Keith.

—Sí. Dejaré listo lo de Worldwide mañana.

—Estupendo. No te preocupes, disfruta de tu tarde libre en compañía de esta encantadora californiana. Encantado de conocerte, Amy.

—Lo mismo digo, Keith. Ha sido un placer.

Liam pasó la mano por la espalda de Amy para encaminarla hacia la puerta mientras se despedía de Keith.

—Hasta mañana —le dijo evitando la indiscreta expresión de su hermano.

Y

—Dentro de unos quince minutos aterrizaremos en Ne-
wark, señor Wallace —le informó el tripulante de cabina responsable de su bienestar absoluto durante el vuelo.

—Muchas gracias.

Liam cerró una vez más el manuscrito de Amy para recostarse y contemplar las blancas nubes que se extendían bajo él.

No quería pensar en nada aunque era imposible que su
mente no se mantuviera ocupada con todo lo que había vivido
desde su regreso a Callander. Volvió a pensar en su madre y en
la dureza de tener que volver a la realidad del resto de su vida
sabiendo que ella ya no estaría allí para apoyarle y protegerle.
Pensó en la soledad impuesta de su padre y las vidas aparentemente completas de Keith y Jane. Después pensó en la suya y
se preguntó si todo lo que había dejado en el camino había merecido la pena. Se había hecho esa pregunta cientos de veces a
lo largo de los últimos años. A veces pensaba que no había
existido un equilibrio adecuado entre lo que había dejado y lo
que había ganado. Pero cuando se metía en la piel de un nuevo
personaje y se ponía delante de la cámara se convertía en otro
ser diferente. Era como vivir la existencia del otro y para él
aquello era más que suficiente. Lo que ahora se preguntaba era
si lo seguiría siendo.

# Capítulo catorce

La vuelta a la realidad fue tan vertiginosa y precipitada que apenas fue consciente del paso de los días. Prefería estar agotado física y mentalmente para que sus sentidos no abarcaran en exclusiva la frivolidad propia de los días previos a la ceremonia de los Oscar. A pesar del respeto de la prensa por el delicado momento personal que estaba atravesando, no pudo esquivar a algún que otro cargante fotógrafo que lo importunaba a la entrada o salida de alguno de los restaurantes que había frecuentado durante su estancia en la ciudad de Nueva York. Lo único que verdaderamente le llenó durante aquellas cansinas jornadas fue el concierto benéfico al que acudió en el Madison Square Garden en nombre de la organización Save the Children de la que hacía un año había sido nombrado miembro honorífico en agradecimiento a todo el desembolso tanto económico como personal que había realizado a favor de la organización.

Deslizó la puerta corredera de su ducha hidromasaje porque imaginó que había oído el timbre de la puerta. Cerró el chorro de agua a presión para asegurarse de que, efectivamente, alguien estaba llamando.

Debía de ser un habitual porque de no ser así Carlos, el conserje, lo habría telefoneado para anunciarle la visita. Se dirigió hasta el otro lado del cuarto de baño de más de treinta metros cuadrados para hacer rodar de nuevo otra puerta corredera. Se puso un albornoz, se calzó unas zapatillas de andar por casa y se precipitó por el pasillo escaleras abajo.

—¡Un momento! —gritó mientras prácticamente patinaba hasta el vestíbulo. Pulsó el botón de la cámara exterior para encontrarse con una visita que no esperaba. Deslizó los cerrojos y abrió la puerta—. Lisa… —murmuró con mirada atónita.

—No he sabido nada de ti durante varios días y a decir verdad, me tenías algo preocupada. No sé si habrá sido apropiado que me presente aquí sin previo aviso, pero prefería darte una sorpresa.

Lo que Lisa hubiera preferido realmente habría sido darse la vuelta y huir de allí tan rápido como se lo permitieran sus piernas, pero sintió que no le respondían. Allí estaba frente a ella con aquella expresión de asombro y con aquellos ojos que no podían esconder ni una sola emoción por mucho que lo intentara. Era la encarnación misma de la magnificencia incluso con aquel simple albornoz y con el cabello mojado. Cualquier persona que tuviera en frente a un hombre como aquel se sentiría inmovilizada y hasta intimidada, pero lo que diferenciaba a Liam del resto era precisamente el hecho de que causaba en la gente el efecto contrario.

—Pues me la has dado, te lo aseguro —le contestó con una sonrisa comedida—. Creía que tenías trabajo en Los Ángeles. No sabía que estabas en Nueva York.

—He terminado antes de lo previsto.

De repente Liam se dio cuenta de que ambos estaban aún en el umbral de la puerta.

—Pasa por favor —le hizo un gesto cortés con la mano.

Lisa dio un paso adelante y se quedó en el vestíbulo mientras esperaba a que Liam cerrara la puerta.

—Voy a ponerme algo más decente. Ya sabes donde está todo. No puedo ofrecerte una copa pero refrescos, todos los que desees. —Esta vez su sonrisa fue cordial.

—¿Quieres algo? —le preguntó mientras iba a la cocina.

—Una cerveza «sin» me irá bien —gritó mientras subía las escaleras.

—De acuerdo.

No tardó más de tres minutos en aparecer en el salón con unos tejanos oscuros y una camiseta azul. Lisa entraba también en este instante con una botella de cerveza en cada mano.

—Gracias. ¿Has cenado? —le preguntó Liam mientras cogía la cerveza.

—Sí, vengo de Palio. No quiero ver la comida en varios días —respondió sonriendo.

Ambos tomaron asiento en uno de los sofás de la estancia.

—Siento no haberte llamado —le dijo Liam.

—No tenías que hacerlo. Han sido demasiadas cosas en muy poco tiempo. —Hubo un breve silencio—. Tienes buen aspecto a pesar de todo.

—Quiero que todo esto acabe de una vez para tomarme un descanso. Estoy realmente agotado —dijo mientras bebía un sorbo de la botella.

—¿Cuándo vuelves a Los Ángeles?

—Mañana me marcho. Quedan menos de cuarenta y ocho horas para la ceremonia. Todo está siendo tan precipitado.

—Este regreso a Escocia ha debido de suponer un cambio demasiado brusco. ¿Me equivoco?

Liam asintió.

—Lo noté en tu voz el día que me llamaste.

—Elegí el peor momento para telefonearte. No debí haberlo hecho. De veras que lo siento.

—No tienes que disculparte. Si yo hubiera estado en tu lugar, probablemente habría reaccionado de igual forma. Pero no debes preocuparte, soy lo suficientemente inteligente como para darme cuenta, y supe en ese momento que esto se había acabado.

Liam levantó la mirada sorprendido. Dejó la cerveza sobre la mesa y se acercó a ella.

—No, Lisa, no pienses que…

—Deja de fingir, Liam —le interrumpió posando una mano sobre su brazo.

—Si me conocieras sabrías que para mí es imposible fingir —le respondió seriamente.

—Lo haces, Liam, siento decirte que lo haces. Y lo peor de todo es que finges para no hacer daño a los demás.

—No me parece justo cómo lo estás planteando.

—Sé perfectamente que no soy la mujer de tu vida. Si algo me gustó de ti cuando te conocí fue tu total sinceridad al decirme que sólo podrías ofrecerme un tiempo limitado.

Liam se levantó y fue a apoyarse en el marco de uno de los ventanales que daban a la Avenida Madison.

—Ahora resulta que ser un capullo es una virtud.

Lisa se levantó para seguirlo.

—No es eso lo que intento decirte.

—¿Qué es lo que intentas decirme, entonces? Sí, de acuerdo. Está claro que tarde o temprano esto se iba a acabar. Si tan segura estabas de que así sería, ¿qué demonios haces aquí? Podías haberme dejado un mensaje diciendo que esto ha terminado y te habrías ahorrado la visita —le respondió con expresión seria girándose hacia ella.

—Sólo quería saber cómo estabas.

—Pues ya ves cómo estoy. Como viene siendo habitual en mi vida, no se puede decir que esté pasando por uno de mis mejores momentos.

—Quería verte. Eso es todo.

—Verme, ¿para qué? ¿Para que te eche el polvo de despedida? ¿No negarás que has venido para eso?

Lisa apretó los labios. No quería arrepentirse de lo que pudiera decirle en aquellos difíciles momentos. Supo que su glacial mirada valía más que cualquier palabra. Se giró en redondo para coger su abrigo y salió a paso rápido del salón.

Liam reaccionó y fue tras ella. La agarró del brazo para volverla hacia él.

—Lo siento. Lamento de veras lo que te he dicho. Perdóname, por favor.

—Liam, sabes que esto no tiene sentido.

—Lo sé. Sé que soy un perfecto desgraciado.

—Hay una parte de ti que debió quedar en algún lugar hace mucho tiempo. Si no la recuperas estarás perdido de por vida. Enfréntate a tus fantasmas de una maldita vez.

—Tú no lo entiendes. Hay cosas que sencillamente no puedo ni quiero explicar.

—Deja a un lado tus recelos. Cuando te conocí pensé que todo lo que se decía sobre ti era puro *marketing*, pero resultó ser cierto.

—Lisa, escucha... yo...

—Eres un actor con talento —le interrumpió— y, además, un buen tipo. Aunque no lo creas eres el hombre más íntegro que he conocido en mi vida.

—Pues te equivocas.

—No. No me equivoco. Haz todo lo posible para que eso no se pierda.

Liam se acercó aún más y puso sus manos en la cintura de Lisa.

—Quédate esta noche, por favor —le dijo.

—Liam… no…

—Por favor —insistió.

Lisa supo que estaba perdida en el momento en que sintió el roce de sus dedos sobre sus caderas. Después él llevó su mano hacia su mejilla y la levantó hacia él. Lisa cerró los ojos y no se movió, esperando el siguiente paso. Sus suaves labios fueron en busca de los suyos. Primero un leve roce para después desviarse hacía la curva de su cuello. Cuando la envolvió una vez más en sus brazos mientras buscaba su boca, Lisa ya había perdido la batalla.

Después se separó de ella tratando de controlar la respiración. Le ofreció una mano y ella la tomó entre la suya. Ambos se dirigieron al dormitorio para desnudarse con impaciencia y terminar lo que habían comenzado. Cuando Liam se abrió paso en su interior con dulces movimientos Lisa cerró los ojos, dejándose llevar, como si de aquella forma su ansiedad ante el inevitable y próximo final fuera a desaparecer. Se arqueó contra él retorciéndose hasta encontrar el ritmo adecuado. Liam se apretó aún más contra ella mientras sus suaves ondulaciones se convertían en enérgicos embates. Lisa trazaba dibujos invisibles sobre su atlética espalda a la vez que él enterraba sus labios sobre sus pechos. De repente Liam se irguió para tomar entre sus manos las muñecas de Lisa en un rápido movimiento. Las sujetó mientras se hundía aún más en ella provocándola con una velada sonrisa. Lisa empezó a sentir que su orgasmo se acercaba. Fue entonces cuando Liam liberó sus manos para envolverla en sus brazos durante un breve instante. Acto seguido mientras la sujetaba con firmeza por las caderas, con una profunda y última embestida, se deshizo de todo el deseo que llevaba acumulado en su interior.

Cuando todo terminó la sujetó contra su pecho y le dio un beso fugaz. Lisa rodó entre las sábanas dándole la espalda y a los pocos minutos notó la variación del tono de respiración de Liam. Entonces cambió de posición para contemplarlo mientras dormía. Quería comprobar una vez más que aquello había sido real. Aquella noche fue más consciente que nunca de que Liam sólo había estado allí con ella con su cuerpo pero no con su mente. El gran Wallace no había logrado amar a nadie porque ya lo hizo una vez y le rompieron el corazón. Estaba segura de que ésa era la razón de ser del muro que había levantado frente a sus sentimientos. No quería verse arrastrado de nuevo por la misma sensación de pérdida y frustración. Lisa lo comprendió y sabía que no podía hacer nada para remediarlo. Supo que efectivamente, aquel había sido su polvo de despedida.

Cuando Liam se despertó, Lisa ya se había marchado. Había una nota sobre su almohada.

La puerta de tu corazón sólo puede ser abierta desde dentro. Si tú no lo haces, nadie logrará entrar en él.
Por favor, sé feliz.

Lisa

# Capítulo quince

Conforme se iban aproximando a Callander, Amy se fijó en el termómetro del coche. Estaban a una temperatura exterior de dos grados bajo cero.

—Dios, no sabes cómo echo de menos el sol de California.

Liam la miró sonriendo.

—Te entiendo… —le dijo cuando en ese instante la estación de radio que tenían sintonizada empezaba a emitir las notas de *Surfing USA* de los Beach Boys. Ninguno de los dos pudo evitar soltar una carcajada. Cantaron al unísono la canción entera y Lisa entró en calor de inmediato.

—Oye… tienes una voz muy bonita. También sabes cantar. ¿Hay algo que no sepas hacer?

—Mmmm… espera, déjame pensar… la verdad es que no se me ocurre nada.

Amy le pegó un tirón de la oreja en respuesta a su ocurrente frase. Cantaron un par de canciones más a medida que se adentraban en el condado.

Liam quería que contemplara la vista de su casa desde el puente antes de entrar en ella. Detuvo el vehículo y ambos salieron al exterior tiritando de frío. Sus verdosos ojos parecieron brillar durante una milésima de segundo cuando fue consciente del colosal paisaje que se extendía ante ella. Liam contemplaba ensimismado cómo se aclaraba la garganta antes de hablar y mirarle.

—Es… es como una postal —logró decir con clara emoción en la voz.

—Bonito, ¿verdad?

—Bonito es poco. Esto es… Es… no… no puedo creer que vaya a pasar aquí dos semanas. No sé si voy a estar fuera de lugar. Me siento como una intrusa.

De pronto pareció nerviosa y Liam le sujetó la mano para tranquilizarla.

—Perteneces a este lugar y lo sabes —le dijo.

Amy asintió tragándose un inevitable y desagradable nudo en su garganta. Liam sabía que estaba a punto de llorar porque en aquel preciso instante estaba recordando a su padre.

—Anda, ven aquí. Necesitas un abrazo escocés ya —dijo extendiendo los brazos hacia ella.

Amy se refugió en ellos aguantando las lágrimas como pudo. No supo cuanto tiempo estuvieron en esa posición; abrazados bajo aquel frío infernal contemplando aquel hermoso rincón de Escocia.

—Quisiera tener el poder de detener este instante —murmuró Amy.

—Podemos estar aquí todo el rato que quieras, pero te advierto que corremos el riesgo de morir congelados.

Amy levantó la cabeza hacía él para descubrir aquella deliciosa mueca que se dibujaba en sus labios. No sabía cómo lo hacía, pero tenía una prodigiosa habilidad para hacer que alguien pasara en pocos segundos de la tristeza más absoluta al más espontáneo de los optimismos. Tuvo que devolverle el gesto sonriéndole y apoyándose de nuevo sobre la fría solapa de su abrigo mientras percibía cómo se aferraba más a ella.

Liam recordaría aquel momento durante el resto de su vida.

Katherine Wallace, como era costumbre en aquellas fechas, estaba metida en la cocina en compañía de Mary, que se encargaba del mantenimiento de la residencia durante los periodos de ausencia de la familia. Era como una segunda madre para todos. Siendo viuda y con dos hijos menores que Liam había terminado por convertirse en una parte indispensable de sus vidas.

El olor a guiso llegó hasta Liam nada más bajar del coche. Ayudó a Amy con su equipaje y ambos corrieron a refugiarse en el calor del vestíbulo aprovechando que la puerta estaba entornada. La temperatura de la casa respecto al exterior parecía haber subido de repente más de quince grados.

Katherine salió al encuentro de los primeros en llegar. Era alta y esbelta para la edad que calculó que tendría. El cabello lo tenía prácticamente blanco pero con un corte muy juvenil. Amy supo de quien había heredado Liam sus ojos y su sonrisa.

—No os he oído llegar.

—Tenías la puerta abierta, mamá. ¿Cuántas veces te he dicho que la tengas cerrada?

—No pasa nada, Liam. Esto es Callander, por el amor de Dios.

—Siempre la misma frase. Algún día te pegarán un buen susto.

—Ni que estuviéramos en Nueva York —dijo poniendo los ojos en blanco mientras se dirigía hacía la nueva invitada—. Tú debes de ser Amy. Más bonita aún de lo que imaginaba. —La abrazó con cariño mientras le susurraba al oído—: No sé cómo lo aguantas.

—Te he oído… —dijo Liam mientras se iba hacia ella para darle un beso y un abrazo—. Hace mucho frío fuera. Es por eso que te pido que mantengas la puerta cerrada.

—De acuerdo, lo tendré en cuenta para la próxima.

—Seguro… —murmuró Liam por lo bajo.

—Es un placer estar aquí… esto es realmente bonito —dijo Amy.

—El placer es nuestro. Aquí serás una más de la familia, no quiero que te sientas como una invitada. Esta casa está siempre llena de gente que va y viene. Podrás comprobarlo en los próximos días así que puedes hacer y deshacer a tu antojo. Haremos todo lo posible para que pases unas Navidades inolvidables y no eches demasiado en falta tu querida California.

—Muchas gracias —respondió Amy sonriendo agradecida y sabiendo que Liam le había puesto al corriente de muchas cosas—. El solo hecho de estar aquí para mí es como un cuento de Navidad.

Katherine le sonrió tiernamente y le pellizcó dulcemente la mejilla. Después se percató de cómo la miraba su hijo.

—Liam, ¿qué tal si comienzas enseñándole su habitación? Os ponéis cómodos y bajáis a la cocina a echarnos una mano. Mary y yo tenemos mucho trabajo. Ya tendrás tiempo de enseñarle la casa.

—No tardaremos, lo prometo —le dijo Liam mientras cogía el equipaje de Amy.

—Deja, yo puedo —le quitó la maleta de las manos.

—No, tú llevas la mía que pesa menos —ordenó Liam.

—De acuerdo, cabezota —accedió Amy siguiéndolo hacia la escalera.

—Y mucho cuidado al bajar corriendo estas escaleras —dijo volviéndose hacia ella—. No estoy dispuesto a cargar contigo con otro esguince —le dijo con media sonrisa en los labios.

Amy le sacudió en la cabeza con su bufanda alborotándole el cabello, mientras Liam aceleraba el paso riendo por lo bajo para evitar un nuevo zarpazo.

—Eres un pelmazo, ¿te lo había dicho? —le dijo una vez llegaron al rellano entre risas.

Katherine había contemplado toda la escena desde el vestíbulo con rostro complaciente.

Subieron un nuevo tramo de escaleras que parecía llevar hasta la buhardilla.

—¿Pretendes aislarme del resto del mundo?

—Hay tres habitaciones aquí arriba. Yo dormiré en la que hay al lado de la tuya.

Entraron en la que sería su refugio durante su estancia en Callander. Una habitación realmente encantadora, totalmente forrada de madera, amplias alfombras de colores, un precioso armario antiguo, una cama con una alegre colcha floreada estilo inglés que hacía juego con las cortinas, un par de sillones y una mesa escritorio con ordenador.

—Me encanta, ¡qué acogedora! —exclamó emocionada.

Liam la observaba de brazos cruzados apoyado en el marco de la puerta.

—De las que hay aquí arriba ésta es la única que tiene ordenador. Por eso te la he dejado a ti. Por si te apetece escribir y, conociéndote como te conozco, sé que lo harás porque te aseguro que los paisajes que te voy a enseñar durante estos días son inagotables fuentes de inspiración.

Liam se encontró de nuevo con aquellos ojos que lo miraban llenos de agradecimiento.

—¿Cómo voy a hacer para devolverte todo lo que estás haciendo por mí?

—Me basta con que estés aquí. No estoy haciendo nada. Cualquiera en mi lugar lo haría. Si yo hubiera sido el que te hubiera conocido en Stanford tú habrías hecho lo mismo, ¿no?

—Sin lugar a dudas —le contestó.

—Entonces estamos en paz. En cuanto ponga los pies en el estado de California ya sabes lo que tienes que hacer. Me tendrás que tratar como a un rey.

—No pienso esperar a que vayas a California.

—Ah, ¿no? ¿Y eso? —preguntó arqueando una ceja en un gesto inconscientemente seductor.

—Te pienso tratar como a un rey aquí mismo y voy a empezar en cuanto bajemos a la cocina.

—¿Con qué me vas a sorprender?

—Ya lo verás…

—Miedo me das… anda. Saca lo imprescindible de la maleta y en cinco minutos te quiero ahí abajo —le dijo con una traviesa expresión mientras salía de su habitación.


La cocina de aquella casa resultó ser el lugar de encuentro de todos los que llegaban. Nadie utilizaba la entrada principal. Todo el mundo lo hacía por la puerta de atrás que daba precisamente a la cocina. Mary resultó ser una delicia de mujer. Trataba a Liam como si fuera su hijo y Liam discutía con ella como si fuera su madre cuando se trataba de hacer algo útil en la cocina. A veces más que ayudar resultaba un estorbo así que Katherine lo envió a por leña para que estuviera ocupado durante un buen rato.

Aparecieron varios vecinos de los alrededores para hacer la visita de cortesía tras enterarse de que los Wallace ya estaban de nuevo en la casa. La gente del lugar era adorable. Las palabras y gestos de cariño hacia «la californiana escocesa», como habían empezado a llamarla, eran continuos y se sintió realmente bien en aquel enclave.

Amy se dedicaba a preparar masa de galletas para un regimiento al tiempo que vigilaba su receta secreta de tarta de manzana en el horno. Ayudó a Mary a preparar el marinado de varios kilos de arenques y de un par de salmones. Katherine se afanaba en vigilar el hervido de los exquisitos caldos que estaba preparando a la vez que preparaba los rellenos del pavo.

—La mermelada de arándanos ya está lista para ir envasándola —anunció Katherine.

—¿Puedo hacerlo yo? —preguntó Amy.

—Cariño, creo que estamos abusando de tu buena fe, ¿no te parece, Mary? —Katherine le dedicó una sonrisa maternal.

—Primero tendrá que darle el visto bueno —respondió Mary.

—Eso está hecho. —Amy empezó a relamerse.

—Acércate —le dijo Katherine con una cuchara en la mano.

Amy se acercó para probar aquella delicia casera.

—Mmmm… Díos mío, no he probado nada mejor en años.

—Prometo envasarte al vacío unos cuantos para que te los lleves a Edimburgo.

—¿De veras? Me encantaría.

—Lo haré si no quieres que mi hijo te mate de hambre —le dijo en tono bromista.

—No tiene mala mano en la cocina. Hace poquitos platos, pero los hace bastante bien.

—¿Le has visto hacerlo? ¿Estás segura de que no era precocinado? —Soltó una alegre carcajada.

—La verdad, ahora que lo dices….

Katherine le indicó el armario en el que se guardaban los botes de cristal para que fuera llenándolos con la mermelada. Acto seguido se acercó a ella por atrás y le apretó cariñosamente el hombro.

—Estás siendo de gran ayuda, Amy —le dijo—. Sé que estas fechas deben de ser duras para ti estando tan lejos de casa. Sobre todo para tu madre. Liam me puso al día de todo.

Amy le acarició la mano posada sobre su hombro y se giró hacia ella.

—Lo es, pero todo es mucho más llevadero gracias a Liam. Cuando estoy a punto de derrumbarme él se las apaña siempre para arrancarme una sonrisa. Tiene una capacidad innata para hacer que todo el que esté a su alrededor se sienta cómodo, tranquilo, feliz... no sé; la verdad es que me he alegrado mucho de haberlo conocido.

—No es mal chico, bueno, ¿qué voy a decir yo que soy su madre?

—Llevo toda mi vida viviendo en San Francisco salvo los años que he pasado en Stanford. Mantengo amistad con varios compañeros y compañeras desde mi más tierna infancia pero, después de conocer a Liam, me he dado cuenta de que mi concepto de la amistad estaba muy deteriorado. Él me ha mostrado con creces el verdadero significado de esa palabra. No se trata sólo de afecto y de aprecio. Se trata también de estima, de adoración, de ternura, de armonía, de conexión y sobre todo de respeto.

—Vaya... tenía razón Liam... —dijo Katherine algo emocionada por las palabras cargadas de devoción hacia su hijo pronunciadas por aquella joven que venía del otro lado del Atlántico.

—¿En qué? —le preguntó Amy con curiosidad.

—Si escribes igual que hablas te auguro un gran futuro como escritora.

Amy sonrió agradecida. Sabía que con Katherine iba a tener largas conversaciones con relación a Liam y eso le gustó más de lo que hubiera imaginado.

# Capítulo dieciséis

Jane apareció hacia las seis de la tarde y pasada otra media hora lo hizo Keith junto con James. Amy se encontraba en el salón principal ayudando a Liam a poner la mesa para la cena. El encuentro con el resto de la familia Wallace fue tan natural y espontáneo que tuvo la impresión de encontrarse en el lugar idóneo a pesar de los inconvenientes que suponía para una invitada extranjera entrar de sopetón en casa ajena en fechas tan íntimas y señaladas como aquellas. Sospechó que Liam había tenido mucho que ver con aquel recibimiento.

Jane tenía el cabello castaño como Liam aunque sus ojos eran de color miel y no azules como sus hermanos y progenitores. Desprendía carácter por los cuatro costados. En eso era evidente que era hija de Katherine. James resultó ser aún más alto que sus hijos, de escaso cabello canoso y con barba. Guardaba cierto parecido con Sean Connery.

Liam desapareció del salón mientras dejaba a Amy enfrascada en una interesante conversación sobre pintura de la Scottish National Gallery con su padre.

A los pocos minutos reapareció en el umbral de la puerta con el teléfono inalámbrico en la mano. Le hizo una seña con la que le quedaba libre.

—Tienes una llamada —le dijo.

—Disculpa —le dijo a James.

—Tranquila, hija. Yo termino con esto.

—¿Quién es? —le preguntó.

—Tu madre —le dijo soltando el teléfono en su mano.

—No he escuchado el teléfono. —De pronto comprendió—.

¿Has sido tú quien ha llamado? Te dije que llamaría a cobro revertido —le dijo por lo bajo.

—No seas ridícula —le respondió Liam empleando el mismo tono—. Vete a la biblioteca si quieres más intimidad.

—¡Hola mamá! ¿Cómo estás? —le dijo al tiempo que daba las gracias a Liam en silencio. Él la dejó a solas.

—¡Hola, cariño! Bien y supongo que pasando menos frío que tú. Tu amigo Liam me acaba de decir que los termómetros marcan ahora mismo un grado.

—Así es, pero aquí dentro no nos enteramos del frío. Este lugar está perfectamente acondicionado. La casa es preciosa, mamá. Está a orillas de un río. Desde mi habitación disfruto de unas vistas maravillosas y todo el mundo me está tratando como si fuera de la familia. No sabes cómo te echo de menos. Daría lo que fuera por tenerte aquí ahora mismo.

—Lo sé, mi vida. Liam me ha dicho que tienes bajones de vez en cuando pero que hará todo lo que esté en su mano para que lo pases lo mejor posible. Acaba de llamarme tu prima Jill y dice que irá a haceros una visita antes de fin de año. Me ha dicho que te llevas fenomenal con él y que sois inseparables. Hemos hablado tan sólo unos minutos, pero parece muy agradable.

—Lo es mamá, es la mejor persona que he conocido jamás.

—Eso me tranquiliza porque pocas veces te he oído decir de alguien algo así. Estás en buenas manos por lo que veo.

—¿Vas a cenar finalmente con la tía Marnie?

—Sí y también vienen todos tus primos. Marnie ha estado haciendo cuentas y ya somos doce personas.

—Me alegro mucho. Me sentiría muy culpable de estar rodeada en estas fechas de gente maravillosa si tú no lo estás.

—No estoy sola y sabiendo que tú estás contenta, lo demás no me importa. Esta tarde tenemos la fiesta de Navidad en la oficina. No me apetecía mucho ir, pero ya conoces a Alice y prácticamente me ha amenazado con no volver a dirigirme la palabra si no me quedo.

—Ha hecho bien en amenazarte. Te hará bien echar unas risas con tus compañeros.

—Papá estaría orgulloso de ver donde estás en estos momentos.

—Estoy empezando a sentirme parte de Escocia.

—Siempre has sido parte de ella. Por tus venas corre la sangre de los *highlands*. No lo olvides.

—Deberíamos haber venido antes. Me habría gustado tanto que papá me hubiera mostrado todo lo que me está mostrando Liam. —Empezaron a aflorar lágrimas en sus ojos.

—Cariño, ¿no te has parado a pensar que quizás todo lo que estás viviendo, incluyendo a Liam, es como un regalo de tu padre?

—A veces lo he pensado, ¿sabes? —dijo limpiándose las lágrimas y conteniendo la respiración.

—Disfruta de cada momento como si fuera el último. Sé que Escocia cambiará tu vida al igual que cambió la mía. Cada vez que hablo contigo por teléfono noto el mismo impulso y bravura de papá. Incluso empiezas a tener algo de acento.

Amy tuvo que reír.

—No quiero abusar de la buena voluntad de tu familia escocesa. Ya llevamos mucho rato hablando. Te llamaré en Nochebuena.

—No sé si podré soportar cuarenta y ocho horas sin escuchar tu voz.

—Podrás soportarlo.

—Te quiero mucho, mamá.

—Yo también te quiero, mi vida. Abrígate bien cuando salgas.

—Vaaale, pero deja de tratarme como a una cría.

—Lo siento. No puedo evitarlo —le dijo riendo—. Da un beso a todos los Wallace de mi parte. Hasta pronto.

—Así lo haré. Adiós, mamá.

La cena de aquella noche transcurrió llena de historias y anécdotas de las fechorías de los tres hermanos Wallace durante su infancia en aquel lugar. Debieron de ser todos unos personajes. Amy lo pudo descubrir por algunas de las fotos que descansaban en lo alto de la chimenea. Bebieron más vino de la cuenta con la comida y cuando llegaron los postres y Liam pegó el primer bocado a la tarta de manzana de Amy, se levantó para rodearle los hombros desde atrás con sus brazos y darle un cariñoso beso en la mejilla en agradecimiento a la maravilla que había logrado crear con sus manos.

Todos rieron, Amy incluida, si bien pudo apreciar que se

ruborizaba por aquel gesto. Keith, Liam y James fueron los encargados de retirarlo todo mientras las mujeres de la casa se ponían cómodas en el sofá para reposar la comida. Después de contar sus mil y una aventuras de Stanford y San Francisco se dieron las buenas noches y cada uno se retiró a sus habitaciones. Liam tardó en subir y cuando lo hizo se asomó por detrás de la puerta para ver cómo Amy ya estaba metida en la cama con un libro entre sus manos.

—¿Qué tal el primer día? —le preguntó permaneciendo en el umbral.

—Ha superado mis expectativas. Tienes una familia adorable.

—Bueno… a veces son un fastidio —dijo en tono burlón.

—No digas eso. Estáis todos juntos. No sabes lo importante que es eso.

—Tienes razón. Tengo mucha suerte. —Estuvo callado unos segundos—. Oye, perdona por mi efusividad por lo de la tarta, pero es que no he podido evitarlo. Estaba de muerte. Sin duda la mejor tarta de manzana que he probado en mi vida.

—No tienes que disculparte. Ha sido un bonito gesto.

Liam respiró tranquilo.

—Mañana, Jane y yo te llevaremos a visitar el castillo de Stirling y después iremos a Saint Andrews a visitar a unos amigos.

—Me parece un plan estupendo.

—Así que descansa a fondo.

—Descansa tú también. Buenas noches, Liam.

—Hasta mañana.

Volvió a reaparecer.

—Ah, se me olvidaba. Si se te aparece el monstruo del lago Ness sólo tienes que tocar en la pared. Ya sabes que estoy aquí…

Liam no pudo terminar la frase porque Amy le arrojó un cojín que tenía a los pies de la cama que le dio de lleno en el rostro. Se fue riéndose hacia su habitación mientras Amy apagaba la luz aún sonriendo por aquella pequeña nota de humor.

Callander era el punto de partida perfecto para recorrer las montañas. Liam decidió dejar para otro día el recorrido por

Loch Lomond y Trossachs. Situado entre Ochil Hills y Campsie Fells, el condado de Stirling creció alrededor de su castillo. Encaramado en un risco, esta imponente construcción fue testigo de la historia escocesa durante siglos. Liam le explicó el papel crucial que desempeñó aquel lugar en las luchas independentistas del país.

Desde el castillo se divisaban siete campos de batalla. El Wallace Monument, en Abbey Craig, recordaba la derrota de los ingleses a manos de William Wallace en 1297 en Stirling Bridge, anticipo de la victoria de Bruce en 1314. Una estatua ecuestre de bronce recordaba al hombre que se erigió en símbolo de la independencia escocesa. A tres kilómetros al sur de Stirling visitaron el Bannockburn Heritage Center, situado junto al lugar en el que Robert the Bruce venció a los ingleses.

—Supongo que como escocés te sentirás orgulloso de tu apellido —le decía mientras contemplaba extasiada las impresionantes vistas que se extendían a sus pies desde el castillo. Soplaba un viento fuerte y helado allá arriba.

—Sólo faltaba que a mis padres se les hubiera ocurrido llamarme William —le dijo Liam riéndose.

—Casi lo hicieron, sólo quitaron tres letras.

—Tienes razón.

—¿No te has parado a pensar en la posibilidad de que por tus venas podría correr la sangre de William Wallace?

—Ufff… prefiero no pensarlo. Para un escocés eso sería una carga emocional tremenda.

Jane les anunció que era hora de continuar el camino hacia Saint Andrews. Eran más de las doce y media. Tenían poco tiempo para llegar a su cita.

Saint Andrews, la primera ciudad universitaria de Escocia y antigua capital eclesiástica, era actualmente una especie de santuario para los golfistas de todo el mundo. Sus numerosas callejuelas empedradas de fachadas curvadas así como los edificios universitarios y las ruinas de las iglesias medievales hacían de aquel lugar un destino con un encanto especial.

Jane había quedado con varios amigos con los que se reunía en aquella hermosa localidad con bastante frecuencia durante el año. Disfrutaron de un fantástico almuerzo en el restaurante The Vine Leaf de South Street. Su novio Douglas acudió al encuentro y para sorpresa de Amy resultó ser justamente el polo opuesto de Jane. Después de tomar café Liam se disculpó diciendo que tenía una turista a la que enseñar aún parte de la ciudad antes de que anocheciera y Amy agradeció en silencio la gran idea que tuvo. Hacia las seis de la tarde se marcharon de regreso a Callander. Aquella noche tenían como invitados a Steve y Nicole MacGuire, unos vecinos de la zona. Douglas también se quedó a cenar. Después de la copiosa comida Amy cayó rendida en el sofá y fue Jane quien cariñosamente le dio una palmadita sobre el hombro para decirle que era hora de subir a dormir.

—Si seguimos con este ritmo creo que no vas a llegar a fin de año —le dijo riendo.

Amy abrió los ojos.

—¿De veras que no os importa que me vaya a dormir?

—Pero bueno… ¿a estas alturas nos vas a pedir permiso para semejante tontería? —Jane tiró del brazo de ella para que se levantara.

—Buenas noches a todos —les dijo desde la puerta del salón—. Gracias por este fabuloso día.

—Descansa, cariño —le dijo Katherine.

—Buenas noches —le dijeron al unísono los invitados—. Ha sido un placer conocerte —añadió Nicole.

—Igualmente.

En ese momento entró en el salón James seguido de Liam y Douglas que también se marchaba en ese instante. Aprovechó para despedirse de él y dar las buenas noches a Liam y a su padre. A Liam no pareció hacerle mucha gracia que se fuera a dormir tan pronto, pero la entendió porque debía de estar agotada.

Cuando subió una hora más tarde distinguió luz en su habitación. Se acercó para echarle una ojeada y cuando entró la vio totalmente dormida con el libro entreabierto sobre su regazo. Se agachó para quitárselo de las manos con cuidado de no despertarla. Amy percibió aquel simple movimiento y se movió, pero no llegó a abrir los ojos. Liam recogió parte del edredón que se le había resbalado para volver a arroparla y permaneció varios segundos observándola. Luego salió de allí apagando la luz y cerrando la puerta. Se quedó varios minutos en el rellano con una incongruente sensación de inquietud. No sabía que al otro lado, Amy se había despertado con esa misma sensación.

## Capítulo diecisiete

*Los Ángeles, 20 de febrero de 2006*

*E*ran las ocho de la mañana, hora de Los Ángeles, cuando Liam dejaba atrás la valla que abría el camino hacia su residencia californiana. Mario se encargó de su equipaje mientras Clyde, que había vuelto dos días antes que él, salía a su encuentro para darle la bienvenida.

Liam entró por el jardín. El día estaba completamente despejado. El mundillo hollywoodiense estaría radiante de felicidad ante la perspectiva de lucir en pleno apogeo sus mejores galas. Los salones de belleza, peluquerías y todo tipo de negocios y comercios de la ciudad estarían, una vez más, frotándose las manos ante el espectacular incremento de ganancias que lograrían acumular en las próximas horas.

—Tienes visita —le anunció Clyde.

Liam le puso mala cara mientras recorría el caminito de adoquines que rodeaba la zona de hamacas cercana a la piscina. Entró por una de las puertas correderas que daban a uno de los salones.

—Por Dios, Clyde, te dejé bien claro que necesitaba… —No le dio tiempo a terminar la frase. Su padre y su hermana Jane se levantaban del sofá en el instante mismo en el que él entraba.

—Pero ¿qué significa…? —Liam no daba crédito—. Se fue hacia ambos para darles un abrazo.

—Decidimos que no podíamos dejarte solo —le dijo Jane visiblemente emocionada—. A Keith no le importó quedarse con los niños.

—Tu madre no me habría perdonado que no hubiera estado contigo en un momento como éste —le dijo su padre mirándolo a él y después a Clyde—. Él se ha encargado de todo.

Liam dirigió su mirada hacia Clyde.

—¿Es eso cierto? ¿Lo sabías y no me habías dicho nada?

—¿Por qué te crees que me volví de Nueva York dos días antes?

—Eres un maldito…

—…capullo, ya lo sé, pero es lo menos que podía hacer —añadió Clyde en tono relajado a pesar de que Liam advirtió que en aquella estancia se percibía de todo menos relax.

—No te preocupes con el tema de la ropa —continuó Clyde—. Tu padre tiene un Armani esperándole en su dormitorio. Jane podrá elegir entre Ellie Saab, Givenchy y Valentino. Naturalmente, va todo cargado a tu cuenta.

Liam tuvo que sonreír. Era la primera sonrisa que se dibujaba en su rostro desde hacía más de un mes. De nuevo acogió a su hermana entre sus brazos ante el rostro feliz de su padre.

—Os dejo solos —anunció Clyde—. Descansad porque os espera una noche muy larga.

Liam se separó del abrazo de su hermana para acercarse al hombre que llevaba más de una década soportando los vaivenes de su carrera y de su vida personal.

—No sé cómo pagarte esto, Clyde.

—No te preocupes, está más que incluido en el sueldo —dijo ofreciendo una sonrisa sincera aunque apagada una vez más por el sentimiento de culpa que lo había vuelto a dominar desde hacía algunas semanas.

Liam reparó en el rostro serio de su padre mientras miraba a Clyde y se preguntó a qué se debía aquello.

—De todas formas, gracias.

—No las merece, Liam. Me marcho para atender algunos asuntos pendientes. Me uniré a vosotros dentro de unas horas.

Clyde desapareció de la estancia. Se dirigió hacia la parte delantera de Scottish Green para meterse en su Mercedes último modelo. Fijó su mirada en la carpeta amarillenta que reposaba sobre el asiento del copiloto. Era el informe sobre Amy MacLeod que Liam le había solicitado. No había tenido necesidad de delegar ese encargo en nadie por una sencilla razón. Había seguido de cerca toda la vida de Amy desde el mismo día en que había visto actuar a Liam interpretando el papel principal en *La verdad sobre Peter*.

El nombre de Liam Wallace había llegado a sus oídos trece años atrás. Por aquel entonces Clyde trabajaba como periodista para la cadena NBC en Londres. Si bien su especialidad era el periodismo económico, llegó a hacerse más famoso por sus esporádicas críticas cinematográficas realizadas en la revista *Time* y por sus contactos con actores noveles a los que trataba de llevar al estrellato.

La primera vez que supo de su existencia se debió a un breve artículo publicado en el periódico *The Guardian* alabando su magnífica interpretación en la obra *El vecino de al lado*. Consultó por aquellas fechas docenas de publicaciones escocesas locales para reafirmarse en que todas las críticas eran unánimes. Liam Wallace era sencillamente prodigioso y todos los que escribían sobre él lamentaban que estuviera perdiendo su tiempo como abogado en vez de mostrar al mundo aquel talento innato. Eso traducido a su idioma significaba que Liam Wallace podía convertirse en una mina de oro para él.

Tardó en contactar con él varios meses, concretamente a principios de 1995, el año en que Liam abandonó su despacho de Edimburgo para iniciar su gran aventura americana al lado del amor de su vida, Amy MacLeod.

El mismo día del estreno de aquella obra de teatro pudo observarla en el Traverse Café Bar junto a Liam. Era más que evidente que el chico bebía los vientos por ella lo cual era normal. Amy, además de preciosa, de mirada dulce y exótica, era sin duda una joven realmente interesante y no pasaba desapercibida.

Conoció a Amy personalmente cuando Liam se trasladó a San Francisco para vivir con ella. Al principio Liam se mostraba emocionado y agradecido de que Clyde se hubiera interesado por él. Aceptaba encantado todos los tipos de *castings* a los que le obligaba a asistir; la mayoría de ellos sin ningún resultado y algunos para conseguir pequeños papeles para alguna serie televisiva.

Cuando transcurridos varios meses, las audiciones eran en ciudades como Nueva York o Los Ángeles y Liam se veía obligado a pasar semanas enteras lejos de Amy, empezaron los problemas. Había conseguido un excelente puesto en una entidad bancaria y había empezado a perder el interés en actuar. Pareció acomodarse a la monotonía de su vida de trabajador de nueve a cinco. Era feliz con el sólo hecho de llegar a casa y prepararle la cena a Amy aquellos días que se entretenía más de la cuenta en el bufete. No necesitaba nada más en la vida. Amy era el talón de Aquiles de Liam. Aquella ambición de convertirse en actor parecía desvanecerse sin que Clyde pudiera hacer nada para remediarlo.

Pero al final hizo algo. Algo que había convertido a Liam en el más aclamado actor de las últimas décadas y a él en uno de los hombres más ricos y poderosos de la industria del cine. Pero todo tenía un precio y en este caso Amy MacLeod había sido la primera en pagarlo. Después, obviamente, a lo largo de los años, Liam también había pagado el suyo. Ahora era su turno. Era el turno de Clyde Fraser.

Vivió durante años con aquel sentimiento de culpa. Quería a Liam como a un hermano y lo que le había hecho sabía que jamás se lo perdonaría. Cada vez que Liam iniciaba una relación rogaba para que aquella fuera la definitiva, pero eso nunca llegó a suceder. Aunque él jamás había vuelto a hacer mención de Amy desde aquel fatídico día, Clyde sabía que Liam no había logrado arrancarla de su corazón, a pesar del tiempo transcurrido. Por eso estuvo a su lado en los momentos que más lo necesitó. Pero sabía que nada de eso serviría cuando supiera que él había sido el causante de que Amy desapareciera de su vida.

Sabía que se había comportado como un miserable mezquino. Había sido el responsable de destrozar las vidas de dos seres humanos que juntos habrían escrito las mejores páginas de la historia del cine. Pero no había sido lo suficientemente inteligente para verlo cuando lo tenía delante de sus ojos. Sabía que había llegado el momento de la verdad, pero tenía que acumular aún el valor suficiente para comunicarle a Liam todo lo que sabía. No se sentía con fuerzas para hacerlo y menos aún en un día como aquel.

Su final había llegado. Durante todos aquellos años, sin él saberlo, había estado cavando su propia tumba. Tendría que esperar. Sabía que Liam no se lo perdonaría, pero tendría que esperar.

Y

Después de haber telefoneado de nuevo a su madre cuando en San Francisco eran todavía las diez de la mañana, Amy se unió a la vorágine típica de aquel día. Echó una mano en la cocina preparando algunos dulces y, con ayuda de Liam, acomodó el gran salón de manera que pudieran sentarse a las dos enormes mesas unidas nada más y nada menos que quince comensales.

En esta ocasión Douglas no venía a cenar ya que lo hacía con su familia. Maggie, la novia de Keith por aquellas fechas, sí acudiría a celebrar la Nochebuena con ellos. Los siete invitados restantes eran Malcolm y Terry con sus dos hijos así como Rose, Giles y Beth. Malcolm y Terry eran hermanos de Katherine. Beth era la prima soltera fotógrafa de James.

Entre la copiosa cena, las risas, el buen vino, los brindis con champán y las últimas copas del fabuloso whisky de la región, Amy admitió que era imposible seguir el ritmo marcado por catorce escoceses hambrientos y sedientos. Logró aprender en poco tiempo algunas letras de canciones populares y las cantó con la bravura y empuje típicos del lugar. Liam se fue durante unos minutos para después reaparecer disfrazado con su *kilt*, gorro de plumas, escarcela y el *feileadhmor*, la tela de cuadros llevada en bandolera sobre el hombro y la cintura. Era la primera vez que lo veía vestido con el atuendo nacional. Era increíble lo bien que podía sentar una falda a un escocés con una talla como la suya. Estaba realmente atractivo y no pudo evitar desviar sus ojos hacia aquella parte de sus piernas que quedaban a la vista porque sus calcetines de lana se habían bajado. Fue de nuevo a por su cámara para inmortalizar el momento.

Cuando quiso darse cuenta eran casi las dos de la madrugada. Malcolm y Terry habían sido los primeros en marcharse. Seguidamente lo hicieron Rose y Giles. Keith llevó a casa a Maggie. Finalmente quedaron reunidos frente a la chimenea el resto de comensales agotados, incluida la prima Beth que dormiría allí aquella noche y saldría temprano por la mañana de regreso a Glasgow.

Jane fue la primera en retirarse a su habitación no sin antes dar un abrazo a Amy confesándole que hacía mucho tiempo que no disfrutaba de una Nochebuena como aquella y que todo se lo debía a ella. Amy le correspondió con otro cariñoso apretón confesándole que recordaría aquella noche durante el resto de su vida.

Liam que estaba sentado a su lado aún con el *kilt* puesto, la miró con ojos perezosos.

—Si estás cansada nos podemos ir a dormir ya —le susurró por lo bajo mientras Beth seguía inmersa en la conversación con sus padres.

Amy, que estaba prácticamente recostada sobre Liam, se reincorporó al oír aquellas palabras y vio como Katherine les dirigía a ambos una mirada pícara. Sabía que su hijo luchaba en vano por quedarse a solas con Amy durante muchas horas al día. Katherine prefería no hacer preguntas y dejar que las cosas siguieran su curso. Lo que sí tenía claro es que su hijo había traído a Amy a Callander con un solo objetivo. Y por el momento todo parecía ir sobre ruedas. Mantenía la esperanza de que no se precipitara y metiera la pata demasiado pronto. Lo que ignoraba es que en breves momentos estaría a punto de hacerlo.

—Encárgate de llevártelo arriba y que no baje a fisgonear en el árbol hasta mañana —añadió Katherine con una amplia sonrisa.

Amy se levantó y tiró de él.

—Ya has oído a tu madre —le dijo tendiéndole la mano. Él se hizo el remolón y finalmente la tomó entre la suya para levantarse. Los dos desaparecieron del salón dando las buenas noches.


Cuando subieron el segundo tramo de escalera Liam tiró de ella de nuevo cogiéndole la mano. Cuando llegaron hasta la puerta de su habitación creyó que Amy se la soltaría para despedirse, pero no fue así.

—Ven, quiero enseñarte algo.

Liam la siguió. Contempló cómo sacaba del cajón del escritorio una funda de plástico transparente con algunos folios escritos y se lo entregaba.

—Son los primeros retazos de un guion —le dijo.

—¿Cuándo has empezado a escribirlo? —preguntó Liam sorprendido.

—Al día siguiente de haberte visto actuar en el Traverse. Me he basado un poco en ti para ir perfilando el personaje.

Liam la observó con detenimiento.

—Después de verme actuar en el Traverse... —le dijo— pero... aún no me conocías.

—Pero sabía que lo haría.

Liam no supo cómo interpretar aquellos miles de mensajes que le estaban llegando como centelleantes luces que lo estaban cegando.

—Sólo me he inspirado un poco en ti y en todo lo que estoy viviendo en estos últimos meses. Después la imaginación es la que se encarga de hacer el resto así que si hay algunas cosas que no te gustan quiero que sepas que son pura ficción.

—Vaya —murmuró impresionado—. No sé qué decir.

—No tienes que decir nada. Ya me darás tu opinión cuando le eches un vistazo. Y no olvides que todo es producto de mi imaginación.

Liam levantó la vista de la funda de plástico para fijarla en los ojos de Amy. Hubo un incómodo silencio que él mismo terminó rompiendo.

—¿Sabes que más de una vez he deseado que fueras un producto de mi imaginación?

—¿Y para qué si se puede saber?

Liam permaneció callado durante un brevísimo instante mientras continuaba mirándola fijamente a los ojos.

—Para poder hacer esto —dijo deslizando la palma de su mano sobre su mejilla. Amy no tuvo tiempo de reaccionar. Cerró los ojos con sólo notar el suave roce de sus dedos porque sabía que lo siguiente que notaría sería el roce de sus labios. Y así fue. Entreabrió su boca para recibirlo, pero se detuvo a medio camino y retiró su rostro sintiéndose confusa.

—Lo siento —dijo de repente Liam preso de la vergüenza y el desconcierto.

—No pasa nada.

—Perdóname, no debí... —dijo bajando la vista de nuevo hacia la pila de folios que sostenía en su otra mano—. Creo que será mejor que me vaya—. Se giró en redondo hacia la puerta con la cabeza gacha mientras los pliegues de su *kilt* se balanceaban.

—Liam por favor, no...

—Buenas noches, Amy —dijo sin echar la vista atrás cerrando la puerta tras él.


Por la mañana se hicieron la entrega de regalos bajo el árbol. Amy le regaló a Katherine un precioso brazalete de plata. Todos estuvieron encantados con los regalos recibidos. Liam fue el último en bajar al salón y a nadie dejó indiferente su actitud apática y desganada. Amy le había regalado un equipo de escritorio para su despacho que aceptó con caballerosidad pero con marcado desinterés. Liam le entregó una preciosa bufanda de cuadros escoceses del clan MacLeod con el fondo amarillo chispeante y el gorro a juego. Amy fue algo más vivaz en su expresión para no empeorar aún más el mal ambiente que estaba provocando con su actitud infantil.

Desayunaron todos juntos en la cocina. Amy advirtió cómo las miradas pasaban de ella a Liam y viceversa entre madre, padre e hijos. Se debían de estar preguntando qué demonios les había pasado a ambos la pasada noche. Katherine habría apostado cien libras a que Liam había cruzado la línea y Amy le había parado los pies.

Liam fue el primero en levantarse para meter su servicio en el lavaplatos. Se disponía a salir de la cocina cuando su padre lo detuvo.

—¿Cuáles son tus planes para hoy?

—Pues darme una ducha e ir a Perth a visitar a Larry y a Pennie.

—Creo que Amy no conoce Perth aún. ¿No la llevas contigo? —preguntó Katherine.

Amy quiso que la tragara la tierra, pero reaccionó rápido.

—Ya iré en otra ocasión, no te preocupes Katherine. Además, Jane y yo hablamos ayer de dar una vuelta por el pueblo, ¿recuerdas?

—Cierto, vamos a dar un paseo por Callander.

Liam se encogió de hombros y se giró de nuevo hacia la puerta.

—Volveré para la cena —dijo.

Keith chocó de bruces con su hermano al entrar en la cocina.

—¿Se puede saber qué mosca le ha picado? —preguntó.

—Ésa es la pregunta del millón —contestó Katherine—. No le hagas mucho caso —dijo mirando a Amy con ternura—. Se le pasará.

—Mamá, ¿te vienes con nosotras? —preguntó Jane mientras Amy le ayudaba a retirar los platos.

—No, os lo agradezco. Supongo que tendréis que hablar de vuestras cosas y yo tengo mucho que hacer por aquí. Salid cuanto antes porque parece que se avecina tormenta y no lo digo por Liam.

Los allí presentes tuvieron que reír ante el audaz comentario de Katherine.

Cuando Amy subió, se encerró en su habitación esperando a oír a Liam salir de la suya. Al ver que pasaban los minutos y no oía ruido alguno, se armó de valor y salió a su encuentro. Golpeó su puerta un par de veces y al no recibir respuesta entró sin anunciarse. Liam se estaba cambiando de jersey en ese mismo instante. Amy cerró la puerta tras ella con una clara expresión de resentimiento.

—¿Se puede saber de qué vas? —Su tono evidenciaba lo molesta que estaba.

Liam la miró perplejo.

—Me sorprende que me hagas esa pregunta —respondió dándole la espalda mientras se dirigía hacia su armario para buscar una bufanda.

—Me lo estás haciendo pasar muy mal delante de tu familia.

—Yo diría más bien lo contrario. En estos momentos te aseguro que yo soy el paranoico mientras que tú eres la encantadora e inocente americana que los ha embobado a todos desde que ha puesto los pies en esta casa —le replicó malhumorado mientras se acercaba a uno de los cajones de la cómoda para abrirlo, coger su paquete de tabaco y las llaves del coche.

—Te recuerdo que estoy aquí porque tú has insistido en que viniera.

—Sí, lo sé. No hace falta que me lo recuerdes.

—¿Por qué no te dejas de tonterías y vas al grano?

Liam le dedicó una sarcástica sonrisa.

—Si no me equivoco ayer por la noche traté de ir al grano —dijo poniendo énfasis en las últimas palabras—. ¿O es que ya se te ha olvidado?

—Deja de jugar conmigo, Wallace.

Liam arrojó el abrigo que tenía en sus manos sobre el sillón que había al lado de la cama y se acercó hasta ella.

—¿Quién está jugando con quién? —le preguntó claramente irritado.

—¿De qué hablas? Di de una maldita vez lo que piensas.

Liam dio un golpe seco con la palma de su mano sobre la superficie de la puerta en la que ella se apoyaba. Amy no se sintió amenazada pero aún así no pudo reprimir una breve sacudida por aquel inesperado y rudo gesto. Lo sintió tan cerca de ella que se quedó paralizada.

—Deja de hacerte la inocente conmigo. Yo no soy uno de tus títeres de Stanford y menos aún Daniel Harris. No voy a darte la satisfacción de decirte lo que pienso cuando sabes perfectamente lo que siento así como yo sé lo que tú sientes.

Se giró para recoger de nuevo su abrigo y le hizo un gesto para que se apartara de la puerta. Amy así lo hizo y mientras Liam giraba el picaporte volvió a clavarle sus ojos azules antes de dedicarle unas últimas palabras.

—Ahórrate el esfuerzo de negar lo evidente y deja de engañarte a ti misma porque no te va servir de nada —le dijo.

Acto seguido abrió la puerta y desapareció escalera abajo.

Al minuto escuchó la puesta en marcha de su vehículo y no pudo evitar asomarse por la ventana para ver cómo Liam levantaba la mirada una vez más hacia el lugar donde ella estaba y la descubría. Luego arrancó y desapareció de su vista.

# Capítulo dieciocho

—*T*ienes total confianza para hablar de ello si quieres hacerlo, claro —le dijo Jane mientras paseaban por Main Street—. No soy nadie para meterme en los asuntos de mi hermano y mucho menos en los tuyos pero en sólo unos días te he cogido un cariño inmenso. Te puede parecer una locura, pero te siento como la hermana que nunca he tenido.

Amy se enganchó a su brazo con tremendo afecto.

—Pues imagínate cómo me he sentido yo siendo hija única y encontrándome de sopetón con una familia como la vuestra.

—¿Pasó algo ayer entre tú y Liam?

Amy siguió caminando sin mirar a un punto fijo.

—No sé por dónde empezar… me siento un poco violenta con esto, Jane. Estoy alojada en vuestra casa y no quisiera que os llevarais una opinión equivocada de mí. Esta mañana hemos discutido. Ayer Liam me besó y yo… bueno. No es que me desagradara que lo hiciera; es sólo que…

—Lo imaginaba, pero no debes darle importancia. Está claro que a Liam le gustas. Jamás ha traído a ninguna chica a Callander. Este lugar es sagrado para él. Le precede una fama injusta. Ha tenido muchas historias, pero si te soy sincera, lo que le ha pasado contigo creo que jamás le había pasado con nadie.

Jane se detuvo.

—Mírame, Amy.

Amy obedeció.

—Lo que está claro es que mi hermano está perdidamente enamorado de ti y tú eres consciente de ello.

Amy asintió.

—¿Qué es Liam para ti? En el momento en que tengas la respuesta a esa pregunta desaparecerán todas tus dudas.

—Ni yo misma lo sé. ¿Sabes lo que es estar pensando algo y que de repente él transforme en palabras esos pensamientos? ¿Y cuando yo termino las frases que el empieza o al revés? Me hace reír como nadie, enfadarme como nadie, llorar como nadie. Saca lo mejor de mí y al mismo tiempo, lo peor. No tengo la respuesta, Jane. Me pregunto si alguna vez la tendré. Lo conocí cuando estaba saliendo con otro chico y eso hizo que quizá yo empezara a verlo de forma distinta.

—Sois los amigos inseparables que un día cruzan la línea y todo se va a hacer puñetas. ¿Es eso a lo que tienes miedo?

—Sí —reconoció Amy con ojos tristes—. Tengo un miedo atroz a que nuestra relación se estropee por un simple paso en falso. Si pierdo esa conexión que he logrado establecer con él no podría soportarlo.

—Me halaga saber que lo quieres —le dijo Jane agarrándole de nuevo por el codo y continuando su paseo.

—No te imaginas cuánto.

—Entonces no veo cuál es el problema.

—Me marcho de aquí en el mes de junio, Jane. ¿Y si no funciona? No quiero romperle el corazón a tu hermano, pero tampoco quiero que él me lo rompa a mí.

—Entiendo cómo te sientes, pero ¿no os parece que en este momento de vuestras vidas sois demasiado jóvenes para madurar tanto vuestras decisiones? Simplemente tendríais que dejaros llevar por las circunstancias.

—Quizá tengas razón.

—La única ventaja que tenéis es que os conocéis demasiado bien y eso es muy importante. Habéis fraguado una amistad sincera y sin tapujos. No conozco a mucha gente que tenga la suerte de comenzar una relación así.

—Me ha hecho bien hablar contigo de esto. Esta mañana creía que iba a explotar.

—Estoy segura de que en cuanto regrese de Perth irá en tu busca para pedirte perdón.

—No tiene que hacerlo. No ha hecho nada malo.

—Te ha hecho sentir mal y eso es razón más que suficiente para que se disculpe. Habla con él, discute, grítale si hace falta por su estúpida actitud. Ya sea para dar el paso o para seguir manteniendo esa envidiable amistad, debéis hablar y aclarar vuestros sentimientos antes de que os hagáis mas daño.

—¿Qué voy a hacer sin ti cuando vuelva a San Francisco?

—Eso tiene fácil solución. Quédate en Escocia y estaré encantada de ser tu cuñada.

Amy quiso aprovechar ese momento de la conversación para hacerle una pregunta.

—¿No os habéis planteado la posibilidad de que Liam quisiera probar suerte en Estados Unidos?

—¿Qué quieres decir? ¿Te ha dicho él eso?

—No exactamente pero… ya sabes… a veces hemos hablado de nuestros respectivos sueños…

—Es más fácil que tú te conviertas en escritora de éxito. El sueño de Liam es más duro de alcanzar.

—Debería intentarlo. Por el amor de Dios, Jane, tu hermano tiene un talento descomunal. El mundo debería tener la oportunidad de conocer su potencial. Me parece tan triste que se esté limitando al teatro.

—Él es feliz con el teatro. No deberías meterle esas ideas en la cabeza. Será un fantástico abogado.

—Eso no lo pongo en duda, pero también podría ser un fantástico actor. No pierde nada con intentarlo. Su profesión estará siempre ahí. Nadie le va a robar eso.

—Ahora comprendo por qué habéis conectado de la manera que habéis conectado. —Jane comenzó a esbozar una astuta sonrisa—. Sois los dos iguales de cabezotas.

El Golf de Liam estaba aparcado fuera cuando Amy y Jane volvieron de su paseo matinal. Parecía ser que había regresado mucho antes de lo previsto. Justo en el momento en el que entraban buscando el calor del hogar, comenzaban a caer las primeras gotas de lluvia. Amy disfrutó enseguida del olor a chimenea que impregnaba el vestíbulo. Se deshizo de todas sus capas de ropa y se dirigió a la cocina a lavarse las manos por si había que echar una mano, pero todos debían de estar en el salón.

Permaneció breves instantes frente a la ventana que había encima del fregadero contemplando el movimiento de las hojas de los árboles. El viento estaba comenzando a soplar fuertemente. Le gustó el sonido y cerró los ojos durante unos segundos. No estaba preparada para ir al salón y ver a Liam. Quizás estaba encerrado en su habitación y rezó para que así fuese. Su momento de paz se acabó cuando escuchó el cierre de una puerta. Se giró y vio cómo Liam se dirigía hasta ella a paso lento.

—Creía que ibas a pasar el día en Perth —fue lo único que se le ocurrió decir.

—Te pido disculpas por mi estúpido comportamiento y lamento todo lo que te he dicho. No te merecías esas palabras tan duras. Me he dejado llevar por la rabia y no he sabido razonar con coherencia. Me pasé de la raya y reconozco que he debido parecer un auténtico imbécil. —Su rostro mostraba un arrepentimiento total.

—Lo has parecido, pero no lo eres ni mucho menos. Todos cometemos estupideces de vez en cuando. Yo soy una especialista en la materia y tú mismo lo has podido comprobar en más de una ocasión desde que me conoces.

—¿Consideras una estupidez lo de ayer?

—Yo no he dicho eso.

—No debí hacerlo.

—Eso no es algo que debamos discutir ahora.

—Entonces, ¿no estás molesta?

Amy apartó la vista de él para fijarla en el suelo mientras sacudía la cabeza. No pudo ver el alivio que se dibujó en los ojos de Liam.

—Mírame, por favor —le rogó Liam dando un paso hacia ella—. Necesito abrazarte, pero no lo haré si te vas a sentir incómoda.

—Acabas de cometer tu segunda estupidez del día —añadió Amy tomando indecisa sus manos entre las suyas.

Liam se sintió sorprendido y conmovido al mismo tiempo por aquel tierno gesto. Aprovechó para entrelazarlas entre las suyas y llevarlas hasta sus labios. Besó los nudillos de ambas y a continuación las liberó para abrir sus brazos y fundir el cuerpo de Amy en ellos.

—Sólo dime una cosa… ¿Por qué fue tan fácil con Daniel?

Amy levantó la cabeza hacia él sin desligarse de sus brazos para mirarle aquellos ojos que la estaban aniquilando por dentro. Tenía todo el derecho a hacerle aquella pregunta y sabía que tarde o temprano tendría que hacer frente a la respuesta.

—Lo de Daniel fue una simple aventura; con él no tenía nada que perder —le respondió con voz ahogada apoyando de nuevo la cabeza contra su pecho—. No rompamos esta magia. No soportaría perderte.

—Parte de la magia que supone enamorarse de alguien es el riesgo de que el otro no lo haga —le dijo con voz serena pero firme mientras percibía como Amy se afianzaba con más determinación entre sus brazos. Liam esperaba que se hubiera pronunciado al respecto pero su silencio le dio la respuesta que esperaba de mil maneras posibles—. Yo tampoco soportaría perderte —dijo finalmente.


El resto de las vacaciones de Navidad transcurrieron sin ningún otro tipo de incidente digno de mención. Liam estaba suave como la seda, encantador y atento como siempre había sido pero manteniendo las distancias. No volvió a entrar en su habitación desde aquella noche. Si le daba las buenas noches lo hacía desde el umbral de la puerta.

La vuelta a la rutina de Edimburgo los envolvió a ambos en una nueva fase de su paradójica relación de amistad. Los tres primeros meses del año se le habían pasado a toda velocidad y, como siempre, Liam tenía mucha culpa de ello. No paraba de inventar planes para los fines de semana, siempre acompañados por el grupo de amigos en cualquier punto del sur y del centro de Escocia. El viaje para mostrarle las *Highlands* lo harían a mediados de Abril aprovechando que las temperaturas ya serían algo más templadas. Amy continuaba asistiendo a los ensayos de su nueva obra que se estrenaría en el mes de mayo en el Traverse.

Afortunadamente, lo que más les estaba uniendo en aquellos momentos fue la historia que Amy había comenzado a escribir desde su llegada hacía ya siete meses. Incluso había interpretado para ella algunas de las escenas escritas y cuando aquello ocurría daba la sensación de que Liam se olvidaba por unos instantes de sus propósitos con respecto a mantenerse alejado de ella. La abrazaba y la animaba a que siguiera adelante con aquella labor. Ambos soñaban despiertos y hacían planes sobre un futuro prometedor en la industria del cine como dueños de su propia productora.

—Sería algo excepcional, ¿te lo imaginas? —le preguntaba entusiasmado mientras paseaban por un típico mercadillo ambulante cercano a High Street.

—Deberíamos intentarlo y dejar de imaginarlo —le dijo muy seria mientras se detenía en un puesto que vendía antiguos y curiosos objetos de plata.

— Seamos realistas —le dijo Liam palmeándole cariñosamente la espalda.

—Si todos hubieran pensado como tú, Hollywood no existiría.

—Bueno… en eso tengo que darte la razón. Sé que confías mucho en mis posibilidades y te lo agradezco, pero no me puedo permitir soñar en este momento de mi vida.

—Es precisamente ahora cuando puedes hacerlo. Aún no tienes responsabilidades y al mismo tiempo tienes una carrera que te respalda en el caso de que no funcione. Tendríamos que hacer un pacto —dijo deteniendo su mirada en un anillo que le llamó la atención.

—¿Un pacto?

—¿Puedo probármelo? —le preguntó Amy al caballero que atendía el puesto.

—Por supuesto, señorita. Tiene usted un buen ojo. Fue encontrado en unas excavaciones cercanas a Glamis Castle.

—En ese caso debería estar en un museo y no aquí, ¿no cree? —preguntó Amy con una sonrisa irónica haciéndole saber al vendedor que no se pensaba dejar engatusar por viejas historias—. Es una pena, me está demasiado grande.

—Es bonito —dijo Liam tomándolo en sus manos y probándoselo—. Espera… parece que tiene alguna inicial inscrita.

—En efecto, pero no se sabe a quién pudo pertenecer —intervino el vendedor.

—Una L y una A —murmuró Liam después de aclararse la garganta.

—¿De veras? —preguntó Amy emocionada—. Déjame verlo.

Liam la observó expectante mientras la descubría mirando la inscripción y pensaba lo mismo que él había pensado. Levantó los ojos hacia él en señal de respuesta.

—Me lo llevo —decidió Amy.

—Pero si te está grande. No te sirve.

—A ti si te servirá.

—Yo no acostumbro a llevar nada en las manos.

—Son seis libras.

—Eso es un disparate, demasiado caro. Sólo tengo tres. Soy una pobre estudiante y lo que me queda es para cenar.

—Es plata auténtica. —El vendedor comenzó a reír al ver su franca forma de negociar.

—Lo sé y usted recordará este día como aquel en que vendió a Liam Wallace el anillo de la suerte que le llevaría al estrellato de la meca del cine.

Liam la miró pasmado.

—¿Pero se puede saber qué…?

El vendedor no pudo evitar seguir riendo.

—¿Qué demonios? Me ha caído usted muy simpática. Cuatro libras es mi última oferta.

Esta vez sí que Amy comenzó a reír mientras sacaba su monedero del bolso para pagar las tres libras que estaba dispuesta a pagar. Ni una más. Liam la miraba asombrado mientras tiraba de él para apartarle de la multitud que había empezado a aglomerarse en aquel puesto.

—Es una señal, ¿no lo ves? —le dijo emocionada mientras cogía su mano derecha para ponerle el curioso anillo.

—Las iniciales de nuestros nombres… —murmuró Liam mirándola.

—Sí. Liam y Amy. También L.A., Los Ángeles. Esto tiene que significar algo. Tienes que venir conmigo a California.

—Sabes que ese es uno de mis mayores deseos —dijo mirando el anillo en su dedo y luego mirándola a ella.

—Hagamos un pacto, aquí y ahora. —Sus ojos brillaban de la emoción y Liam tuvo que agarrarle la cabeza con dulzura.

—¿Qué estás tramando, pequeña bruja?

—Prométeme que trataremos de cumplir nuestros sueños.

—No puedo prometerte algo que no sé a ciencia cierta si voy a cumplirlo.

—Dime que al menos lo intentarás. Promételo —repitió Amy.

—De acuerdo, lo prometo. —Liam levantó la palma de la mano en señal de juramento. Amy la unió a la suya.

—En el momento en que consigas el papel de tu vida...

—...y en el momento en que tú publiques tu primer *best seller* —continuó Liam.

—...estemos donde estemos y pase lo que pase, nos lo haremos saber el uno al otro.

—Pase lo que pase y estemos donde estemos —repitió Liam.

—No importa el tiempo que tardes en conseguirlo. Sé que vas a lograrlo y tu forma de hacerme saber que no te has olvidado de mí cuando empieces tu carrera hacia el Olimpo será este anillo. —Le cogió la mano entre la suya—. Y si lo llevas puesto en tus películas sabré que has pensado en mí.

—No me gusta lo que estás diciendo, Amy. Hablas como si... como si fueras a desaparecer de mi vida —le confesó Liam con expresión seria.

—No es esa mi intención, te lo aseguro. Pero estamos en un momento decisivo de nuestras vidas. Yo me marcho a San Francisco en algo más de dos meses para comenzar a asentar mi carrera profesional y tú terminarás creando tu propio despacho en Edimburgo, Glasgow o en cualquier otro lugar. Tengo miedo de dejarlo todo en manos del destino o el puro azar.

—Y yo no quiero que lo que me separe de ti sea precisamente el destino o el azar.

—En ese caso habrá que ponerse a trabajar.

—Este pacto no será válido hasta que no esté sellado. —Liam le ofreció una sonrisa misteriosa.

Amy le correspondió como él esperaba aunque supo que lo pilló fuera de juego. Se acercó a él y se inclinó para darle un beso justo al lado de la comisura de sus labios. Amy supo que se había detenido más tiempo del necesario, pero no lo lamentó. Después se separó de él para mirarlo directamente a los ojos.

—Ahora sí que es válido —logró decir Liam.

# Capítulo diecinueve

$L$a intersección entre Hollywood Boulevard y Highland Avenue, donde se hallaba enclavado el majestuoso Kodak Theatre, se convertía una vez más aquel 20 de febrero en el centro de las miradas a nivel mundial con motivo de la ceremonia de entrega de los Premios de la Academia de las Ciencias y las Artes Cinematográficas. Desde su apertura en noviembre de 2001 había sido sede de la celebración del más famoso festival dedicado al séptimo arte.

Jane llamó a la puerta del dormitorio de Liam.

—¿Preparado para ver a una profesora de secundaria de Edimburgo vestida de Givenchy? —preguntó una vez más dado que aquel era el tercer vestido que se había probado y el que finalmente había elegido. Clyde se había encargado de enviar a una fabulosa estilista para peinar y maquillar a Jane.

—Adelante —gritó Liam.

Jane entró en la estancia en el momento en que Liam cerraba uno de los armarios después de haber cogido algo para guardarlo dentro del bolsillo de su pantalón de Armani.

—Dios mío… si no fuera porque eres mi hermana te echaría los tejos ahora mismo. Estás soberbia. A ver, date la vuelta y camina hacia la ventana.

—Los zapatos son demasiado altos para mí. Trataré de ir con cuidado —dijo Jane mientras hacía el pequeño pase de modelos privado para su hermano.

—Fantástica, jamás pensé que el color champán te sentaría tan bien. Cualquiera diría que la casa Givenchy lo ha hecho expresamente para ti… y el pelo… has hecho bien en dejártelo suelto. Estás guapísima. Cuando me vean aparecer contigo sobre la alfombra roja van a empezar las conjeturas.

—En cuanto me vean con papá sabrán enseguida que se trata de tu hermana y las mujeres de medio mundo suspirarán aliviadas —añadió riendo.

Liam se acercó a ella y la sujetó cariñosamente por los hombros.

—Si Douglas te viera ahora mismo...

—Tranquilo... debe de estar con toda su familia delante del televisor maldiciendo el cambio de horario.

—Cuando Matt te vea en la pantalla no va a creerlo.

—Me temo que esta noche en Escocia se va a dormir muy poco.

—La gente espera demasiado de mí.

—Todas las quinielas apuntan hacia ti. El hecho de que no te dieran el Globo de Oro, no significa nada. Por mucho que digan no siempre son la antesala de los Oscar.

—Espero que así sea porque no quisiera decepcionaros.

Jane pasó la mano por su cabello y después le apretó afectuosamente la mejilla.

—Sea cual sea el resultado has llegado a lo más alto, Liam. Y no sabes lo orgullosos que estamos de ti.

—Si pudiera volver atrás un mes más y... mamá pudiera estar aquí aún para ver todo esto.

—Estoy segura de que lo está viendo.

Liam asintió convencido y abrazó de nuevo a su hermana. James apareció en ese instante, impecable, vestido de etiqueta.

—Clyde nos está esperando fuera. Se nos hace tarde.

Liam metió la mano en el bolsillo para sacar lo que se había guardado cuando Jane entró en la habitación. Deslizó el anillo del pacto en su dedo y levantó la vista hacia su padre y su hermana que lo observaban con atención.

—Dondequiera que se encuentre quiero que sepa que hoy también pienso en ella.


El estreno de *La verdad sobre Peter* tuvo finalmente lugar el 6 de mayo y resultó ser la mayor conquista hecha por Liam Wallace desde que pisara el escenario de un teatro cuando aún no había cumplido los doce años. Los aplausos coronaron una vez más los esfuerzos de largos meses de trabajo. Aquella compañía que todos habían creado desde un principio con el solo objetivo de dar salida a la creatividad escondida en sus almas comenzó, a partir de aquella noche, a ser sinónimo de prestigio. La actuación de Liam había sido simplemente sublime.

Cuando bajaron el telón después de haber salido en más de cinco ocasiones para responder a los aplausos del público, Amy quedó en verse con Mel, Jill y el resto de sus amigos en el Traverse Bar Café donde celebrarían con una fiesta el éxito del estreno.

Corrió hacia la zona de bastidores para ir a su camerino. Cuando llegó lo vio rodeado de amigos que lo saludaban haciendo infinitos halagos hacía su magistral interpretación. Enseguida la distinguió entre la afluencia de gente sonriéndole con los ojos. Ambos fueron esquivando a todo el que se les ponía por delante hasta que finalmente estuvieron frente a frente. Amy se lanzó hacía él dándole un fugaz beso en la mejilla. Después se fundieron en un caluroso abrazo.

—¡Has estado magnífico! —le dijo separándose de nuevo y entrelazando sus manos entre las suyas—. Eres el mejor.

—Me has mandado buenas vibraciones desde tu asiento en la primera fila. Tú tienes mucha culpa de este éxito. —La miraba con ojos llenos de agradecimiento—. Esto ha sido un trabajo hecho por los dos.

—No, Liam, el talento es tuyo y por lo tanto el mérito también. Yo sólo estoy aquí para halagarte.

—Hemos demostrado con creces el buen equipo que formamos, ¿no te parece? —Liam volvió a acogerla en sus brazos.

—Ya lo creo…

—Venga, chicos, cambiaos que la fiesta no ha hecho más que empezar —gritó Andrew, el director, a todos los allí presentes—. ¡Tantas emociones me han abierto el apetito!

Liam volvió a mirar a Amy.

—Necesito darme una ducha, no tardaré más de diez minutos. ¿Nos vemos en el bar?

—De acuerdo. Iré reuniendo a todos tus amigos para darte la bienvenida que te mereces —dijo desligándose de sus brazos—. No tardes mucho ¿eh? —Le ofreció una traviesa sonrisa.

—No tardaré —le respondió dejándola marchar con una sonrisa desmesurada en el rostro.

Michael pasó por su lado en ese instante dándole un pequeño azote en la nuca.

—¡Pasa al ataque, chaval! ¡Hoy es el día!

Liam sacudió la cabeza riéndose a medida que Michael se alejaba. Volvió a mirar en dirección al pasillo por donde Amy caminaba y sintió de nuevo aquella inquietud. En ese instante supo que ya no podría aguantar más.

La fiesta del Traverse Bar Café estaba siendo sin duda todo un acontecimiento. Daniel apareció para tomarse una copa rápida y para felicitar a Liam por su actuación. Amy no tenía la más mínima idea de que hubiera asistido a la función. Perdió la noción del tiempo. Había bailado y cantado con voz desenfrenada sin cesar mientras observaba cómo se seguían descorchando botellas de champán. Liam había salido de la zona de baile hacía un rato mientras la contemplaba apoyado en la barra y apuraba su última cerveza. Charlaba con el personal del Traverse cuando Eddie, Valerie y Tom fueron en su busca para despedirse. Mel y Jill no tardarían en hacer lo mismo. Liam consultó su reloj y se sorprendió al ver que ya eran cerca de las dos de la madrugada. Llevaban allí metidos más de cuatro horas y apenas se había percatado del paso del tiempo.

Fue en dirección a los aseos de caballeros no sin antes hacer un gesto a Amy mirando su reloj dándole a entender que era hora de ir bajando el ritmo para marcharse. Amy le hizo una mueca que irradiaba fastidio porque evidentemente se estaba divirtiendo. Liam continuó su camino hacia los aseos. Cuando salió la vio venir en su busca y le cogió la mano para tirar de él.

—Vamos a bailar. Esta canción te gusta, lo sé.

—No, Amy, es tarde. He bailado hoy para el año entero.

—¡Oh vamos! No seas aburrido. —Volvió a tirar de su mano pero esta vez Liam se detuvo en seco y ella también lo hizo.

—Puedes quedarte si te apetece. Yo estoy agotado y me voy a casa.

—¿Vas a dejarme sola? —le preguntó con voz algo pastosa.

—Creo que has bebido demasiado —le dijo.

—El champán no me sienta muy bien. Ya sólo estoy bebiendo Coca-Cola así que no me regañes. —Esta vez su voz sonó mas firme.

—Voy a recoger mis cosas que aún están en el camerino. Si quieres que te lleve a casa te espero fuera en diez minutos, ¿de acuerdo?

—De acuerdo… —le respondió desganada dándose la vuelta.

Liam iba a decirle algo, pero cambió de opinión. Se giró para encaminarse al camerino. No tardó más de cinco minutos en organizar sus cosas cuando la puerta se abrió. Era Amy.

—Me has asustado —dijo Liam incorporándose y colgándose la mochila al hombro—. ¿Te vas a quedar?

—No tengo ganas de ir a casa esta noche.

—Está bien, entonces mañana…

—No me has entendido —interrumpió Amy interceptándole el paso.

Liam se detuvo frente a ella tratando de mantener la calma. No quería parecer alterado pero tenerla a sólo un palmo de distancia clavándole en las mismísimas entrañas aquellos ojos verdes le haría parecer cualquier cosa menos sosegado. Con sigilo deslizó la mochila de su hombro para dejarla caer al suelo.

Quería hacerlo con cautela, pero el anhelo de seducirla y desconcertarla de una vez por todas acabó con su firme propósito en cuanto alargó el brazo para tomarla por la muñeca y franquear la mínima distancia que los separaba. Le rodeó la cintura con una sola mano mientras con la otra acariciaba el contorno de su rostro.

—Te he entendido perfectamente —le dijo con voz ronca mientras rodeaba la cabeza de Amy con la palma de su mano y la acercaba a su boca. Su lengua le tanteó la línea de los labios empujando para buscar una abertura. Amy no tardó en proporcionarle lo que buscaba al tiempo que sus brazos y sus manos tocaron los hombros de Liam. Primero de forma leve, hasta que poco a poco fueron curvándose en torno a su espalda. La boca de Liam era cálida y firme. Pronto sintió cómo el cuerpo de Amy se agitaba y respondía. Entonces con un movimiento inesperado la apoyó sobre la puerta del camerino. Se apretó más contra él y sus besos se volvieron tan insistentes que por un momento creyó que le faltaba el aliento. Sus dedos fueron hasta el cabello de él y lo apresaron mientras sus labios le rozaban la co-

misura de la boca y después la mandíbula para terminar finalmente jugueteando con el lóbulo de su oreja. Amy sintió las
manos de Liam sobre su trasero. Sus alientos se mezclaron. Él
se movió y ella se frotó contra su cuerpo. De nuevo sintió sus
ágiles manos bajo su suéter dibujando imaginarias espirales sobre su vientre hasta llegar a sus pechos. De repente se detuvo y
se separó de ella respirando entrecortadamente. La miró con
ternura al ver su rostro ruborizado y encendido por la pasión.

—Llevo demasiado tiempo esperando este momento como
para acabar haciendo el amor contigo en un triste camerino.
No te mereces algo así. Lo siento.

Amy se alisó el pelo con la mano y se recompuso la ropa
antes de darse la vuelta y abrir la puerta.

—Cogeré un taxi —dijo con voz queda.

—Amy… no…. Yo te llevaré a casa.

Amy se giró hacia él y para alivio de Liam volvió a posar un
fugaz beso en sus labios.

—Han sido muchas emociones en muy pocas horas. Mañana será otro día.

—Prefiero llevarte a casa, insisto.

Amy lo detuvo colocando su mano sobre su pecho. Pudo
notar las pulsaciones de su cuerpo a través del tejido de su camiseta.

—Es mejor así.

Liam volvió a besarla una vez más antes de dejarla marchar.


Aún no había salido del coche. Llevaba cinco minutos aparcado delante de su apartamento considerando la posibilidad de
acabar aquello que había comenzado. A pesar de haber tratado
de controlarse, su fracaso había sido estrepitoso. Sabía que no
podría aplazar ni un minuto más lo inevitable. Volvió a poner
las llaves en el contacto, arrancó y puso rumbo hacia Drummond Street.

No hacía ni diez minutos que Amy había llegado en taxi a
su apartamento. Sólo había tenido tiempo de ponerse lo más
parecido a un pijama ya que el resto lo tenía en la lavadora. Se
estaba cepillando los dientes cuando sonó el interfono. Le resultó extraño que alguien llamara a aquellas horas de la ma-

drugada y optó por no contestar pensando que sería algún borracho gastando una broma pesada. Pero volvió a sonar de forma insistente y se vio obligada a responder.

—¿Sí?

—Amy, soy Liam.

Liam no dijo nada más. Amy tampoco. Guardó silencio unos segundos y después pulsó el botón de apertura. Ya no había marcha atrás.

Cuando Amy le abrió la puerta Liam no le dio oportunidad alguna de tregua. Ninguno de los dos articuló palabra. No era necesario. Entró y mientras con una mano él mismo cerraba la puerta con la otra tomaba a Amy por la cintura para acercarla bruscamente hacia él. Esta vez el beso fue aún más dulce y persistente. La boca de Amy se movió saboreando la línea de sus labios. Sentía sus manos en la zona lumbar apretándola contra él. Aquella forma de sujetarla hizo que se calmara la duda que la había invadido cuando abandonó el camerino.

Le besó la línea de su garganta mientras la boca de ella se deslizaba sobre su sien al tiempo que se apoyaba en él con más fuerza. Entonces el beso se hizo aún más profundo y Liam pasó las manos por sus nalgas para elevarlas con él a medida que se acercaban a la cama. Se arrodillaron juntos sobre el colchón sin romper aquel anhelado contacto físico en ningún momento. Los dedos de Liam juguetearon con la cintura del pantalón de Amy. Ella interrumpió el beso para echarse atrás y facilitar a Liam el trabajo de quitárselo. A continuación, Liam se deshizo de su camisa haciendo con ella un ovillo y lanzándola al suelo. Amy se quedó prendada de aquellos brazos y aquel torso. Acto seguido, introdujo las manos bajo la camiseta de Amy y tiró de ella obligando a Amy a elevar los brazos mientras lo hacía. Sus pechos quedaron liberados y Amy agarró a Liam por la nuca para que enterrara su boca en ellos. Luego sus labios se deslizaron hasta su vientre a medida que una de sus manos se deslizaba suavemente entre sus muslos. Amy jadeó cuando la base de la mano de él se apretó contra ella. Se rindió ante aquella sensación cerrando los ojos mientras acariciaba su cabello moviéndose bajo su cuerpo.

—Quiero sentirte dentro de mí —le dijo con voz sofocada.

Liam sintió sus manos sobre la cremallera de sus tejanos y en aquel momento emitió un sonido en la base de la garganta.

—Déjame a mí —le dijo mientras se desnudaba del todo. Cuando lo hizo, curvó sus manos sobre las caderas de Amy y entonces entró despacio en ella. Se mantuvo quieto mientras la miraba fijamente a los ojos. Amy acarició el contorno de su rostro y retiró algunos mechones de su rebelde cabello para disfrutar por entero de aquellos ojos azules que deliraban placer. Sintió cómo se retiraba un poco para después llenarla de nuevo. Comenzaron a moverse al unísono arqueándose y acariciándose. El ritmo de Liam se apresuró y Amy no tardó en sentir aquella especie de espiral de placer ascendente. Enlazó sus piernas alrededor de su espalda incitándolo a aumentar sus movimientos y así lo hizo Liam, hasta que sintió cómo se tensaba en torno a él reteniéndolo de esa forma un poco más antes de que él se moviera de nuevo. Liam hundió la cara en su cuello cuando el clímax lo empujó contra ella. Aquella liberación pareció durar una eternidad. Finalmente relajó los brazos que la sostenían, pero sin querer soltarla. Después salió de ella con cuidado y la volvió a besar. La acercó rodeándola con el brazo.

—Has estado a punto de acabar conmigo, aunque pensándolo bien, si tuviera que elegir una forma de morir sería ésta, sin duda, la mejor forma de hacerlo —logró decir Liam, exhausto.

Amy volvió su rostro impregnado de sensaciones hacia él.

—Estás loco, Liam Wallace.

—Loco por ti, Amy MacLeod —le dijo besándola de nuevo con marcada intensidad y un renovado optimismo.

Amy cogió su mano entre la suya acurrucándose de espaldas a él. Liam la alojó entre la curva de su brazo y su costado. Sólo cuando fue consciente de que Amy dormía se atrevió a cerrar los ojos, temeroso de despertar a la realidad y ver que todo había sido un espejismo.

# Capítulo veinte

Abrió los ojos, pero la cegadora luz de aquella mañana soleada la obligó a volver a cerrarlos. Se movió bajo las sábanas buscando a tientas el calor del cuerpo de Liam, pero no lo encontró. Cambió de postura para mirar el despertador. Faltaban diez minutos para las diez. Perezosamente se estiró ocupando la zona de la cama que mantenía el aroma de aquel perfecto cuerpo escocés. ¿Por qué se había marchado? Puso fin a sus divagaciones cuando oyó pasos al otro lado de la puerta seguidos del sonido de unas llaves. Apareció en el umbral con el periódico y con una bolsa de *croissants*. Más guapo que nunca y fresco como una rosa. Parecía que le había dado tiempo a volver a su apartamento para ducharse y cambiarse. Mientras tanto Amy salía de la cama buscando lo primero que encontró para cubrir su desnudez.

—Buenos días —fue lo único que se le ocurrió decir mientras contemplaba cómo Liam dejaba sobre la barra de la cocina lo que llevaba en las manos. Después se volvió hacia ella envolviéndola con aquellos ojos.

—Buenos días. —Se acercó vacilante y cohibido por lo que pudiera suceder a partir de aquel instante.

¿Y si ahora todo se iba al traste? ¿Y si, como decía ella, la magia desaparecía? No. Algo así no podría sucederles a ellos. No cuando acababa de ver aquel repentino nudo formado en su garganta y aquel delicioso temblor en sus labios.

—No se puede decir que tenga muy buen aspecto. —Se miró a sí misma, allí frente él, descalza con aquella enorme camiseta y el pelo enmarañado.

Liam se acercó a ella. Tomó su rostro entre sus manos y la besó. Un beso dulce, lento, pausado.

—Estás preciosa —le dijo.

—Pensé que te habías marchado.

—¿Por quién me tomas? —Le dedicó una bonita sonrisa. De esas que de pronto le hacían olvidarlo todo. Amy le respondió de la misma forma y eso hizo que Liam también comenzara a relajarse—. Anda, ve a darte una ducha mientras yo te preparo el desayuno. Desearía pasar en la cama todo el fin de semana contigo, pero me temo que tendremos que aprovechar este magnifico día para llevarte a algún bonito rincón que seguramente aún no conoces.

—Me parece una idea excelente.

Liam observó cautivado el elegante movimiento de sus esbeltas y largas piernas mientras se dirigía al cuarto de baño. No tardó más de diez minutos en salir con una bonita camisa blanca. Se acercó al otro lado de la barra americana para sentarse en un taburete al tiempo que Liam le servía una taza de café y un plato con dos *croissants* cortados con mermelada de mora.

—Gracias. —Amy bebió un sorbo del café y pegó un mordisco al *croissant* ante la mirada atenta de Liam desde el otro lado de la barra—. Mmm... está buenísimo. —De pronto se sintió acariciada por aquellos ojos azules que desprendían una adoración sin límites.

—Deja de mirarme así —le dijo con una juguetona sonrisa.

—¿Cómo te estoy mirando? —le preguntó con mirada socarrona.

—Como si... —Bebió otro trago de su taza de café—. Como si estuvieras esperando algo de mí. —Fijó su mirada en el contenido de su taza—. No sé si me explico.

Liam no dijo nada y continuó observándola expectante.

—¿Te he dicho alguna vez que ni siquiera con mi mejor amiga del instituto he tenido la conexión que he tenido contigo?

—No recuerdo habértelo oído decir.

—Pues es cierto. Hemos discutido, nos hemos peleado, nos hemos reconciliado y ahora estamos aquí frente a frente después de haber pasado nuestra primera noche juntos —levantó la vista hacia él— y me pregunto si voy a estar a la altura de las circunstancias.

Liam rodeó el espacio que la separaba de ella y se pasó al lado en el que estaba sentada. Le quitó la taza de la mano y deslizó a un lado el plato de los *croissants*. Seguidamente la tomó en sus brazos y en un impulso la sentó sobre la superficie libre de la barra. Permaneció de pie frente a ella con las manos sobre sus muslos aún desnudos.

—Contéstame a una pregunta. ¿Lamentas que hayamos cruzado la línea?

—En absoluto —respondió convencida—. ¿Y tú?

—He aprendido a estar a tu lado estando enamorado de ti y sabiendo que no te podía tener, pero imaginando que algún día te tendría. No quiero hacerme ilusiones pensando que ese día ha llegado. Yo, al contrario que tú, no me pregunto si voy a estar a la altura de las circunstancias. Lo que ves es lo que hay y no sé lo que va a pasar a partir de ahora. Lo que sí puedo decirte es que no sé qué demonios has hecho conmigo, pero jamás pensé poder querer a alguien como te quiero a ti.

Amy llevó la mano hacia su mejilla y Liam la atrapó con la suya para después llevarla hasta sus labios. Luego la soltó y ella estiró los brazos hacia él. Liam entendió su gesto dejándose envolver en ellos.

—Yo tampoco sé qué demonios has hecho conmigo, Wallace. Lo que sí sé es que ya no volveré a ser la misma. Lo quieras o no has pasado a ser parte de mí.

Liam se separó de su abrazo para dedicarle una vez más aquella franca mirada colmada de felicidad después de haber escuchado aquellas palabras. La besó de nuevo, primero en la frente, después en la nariz, en los labios y en su cuello. Cuando Amy lo atrapó con sus piernas, Liam pasó las manos por sus nalgas para encajarla entre su cuerpo que volvía a despertar de nuevo.

—Creo que nuestra visita a la Abadía de Melrose tendrá que esperar un poco más —le dijo Liam con una sugestiva sonrisa mientras se deshacía de su camisa.


La noticia de que Liam y Amy estaban por fin juntos se extendió como la pólvora. Si bien para la mayor parte de aquellos que ya les conocían no fue ninguna sorpresa, les agradó el hecho de que finalmente destaparan aquellos sentimientos que habían tratado de negar una y otra vez a pesar de las innegables evidencias.

El mes de mayo se les pasó en un abrir y cerrar de ojos. Ambos estaban en la fase final del curso. Pero en el caso de Liam había que sumar las tardes en el despacho de su hermano, algunas mañanas en los juzgados y dos funciones semanales de *La verdad sobre Peter*. Amy sabía que estaba realmente agotado, pero aun así pasaba junto a ella el poco tiempo que le quedaba libre.

Después de la entrega de diplomas se fueron a celebrarlo a un nuevo pub que habían abierto en Shandwick Place. Fue una jornada sin duda memorable. Rieron y bailaron hasta caer desfallecidos de cansancio.

A la mañana siguiente, a pesar de que ambos estaban extenuados, pusieron rumbo a Callander. Liam deseaba pasar allí con ella aquel último fin de semana antes de su regreso a San Francisco. Esa misma mañana, mientras salía de darse un baño a orillas del río Theith y Liam iba en su busca para cubrirla con una toalla, fue consciente por primera vez de la realidad de su marcha en tan sólo tres días. Él sabía lo que estaba pensando, pero en vez de aplacar sus dudas con palabras se limitaba a abrazarla. Era la mejor forma que tenía de hacerle olvidar sus miedos y Amy tuvo que reconocer que en cierto modo lo conseguía.

Disfrutaron de un suculento almuerzo en compañía de toda la familia Wallace que había terminado convirtiéndose en la suya propia. Se sintió observada por ellos en todo momento, pero no de forma crítica. Amy sabía que todos estaban preguntándose con razón hasta cuándo duraría aquella eterna luz en los ojos de Liam.

Agotados aún por la fiesta de la noche anterior, Liam la acompañó al que había sido su dormitorio durante sus visitas a Callander para descansar. Pero esta vez compartió aquella cama con ella. Amy se quedó dormida en sus brazos durante más de una hora. Fueron los besos y las caricias de Liam los que la despertaron de nuevo. Sus ojos se clavaron en ella mientras sus manos se abrían paso por debajo de las sábanas hasta llegar a su camiseta. Los suaves jadeos de Amy comenzaron a mezclarse con el repentino sonido de una inesperada lluvia de verano.

—Mmm… toda tu familia está abajo.

—Sshhh… no haremos ruido. —La volvió a besar—. No te preocupes porque nadie va a entrar sin llamar—. Le dedicó una sugestiva sonrisa.

Cerró los ojos y dejó caer la cabeza hacia atrás cuando Liam se hundió por completo en ella ralentizando sus movimientos, relajado y desaparecido ese tenso estado de los últimos días.

—Amy… —pronunció jadeante abriendo los ojos para mirarla y después envolverla de nuevo en sus brazos.

—Te quiero —susurró.

—Dilo otra vez.

—Te quiero, te quiero, te quiero.

Y entonces lo dijo.

—Me marcho contigo a California.

Amy había soñado cientos de veces con oír aquellas palabras, pero en aquel instante tuvo que reconocer que no se esperaba que Liam las pronunciara tan pronto.

—¿No crees que te estás precipitando? —preguntó Amy incorporándose y tapando su desnudez con la sábana.

Liam se apoyó sobre un codo mirándola fijamente.

—Juraría haber escuchado hace tres segundos las palabras «te quiero».

—Y lo sigo manteniendo, pero…

—¿Pero qué?

—No quiero que tomes esta decisión a la ligera. Prefiero que la medites antes de…

—No hay nada más que meditar. —Le interrumpió llevando la mano que le quedaba libre hacia la curva de su cintura—. Yo te quiero y tú me quieres. No pienso quedarme aquí viendo cómo te marchas y desapareces de mi vida.

—No voy a desaparecer de tu vida. —Entrelazó su mano entre la suya—. Sencillamente regreso a mi ciudad. Después buscaré trabajo y un nuevo apartamento. En ese momento será cuando nos tengamos que plantear en serio lo de un posible traslado por parte de alguno de los dos.

—No pienso esperar hasta entonces para plantearme algo que ya tengo decidido.

—Pero ¿qué pasa entonces con el despacho? Aquí tienes un futuro asentado.

—He estudiado Derecho, tengo un máster en Derecho Internacional, estoy colegiado y trabajando en Edimburgo. De acuerdo, pero no es eso lo que quiero y tú lo sabes mejor que nadie.

—¿Qué va a decir tu familia?

—Tendrán que apoyarme en esta decisión. Sé que al principio les costará aceptarlo, pero terminarán considerando que ha sido la opción más acertada porque después de todo lo único que desean es mi felicidad y saben que esa felicidad sólo es posible estando a tu lado.

—¿Y si sale mal?

—Eso es un riesgo que vamos a correr los dos.

Amy lo miró con tal ternura que Liam tuvo la sensación de que se iba a echar a llorar, pero no lo hizo. No podía creer que le estuviera sucediendo aquello. Allí estaba bajo la mirada azul de aquel guapo actor escocés de gran corazón convertido en abogado que había derrumbado todos sus esquemas y que estaba dispuesto a dejarlo todo por ella sin pedir nada a cambio.

—Habrá que intentarlo —le dijo finalmente.

Liam la atrajo hasta él y la besó dulcemente.

—Dios... hoy puedo decir que soy el tipo más afortunado de Escocia.

# Capítulo veintiuno

Katherine los contemplaba desde la ventana de la cocina mientras ambos se acercaban paseando cogidos de la mano por el camino trasero de la casa. Conversaban animadamente y Amy no paraba de reír con alguna de las mil historias que Liam tenía siempre para contar. Le sorprendió la calma con la que su hijo se lo estaba tomando todo. Sabía que estaba enamorado de Amy como nunca lo había estado de ninguna otra chica. Algo así no era necesario confesarlo porque si algo caracterizaba a Liam era precisamente su llaneza y su transparencia. Era prácticamente imposible hacerle disimular un sentimiento. Se mostraba tal como era sin importarle que tanta sinceridad a veces le hubiera acarreado más de un problema.

Volvió a levantar la mirada hacia ellos. Fuera lo que fuese lo que le estaba diciendo Amy, su hijo le respondió con un suave beso seguido de un tierno abrazo. En ese momento supo la razón de su aparente serenidad. Le había repetido hasta la saciedad que Amy era la mujer de su vida y Katherine en cierto modo sintió cierto recelo al pensar que con sólo veinticuatro años pudiera tener algo así tan claro. No había sido muy enamoradizo. Y más bien huía del compromiso.

Por esa razón su especial historia con Amy le hacía plantearse si terminaría quedando reducido a una pasión pasajera. No quería que Amy hiciera sufrir a Liam, pero tenía que ser justa y tampoco quería que Liam hiciera sufrir a Amy. Desde el primer instante en que la había visto entrar en aquella casa supo que estaba perdidamente enamorada de su hijo. ¿Por qué había esperado tanto tiempo para reconocerlo? Justo dos meses antes de su regreso a Estados Unidos. Estaba claro que Liam estaba tramando algo y Katherine estaba segura de que la trama tenía que ver con un posible traslado a San Francisco. Amy se marchaba dentro de tres días. En circunstancias así, Kathy sabía que Liam habría estado afligido, melancólico e incluso enfadado. Sin embargo, rebosaba una felicidad asombrosa.

El ruido de la puerta exterior la despertó de sus pensamientos. De nuevo escuchó sus risas mientras dirigían sus pasos hacia la cocina.

—Mamá, es un crimen que estés metida en la cocina. Hace un día de escándalo. —Se acercó por detrás para darle un cariñoso beso.

—Alguien tendrá que preparar la comida para esta legión de glotones.

—¿Keith y Jane vienen?

—Sí. Saben que no podrán despedirse de Amy y quieren aprovechar para verla antes de que se marche. —Dejó a un lado sus quehaceres culinarios para acercarse a Amy—. No logro hacerme a la idea de no tenerte aquí. No sabes cómo vamos a echarte de menos.

Amy y Liam intercambiaron miradas. Sabía que Liam no quería hacerlo todavía pero no podría demorarlo más.

—¿Me he perdido algo? —preguntó Katherine mirándolos a ambos con ojos desconfiados.

—Pensaba comunicároslo cuando Amy se marchara, pero me temo que cuanto antes lo sepáis mejor será para todos.

Liam se deshizo de la mano de Amy para tomar las de su madre.

—Llevo mucho tiempo meditando esto, mamá. Te aseguro que no he tomado la decisión a la ligera.

—No hace falta que digas más —le interrumpió Katherine con el rostro algo decepcionado—. Quieres marcharte a San Francisco, ¿verdad?

Liam asintió aclarándose la garganta antes de volver a hablar.

—Sé que me vais a tachar de loco, pero tengo que hacerlo.

—Nunca tacharía de loco a un hijo mío que lo deja todo por una chica como Amy, pero eso no significa que tenga mis reservas respecto a lo que podría implicar una decisión tan precipitada.

—Comprendo tu inquietud, mamá, pero ahora se trata de mí. Creo que hasta ahora he cumplido con todas vuestras expectativas.

—¿Qué pasa con tus planes en el despacho? ¿Y tus compromisos en el Traverse? Tantos años de esfuerzo para nada.

—No digas eso. Siempre me dijiste que tenía que lograr alcanzar todo aquello que me propusiera. Sabes que la interpretación fue lo único que quise hacer en la vida, pero me exigisteis una carrera que me respaldara antes de dar rienda suelta a ese sueño imposible. Y lo hice; me he convertido en abogado con una especialización en Derecho Internacional y tengo la fortuna de prestar mis servicios en uno de los mejores bufetes de Edimburgo del que mi hermano es socio fundador. Ahora es el momento de intentarlo. Tengo un doble motivo para marcharme a California.

—¿No te has planteado quedarte en Edimburgo, Amy? —le preguntó Katherine con ojos aún esperanzados ante un posible cambio de actitud.

—También hemos considerado esa opción. Yo tengo posibilidad de firmar un nuevo contrato con un importante bufete de San Francisco en el que he estado prestando mis servicios durante dos años antes de graduarme. Liam no tendrá problema para encontrar trabajo. Incluso no pudiendo ejercer como abogado, tiene un fantástico currículo que le puede abrir muchas puertas. En el caso de que las cosas no salieran como esperamos, profesionalmente hablando, no tendría inconveniente en venirme a Edimburgo.

Liam desvió los ojos hacia ella gratamente sorprendido por su afirmación. Le pasó el brazo por los hombros y la apretó suavemente contra él.

—Sólo queremos estar juntos, Katherine. El lugar es lo de menos.

—¿No recuerdas cuando me decías que nunca debía arrepentirme de lo que había hecho si no de lo que no había hecho? —intervino Liam.

—Lo recuerdo… —murmuró Katherine— …por supuesto que lo recuerdo.

—Pues bien, pienso seguir tu consejo. No quiero lamentar el no haber intentado comenzar una nueva etapa de mi vida con esta preciosidad con la que tuve la suerte de cruzarme hace casi diez meses en la calle Drummond. —Se inclinó para darle un fugaz beso ante la mirada aturdida y a la vez admirada de su madre.

A pesar de que trató de evitarlo, las lágrimas acudieron a los ojos de Katherine. En ese instante Amy y Liam se fundieron en un abrazo con ella.

—¡Vamos, mamá! No me voy a marchar hasta que deje cumplidos mis compromisos pendientes. Todavía estaré aquí un par de meses más —le dijo Liam tratando de consolar sus llantos.

—Vendremos a menudo y prometo que voy a cuidar de él —añadió Amy con ojos también húmedos de la emoción— así que no queremos verte triste.

Katherine se limpió las lágrimas en un rápido gesto con la esquina de su delantal al tiempo que esbozaba una leve sonrisa.

—Lloro de alegría. Aunque lo sospechaba nunca imaginé que terminaríais dando este paso la primera vez que os vi cruzar juntos el umbral de esta casa. Ahora os veo tan decididos y tan felices que me siento un poco culpable por el hecho de no desear que ninguno de los dos se aleje de nosotros. Pero es ley de vida y tenemos que aceptarlo.

—Mediarás si hace falta por nosotros con el resto de la familia ¿verdad? —le preguntó Liam con una pícara sonrisa.

—Yo abandoné Irlanda cuando sólo tenía veinte años para estar junto a tu padre. Y tu padre —dijo dirigiéndose a Amy— hizo lo mismo por tu madre. Está claro que en ambas familias esto es tradición y contra eso no se puede hacer nada.

Los tres rieron al unísono. Liam envolvió entre sus brazos a las dos mujeres más importantes de su vida, sin olvidar a Jane.

—Volveré con un Globo de Oro y con un par de Oscar bajo el brazo y con Amy convertida en la señora Wallace.

Los tres volvieron a reír. Ninguno de ellos sabía aún que sólo uno de aquellos deseos se cumpliría y no sería precisamente el del santo sacramento.

Y

Durante el trayecto hacia el Aeropuerto Internacional de Edimburgo apenas pronunciaron palabra. A cada instante ambos se miraban a los ojos sabiendo cada uno lo que estaba pasando por la mente del otro. Liam retiraba la mano del volante con frecuencia para acariciarle cariñosamente la mano o la mejilla. El momento de la verdad llegó cuando Amy terminó de facturar su equipaje y se tomó el último café en compañía de Liam antes de pasar el control para dirigirse a la puerta de embarque.

—Estos dos meses se me van a hacer eternos —murmuró con semblante alicaído.

Liam la sujetó por la barbilla para inclinar su rostro hacia él.

—Se pasarán más rápido de lo que creemos. Tenemos que hacer tantas cosas que no nos va a dar tiempo a pensar —le dijo tranquilizándola como siempre una vez más con su bonita sonrisa.

—Va a ser duro no levantarme a tu lado por las mañanas.

—Pronto me tendrás todas las mañanas del resto de nuestras vidas y terminarás aburriéndote de ver esta cara de bobalicón que se me pone cuando estás cerca de mí.

Amy no pudo evitar reírse.

—Nunca me cansaré de mirar esos ojazos. —Acarició el contorno de los mismos para después entrelazar sus dedos en su cabello ondulado que había empezado a dejar más largo. Eso unido a la ausencia de afeitado de un par de semanas le daba ese toque seductor y atractivo que le hacía perder la cabeza.

—Todo va a salir bien, ya lo verás —le dijo en tono suave.

—Y si no sale bien siempre podemos volver aquí. Quiero que tengas eso presente, ¿de acuerdo?

—Lo tengo muy presente, te lo aseguro.

Amy miró su reloj nuevamente desalentada.

—Me temo que ya no puedo demorarme más. Ya deben de estar embarcando.

Liam la rodeó de nuevo con sus brazos y sus besos.

—Gracias por haberme hecho pasar el año más feliz de mi vida —le dijo Amy aún recostada sobre su pecho.

Liam la apretó contra él aún con más fuerza.

—Esto es sólo el comienzo —murmuró con voz ronca por la emoción.

Amy se separó de su abrazo para tomar la bolsa de equipaje de mano que llevaría dentro del avión. Con la mano que le quedaba libre acarició una vez más la mejilla a su escocés del alma. Se dieron un último beso.

—Te llamaré cuando llegue.

—Te esperaré despierto.

Amy emprendió su camino hacía la zona de control antes de buscar su puerta de embarque sin echar la vista atrás. No quería que Liam la viera llorar. Sin embargo, tuvo que girarse cuando de nuevo oyó su voz.

—No olvides lo mucho que te quiero —le dijo.

Amy se giró y Liam pudo ver cómo le sonreía con un leve indicio de lágrimas en sus ojos. Aquella imagen valía más que mil palabras.

# Capítulo veintidós

*E*l esperado encuentro con su madre la había dejado sin energías durante su primera semana de estancia tras su regreso. Permanecían conversando hasta altas horas de la madrugada y jamás imaginó que pudiera estar hablando precisamente con ella del amor que sentía por un escocés. Era tan injusto que su padre no hubiera vivido para haber tenido el privilegio de conocer a Liam. Sabía que habrían compartido las mismas esperanzas, sueños e ideales y lo más importante de todo: para él habría sido como el hijo que nunca pudo tener.

A mediados del mes de julio, Murray & MacBride se habían puesto en contacto con ella después de haber recibido su actualizado currículo tras su especialización en una universidad europea. A primeros de agosto había pasado a formar parte de la plantilla fija de abogados del bufete. El día doce de ese mismo mes se había instalado en un pequeño apartamento de un dormitorio en Marina District. Hablaba con Liam cada dos días para ponerse al corriente de todas las novedades. Cuando le habló de la despedida de su última función en el Traverse advirtió el temblor de su voz. Amy imaginó lo duro que debía de haber sido, aunque Liam le confesó que era aún más duro ver pasar los días sin poder tenerla en sus brazos. Escuchar su voz suponía una inyección de ánimo para comenzar el día siguiente. La noche que le comunicó que ya estaba instalada definitivamente en su pequeño nido Liam le comunicó igualmente que ya tenía un billete de ida para San Francisco para el sábado siguiente. Sólo faltaban ocho días para que Edimburgo y San Francisco se unieran.

Υ

Cuando lo distinguió a lo lejos esquivando a la multitud que se congregaba a su alrededor, Amy salió corriendo en su busca. A pesar de que habían transcurrido poco más de dos meses, mostraba un aspecto mucho más maduro y sosegado. Tenía de nuevo el cabello un poco más corto y ligeramente engominado. Había un renovado brillo en su mirada, probablemente reflejo de sus sentimientos ante la aventura que estaba a punto de comenzar. Estaba sencillamente irresistible. Liam la elevó del suelo con un fuerte abrazo y con unos besos que no pasaron desapercibidos para la afluencia de viajeros que pasaban por su lado.

La toma de contacto de Liam con su nueva ciudad fue un flechazo. Contemplaba y atendía ensimismado todas y cada una de las explicaciones que Amy le daba sobre los lugares que iban dejando atrás a medida que conducían hacía su nuevo domicilio. Cuando se adentraron en Marina District para dirigirse al apartamento que ambos compartirían en Filmore Street fue verdaderamente consciente del paso que había dado y parece ser que Amy le había leído el pensamiento.

—Al principio será un cambio brusco —le dijo a medida que introducía su llave en la cerradura y abría la puerta al que sería su nuevo hogar— pero terminarás amando esta ciudad igual que yo terminé amando Edimburgo.

—Si es tan fácil como amarte a ti entonces ya tengo todo el camino hecho.

Amy lo besó en el umbral, de nuevo conmovida por sus palabras. Lo tomó de la mano dejando el equipaje en el rellano de la entrada para adentrarse en su acogedor refugio.

Un pequeño salón alegremente amueblado y pintado en un relajante color verde que contrastaba con el blanco inmaculado de los techos y puertas compartía espacio con una cocina más grande que aquella que ambos habían disfrutado en Drummond Street.

De un rápido vistazo Liam observó, entre otros detalles, unas bonitas láminas enmarcadas de preciosas fotografías de Escocia tomadas por ambos durante sus viajes por todos los rincones del país.

—Es una especie de ventana a Escocia —le dijo Amy—. Será como si estuviéramos en ambos sitios a la vez.

—Ha sido todo un detalle —añadió visiblemente agradecido.

Tiró de su mano para enseñarle el cuarto de baño con bañera y no ducha. A continuación, el dormitorio de unas chispeantes paredes color fresa y un adorable mobiliario que a Liam le encantó.

—Has estado trabajando duro por lo que veo. Para ser un apartamento de alquiler en el que sólo llevas dos semanas cualquiera diría que llevas aquí instalada toda tu vida.

—El casero es irlandés. Cuando le he confesado que mi chico de Escocia venía a vivir conmigo se ha desvivido por hacer que esté todo a punto. He tenido mucha suerte. De todos los que he visto por esta zona éste era sin duda el que más merecía la pena. Estaba muy bien equipado y aunque es pequeño, tiene su encanto. Mi ligero toque personal ha hecho el resto. Quería darte una sorpresa y que estuviese todo perfecto.

—Lo está, vaya si lo está. Pero debes de estar agotada. Tu regreso, el trabajo, la búsqueda del apartamento, la mudanza. Me siento un poco culpable de no haber estado aquí para ayudarte con todo esto.

—Me ha venido muy bien estar ocupada. Si no lo hubiera estado, te aseguro que me habría lanzado desde el Golden Gate. Pero no te preocupes porque tu penitencia llegará en breve cuando te pida que me cocines todo aquello que te he enseñado.

—Bueno… he visto que por el barrio hay algunos restaurantes que nos pueden sacar de más de un aprieto. —Bromeó pasándole un brazo por los hombros.

—Contaba con algo así. Ése era otro de los requisitos en mi búsqueda —le dijo riendo.

Liam permaneció un rato mirándola.

—¿Qué piensas? —le preguntó echándole los brazos al cuello.

—Estoy aquí contigo, en un lugar perfecto gracias a ti y en una ciudad que me temo me va a gustar y mucho. No puedo creer en mi buena suerte. —Retiró un rebelde mechón castaño que caía sobre aquella piel canela. Estaba preciosa con aquel vestido blanco de tirantes.

—¿Quién iba a decirme aquel día que me crucé contigo en Drummond Street que casi un año después estaríamos viviendo juntos en San Francisco? —Los ojos de Amy mostraron un punto de melancolía, pero sus labios se expandieron en una amplia sonrisa.

—¿Crees que estamos cometiendo una locura? —le preguntó.

—La locura sería haberte dejado en Edimburgo. Estoy ahora mismo en brazos de un escocés condenadamente guapo de metro noventa, preciosos ojos azules y un cuerpo de infarto, que además de ser inteligente y encantador, es abogado y también actor. Y para colmo, parece ser que encima me quiere.

—¿He oído bien? ¿Has dicho «parece ser»? —Le hizo un sensual gesto mientras la rodeaba por la cintura con firmeza—. Veo que todavía no te ha quedado claro lo que siento por ti, así que tendré que hacer un sacrificio y hacerte una vez más una demostración —enterró sus labios en la curva de su cuello— para aplacar tus dudas de una vez por todas.

Amy se retorció en sus brazos soltando una apagada risita.

—Liam, no… vamos… —Una nueva risa se le escapó cuando sintió las manos sobre su trasero—. Tienes que deshacer tu equipaje y dentro de dos horas mi madre nos espera para cenar… —Sintió de nuevo sus labios sobre su boca para silenciarla y lo consiguió. Después sintió como retiraba uno de los tirantes de su vestido para acariciar con sus labios su hombro desnudo.

El equipaje tuvo que esperar y, por supuesto, llegaron tarde a la cena de bienvenida de su madre.


El encuentro entre Liam y Emily MacLeod fue tal y como Amy había esperado. Su madre se interesó muchísimo por todo lo relacionado con su faceta de actor lo cual supuso para Liam todo un honor. Esta vez fue él quien escuchó con desmesurado interés las anécdotas de la infancia y adolescencia de Amy. Recordaron viejos tiempos contemplando algunas fotos y se quedó prendado de la belleza de Amy cuando era un bebé y más tarde cuando tan sólo era una niña en los brazos de su padre. Fue en ese momento cuando la miró y supo que ella le había leído el pensamiento. De repente se había visto reflejado en aquella fotografía. Eran demasiado jóvenes para ni siquiera planteárselo pero Liam se hizo la misma pregunta.

¿Sería algún día el padre de sus hijos? Por la mirada que le dedicó Amy supo que esperaba de corazón que así fuese.

La mayor parte del domingo la pasaron haciendo algo de turismo por la ciudad. Partieron por la mañana temprano hacia Fisherman's Wharf para tomar un pequeño barco crucero de una hora aproximada de duración para experimentar junto a Liam toda la belleza escénica de la bahía de San Francisco pasando por debajo del Golden Gate Bridge y disfrutando de las vistas de Sausalito, Angel Island y Alcatraz. Después almorzaron en Fog Harbor Fish House. El primer tour turístico lo finalizaron visitando el San Francisco Maritime National Historical Park. Por último y aprovechando la relativa cercanía de Filmore Street, dieron un paseo por los alrededores de los jardines del Fine Arts Palace.

—Estoy agotado. —Se tumbó en el sofá después de haberse dado una ducha mientras Amy andaba trasteando en la cocina—. Deja lo que estás haciendo y túmbate aquí conmigo.

—Ya voyyyy… no seas impaciente. Termino de trocear esta lechuga para la cena y estoy contigo.

Liam terminó levantándose y fue hasta ella.

—Eso puedo hacerlo yo después, ¿vale?

—¡Vaaale! —Tiró de ella con una pícara sonrisa para llevarla de nuevo hasta el sofá. Amy se recostó sobre su torso, relajada y reconfortada por su brazo protector. Suspiró—. Ahora me estoy dando cuenta de que yo también estoy agotada.

—Me has hecho pasar un día memorable. Este clima es maravilloso. No me extraña nada que lo echaras tanto de menos en Escocia.

—Me alegro de que te haya gustado. Nos quedan miles de cosas por hacer y preciosos lugares que visitar. Tengo que devolverte todo lo que hiciste por mí en Escocia. He de reconocer que fuiste un guía excelente.

—Sólo trataba de impresionarte contándote viejas historias.

—Pues lo conseguiste. Si algo me gustó de ti es que eres un perfecto contador de historias. Me puedo pasar horas escuchándote sin pestañear y eso es un logro, te lo aseguro.

—Pues tengo otra historia que contarte.

—Adelante, soy toda oídos.

—En mi vuelo de escala en Londres conocí a Clyde Fraser.

Amy levantó la cabeza para mirarlo.

—¿Clyde Fraser?

—Es periodista de la cadena NBC en Londres aunque empieza a hacer pinitos en la industria del cine colaborando en algunas producciones independientes y buscando algún que otro talento.

—¿De veras? ¿Y cómo lo has conocido?

—Él ya me conocía —respondió con una sonrisa— porque estuvo en el Traverse el día del estreno de *La verdad sobre Peter*.

En esta ocasión Amy se colocó en la posición adecuada para no perder detalle de lo que le estaba contando.

—¿Te vio actuar?

Liam asintió con una leve sonrisa de triunfo.

—¿Y qué hacía en Edimburgo?

—Fue expresamente a verme.

—No me estarás gastando una broma, ¿verdad?

—Las buenas críticas de *El vecino de al lado* llegaron a sus oídos y quiso comprobarlo personalmente.

—¿Y? —El rostro de Amy estaba radiante en aquellos instantes.

—Estaba en Los Ángeles esta semana. Como no tenía ningún teléfono que proporcionarle, él me entregó su tarjeta. En un par de semanas volará a San Francisco y ha insistido en que tenemos que hablar de mi futuro.

—Instalaremos una línea a la mayor brevedad. Eso es… eso es genial. Maldito granuja. —Le zurró en el hombro—. ¿Por qué no me habías dicho nada hasta ahora?

—No llevo aquí ni cuarenta y ocho horas, cariño —respondió riendo.

—Por lo que más quieras, guarda esa tarjeta bajo llave. Ni se te ocurra perderla.

—No la perderé, te lo prometo. —Le encantaba verla en ese estado permanente de desenfrenado júbilo.

—Dios... es sencillamente extraordinario. ¿Sabes lo que supone que alguien relacionado con la industria del cine al otro lado del Atlántico tenga conocimiento de lo bueno que eres?

—Lo sé. Sé que es un fantástico comienzo, pero no lancemos campanas al vuelo. Este mundo es muy duro y lo sabes.

—Lo sé —dijo acurrucándose de nuevo bajo su brazo— y sé que nos queda a ambos mucho camino por recorrer, pero también sé que lo vas a lograr.

Liam la besó en la frente con ternura.

—Gracias por tu voto de confianza.

—Confío en que seguirás queriéndome igual cuando pises la alfombra roja.

—Sabes de sobra que así será.

—¿Incluso cruzándote a diario o trabajando con bellezas espectaculares?

—Incluso así.

—¿Y cómo estás tan seguro?

—Por mucho que quisiera no podría volver a amar a nadie que no fueras tú por una sencilla razón. Te lo has llevado todo de mí y te garantizo que no me quedaría absolutamente nada para entregar a nadie más.

Amy levantó la cabeza para encontrarse con aquel rostro y aquellos ojos que adoraba hasta la locura y lo besó larga y profundamente. No sabía en ese momento hasta qué punto sus palabras pronunciadas eran del todo ciertas.

# Capítulo veintitrés

*D*urante la semana siguiente, Liam se ocupó de abrir una cuenta en el US Bank donde ingresar el cheque por las casi doce mil libras que había traído ahorradas de Escocia y que afortunadamente serían suficientes para cubrir sus gastos durante un periodo de tiempo sin tener necesidad de abusar de la buena voluntad de Amy. Aprovechó la ocasión para dejar allí su currículo. En los ratos que tenía libres preparó un listado de bufetes y empresas del sector de la ciudad donde enviar su historial para la búsqueda de empleo.

Justo a las dos semanas de su llegada llamó a Clyde Fraser para concertar una cita y así lo hicieron. Tanto él como Amy fueron invitados a cenar a un elegante restaurante de California Street. La velada transcurrió tranquila y Amy pudo descubrir que Clyde estaba más interesado en Liam de lo que pensaba. Le propuso la posibilidad de viajar a Los Ángeles a principios de noviembre para que pudiera tener una primera toma de contacto con la tierra de los sueños. Liam aceptó su propuesta y permaneció allí durante una semana. Aunque Amy no pudo acompañarlo por temas de trabajo, advirtió cambios de ánimo muy bruscos cuando hablaba con él por teléfono cada noche. Sin lugar a dudas era un mundo realmente crudo a la vez que excitante. La competencia era feroz y Liam se sentía apocado al haberse enfrentado a soñadores mucho mayores que él que venían sobradamente preparados del Actor's Studio y que se movían como peces en el agua en aquella jungla.

Liam apenas había tomado lecciones de interpretación y eso le causó cierto complejo. Tanto Amy como el propio Fraser le hacían saber que muchos de aquellos «veteranos» que aún no habían perdido la esperanza no habían logrado llenar un teatro ni habían sido alabados por la crítica especializada de un diario de ámbito nacional.

Debido a que se negaba a permanecer a la espera de una llamada para alguna audición, Amy también trató de buscarle algunos contactos que finalmente dieron su fruto. A mediados del mes de diciembre firmó un contrato con un bufete de Montgomery Street que ya tenía oficinas abiertas en Hong Kong y Nueva York entre otras muchas ciudades del mundo. Sus conocimientos en Propiedad Intelectual y Derecho Medioambiental fueron claves. Con aquel contrato podría prorrogar su visado y así lo hizo. Llevaban la vida típica de cualquier pareja que iniciaba una convivencia al tiempo que un desarrollo profesional. El trabajo de Amy en Murray & MacBride iba viento en popa. Algunas tardes llegaba derrotada y caía exhausta en la cama, pero estaba feliz por todo lo que estaba avanzando en su práctica profesional. Liam por su parte, estaba satisfecho de poder estar haciendo algo útil gracias a su preparación universitaria y ganar dinero con ello. De esa forma, sus ahorros se mantendrían a más largo plazo.

Las llamadas de Clyde se producían con moderada frecuencia. Sus proposiciones para algunas posibles audiciones no solían superar las expectativas de Liam y en la mayor parte de las ocasiones terminaba rechazando la posibilidad de ser elegido para un ridículo papel de cinco líneas en una serie de máxima audiencia. Prefería seguir esperando o dedicarse al teatro antes que hacer ese tipo de apariciones.

Debido a que Liam había comenzado a prestar sus servicios en Broghlin & Watkings aquel mismo mes de diciembre no tuvo la posibilidad de tomarse unos días libres para poder pasar la Navidad en Callander junto a los suyos, Amy y su madre. Pasaron una agradable Nochebuena en el Valle de Napa en compañía de su nueva familia y, pese a la evidente añoranza, Liam hizo reír una vez más a todos los comensales con sus chistes e historias.

Fue en el mes de marzo cuando Liam dispuso de quince días de vacaciones. Amy solicitó el mismo periodo para hacer una escapada de varios días a Nueva York. Desde allí tomaron un vuelo hasta Edimburgo con escala en Londres. Después de casi siete meses en Estados Unidos, el regreso a su tierra natal les sirvió para recargar energías. Los seis días que permanecieron en Callander, previas visitas a Perth y Edimburgo para ver al resto de parientes y amigos, pasaron con una rapidez asombrosa.

Curiosamente el día que regresaban a San Francisco, Liam le confesó que estaba deseando volver a ver el sol durante semanas seguidas. Los días de vacaciones habían sido aprovechados al máximo y la vuelta a la realidad, como era de esperar, fue dura para ambos. Amy tuvo que quedarse en casa durante un par de días por un absurdo resfriado. Sus ganas de vomitar eran continuas y aunque había tratado de disimular su preocupación, terminaron confirmándose sus sospechas. Liam entraba por la puerta aquella tarde de miércoles en el instante mismo en que acababa de ver los resultados de su test de embarazo.

—¿Se puede saber qué haces levantada? —le reprendió nada más verla en la cocina al entrar en el salón.

—Tenía sed y se me había acabado el agua. Estoy resfriada, no minusválida.

—Ven aquí, anda. —Le dio un beso sin importarle el posible contagio y luego la tomó del brazo para acompañarla al sofá. La obligó a tumbarse, pero ella se levantó y permaneció sentada. Le echó por encima una pequeña manta.

—No tengo frío.

—Deja de comportarte como una cría. —Le llevó una mano a la frente—. No tienes fiebre pero estás demasiado pálida.

—Tomé un vaso de leche con galletas y lo acabo de vomitar entero. Ésa es la razón de mi mal aspecto. Siento que tengas que verme de esta manera.

—Si esto sigue así vamos al médico ahora mismo.

Amy sintió una pena infinita cuando advirtió la preocupación en sus ojos.

—Liam, no me pasa nada, no te preocupes. Son los síntomas normales dadas las circunstancias.

—Pues habrá que poner remedio para que esos síntomas desaparezcan.

—No me has entendido.

—¿Qué es lo que tengo que entender? ¿Las circunstancias? ¿Qué circuns...? —De repente comprendió. Guardó silencio unos instantes antes de volver a tomar la palabra mirándola con expresión de sorpresa. Sus ojos no expresaron en ningún momento indicios de pánico, turbación o ansiedad. Simple y llanamente, sorpresa—. ¿Estás... estás...? No logró terminar la frase y Amy se encargó de hacerlo.

—Estoy embarazada. Acababa de hacerme el test. —Sus labios temblaron y de repente un par de lágrimas se deslizaron por sus mejillas—. Yo... no... sé si estoy... —No logró terminar la frase.

—Eh vamos... pero ¿a qué vienen esas lágrimas? —Se sentó a su lado y la rodeó con un tierno abrazo—. Sshhhh, vamos, cálmate.

—He hecho que dejes a un lado tu tierra, tus amigos de toda la vida, tu prometedora carrera —tomó aire antes de continuar— y no quiero que permanezcas atado a mí o a este lugar por un hijo.

Liam la separó de su abrazo, deslizó los pulgares por sus mejillas para limpiar sus lágrimas y la besó para tranquilizarla.

—Estaré atado a ti toda la vida aunque no haya hijos de por medio. ¿Acaso no te lo he dejado ya lo suficientemente claro?

—Entonces... —susurró Amy asustada.

—Entonces ¿qué?

—¿No estás... enfadado?

—Santo cielo, Amy. ¿Cómo puedes decir algo así? Me vas a hacer padre. Yo te quiero y tú me quieres. Y ahora vamos a tener un hijo. ¿Qué problema hay? No estoy enfadado. Estoy feliz, muy feliz.

—Pues yo estoy asustada, muy asustada. No hay nada que me pudiera hacer más feliz que tener un hijo contigo; pero en este momento...

Liam la recostó sobre su pecho para apaciguarla.

—De todas formas esas pruebas no son fiables al cien por cien.

—Te aseguro que todos los casos que conozco eran totalmente fiables.

—Mañana te acompañaré al médico y sea cual sea el resultado definitivo lo aceptaremos encantados, ¿de acuerdo?

—¿Crees que lo haremos bien?

—Lo haremos fenomenal. Ya lo verás.

—Te quiero, sabes que te quiero, ¿verdad?

—Nunca lo he dudado. Todo irá bien, mi vida. Confía en mí.

No había sido una falsa alarma. A la mañana siguiente quedó totalmente confirmado. Estaba embarazada de cuatro semanas. Iban a ser padres. Ese mismo día Patrick Murray ofreció a Amy un interesante ascenso que ella rechazó confesándole que iba a tener un hijo. Para su sorpresa, Patrick la tachó de insensata si no aceptaba el reto amparándose en esa excusa. Así que aceptó ilusionada la nueva meta impuesta. Le dio un paternal abrazo deseándole todo lo mejor en esa difícil pero gratificante tarea.

En esa misma semana Liam recibió una llamada del U.S Bank, de la misma sucursal donde había ingresado el cheque de sus ahorros de su aún corta vida laboral. Le ofrecieron un puesto en el Departamento de Transacciones Extranjeras redoblándole lo que ganaba en ese momento en Broghlin & Watkings. Aceptó con los ojos cerrados. Con un hijo en camino toda mejora económica que se le presentara era bienvenida. Parece que el pequeño o pequeña Wallace vendrían con un pan debajo del brazo.

La noticia fue acogida con ciertas reservas por parte de ambas familias porque aún los consideraban demasiado jóvenes para hacer frente a semejante responsabilidad. Pero a pesar de todo no pudieron evitar el evidente orgullo que sentían ante la posibilidad de convertirse en abuelos.

Liam, más feliz que nunca ante la dulce espera, buscó un nuevo apartamento de dos dormitorios aprovechando el aumento de los ingresos por parte de los dos. Se trasladaron a Nob Hill a principios del mes de mayo cuando Amy comenzaba la semana decimosexta de su embarazo. Dos días después Liam recibió una llamada del hospital. Amy había perdido el bebé.

—Me había hecho a la idea… quería este bebé —decía con voz ahogada y mirada desolada mientras Liam la consolaba en sus brazos sobre la cama del dormitorio de su nuevo apartamento—. Lo quería… una parte de ti estaba dentro de mí y ahora ya no está.

—Yo también estaba emocionado con la idea, pero desgraciadamente estas cosas pasan, cariño.

—Me siento tan vacía… —murmuró aferrándose aún más a él.

—Tendremos otras oportunidades.

—¿Quieres decir que quieres volver a intentarlo? —le preguntó contrariada inclinando su rostro hacia él.

—¿Por qué no? Que yo sepa no hay nada que nos lo impida. De todas formas no es una decisión que tengamos que tomar ahora. Acabas de pasar por un mal trago y tienes que recuperarte. Lo más importante en este momento de mi vida eres tú, no lo olvides. —La volvió a besar dulcemente.

—No lo olvido… —suspiró entornando los párpados. Estaba agotada—. Te quiero mucho… —murmuró ya con los ojos cerrados.

—Sshh… yo también te quiero, mi vida. Descansa.

Liam, al igual que ella, terminó siendo vencido por el sueño.

Aquel inesperado suceso en sus vidas les había hecho madurar antes de lo previsto. Eran conscientes de la delgada línea existente entre la felicidad y la desdicha. Fue esto lo que hizo que estuvieran más unidos que nunca y puede que esa fusión total existente entre ambos hubiera sido la causante de las primeras desavenencias entre Liam y Clyde.

Dejó de interesarle la interpretación o al menos eso le parecía. Con frecuencia Amy lo notaba pensativo e incluso ausente. Tenía la ligera sensación de que se estaba dejando llevar por las circunstancias y que ya había abandonado todas sus esperanzas y aspiraciones. Amy empezó a sentirse culpable por ello.

A mediados del mes de noviembre de 1995 Liam habia viajado a Los Ángeles después de haber pasado un duro *casting* para firmar el contrato de lo que podría llegar a ser su primer papel secundario en una película.

Terminó rechazándolo porque suponía estar fuera del país durante más de dos meses y no estaba dispuesto a estar separado de ella tanto tiempo.

Eran casi las siete de la tarde cuando entró en el apartamento de Nob Hill que ambos compartían desde hacía más de siete meses. Un relajante olor a tomate y especias inundó sus fosas nasales.

El olfato lo guio hasta la cocina donde Amy dejaba escurrir una cazuela de pasta en ese mismo instante.

—Me parece que he llegado justo a tiempo. —Liam la atrajo hacia su cuerpo desde atrás y Amy se giró para darle un beso.

—Te he echado de menos —le dijo con una mirada soñolienta.

—Día duro en los juzgados, ¿eh?

—Más o menos. —Se giró para continuar con sus quehaceres culinarios—. Pero no hablemos de mí. Ayer te noté un poco raro por teléfono —le dijo mientras abría un armario para sacar el escurridor para la pasta.

—Fue un día bastante anormal. Pero yo tampoco quiero hablar de trabajo. —Liam se dedicaba a sacar platos, cubiertos y servilletas para dos sin decir nada más.

Amy lo miró a los ojos. Lo conocía demasiado y sabía que algo no iba bien. Permaneció callada mientras él se dirigía al salón para poner la mesa.

Tardaron poco menos de media hora en terminar la ceremonia de aquella cena más llena de silencios de lo que ambos hubieran deseado. Fue Liam quien se encargó de retirarlo todo mientras Amy permanecía recostada en el sofá a la espera de que hiciera algún comentario concluyente con respecto a su viaje a Los Ángeles.

Amy se levantó para recostarse sobre los cojines del hueco de una de las ventanas desde las que se contemplaban las impresionantes vistas de la bahía. La noche era clara y estrellada. Pasados unos minutos sintió la presencia de Liam a su lado. Le hizo un sitio sobre su asiento y se recostó sobre él.

—Echas de menos Escocia, ¿verdad? —le preguntó rompiendo aquella ilógica quietud.

—Algunas veces sí pero, por increíble que te parezca, aquí también empiezo a sentirme como en casa.

—Lo dices sólo para hacerme sentir bien.

—Te equivocas. Nadie me obligó a venir aquí. Lo hice voluntariamente y no me arrepiento de la decisión que tomé.

—No has firmado, ¿verdad?

—No, no lo he hecho. Ya está decidido. No pienso estar a miles de kilómetros de ti durante tanto tiempo.

—No era esto lo que yo quería para ti.

—¿Qué es lo que no quieres para mí?

—No me parece justo que decidas tu futuro basándote en mí. Me siento culpable —dijo incorporándose cambiando de posición y colocándose frente a él.

—¿Me estás diciendo que tendría que haber firmado?

—¿Habrías firmado si yo no hubiera formado parte de tu vida?

—Eso es una pregunta trampa. No me obligues a responder algo que no siento.

—Era una buena oportunidad, Liam. Sé que no es el tipo de papel que te atrae y sé perfectamente que vales mucho más que todo lo que te está ofreciendo Clyde. Pero nadie ha empezado por la puerta grande.

—Te he dicho cientos de veces que prefiero seguir en el teatro antes que hacer ese tipo de papeles.

—Y mientras te dedicas a trabajar en algo que no es lo tuyo. Ni siquiera puedes ejercer la abogacía. ¿Qué pasa con todos tus años de esfuerzo? No quiero que pase el tiempo y lamentes la decisión que tomaste. Tengo miedo a despertarme un día a tu lado y ver que ya no me miras como si fuera la única mujer sobre la faz de la tierra. Miedo a ver la decepción en tu mirada. Miedo a que un día digas «no lo conseguí, pero todo lo hice por ti, no olvides que lo hice por ti».

Liam alargó sus manos hacia el rostro de Amy y lo sujetó inclinándolo hacia él.

—No vine aquí para perseguir mi sueño de ser actor. Eso es secundario. La única razón que me trajo hasta California eres tú. Acepté este trabajo porque además de que me pagan muy bien, nos hemos mudado a una zona mucho más cara y no me parecía justo que tú corrieras con la mayor parte de los gastos.

—Eso es una chorrada. Cogiste ese trabajo porque esperábamos un hijo que finalmente perdí.

—No, Amy, para mí no es ninguna chorrada y sí, acepté este trabajo porque quería darle lo mejor al hijo de la mujer a la que amo y lo volvería a hacer de nuevo. Soy feliz estando aquí contigo. Y sería igualmente feliz estando en Edimburgo, en Sydney o en Madrid siempre que tú estuvieras conmigo.

—Si quisieras volver a Escocia, ¿me lo dirías?

—Siempre querré volver a Escocia por la sencilla razón de que es una tierra que me lo ha dado todo en la vida incluyéndote a ti.

—Estaría dispuesta a dejarlo todo y marcharme contigo si es eso lo que quieres. No me importaría envejecer a tu lado en una casita junto a Loch Lomond.

—Por el momento no tendrás que hacerlo. Permaneceremos aquí esperando el gran papel. Sé que llegará, confía en mí. —La besó en los labios y seguidamente se levantó tomándola de la mano para conducirla al dormitorio.

Aquella fue la última noche que pasaron juntos.


Después de la conversación que mantuvieron la noche anterior, víspera de su vigésimo sexto cumpleaños, Amy tuvo un extraño presentimiento.

La mañana del 23 de noviembre de 1995 ese mal presagio se convirtió en una desgarradora revelación. Decidió entonces con todo el dolor de su corazón que aquello tenía que acabar.

Después de los años transcurridos y antes de contraer matrimonio con Jorge Stich, el hombre que había intentado cubrir el inmenso vacío dejado por Liam, Amy supo que jamás dejaría de amar a Liam Wallace. Su marcha a Buenos Aires tuvo como único objetivo romper de una vez por todas con su pasado pero, incluso habiendo huido al lugar más recóndito de la tierra, sabía que jamás habría podido deshacerse de los recuerdos.

Su última visita a Callander así se lo demostró. Haber dejado en aquel lugar aquella vieja caja llena de nostalgias había sido un paso importante. Liam y ella habían escrito las páginas de sus vidas con un feliz comienzo y con un triste final, pero a pesar de todo Amy quiso creer que el final todavía no se había escrito. Decidió dejar el desenlace en manos del destino y del propio Liam.

# Capítulo veinticuatro

*Los Ángeles, 20 de febrero de 2006*

*E*l público y la prensa autorizada reunida en los alrededores del Kodak Theatre parecieron sufrir una sacudida en el instante mismo en que Liam Wallace puso los pies sobre la alfombra roja. Era, sin lugar a dudas, el personaje más esperado, querido y elogiado de aquella edición. A pesar de haber acudido a cientos de festivales y eventos de todo tipo a lo largo de los años, se seguía sintiendo turbado y desconcertado ante aquellas expresivas muestras de desmesurado afecto. Precisamente la naturalidad, la llaneza y la espontaneidad que lo caracterizaban era lo que provocaba ese ferviente clamor del público.

Como era habitual acudió a la llamada de la prensa acreditada y se acercó a todos aquellos que habían aguantado allí durante horas para poder acceder al simple placer de observar en directo una de sus afables sonrisas.

Jane se sintió celosa y dichosa al mismo tiempo. Celosa por ver con sus propios ojos cómo los miles de personas allí congregadas aclamaban el nombre de su hermano sin cesar. Dichosa, precisamente por el simple hecho de que aquel cuyo nombre vociferaban era sangre de su sangre. Se deshizo de la mano de Liam para apartarse a un lado mientras periodistas y fotógrafos comenzaban las breves entrevistas de rigor.

James Wallace tomó del brazo a Jane mientras Clyde reunía a la mayor parte del reparto y equipo de producción de *El juicio final* alrededor de ellos. Se preguntaba cómo su hijo lograba mantener una conversación normal con un periodista mientras su vista quedaba prácticamente cegada por los incesantes disparos de los flashes de los cientos de cámaras que apuntaban hacia él. Transcurrió casi una hora hasta que se adentraron en el interior del teatro. Allí tanto James como Jane recibieron las muestras de condolencia por la reciente pérdida de Katherine Wallace por parte de numerosos actores, directores y productores, tanto nominados como no nominados pero asistentes igualmente a tan importante evento. Liam aprovechó un momento de tranquilidad para hacerle a Clyde una seña con la mano pidiéndole que se acercara hacia donde él se encontraba. Clyde se disculpó de Johan Stern, recientemente nombrado director de Arbroath Film Entertainment, para acudir a su llamada.

—¿Todo va bien? —preguntó Clyde.

—Sí, como la seda. Sé que no es el momento… pero quisiera saber en qué estado está el informe que te solicité.

Clyde no imaginó que eligiera precisamente una tarde como aquella para hacerle semejante pregunta. Si hubiera tenido conocimiento del manuscrito que Liam acababa de terminar de leer hacía tan sólo unas horas lo habría entendido perfectamente. Tragó saliva y se aclaró la garganta antes de hablar.

—Liam, creo que no es el momento más adecuado para hablar de esto.

—Es el único momento que he logrado encontrar para preguntártelo. Esto es más importante de lo que piensas, Clyde.

—Pues lo siento, pero tendrás que esperar.

—¿Qué es lo que sabes? —El rostro de Liam se nubló reflejando una desconfianza brutal.

Clyde sintió que le faltaba el aire. ¿Lo estaba poniendo a prueba? ¿Estaba al tanto de todas sus artimañas y quería desenmascararlo de una vez por todas? No, no era posible.

—Liam, te lo ruego. Olvídate de todo por esta noche. Disfruta en compañía de tu hermana y tu padre del momento de gloria que puedes llegar a vivir dentro de unas horas. Haz que el resto del mundo disfrute de todo lo bueno que tienes que ofrecer en una noche como ésta. Cuando toda esta vorágine llegue a su fin te juro que contestaré a todas tus preguntas. A todas, sin excepción —tomó aire antes de continuar— y pase lo que pase después respetaré la decisión que tomes.

La perplejidad en la mirada de Liam era más que evidente.

Quiso hacer una réplica a aquel pequeño discurso, pero Clyde no se lo permitió porque se giró para encaminarse hacia la puerta de salida que conducía hasta otra de las salas en las que otros tantos productores se disputaban un momento de su atención. Pero Clyde no tenía ganas de hablar con nadie. Dirigió sus acelerados pasos hacia las zonas de aseos y se encerró en uno de los baños privados. Le empezaron a temblar las manos y las apoyó encima del lavabo para tratar de calmarse. Vio su imagen reflejada en el espejo y sacudió la cabeza en señal de negación. No quería ver lo que se escondía detrás de su mirada. La agonía, la ansiedad y la continua intranquilidad que parecían querer consumirlo por momentos. Volvió a contemplar su imagen en el espejo y vio el rostro del periodista y novato manager sin escrúpulos que había sido hacía casi once años. Recordaba aquellos días de noviembre de 1995 con una claridad insoportable.

La noche de aquel 21 de noviembre fue sin duda una jornada que no dejaría lugar precisamente a la nostalgia de un agradable recuerdo. Aquel día Clyde se vio obligado a ponerle las cartas sobre la mesa a Liam. Después de un par de días en Los Ángeles y con la propuesta de un papel secundario pero con una cuota de pantalla prácticamente igualada a la del protagonista, las dudas comenzaron a hacer acto de presencia.

La cuestión era bien simple. La firma del contrato por parte de Liam implicaba tres meses mínimos de rodaje en China. Era cierto que el papel no resultaba todo lo interesante que Liam hubiera deseado, pero Clyde le repetía hasta la saciedad, con toda la razón del mundo, que para un actor de teatro como él que pretendía entrar en la industria del cine, aquélla era la mejor oportunidad de darse a conocer. De acuerdo, era una producción de corte político y de acción, pero iba a trabajar junto a actores con una filmografía a sus espaldas de la que él aún carecía, así que tenía que considerarse un afortunado.

Aquella noche, después de haber discutido, ambos se marcharon al hotel en el que se hospedaban ya que a la mañana siguiente Clyde lo acompañaría hasta el aeropuerto para tomar el vuelo de vuelta a San Francisco. Liam se fue directo a recepción para ver si tenía algún mensaje y lo tenía. De Amy.

Clyde decidió que tenía que jugar su última carta y se dirigió a uno de los teléfonos públicos que había en la planta baja. Marcó un número y rogó para que la persona al otro lado de la línea contestara. Oyó el *clic* al descolgar el auricular y posteriormente la dulce y aterciopelada voz de Celine, aunque su verdadero nombre fuera Samantha Parker.

—¿Recuerdas que me debías un favor?

—¿Qué te traes entre manos, Fraser?

—Un trabajo fácil, ésta vez con cámara incluida.

—¿Dónde estás?

—Beverly Wilshire.

—Vaya, creía que eran sólo rumores. Entonces es verdad que la fortuna te persigue.

Clyde hizo caso omiso a su comentario y fue directo al grano.

—Estaré tomando una copa con él en el bar. Nos encontrarás al final de la barra y cuando llegues ya tendrás el setenta por ciento del trabajo hecho. Te encargas del treinta restante en su habitación.

—Entendido —respondió Samantha con voz firme.

—No tardes —ordenó Clyde. Acto seguido colgó el auricular y se dirigió hacia Liam con una bondadosa sonrisa.

A pesar de que quería subir a darse una ducha y acostarse cuanto antes, no tardó en ser convencido para que se tomara una copa. Esa copa se convirtió en tres y en la tercera ronda Clyde aprovechó un despiste de Liam para diluir sobre el liquido una dosis de Valium que tumbaría a un elefante en menos de cinco minutos.

Justo en el instante en que Liam bebía el primer trago, Clyde hizo una seña a Samantha que se encontraba al otro lado del bar.

—Hola Clyde… no sabía que andabas de nuevo por Los Ángeles. Me alegro mucho de verte.

Una elegante joven vestida con un impecable traje sastre azul marino besó cariñosamente en la mejilla a Clyde ante la observadora mirada de Liam.

—Es un placer verte de nuevo.

—Liam, te presento a Samantha Parker. Es abogada igual que tú.

—¿Eres nuevo en la ciudad? —le preguntó mostrándole una amplia sonrisa.

—Ha venido a probar suerte. Además de fantástico abogado es un actor de talento —respondió Clyde en su lugar.

—Vaya, Liam, parece que Clyde tiene mucha confianza en ti.

—Tiene más fe que yo en todo esto, te lo aseguro. —Liam
cerró los ojos y volvió a abrirlos de par en par. Volvió a beber
un trago de su copa.

—A veces tengo la impresión de que quiere tirar la toalla
demasiado pronto.

—La palabra perdedor no existe en el vocabulario de esta
ciudad —añadió risueña Samantha.

Liam sonrió y trató de decir algo, pero evidentemente no
pudo. Perdió un poco el equilibrio y tuvo que sujetarse al filo
de la barra.

—¿Te encuentras bien? —le preguntó Samantha apoyando
la mano sobre su brazo como para sostenerlo.

—Hacía tiempo que no… —Se volvió a llevar la mano hasta las sienes para retirarse el cabello que le caía sobre la frente—. Ufff, supongo que ha sido el alcohol. Es la tercera copa…
—Volvió a perder el equilibrio—. Creo que será mejor que
suba a dormir.

—No me quedaré tranquilo hasta dejarte sano y salvo en la
cama. Samantha, ¿te importaría acompañarme?

—No es necesario —logró decir Liam mientras se ponía en
marcha, pero de nuevo Clyde tuvo que sujetarlo—. Dios… me
encuentro fatal.

—No puedo yo solo con un escocés de metro noventa; lo
quieras o no necesito la ayuda de alguien.

—Tranquilo, no pienso contar esto cuando te hagas famoso
—bromeó Samantha mientras dejaba que se apoyara sobre su
brazo.

Cinco minutos después Liam estaba tumbado sobre la cama
de su habitación. Samantha acabó en poco tiempo el treinta por
ciento de su trabajo con la ayuda de una cámara de disparo automático situada sobre una mesa colocada en un ángulo bien
visible de la estancia. Disfrutó plenamente mientras desnudaba aquel cincelado cuerpo y lamentó profundamente no poder
gozar de él en unas condiciones más óptimas.

Cuando todo acabó no pudo evitarlo y se lo preguntó a
Clyde.

—¿Por qué lo has dormido? ¿Acaso ya no confías en mi capacidad de seducción?

—Ni tú con toda tu belleza, inteligencia y capacidad; ni siquiera Escocia con todo su whisky habrían logrado que cediera —le respondió Clyde.

—¿Por qué?

—Por una razón muy sencilla. Sólo tiene ojos para una mujer.

Clyde tuvo que aporrear la puerta de su habitación para despertarlo a la mañana siguiente. Menuda forma de empezar a celebrar la víspera de su cumpleaños. Se encargó de meterlo en la ducha, bien fría, para despejarlo. Llamó al servicio de habitaciones para que le subieran un café bien cargado con algo de comida. Afortunadamente tardó menos de lo que pensaba en recuperar su estado habitual y Clyde respiró tranquilo aunque angustiado cuando lo vio desaparecer para encaminarse hacia su puerta de embarque.

A pesar de que en el U.S Bank le habían dado tres días para asuntos personales, se fue directamente hasta sus oficinas. No quería abusar de la confianza que estaban depositando en él así que aprovechando que había llegado a San Francisco en el primer vuelo de la mañana, no pasó por casa y se fue directamente hasta su despacho.

Una vez sentado frente a su mesa con otra taza de café en la mano para tratar de despejarse, marcó el número directo de Amy en Murray & McBride. Necesitaba escuchar su voz de nuevo. Necesitaba oír como le decía que había tomado la decisión correcta. Necesitaba saber que le comprendía. Pero no fue posible porque quien contestó al teléfono fue Marta Blinks, su secretaria. Amy pasaría toda la mañana en los juzgados. No le dejó ningún mensaje. La vería directamente en casa.


Anthony Hopkins guardó silencio durante unos breves segundos mientras abría el sobre que contenía el nombre del ganador del Oscar al mejor actor principal. La tensión de los cientos de personas asistentes al grandioso Kodak Theatre era patente. La expresión de los cuatro actores nominados aparentaba ser más relajada aunque era más que evidente que los latidos de sus corazones debía de estar escuchándolos el mismísimo Hopkins desde el escenario.

—Y el Oscar es para… —nuevo silencio con maliciosa sonrisa por parte del genial actor galés —Liam Wallace.

Liam sintió que le faltaba la respiración. Tomó aire mientras notaba como Jane lo agarraba con fuerza de la mano. El teatro estalló en un descomunal aplauso mientras se ponía en pie abrazando a su hermana que ya estaba empezando a notar la humedad en sus ojos. A continuación, el abrazo efusivo de su padre mientras le decía al oído: «Guarda algo de tus energías porque tu nombre volverá a ser pronunciado dentro de unos minutos». John Speedman, el director, así como Clyde Fraser se fundieron también con él en un gran abrazo.

Cuando salió al pasillo pudo comprobar cómo el auditorio se ponía en pie. Creyó que sus extremidades no le respondían a medida que se acercaba al escenario para recibir de las manos de Anthony Hopkins la ansiada estatuilla mientras se fundía con él en un caluroso abrazo.

Al verse frente al atril ante la flor y nata de la industria de los sueños, sintió que su vida de repente pasaba frente a sus ojos como una presentación de Power Point. De nuevo se hizo el silencio. Liam se aclaró la garganta antes de hablar. Miró con devoción la estatuilla que sujetaba en su mano. Acto seguido, se dirigió al público.

—Esta noche no voy a contar ninguna anécdota sobre mi vida que os haga reír porque como ser humano que soy me temo que también he tenido anécdotas bastante tristes. Además, como todos sabéis, la brevedad no es precisamente uno de mis fuertes a la hora de hablar de algo.

Esperó varios segundos a que las risas de los asistentes se apagaran.

—Hoy iré al grano si no quiero que el «jefe» me dé un tirón de orejas cuando salgamos de aquí.

El auditorio volvió a reír ante el comentario mientras todas las cámaras enfocaban el rostro del Director de la Academia.

—Al subir a este escenario para recoger el más codiciado premio que un actor tiene el privilegio de recibir, he tenido una sensación de vértigo impresionante. Supongo que debe de ser una sensación parecida a la del piloto que pierde el control de su avión y ve que no puede hacer nada para detener el inevitable final. En ese momento ve pasar su vida como una película de varios segundos. Ésa es la sensación que yo acabo de tener, pero con la diferencia de que para mí no es el final. Esto es sólo el principio. Sé que este Oscar es el regalo recibido después de muchos años de entrega absoluta por parte de muchísima gente que ha estado a mi lado y que quizá lo merece más que yo. Os aseguro que de ninguno de ellos me olvido. Pero siento tener que deciros que si hay alguien que de verdad merece mi total rendición y agradecimiento es mi familia.

Las lágrimas afloraron en los ojos de James y Jane. Después, Liam miró hacia el imaginario cielo del Kodak y levantó la estatuilla.

—Va por ti, mamá.


Cuando el nombre de Liam Wallace, junto al de Clyde Fraser y Scott Fairfield, volvió a ser pronunciado por su compatriota Sean Connery anunciando así el Oscar a la mejor película del año, el Kodak Theatre pareció venirse abajo. Aquella era la sexta estatuilla que lograba *El juicio final* después de haber conseguido la de mejor guion original, mejor fotografía, mejor actor principal, mejor banda sonora y mejor dirección.

La totalidad del público asistente esperó a que Liam tomara la palabra después de que lo hubieran hecho sus compañeros de producción para levantarse de sus asientos al unísono y elevar aún más el tono de sus aplausos. Tuvo que esperar durante más de un minuto a que aquellas muestras de elogio se amortiguaran para poder pronunciar su último discurso de la noche. Fraser y Fairfield se apartaron a un lado para dejar que el líder indiscutible de la velada pudiera dirigirse a su fervoroso público.

Una vez recobrado el silencio del auditorio, Liam sintió nuevamente cómo el mundo se paralizaba bajo sus pies. Miró a Scott Fairfield, el primero que había tenido una fe ciega en aquel genial proyecto. Seguidamente miró a Clyde que lo contemplaba orgulloso, si bien su mirada expresaba una inexplicable congoja. Recordó a Izzie O'Balle, la primera persona que le había dado una auténtica oportunidad en Broadway y que sabía estaría pegada al televisor junto a Miles desde su apartamento de Londres. Finalmente dirigió sus ojos a su padre y su hermana.

—La primera vez que puse los pies en un escenario apenas tenía doce años —tomó aire antes de continuar— pero tuve que esperar hasta los veintiuno para que el Traverse Theatre de Edimburgo me diera la primera oportunidad de convertirme en actor *amateur* y ser pagado por ello. Estoy orgulloso de mi profesión. Pero como todo en esta vida, los altibajos vienen y van. A lo largo de este camino a veces empinado, he contado con la ayuda y el respeto de la mayoría de los que estáis hoy aquí a pesar de los errores cometidos. Sin embargo, no puedo abandonar este escenario sin dedicar este Oscar a una formidable escritora que enterró su sueño para que yo alcanzara el mío. Ella es la única responsable de que yo esté aquí esta noche. —Se aclaró la garganta antes de volver a hablar. Sujetó la codiciada estatuilla y la levantó dirigiendo su mirada hacia las cámaras que lo enfocaban—. Espero que no sea demasiado tarde para interpretar lo que tú escribes. Donde quiera que estés, este Oscar es para ti.

Emily MacLeod descansaba adormilada en el sofá de su casa en Pacific Heights, el que había sido su hogar desde el nacimiento de Amy. Había pasado toda la tarde en el hospital y había regresado a casa con la sola idea de despejarse y darse una ducha. Se había tumbado cinco minutos para estirar las piernas. El cansancio y tensión acumulados después de los terribles acontecimientos acaecidos volvieron a hacer acto de presencia. Sintió que le pesaban los párpados y cuando parecía que el sueño iba a vencerla del todo, el sonido del teléfono le hizo pegar un brinco. Contestó al segundo timbrazo.

—Dígame. —Su voz sonó angustiada cuando advirtió en la pantalla de dónde provenía la llamada.

—Señora MacLeod. —La inquietud en la voz de la doctora Jackman la puso en alerta.

—¿Qué ha ocurrido?

—No es nada significativo, pero parece haber mostrado la primera emoción.

—¿Ha hablado? —Emily quiso tener esperanza.

—Ha llorado. —La doctora Jackman tardó en responder. Emily guardó silencio. ¿Habría empezado a recordar?

—Ha ocurrido durante el cambio de turno de la enfermera de guardia. Maggie Stevenson ha entrado a hacer una nueva ronda antes de marcharse. Se había formado un gran murmullo por lo del Oscar de Liam Wallace. Ya me entiende… algunas son muy jóvenes y mientras hacen su trabajo han estado pendientes de lo que se decía en las televisiones de algunas de las habitaciones. Ha comenzado a llorar justo en el momento en que Liam Wallace dedicaba su segundo Oscar de la noche.

—Dios mío… —murmuró Emily.

—Se ha quedado petrificada mirando la imagen del televisor y ha empezado a llorar desconsoladamente.

—Estaré allí en veinte minutos. Por favor, haga lo que esté a su alcance para mantenerla… aunque sea con esa emoción.

Emily no dio lugar a respuesta alguna y colgó el auricular.

Los primeros resúmenes informativos de la recién finalizada entrega de los premios de la Academia estaban teniendo lugar en el momento en que Emily salía del ascensor de la segunda planta del hospital. Se detuvo al escuchar la voz de Liam procedente de una de las habitaciones que aún continuaba con el televisor encendido.

«… una formidable escritora que enterró su sueño para que yo alcanzara el mío…»

Se detuvo para escuchar de nuevo retazos de aquellas palabras pronunciadas por el hombre que podía haber evitado que su hija terminara en la cama de un hospital esperando a despertar del letargo emocional en el que se encontraba.

«… espero que no sea demasiado tarde para interpretar lo que tú escribes. Dondequiera que estés, este Oscar es para ti…»

Cuando hizo acto de presencia en la habitación, la doctora Jackman sostenía la mano temblorosa de Amy entre las suyas.

Le ofreció una tranquilizadora sonrisa mientras se levantaba para cederle su lugar.

—Siento decirle que no ha vuelto a mostrar reacción alguna. Ha sido algo inexplicable. Es como si... como si un hilo invisible la hubiera conectado con la imagen del televisor. Sé que es una locura pensarlo pero ha dado la impresión de que es a su hija a la que Wallace ha dedicado el Oscar. Es una tontería, lo sé, pero verla con esa mezclada expresión de inmenso dolor y ternura en sus ojos ha sido algo difícil de asimilar.

Emily guardó silencio desviando los ojos de la mirada atenta de la doctora. ¿Cómo iba a confesarle que efectivamente, el hombre más emblemático, admirado y deseado del mundo del celuloide de los últimos años, acababa de dedicarle a una desconocida paciente unas palabras que habían escuchado millones de espectadores en todas las televisiones del globo?

—¿Puede que le haya recordado algo? ¿Tiene usted alguna idea de qué puede significar? —preguntó la doctora aún impactada por lo que había presenciado.

—Es posible que le haya recordado algo, pero desgraciadamente yo estoy tan confundida como usted —mintió con la única finalidad de proteger a Amy e incluso al mismo Liam.

—No tiene sentido que permanezca aquí por más tiempo. Afortunadamente ya está prácticamente recuperada de las magulladuras y otras contusiones superficiales. Sé que hay otros daños irreparables y que tendrá que vivir con ello, pero existen otras opciones. Son las heridas emocionales de las que no se puede recuperar de la noche a la mañana.

—¿Cómo puede llamar a esto herida emocional... después de...? Lo siento... yo...

La doctora Jackman la tomó del brazo con afecto.

—Sé que no hay cura para eso —le interrumpió suavemente— pero lo que necesita ahora es ayuda psicológica y aquí no podemos proporcionársela de forma adecuada. Existen centros especializados para tratar estos casos.

—¿A qué clase de centros se refiere?

—Cuando usted me dé su autorización organizaré su traslado a Oak Creek.

—Pero Oak Creek...

—No es la clínica de reposo que usted imagina. Tienen uno

de los mejores equipos del país con resultados bastante esperanzadores para personas que han pasado por una situación traumática como la de Amy. Sus programas tienen unos resultados excelentes.

Emily contempló la mirada ausente de su hija para depositar después sus ojos en la única persona que parecía estar ofreciéndole una vía de escape.

—No hay necesidad de que tome la decisión ahora. De veras que sé lo duro que está siendo todo esto. Tómese el tiempo que estime necesario. Estaré fuera por si me necesita.

La doctora Jackman ofreció su mano amiga a aquella mujer que en la última semana parecía haber envejecido diez años. Emily la apretó entre las suyas con lágrimas en los ojos.

—Le prometo que haré todo lo posible para que su hija esté en las mejores manos. Será un largo camino pero el tiempo, afortunadamente, es el único que logra cerrar las heridas aunque éstas no lleguen nunca a desaparecer del todo.

—Gracias, doctora. ¿Cómo voy a agradecerle todo lo que está haciendo por nosotros?

—Ver a Amy recuperar la sonrisa. Ése es el mayor premio que podríamos obtener. Es mi trabajo y estamos aquí para eso.

—Gracias de nuevo de todas formas.

La doctora Jackman abandonó sigilosamente la habitación mientras Emily tomaba asiento al lado de Amy. La cogió de la mano y la miró a los ojos. Aquellos ojos apagados y sin vida que hacía pocos minutos habían derramado lágrimas en recuerdo de Liam.

Sus pensamientos se trasladaron a la decepción de aquel maldito 23 de noviembre de 1995. Cuando Amy volvió de Escocia a finales del mes de junio del año 1994, jamás imaginó que Liam terminaría siguiéndola hasta San Francisco dos meses después. No le sorprendió que le anunciaran que se iban a vivir juntos al pequeño apartamento que Amy había alquilado en Marina District a los pocos días de haber firmado su primer contrato con la firma Murray & MacBride y después de haber prestado sus servicios durante casi dos años como pasante antes de graduarse. Nunca había visto a su hija tan convencida de algo. Liam resultó ser un chico maduro y responsable para su edad. Parecía ser un hombre de principios y con los pies en la tierra. Paradójicamente esos principios y esa madurez desaparecerían al cabo de unos años. Al menos en aquella época tuvo la decencia suficiente de buscarse un empleo bien remunerado aunque no tuviera nada que ver con la brillante carrera universitaria que lo respaldaba. Cuando decidieron trasladarse a un apartamento más amplio en Nob Hill no permitió que su hija corriera con la mayor parte de los gastos y aquel gesto le honró. Un agente londinense afincado en Los Ángeles había contactado con Liam después de haber tenido conocimiento de las buenas críticas vertidas sobre sus magníficas actuaciones en el Traverse Theatre de Edimburgo. A mediados de aquel mismo año comenzaron los viajes esporádicos de Liam a Nueva York o a Los Ángeles para asistir a todo tipo de audiciones.

Fue entonces cuando comenzó a percibir cierta intranquilidad en la actitud de Amy. Cuando le preguntó las razones, descubrió aliviada que en realidad la única causa de la ansiedad de su hija era la responsabilidad emocional que llevaba sobre sus espaldas. El hombre al que amaba había abandonado su país, sus amigos, sus costumbres, su familia, incluso un prometedor futuro como letrado, por seguirla a ella en el intento de probar suerte en el mundo al que Liam creía pertenecer realmente.

A pesar de que Liam le había repetido una y mil veces que la principal causa de su marcha a San Francisco era estar con ella, Amy nunca logró alcanzar el aplomo suficiente para aceptar la posibilidad de un posible fracaso en su intento de conseguir abrirse camino en el mundo de la interpretación en Estados Unidos. Tenía miedo de que tirara la toalla o de que simplemente decidiera volver a Escocia, cosa que ella misma también se había planteado. Si él lo había dejado todo por ella, ella estaría dispuesta a volver a hacer lo mismo. Ambos parecían estar satisfechos con sus vidas. Eran jóvenes, sobradamente preparados, tenían trabajo, vivían en un lugar encantador y tenían toda la vida por delante para conseguir todo lo que se propusieran. Sin embargo, había una pieza clave en sus vidas con la que ninguno de los dos había contado. Clyde Fraser.

Cuando Amy se presentó en casa aquel jueves de noviembre a las once de la mañana con el rostro desencajado por la tortura de la incomprensible e inexcusable infidelidad de Liam,

Emily tuvo que admitir que la etapa más dichosa de la vida de su hija había llegado a su fin.

Su hija jamás se atrevió a enseñarle las fotos de la discordia. A pesar del daño infligido por Liam, no quería que su madre se llevara grabada esa última imagen de él. Emily reflexionó una y mil veces con su hija sobre la persona que podía estar detrás de todo aquello. Sabía que Liam había rechazado papeles que no le interesaban por ser totalmente mediocres. También estaba al tanto de la posibilidad de que Liam tuviera acceso a un primer papel carente de contenido dramático pero con gran proyección mediática. Su negativa a pasar dos meses de rodaje en China lejos de Amy fue motivo de una disputa bastante grave con Clyde Fraser. Si no se firmaba el contrato no sólo salía perjudicado Liam. También el astuto Fraser salía perdiendo. Aquel hombre estaba viendo que la posibilidad de hacer dinero con el joven escocés se le iba de las manos. Y todo por una mujer.

Pero Amy nunca quiso meditar sobre sus cavilaciones. No dio marcha atrás en su precipitada decisión de marcharse a Chicago. Sabiendo que Liam acudiría allí en su busca, Amy se marchó al apartamento de su amiga Mary Stewart mientras en Murray & MacBride agilizaban los trámites para su traslado. A pesar de que Liam acudió allí esa misma noche totalmente destrozado y desconcertado por la nota que le había dejado Amy, Emily no pudo hacer nada por él. Todo había acabado.

# Capítulo veinticinco

## *Amy, Chicago 1996-2000*

Sabía que la ciudad de Chicago podría ser una buena oportunidad para empezar de cero. Y de hecho lo fue durante un largo periodo de tiempo. Se convirtió en una experta en todo lo concerniente a áreas relacionadas con el derecho inmobiliario y propiedad intelectual así como en otro tipo de negociaciones relativas a pequeñas sociedades de ámbito estatal o internacional. Trabajaba a destajo y a pesar del desmesurado interés de algunos de sus compañeros de departamento en hacerle partícipe de la vida social de Chicago, Amy no estaba por la labor.

Recordaba la dolorosa realidad de aquel lluvioso 23 de noviembre de 1995 como si hubiera sucedido el día anterior. Después de sorprender a Liam a la mañana siguiente con un suculento desayuno en la cama con motivo de su cumpleaños, ambos compartieron una sensual ducha que duró más de lo habitual. Llegó al despacho treinta minutos más tarde con media sonrisa en los labios, feliz una vez más de tener a alguien como Liam a su lado. Pero esa eterna sonrisa iba a desaparecer en cuestión de segundos. Marta, su secretaria, entró sin llamar.

—Un mensajero pregunta por ti.

—¿Quién lo manda?

—El sobre no tiene remitente y dice que no se irá de aquí hasta que te lo entregue en persona.

La mirada escéptica de Amy se convirtió en una mirada burlona y jovial. Pensó que se trataría de alguna artimaña de Liam. Tratándose del día de su cumpleaños y con su desbordante imaginación, estaba convencida de que se le habría ocurrido cualquier idea descabellada.

—Dile que puede pasar.

El mensajero entró y le colocó un sobre tamaño folio encima de la mesa. Después la miró como para cerciorarse de que efectivamente era Amy MacLeod y se marchó a paso rápido sin pronunciar palabra ni mirar hacia atrás. Amy sostuvo el sobre en sus manos y lo rasgó. Lo puso boca abajo para deslizar el contenido. Una sacudida hizo que su sillón giratorio se deslizara hacia atrás. El corazón comenzó a golpearle el pecho con violencia. Creyó que le faltaba el aire y cerró los ojos durante unos instantes como si de esa forma la imagen de aquella primera foto de Liam desnudo en brazos de otra mujer se pudiera esfumar de la memoria de sus retinas. Pero era imposible borrar aquella imagen. Había una última posibilidad. Podría tratarse de un montaje. Volvió a acercarse a la mesa para ver el resto de las fotos. Eran cinco en total. Una espectacular morena cuyo rostro apenas era visible de una forma completa porque en la mayor parte de las tomas la caída de su cabello o sus posturas lo impedían. Liam tumbado con ella colocada encima. Las manos de Liam sujetas por las de ella sobre sus nalgas. Liam con las piernas entrelazadas entre las suyas. Liam con las manos sobre sus pechos. Liam sentado de espaldas al cabecero de la cama mientras inmovilizaba la cabeza de ella sobre su entrepierna.

Las volvió a introducir en el sobre y las encerró bajo llave en su cajón. El dolor que la embargaba era indefinible. Sintió un serio estremecimiento que la llevó al pánico. No lo pensó y salió disparada de su despacho hacía el pasillo ante la mirada atónita de Marta y de todo el personal administrativo de la planta. Entró en los aseos como alma que lleva al diablo. Meryl y Pamela, del departamento de fusiones, chocaron de bruces con ella a medida que salían.

—¿Te encuentras bien, Amy? —preguntó Pamela asustada al ver el rostro descompuesto de su compañera.

Amy se volvió hacia ellas.

—Algo me ha sentado mal, si me disculpáis. —Cerró la puerta tras ellas.

—El escocés seguro que ha vuelto a dar en la diana y la ha dejado preñada —comentó Meryl riendo.

—Al final saldrá huyendo como todos. No iba a ser todo tan perfecto —añadió Pamela.

Amy vomitó todo el desayuno y probablemente algo de la cena de la noche anterior. Se fue al lavabo para refrescarse y tratar de recomponerse frente al espejo. Conservó la poca sangre fría que le quedaba para dirigirse al despacho de Patrick Murray.

Su secretaria le abrió la puerta del despacho de ciento cincuenta metros cuadrados de Patrick.

—¿Qué puedo hacer por ti, Amy?

—¿Sigue en pie la oferta de Chicago?

—Toma asiento, por favor.

—Estoy considerando de nuevo su oferta.

—¿Ha ocurrido algo de lo que yo no esté al corriente? No tienes muy buen aspecto. Cualquiera diría que acabas de cruzarte con un fantasma.

«Ojala hubiera sido un fantasma», pensó Amy.

—Me he levantado esta mañana con el estómago algo revuelto pero se me pasará —respondió mientras tomaba asiento frente a su jefe.

—La oferta de Chicago sigue estando en pie. Pensaba que no querías abandonar San Francisco. Parecías feliz aquí. ¿A qué se debe este repentino cambio?

—Es hora de empezar a volar y si no tomo esta decisión ahora mismo, sé que nunca seré capaz de hacerlo. Si ese puesto está vacante quiero ocuparlo.

—No quiero inmiscuirme, Amy, pero si es un asunto personal el que te está llevando a este cambio de parecer, te rogaría que lo meditaras.

—No hay nada que meditar, señor Murray.

—En frío las cosas se ven desde otro punto de vista, te lo aseguro.

—Y yo le aseguro que ahora mismo soy un témpano de hielo.

—Tómate tu tiempo. Chicago va a seguir ahí.

—No hay tiempo. Quiero marcharme de aquí mañana mismo.

Patrick guardó silencio unos instantes examinándola atentamente.

—De acuerdo. Si es tu deseo, Alice se encargará de todo.

Amy se levantó y al mismo tiempo lo hizo Patrick.

—Si quieres hablar, puedes hacerlo. —Rodeó la mesa hasta acercarse a donde ella estaba.

—Se lo agradezco, señor Murray.

—Eres la vida de esta firma y te vamos a echar de menos. En los cuatro años que has estado con nosotros has aprendido a una gran velocidad. Te espera un gran futuro aquí y lo sabes.

—Le agradezco todo lo que ha hecho por mí.

—Sea cual sea la causa que te ha llevado a tomar esta impulsiva decisión, espero de corazón que no llegues a lamentarlo.

Amy también se estaba haciendo en silencio la misma pregunta.

—¿Puedo hacer algo más por ti?

—Hasta que pase algún tiempo no quiero que nadie sepa que estoy en Chicago. A todos los efectos quiero que conste que he presentado mi dimisión.

—Amy, no estarás huyendo... oh Dios... ese chico ¿no te habrá...?

—No, no... no saquemos las cosas de contexto, por favor. El no es ese tipo de hombre. Por favor, señor Murray, no piense eso de él. No tiene nada que ver... se lo ruego, por favor. Sólo quiero marcharme de aquí y no puedo decir las razones. Espero que sepa respetar eso.

—De acuerdo, perdona si ha habido una errónea interpretación por mi parte.

Amy se dirigió hacia la inmensa puerta de roble y se giró hacia Patrick antes de abrirla.

—Gracias por todo una vez más.

—No las merece. Suerte, Amy.


Era tal el agotamiento después de sus inacabables jornadas laborales que en cuanto salía de la ducha y se servía una triste cena, caía rendida en la cama hasta la mañana siguiente. No deseaba tener tiempo para pensar ni para recordar. Echaba de menos las templadas temperaturas de California. Los inviernos de Chicago eran tan duros que aquella era otra buena razón para permanecer en casa. Había cumplido veintisiete años, era joven y bastante atractiva a juzgar por las miradas que se posaban sobre ella a diario, un prometedor futuro en uno de los mejores bufetes del país, un coqueto apartamento cerca de Lincoln Park y una sólida cuenta bancaria. Sabía que no estaba sola. Tenía a su disposición a muchos buenos amigos que seguro llenarían los huecos de su solitaria existencia. Pero sabía que no era suficiente. El vacío se hallaba alojado en su alma, no en su vida.

Jorge Stich llegó en el momento en el que Amy creía erróneamente que ese vacío debía ser llenado. Era el nuevo economista fichado por Murray & MacBride desde las oficinas de San Francisco. Lo había conocido en alguna de las múltiples visitas que hacía a lo largo del año a la filial de Nueva York.

Tuvo que reconocer que al principio no se sintió atraída por él. Tenía unos rasgos marcadamente germánicos, cabello casi rubio, ojos azules y una sorprendente tez tostada. A pesar de aquellas características, se sorprendió la primera vez que lo oyó conversar en perfecto español. El aspecto severo y taciturno desaparecía en cuanto pronunciaba algunas palabras de aquel bello idioma. Resultó ser hijo de madre argentina y padre alemán. Por lo tanto dominaba a la perfección dos lenguas extranjeras además del inglés. Siempre que coincidían por temas de trabajo terminaban saliendo a almorzar o a cenar juntos y Amy logró encontrar después de mucho tiempo un cierto equilibrio. Se encontraba muy a gusto en compañía de Jorge. Si bien era evidente que estaba muy interesado en ella, no daba muestras de querer ir deprisa. En su vida profesional había podido comprobar que era resuelto y astuto pero sin dejar de ser cauto. Analizaba cada uno de los puntos a favor y en contra de cualquier situación sin precipitarse. Una vez analizado, esperaba pacientemente a que se dieran las circunstancias adecuadas para pasar a la acción. Esa misma táctica estaba utilizando con ella. Cuando en la fiesta de Navidad le dio la noticia de que había pedido el traslado a las oficinas de Chicago, ambos supieron que el tiempo de espera había finalizado. Aquella fue la primera noche que pasaron juntos. El hecho de haber sido capaz de estar en brazos de alguien que no fuera Liam supuso para Amy un notable paso emocional que, sin duda, esperaba supusiera el punto y final a un capítulo de su vida del que deseaba deshacerse cuanto antes.

Todo tuvo lugar un frío viernes de diciembre del año 1997. Dos meses después, Jorge se fue a vivir con ella.

No había vuelto a tener noticias de Liam hasta aquella mañana de lunes de finales de septiembre de 1998. El *New York Times* que se hallaba sobre la mesa de su bonito despacho con vistas al lago Míchigan, se encargó de hacerle recordar. La publicación dedicaba dos páginas a la obra *El novelista*, estrenada hacía una semana en la ciudad de Nueva York.

SOLEMNE, ADMIRABLE, SUPERIOR,
SIMPLEMENTE MAGISTRAL
LIAM WALLACE

Rezaba el titular a grandes rasgos. Su mirada se desvió hacía una preciosa foto que supuso formaría parte de alguna especie de álbum preparado para sus continuas audiciones por su agente. Sus ojos se fijaban en el objetivo de la cámara de forma que la persona que terminara observando la imagen creería sin duda que esa mirada estaba destinada a ella y a nadie más. Tenía el cabello algo más corto aunque en las fotografías de las escenas de su actuación que el diario publicaba, se mostraba algo más largo y con una incipiente barba que le daba un toque terriblemente seductor.

Su mente se trasladó en ese instante al día de su llegada a Edimburgo hacía ya cinco años. A esa primera vez que lo vio actuar en el Traverse Theatre y a la noche del estreno de su segunda obra. La noche en que supo que Liam ya pasaría a formar parte de su ser pasara lo que pasara. Cerró los ojos con la sola intención de borrar esas imágenes de sus pensamientos, pero supo que no era posible. Sintió un pequeño pellizco en la garganta cuando comenzó a leer las aclamadas críticas.

Cuando todas las esperanzas estaban perdidas ha ocurrido el milagro. Y el milagro tiene un nombre, Liam, acompañado de un glorioso apellido, Wallace. Este joven actor escocés de veintiocho años ha colgado el cartel de VENDIDO durante la primera semana de representación de la obra *El novelista*, dirigida por Max Benet, escrita por Paul Liebermann y producida por Izzie O'Balle y Jules Lagard. Broadway vuelve a brillar y no precisamente por sus luces de neón.

A pesar de ser una obra de presupuesto modesto, la puesta en escena es sencillamente prodigiosa. Si bien los tres restantes actores de reparto son igualmente elogiables, el retrato que hace el protagonista de un famoso escritor retirado en la plenitud de su carrera debido a una enfermedad degenerativa del cerebro es, damas y caballeros, para quitarse el sombrero. Hay momentos emblemáticos en los que el espectador permanece pegado a la butaca, extasiado y temeroso de que tan bella y perfecta interpretación llegue a su final. Liam Wallace es capaz de hacerte llorar, reír, odiar, amar y sentir con un solo gesto y una sola frase. Agradecemos a la providencia divina que no sea un actor fabricado, de esos de estudio que aprovechan cualquier papel que se les ofrezca con el simple objetivo de ese fugaz momento de gloria. Liam Wallace ha nacido del teatro. En su ciudad natal, Edimburgo, ya han tenido el privilegio de disfrutar del talento desmesurado de su compatriota. Este brillante abogado convertido en actor lleva escondido entre nosotros varios años. Ha sido valiente, paciente y extremadamente lúcido porque ha esperado el papel que debe esperar un actor de raza como él.

Nuestra más sincera enhorabuena, Liam Wallace. Has entrado por la puerta grande, sin necesidad de arrastrarte bajo el fangoso barro de la alambrada. Bienvenido y buena suerte.

Amy sintió cómo las lágrimas acudían impunemente a sus ojos. Lo había conseguido. Su sacrificio no había sido en vano. Volvió a contemplar los fotogramas de las escenas de la obra. Sin poder evitarlo sus ojos se fijaron en su mano derecha y allí estaba.

«Tu forma de hacerme saber que no te has olvidado de mí cuando empieces tu carrera hacia el Olimpo será este anillo. Si lo llevas puesto en tus películas sabré que has pensado en mí.»

A pesar de todo lo acontecido, lo había hecho. Había pensado en ella.

# Capítulo veintiséis

Jorge sorprendió a Amy limpiándose lo que parecía ser a simple vista el resto de una lágrima cuando entró en su despacho sin llamar. Amy dobló el periódico en un súbito e instintivo gesto ante la mirada atenta de Jorge.

—¿Ha ocurrido algo? —preguntó observándola primero a ella y después mirando por el rabillo del ojo el *New York Times* que cubría con sus manos—. ¿Una esquela inesperada?

—No es nada —mintió con voz ronca después de tragarse un leve suspiro—. Un momento bajo de lunes—. Su sonrisa fue leve y comedida.

—¿Estás segura? —preguntó de nuevo con rostro serio pero con ojos sonrientes.

—Sí... —suspiró Amy— no te preocupes.

—Aquí tienes el expediente que me solicitaste.

—¿El de Magnum Enterprises? —Lo tomó en sus manos y lo colocó encima del *New York Times*.

—En la primera página tienes una actualización de todos los datos de los que hablamos.

Amy echó un vistazo y levantó la mirada hacia él.

—Buen trabajo. No sabes cómo te lo agradezco.

Jorge le sonrió.

—Formamos un buen equipo.

—Lo sé, ¿qué haría yo sin ti?

Jorge se inclinó hacia ella y la besó en los labios.

—Siento no poder almorzar hoy contigo. La cita con Lecrerc me llevará todo el día. Además, luego tendré que llevarlos al aeropuerto ¿Quieres que reserve para esta noche?

—Mejor en casa... últimamente no se puede decir que la disfrutemos mucho.

—Me parece una idea genial. No llegaré tarde y no te preocupes por la cena. Yo me encargo.

—Así da gusto —respondió levantándose de su asiento. Esta vez la sonrisa de Amy fue mucho más abierta.

—Me quedo más tranquilo cuando te veo sonreír así —le dijo envolviéndola en sus brazos mientras volvía a darle un fugaz beso.

Su breve momento de intimidad fue interrumpido por Terry Levin.

—Siento interrumpir a la pareja del año pero Kramer te espera en la sala de juntas. —Su tono fue bromista.

Ambos rieron y Amy se deshizo de su abrazo para dirigirse hasta la puerta y seguir a Terry. Jorge pensó en dar media vuelta y averiguar la razón de su mirada desolada y nostálgica de aquella mañana. Sabía que fuera lo que fuese, lo había leído en el *New York Times*. Se dirigió hacia su mesa, pero se detuvo. Consideró mezquino el mero hecho de pensarlo, así que después de deliberarlo durante varios segundos, recapacitó y se marchó de allí. Ya tendría la posibilidad de analizar la situación.

El simple hecho de haber estado bajo el chorro de agua caliente durante varios minutos le devolvió a la vida. Con el albornoz aún puesto y la toalla enrollada a la cabeza, fue hacia el vestíbulo para ir en busca de su maletín. Consultó la hora y todavía faltaban varios minutos para las siete así que Jorge no tardaría en llegar. Se apresuró a sacar una pequeña funda de plástico con varios recortes de periódico. Los mismos que habían sido objeto de una clara alteración de su estado de ánimo aquella misma mañana. Se encaminó hacia su dormitorio y se arrodilló al lado de su cama para arrastrar hacia ella la pequeña escalera auxiliar plegable. La colocó delante del armario y subió varios peldaños para abrir las puertas del altillo. Retiró una caja de cartón rojo y con ella se sentó sobre la cama. Abrió la caja para sacar de ella otra de madera de menor tamaño. Dejó escapar un suspiro y cerró los ojos mientras introducía la diminuta llave dentro de su cerradura. Aquella era una forma de concentrar todos sus sentidos en aquel particular rito que venía practicando desde hacía tiempo. Una vez más, volvió a enfrentarse a los recuerdos. La sonrisa, el cansancio o la sorpresa en el rostro de Liam, postales de paisajes escoceses de ensueño, entradas para las dos obras de Liam estrenadas durante su estancia en Edimburgo, planos, entradas de museos, fotografías en compañía de todos los buenos amigos que ambos habían compartido en aquella feliz etapa de sus vidas. En definitiva, todo un cúmulo de nostalgias atesoradas en un mínimo espacio. Sabía que debía poner punto y final a aquel sin sentido. Pero una parte de ella se negaba a hacerlo. ¿Acaso no tenía derecho a plantearse las consecuencias de una decisión que incluso después del tiempo transcurrido, todavía infundían en ella cierta inseguridad con respecto a qué habría pasado si...? De nuevo la misma pregunta sin respuesta.

Volvió a cerrar la caja y repitió el mismo proceso a la inversa. Respiró aliviada cuando salió de su dormitorio y oyó el cierre de la puerta. Jorge acababa de llegar con una bolsa del restaurante japonés Masako.

—Sushi ¡qué buena idea! —Amy le quitó la bolsa de las manos mientras él la cogía por la cintura con la mano que le quedaba libre y la acercaba hasta él para besarla.

—Mmmmm —murmuró—. ¡Qué bien hueles! Podías haberme esperado.

Amy le sonrió dulcemente apartándose de él con la bolsa en la mano y se encaminó hacia la cocina.

—Ponte cómodo mientras voy descorchando una botella de vino.

Jorge observó sus ágiles pasos mientras desaparecía de la estancia y sonrió para sí recordándose a sí mismo una vez más lo afortunado que era al haberse cruzado con una mujer como Amy en su vida.

Era bonita sin llegar a ser espectacular, además de haber mostrado con creces ser inteligente y una triunfadora nata. Había tenido la sangre fría necesaria para meterse en el mundo de Murray & MacBride. Si bien a otros hombres de su entorno les molestaba el rápido ascenso de una mujer en un terreno prácticamente liderado por el sexo masculino, a él sencillamente le encantaba. No había nada que se le pudiera resistir. Si tenía algún objetivo en mente iba a por ello venciendo elegantemente todos los obstáculos que se le pusieran por delante. A la semana de conocerlo había empezado a tomar clases de español, detalle que no dejó indiferente a Jorge. Amy era justamente lo contrario de todo lo que se esperaba de una mujer y precisamente ahí radicaba su encanto. Llevaban poco tiempo viviendo juntos pero era el suficiente para saber que era el tipo de compañera que cuajaba a la perfección con sus intereses. Jamás habían hablado de matrimonio, ni de hijos, ni de futuro, cosa que había sido primordial desde su punto de vista para que aquella relación y cualquier otra siguieran su curso. Su lema era vivir el aquí y el ahora sin importarle lo más mínimo lo que pudiera ocurrir mañana. De igual manera, no hacía mención alguna a su pasado. Estaba seguro de que Amy había tenido otras relaciones, pero por razones que ignoraba, nunca había forma de hacerle hablar de ello. En las oficinas de San Francisco se murmuraba que su urgente petición de traslado a Chicago se debió a un desengaño amoroso. Todo el personal se preguntaba qué demonios le había ocurrido para abandonar de aquella manera tan brusca una relación que a ojos de todos parecía perfecta. A pesar de que ella no quiso que aquello trascendiera, los rumores no dejaron de correr durante varias semanas. Tampoco es que Jorge quisiera profundizar mucho en ese asunto pero también era cierto que la curiosidad a veces lo inquietaba.

Por eso aquella mañana se había sorprendido cuando la había visto llorando en su despacho. De pronto, aquel ideal de mujer fría e imbatible se había hecho pedazos. Puede que hubiera recordado a su padre pero, si hubiera sido así, se lo habría confesado, ¿no? Contrariamente a lo que había pensado antes de regresar a casa, advirtió que durante toda la cena había estado radiante, asequible y comunicativa. ¿Estaba fingiendo o sencillamente había sido un momento bajo de lunes después del intenso fin de semana?

Se levantó del sofá, pero Jorge tiró suavemente de su mano para obligarla a recostarse de nuevo junto a él.

—Yo lo retiraré todo después.

—Iba a traerte el postre, tonto. —Lo besó rápidamente y se volvió a levantar muy a pesar de Jorge.

Él se levantó para seguirla hasta la cocina con el resto de las sobras de varios platos.

—Deja las copas de vino para el postre.

—¿Con qué me vas a sorprender? —le preguntó mientras se agachaba para arrojar algunos restos a la basura.

—*Crêpes* con dulce de leche. —Amy sacó del frigorífico un pequeño recipiente de cristal en donde se encontraban cuidadosamente apilados. Los mostró a Jorge con una orgullosa sonrisa.

—Eres increíble. A veces me pregunto si eres de este planeta. De verdad...

—Es sólo un postre, Jorge.

—Lo sé, pero es un postre típico argentino y no tenías porqué saberlo.

—Estamos juntos y tengo que saberlo todo de ti. —Puso una *crêpe* en cada plato y abrió un cajón para coger varios cubiertos.

Jorge supo que aquel era el momento adecuado para plantearle el hecho evidente de que él no lo sabía todo de ella pero prefirió no hacerlo. Quizás la opción más idónea era dejar pasar la ocasión para no crear problemas.

—Tiene un aspecto fantástico. —Fue lo único que se le ocurrió decir.


—Gracias por la velada de ayer. —La sorprendió por detrás mientras dosificaba la cantidad de café de la cafetera. Amy se dejó llevar por sus manos y por aquel fresco olor a loción para después del afeitado. Se giró para encontrarse con sus labios.

—Eres insaciable, ¿no tuviste bastante anoche?

—Hay que hacer esto más a menudo.

—¿Te refieres al dulce de leche? —preguntó con voz sensual mientras le retocaba el nudo de la corbata.

—Sí... —Volvió a buscar su boca—. ¿A qué creías que me refería?

Amy se separó de sus brazos para echar agua en el depósito de la cafetera.

—¿No me acompañas con el primer café de la mañana?

—Lo tomaré en el despacho, hoy voy mal de tiempo.

—Como quieras. —Observó cómo Jorge salía de la estancia y aprovechó ese instante para decírselo—. A propósito y antes de que se me olvide; este fin de semana me marcho a Nueva York.

Jorge se detuvo en seco dándole la espalda. Amy no le dio lugar a réplica y continuó exponiendo su plan mientras él se giraba y permanecía apoyado en el marco de la puerta.

—Denise Gallagher, una vieja amiga de la universidad, acaba de divorciarse. Está pasando por un mal momento y me ha pedido que pase el fin de semana con ella.

Amy aprovechó un giro de cabeza para coger una taza de un armario y así ocultar el nudo de su garganta. Era cierto que su amiga Denise se había divorciado y tenía intención de pasar con ella el fin de semana pero el verdadero objetivo de su visita a Nueva York era bien distinto.

—Vaya… —El rostro de Jorge mostró cierta decepción—. Pensé que íbamos a aprovechar este fin de semana para descansar.

—Lo sé… —Se dirigió hacia él—. No me hagas sentir culpable. Yo también necesitaba pasar este fin de semana tranquila en casa, pero debo hacerlo. También fue compañera mía en el instituto y no puedo dejarla de lado en este momento. Espero que lo comprendas.

—Podría ir contigo…

—Me encantaría, pero no te podría dedicar tiempo y lo sabes.

Jorge la observó pensativo en silencio.

—¿Ésa era la razón por la que estabas ayer tan triste? —preguntó.

Amy se sintió culpable por lo que estaba a punto de hacer, pero sin quererlo, él se lo había puesto en bandeja.

—Sí… ya sabes… nos pusimos a recordar viejos tiempos… y bueno, es algo duro.

Jorge se preguntó si habían recordado los tiempos felices de los que todo el mundo hablaba en el bufete.

—Entiendo… es un bonito gesto que vayas a apoyarla en un momento así incluso aunque eso implique que me abandones, pero me resignaré. —Dio un paso hacia ella con rostro algo melancólico.

—Sabía que lo comprenderías. —Amy le dedicó una tierna mirada de agradecimiento que Jorge no pudo dejar pasar. La sujetó suavemente de la mandíbula.

—Pero no te impliques demasiado porque no quiero verte abatida cuando vuelvas. Aprovecha también para salir y divertirte un poco. Ésa es la mejor receta para empezar a superar una cruda realidad.

—Seguiré tu consejo —dijo Amy entrelazando su mano entre la suya.

—Suerte con la reunión de hoy. Te veré a la hora de la cena. —Volvió a besarla y tras separar sus labios de los de ella, permaneció mirándola a los ojos durante unos breves segundos—. No sé si te lo he dicho alguna vez pero sabes que te quiero, ¿verdad?

Amy sintió una mezcla de sorpresa y frustración al escuchar aquellas palabras.

—Lo sé —fue lo único que dijo.

Quizás Jorge esperó a que ella añadiera algo más, pero como no lo hizo, se limitó a esbozar una leve sonrisa antes de darse la vuelta y desaparecer.

# Capítulo veintisiete

$\mathcal{U}$na inesperada lluvia de media tarde había descongestionado por momentos el opaco cielo de la gran manzana para dar paso a una agradable brisa otoñal. Después de haber pasado la noche del viernes cenando con Denise en un restaurante del Village, dedicó la mañana del sábado a varias compras por el Soho, Madison y Quinta Avenida. Denise insistió en que Amy anulara su habitación de hotel para quedarse con ella en su apartamento.

Amy se lo agradeció enormemente, pero necesitaba estar sola y se encaminó hacia su hotel. En recepción retiró la entrada para el Majestic Theatre. Subió a su habitación, tomó un relajante baño y después de telefonear a Jorge se tumbó en la cama para dormir durante un par de horas antes de enfrentarse a la excepcional circunstancia de volver a ver el rostro de Liam después de casi tres años.

Los alrededores de la calle 53 con Broadway estaban atestados de paseantes y turistas. El público que estaría presente en la representación de aquella tarde accedía de forma ordenada al interior del teatro. Amy resistió el impulso de salir huyendo de aquel lugar cuando su campo visual se encontró con el extenso cartel que ocupaba la totalidad de la fachada del edificio y que mostraba a un Liam abstraído y meditabundo. Cerró los ojos y tomó aire antes de continuar su camino hacia el interior con piernas temblorosas. Sintió un tremendo orgullo cuando fue consciente de que el teatro estaba completamente lleno. Cuando se apagaron las luces, se subió el telón y Liam apareció en la penumbra del lujoso decorado de un loft, Amy entró en un estado de desconcierto y añoranza. Su distinguido y más maduro aspecto sumado a aquel timbre de voz de acento aún escocés y a aquella expresión, hacían de él algo sencillamente inigualable.

Su posición en la esquina de la cuarta fila del patio de butacas le daba un punto de vista lo suficientemente cercano como para advertir una vez más detalles como el de su anillo. A veces le daba la sensación de que dirigía sus gestos y miradas hacia ella y que de un momento a otro iba a ser descubierta. Pero sabía que eso era imposible. Era una sensación que siempre solía tener el espectador si bien el actor que estaba sobre el escenario disfrutaba de una emoción completamente distinta. Era consciente de la esencia del público más que de su presencia.

El crítico del *New York Times* se había quedado corto en elogios a medida que la actuación de Liam avanzaba. Cuando todo terminó y Liam, junto con el resto de actores de reparto, salió repetidas veces al escenario para corresponder a los gratificantes aplausos del público, Amy sintió que se desmoronaba al tiempo que las lágrimas se agolpaban en sus pupilas. En su camino precipitado hacia la salida no fue consciente de que una mujer que la había estado observando desde el palco había salido corriendo tras ella.

Amy permaneció unos minutos en la puerta del teatro tratando de capturar algo del aire fresco de la noche, si bien sabía que en aquel punto de la ciudad era algo prácticamente imposible. Aún era temprano, así que consideró la posibilidad de caminar hasta el hotel para despejarse después de las emociones sufridas. Se disponía a comenzar su paseo cuando escuchó una voz femenina a sus espaldas.

—¿Amy MacLeod?

Amy se giró para encontrarse frente a frente con una atractiva mujer de ojos, cabello y piel morena a la que jamás había visto o al menos eso creía.

—¿La conozco? —preguntó Amy confundida.

—Mi nombre es Samantha Parker —le respondió tendiéndole la mano.

Amy la aceptó.

—Perdone, pero debo tener mala memoria porque no recuerdo conocer a ninguna Samantha Parker.

—¿Tiene cinco minutos para tomar un café? Necesito hablar con usted.

—¿De qué si se puede saber?

—De Liam Wallace.

Amy abrió la boca para decir algo, pero finalmente cambió de opinión. Miró de un lado para otro y después fijó la mirada en aquella desconocida.

—¿Cómo sabe…?

—Prometo no robarle mucho tiempo.

—¿La envía él? —fue lo único que preguntó antes de acceder a escucharla.

Samantha Parker negó con la cabeza.


Se acomodaron en una cafetería situada a tan sólo unos metros del Majestic. A pesar de la hora Amy no tenía ningún apetito. Ambas pidieron un café y un trozo de pastel de manzana.

—Esto es muy violento para mí —confesó Samantha al tiempo que removía el azúcar de su taza.

—Entonces terminemos cuanto antes —suspiró Amy algo nerviosa.

—Es un actor fantástico. Sabíamos que llegaría muy lejos.

—¿Sabíamos?

—Cielo santo… no sé por dónde empezar. Debería pedir un whisky para poder hacer frente a esto.

—¿De qué conoce a Liam?

—Tutéame, por favor.

Amy asintió.

—Lo conocí en el Beverly Wilshire de Los Ángeles el 21 de noviembre de 1995. —Guardó silencio durante unos segundos. Los suficientes para que Amy atara cabos y comprendiera la razón de su presencia allí aquella noche.

De repente su benévola mirada se convirtió en hostil. Reconoció aquella caída de cabello en cuanto confesó dónde había conocido a Liam. Era la espectacular morena de aquellas fotos que habían puesto punto y final a su relación. Arrastró su silla violentamente para levantarse, agarrando con desdén su gabardina y su bolso.

—Por favor. —Samantha la sujetó con fuerza del brazo—. Necesito confesarte la verdad sobre todo aquello.

—Una imagen vale más que mil palabras, ¿no crees? No creo que haya quedado nada por aclarar.

—No fue lo que piensas.

Amy soltó una irónica risa.

—Es patético que a estas alturas la gente siga utilizando esa frase. —Amy se deshizo de su mano para darse media vuelta y marcharse de allí.

—Alguien me pagó para que lo hiciera. —Aquello fue lo único que podía retenerla y Samantha supo que había causado el efecto que buscaba. Amy se giró de nuevo hacia ella con rostro interrogante aunque aún rencoroso.

—Liam jamás te fue infiel —continuó—. Estaba tan enamorado de ti que la persona que estaba detrás de esto me pagó para que lo drogara porque sabía que jamás cedería a los encantos de una profesional. Él estaba totalmente inconsciente cuando lo desnudé e hice las fotos. Si te fijas, en todas tiene una posición totalmente pasiva y con los ojos cerrados. Era un peso muerto. No hicimos nada y él no recuerda absolutamente nada. Se levantó aquella mañana creyendo que tenía resaca. Nunca supo de aquella emboscada.

Amy colgó nuevamente el bolso y la gabardina sobre el respaldo de su silla y volvió a tomar asiento.

—¿Quién estuvo detrás de todo esto? —Hizo la pregunta con un miedo atroz a conocer la respuesta que alguna vez había llegado a imaginar.

—Clyde Fraser —respondió dándole tiempo para digerirlo.

Amy mantuvo la vista fija en su taza de café durante breves instantes y Samantha esperó a que rompiera aquel doloroso silencio.

—¿Por qué? —preguntó sin levantar la vista.

—Estaba dejando pasar una fantástica oportunidad. Anteponía su relación de pareja a un futuro prometedor en la industria del cine. Clyde nunca se equivoca y sabía que Liam terminaría siendo su particular mina de oro.

—Yo era el impedimento... una preocupación más de la que había que deshacerse —murmuró esta vez mirándola fijamente.

—Desde el punto de vista de Clyde, sí. Lamento decirte que lo eras. No creo que tuviera nada personal contra ti. Sencillamente eras un bache en su camino hacia el éxito y buscó el único medio que conocía para quitarlo de en medio.

—¿Por qué te prestaste a hacer algo semejante?

—Aquel año estaba aún trabajando como pasante en un despacho pero quería llevar un nivel de vida que estaba desgraciadamente muy por encima de mis posibilidades. Tenía que devolver parte del préstamo que tuve que pedir para estudiar en U.C.L.A. En Hollywood no es oro todo lo que reluce así que dedicaba algún tiempo a hacer este tipo de trabajos. Era dinero fácil; nada más.

«Una forma muy delicada de decir que se prostituía en su tiempo libre», pensó Amy.

—¿Sabías que con aquello que tú llamas «trabajo» ibas a terminar con el sueño de pasar el resto de mi vida al lado de un hombre al que amaba?

—No supe de qué se trataba realmente hasta que le pregunté a Clyde la razón de que hubiera puesto en su copa de aquella noche una dosis tan elevada de valium.

—¿Y?

—Sabía que si estaba consciente jamás me habría puesto una mano encima.

—¿Por qué me has contado todo esto?

—Me pareció un buen tipo. Aunque te parezca imposible me he preguntado muchas veces durante estos años qué habría sido de ti y de él. Desde aquel día no volví a hacerlo. No volví a ejercer...

—Entiendo —le interrumpió Amy sabiendo que no quería pronunciar aquella palabra que le recordaba a una época de su vida que probablemente no quería perpetuar en su memoria—. Como ves hemos seguido caminos separados.

—A él parece que las cosas le van muy bien. He oído que la cadena Fox tiene en mente un proyecto muy interesante.

—Me alegro de que así sea y espero que Clyde no vuelva a hacerle daño. Si lo hiciera no sé de qué sería capaz.

—Cuida de él a su manera. Estoy segura de que no parará hasta hacer de él un número uno.

Amy terminó lo que quedaba de su café.

—¿Cómo lo sabes? —preguntó en un débil murmullo.

—No he vuelto a tener contacto con él, si es eso lo que quieres saber, pero Clyde era un buen tipo antes de meterse en este mundo. Él quiere lo mejor para Liam profesionalmente hablando aunque eso implique lo peor en su vida personal o en la de otros. Hay que vivir todo esto desde dentro para poder comprender ciertas cosas. A veces no se utilizan los mejores medios para alcanzar un fin, por muy loable que ese fin pueda llegar a ser.

—Yo sólo quiero que sea feliz. Si el haberme apartado de él ha servido para que vea realizados sus sueños, entonces este esfuerzo no habrá sido en vano.

—Espero que el destino sea justo con vosotros dos. Desde mi humilde punto de vista deberíais intentar aclarar esto antes de que sea demasiado tarde.

—Seguiré la carrera de Liam donde quiera que esté, pero lo queramos o no, hemos tomado direcciones opuestas. Mi vida y mi trabajo están en Chicago. Estoy convencida de que él encontrará a alguien que le hará feliz porque merece serlo.

Samantha guardó silenció antes de volver a encontrarse con la mirada vacía de Amy MacLeod.

—Espero que, a la larga, haberme encontrado contigo precisamente en este lugar sea una señal. Aunque siempre me arrepentiré de la insensatez que cometí, espero que ambos, a vuestra manera, podáis perdonarme algún día.

—No tengo nada que perdonar. Al fin y al cabo yo no tuve la valentía suficiente para decirle a la cara las razones de mi marcha. Me sentía demasiado traicionada como para tener que enfrentarme a algo así. No sería justo ir en su busca ahora para confesarle una verdad que él mismo me podría haber mostrado. Es mejor dejar las cosas tal y como están.

—Espero que no te arrepientas de esa decisión. Yo creo que he hecho todo lo que podía hacer —dijo poniendo un billete de diez dólares sobre la mesa. Se levantó y dejó sobre ella una tarjeta de visita—. Gracias por haberme escuchado. Ha significado mucho para mí. Espero que puedas perdonarme algún día.

Amy no fue capaz de expresar nada más. La desesperanza marcada en su rostro era más que suficiente. Después de que Samantha Parker se hubiera marchado permaneció varios minutos perdida en sus pensamientos sin asentar la mirada en ningún punto fijo. Se quedó contemplando el ir y venir de los transeúntes a través de las grandes cristaleras de la cafetería. Cuando menos lo esperaba captó un extraño movimiento de gente al otro lado de la calle. Advirtió que era la misma que daba a la parte trasera del edificio del Majestic Theatre. Una limusina Lincoln se detuvo en la esquina. Todo ocurrió en poco menos de dos minutos. El tiempo necesario para ver cómo un experimentado, atractivo y sonriente Liam Wallace firmaba algunos autógrafos a sus primeros admiradores hasta llegar al vehículo. Una joven rubia apareció detrás de él. Liam la besó y la abrazó con fuerza mientras a ellos se unían otras personas que debían tener relación con la obra *El novelista*. Aquella mujer se apoyaba contra su pecho mientras él pasaba su protector brazo alrededor de los hombros. Después de saludar a lo lejos a algunos de sus ya fervientes seguidores ambos montaron en la limusina y desaparecieron de su vista.

—¿Se encuentra bien, señorita?

El camarero la despertó de la frustrante realidad. Amy no se había percatado de que estaba llorando.

—Sí… sí estoy bien. No se preocupe.

Se levantó de su asiento y salió fuera. Sintió que le faltaba el aliento. Tomó un taxi cuando comprendió que no sería capaz de llegar caminando al hotel. De repente notó un cansancio desproporcionado mezclado con una terrible angustia y la mayor de las desdichas. Cuando se metió en la cama lloró desconsoladamente como nunca antes lo había hecho. Deseaba hacerlo pero sólo por una vez porque, si no lo hacía aquella noche, sabía que estaría derramando lágrimas durante el resto de su vida.

Eran las once y media de la mañana del domingo cuando sorteaba la salida de la terminal del Aeropuerto O'Hare. Finalmente había logrado cambiar el billete por un vuelo que salía más temprano. Quería abandonar Nueva York cuanto antes y así lo hizo.

Liam Wallace acababa de aterrizar de otro avión procedente de Nueva York. Se encaminó hacía la terminal correspondiente de llegadas en compañía de Hillary para hacer el cambio de los billetes con el objetivo de salir en el próximo vuelo a Los Ángeles sin necesidad de esperar otras dos horas. Hillary se excusó unos instantes para ir a los aseos. Liam se apartó de los mostradores de American Airlines para separar las tarjetas de embarque y meterlas en el bolsillo de su camisa cuando creyó haber visto entre la afluencia de viajeros la inconfundible figura de Amy. Era ella, exquisitamente vestida a pesar de llevar puestos unos simples tejanos y con aquel porte distinguido y al mismo tiempo desenvuelto que siempre la había caracterizado. Por un momento creyó que su corazón saldría disparado de su pecho. Trató de recuperar el aliento. Cuando decidió gritar su nombre e ir en su busca algo se lo impidió. Las palabras quedaron ahogadas en su garganta. Observó cómo se detenía para buscar a alguien con la mirada y Liam siguió la dirección que tomaban los ojos de ella.

Cuando Jorge la distinguió entre la multitud le hizo una seña levantando la mano. Amy levantó la suya en señal de respuesta y se detuvo unos segundos entre la afluencia de gente contemplando la refinada silueta del prometedor e implacable Jorge Stich. Era tan distinto a Liam, tan racional, tan incuestionable y, sin embargo, había llenado su vida en un momento en que creía que nadie sería capaz de hacerlo. Allí estaba esperándola con un ramo de flores en la mano, detalle poco usual en él, con el rostro relajado y satisfecho, como si nada de lo que sucediera a su alrededor pudiera afectarle lo más mínimo. Continuó su camino hasta él y se lanzó a sus brazos de una forma que sorprendió al mismo Jorge.

—¿Va todo bien? —le preguntó mientras contemplaba algo en sus ojos que jamás había visto con anterioridad.

Amy asintió con un gesto.

—Te he echado de menos —musitó mientras sostenía en sus manos el ramo de flores.

—Seguro que no más que yo. Me alegro de que hayas vuelto antes. —La besó de nuevo sujetándole el rostro con ambas manos.

—Yo también te quiero —confesó Amy.

Jorge supo que algo le había sucedido en Nueva York, pero fuera lo que fuese no quería saberlo. Aquel día era la primera vez que le había dicho que le quería y eso era razón más que suficiente para no hacer preguntas. La rodeó de nuevo con sus brazos y después de besarla con una ternura que pilló fuera de juego a Amy ambos se encaminaron hacía la puerta de salida.

—¿...te he preguntado qué te pasa? —insistió Hillary.

—¿Eh? —Liam despertó de aquel mal sueño—. Nada, no me pasa nada.

—Parece que has visto un fantasma —comentó Hillary.

—No... —dijo tratando de lograr que acudiera saliva a su garganta. Tenía la boca seca—. Me había parecido ver a alguien conocido, pero he debido confundirme.

Hillary lo examinó a sabiendas de que probablemente no se había confundido. Miró a su alrededor en busca de alguna pista, pero no descubrió nada.

—Tenemos tiempo para tomar un café —añadió.

—Buena idea —contestó Liam mientras volvía la cabeza hacía atrás para ver cómo Amy se escabullía nuevamente de su vida, acompañada de aquel individuo que le pasaba el brazo alrededor de los hombros y la conducía hasta la salida.

# Capítulo veintiocho

Murray & MacBride estrenaban nueva filial en la capital británica. Amy fue la elegida para impartir unos intensos cursos de formación sobre la política del bufete durante la segunda semana de diciembre. Aunque se le había planteado a Jorge la posibilidad de viajar con ella no fue posible debido a la afluencia de trabajo existente.

No había vuelto a cruzar el Atlántico desde junio de 1994. Cuando subió al taxi que la llevaría hasta el Four Seasons, múltiples recuerdos se adueñaron de sus pensamientos. Si bien Londres era una ciudad mucho menos serena que Edimburgo, no pudo evitar rememorar aquel feliz año a medida que aquellas calles y sus gentes penetraban en sus retinas.

Fue una semana intensa en trabajo, emociones y nuevos compañeros que sin duda iba a echar en falta. A pesar de que tenía contratado el vuelo de regreso a Chicago aquel mismo viernes al mediodía, telefoneó desde el despacho de Old Burlington Street para comunicar a Jorge su deseo de hacer una escapada a Escocia con el propósito de visitar a su prima Jill y los viejos amigos que dejó allí durante su año de posgrado. Pagó el correspondiente recargo por el cambio del billete de regreso y, aunque a Jorge no pareció agradarle mucho la idea de no verla hasta el lunes, aceptó resignado su deseo de volver a visitar la tierra de la que procedía poniendo como condición en tono bromista que la próxima vez que viajara a Escocia lo haría acompañada por él.

Ese mismo viernes, 11 de diciembre, aterrizaba en el Aeropuerto Internacional de Edimburgo hacia las seis de la tarde.

Jill, Mel y la pequeña Phoebe de apenas dos años la esperaban a la salida. Derramó lágrimas de emoción al estrechar en sus brazos a aquella preciosa pelirroja a la que no había dejado de ver en fotos desde su mismo nacimiento. Si Londres había despertado en ella cierta alteración en su estado anímico, le habría sido muy difícil describir con palabras el sentimiento que la invadió cuando se adentraron en la ciudad atravesando aquellas idílicas calles que tan sólo unos años antes habían sido testigos de una de las etapas más dichosas de su vida.

Después de una copiosa cena y de haber tenido el placer de vigilar a la preciosa Phoebe hasta que se quedó dormida, volvió al salón para disfrutar de la sobremesa. Mel dejaba en ese instante las tres copas servidas sobre la mesa.

—No sabía que tuvieras tan buena mano con los niños —comentó Mel mientras se sentaba frente a ella y Jill.

—Si te soy sincera yo tampoco —añadió con una amplia sonrisa.

—Supongo que a ti también te llegará tu momento.

Si alguna vez se planteó la remota posibilidad de tener hijos con alguien, probablemente habría sido con Liam, pero salvo aquella triste pérdida que sufrieron cuando aún vivían juntos, jamás se había vuelto a plantear el tema y menos aún con Jorge.

—Por el momento prefiero dejar pasar algo más de tiempo. Jorge y yo tenemos una vida demasiado ajetreada —añadió.

—Eso es una vieja excusa —dijo Jill mientras bebía un trago de su copa sonriendo—. De todas maneras en este momento estás en una fase personal y profesional muy tentadora así que disfruta mientras puedas. —Miró de reojo a su marido con ojos pícaros.

—Eh, cualquiera diría que tú estás aquí encerrada todo el día. —Mel la zarandeó mientras se acomodaba riendo a su lado en la esquina del sofá.

—Es un placer veros a los dos así de felices con Phoebe. Cuando conocí a Mel no tuve ninguna duda de que terminaríais tal y como estáis ahora. Me alegro tanto por vosotros.

Jill juraría haber visto un fugaz destello en sus ojos. Estuvo a punto de confesarle que había tenido la misma impresión con respecto a ella y Liam desde aquel día en que ambos se conocieron. Sin embargo no lo hizo.

—Aún no puedo creer que estés aquí. De veras que ha sido toda una sorpresa.

—Fue un impulso. De pronto necesité volver y, a decir verdad, no sabría decirte las razones.

—No hace falta que digas nada porque sé perfectamente a lo que te refieres. Es como si hubiera pasado toda una vida y, sin embargo, dentro de poco habrán pasado tan sólo cinco años desde que te divisé con tus dos maletas en la esquina de la calle Drummond.

—Han sido demasiadas cosas en muy poco tiempo.

—Estás fantástica y hecha toda una ejecutiva. Sabía que llegarías muy lejos.

—No me puedo quejar.

—A juzgar por tu expresión juraría que sí que te quejas —añadió Mel.

Ambos guardaron silencio esperando una respuesta que tardaba en llegar. Mel se encargó de tomar la palabra de nuevo. Sabía muy bien lo que estaba pasando por la cabeza de Amy en aquel preciso instante.

—Lo leímos en el *Sunday Mail*. Por fin le ha llegado el gran momento. Parece ser que ha firmado con la Fox.

—Estuvo soberbio en Broadway. —Amy sabía que había llegado el momento de hablar—. Volé a Nueva York el último fin de semana de septiembre, sin Jorge —aclaró.

—Todos los periódicos del país se han hecho eco del éxito que ha cosechado —añadió Jill.

—Es el mejor. Haber tenido la oportunidad de ver que finalmente lo ha logrado me llena de orgullo.

—¿Quieres hablar de ello? —preguntó Mel observándola atentamente.

—Mañana me marcho a Callander.

—¿Callander? —Jill no salía de su asombro.

—Le debo una explicación a la familia de Liam.

—¿Ha sucedido algo? — El rostro de Mel se mostraba serio mientras miraba a Jill.

—Tengo que poner fin a ese capítulo de mi vida y la única forma de hacerlo era volver aquí y cerrar las heridas de una vez por todas.

—Volver aquí puede provocarte el efecto contrario y lo sabes. Las heridas se pueden reabrir. —Su prima le sujetaba tiernamente el brazo mientras le hablaba.

—Lo tengo decidido y ya no hay marcha atrás. Si el destino nos ha hecho esta jugada debe de haber alguna razón de peso. Hemos seguido caminos totalmente opuestos y así debe seguir por mi bien y por el suyo propio. Ya es demasiado tarde.

Mel y Jill intercambiaron miradas. Acto seguido Jill se aproximó a ella para abrazarla.

—Nunca es demasiado tarde —le dijo acogiéndola en sus brazos— y espero que no llegues a lamentarlo.


El sábado por la mañana tomó prestado el vehículo de Jill para viajar hasta Callander. En el caso probable de que no hubiera habido cambios en las fieles tradiciones de la familia Wallace, sabía que por aquellas fechas no estarían en la ciudad. Prefirió no anunciar su llegada y arriesgarse al encuentro inesperado. Tal y como Liam hacía, se detuvo a la entrada del puente sobre el río Teith para contemplar aquella bella estampa y recordar de nuevo aquel otro frío día de diciembre en el que sentía que el rumbo de los acontecimientos de su vida comenzaba a transformarse de forma vertiginosa.

Cuando las ruedas chirriaron sobre la gravilla casi congelada del estrecho sendero de entrada sintió cierto recelo. De repente le intimidó el hecho de haberse aventurado a volver a aquel lugar. Después de todo, ¿qué derecho tenía a presentarse allí sin previo aviso después de casi cinco años? Ella había sido la causante de que Liam lo hubiera abandonado todo. Su país, su familia, su carrera y su futuro ¿Cómo se habría sentido su familia al ver que su hijo, en el que tenían puestas todas sus esperanzas, se alejaba de ellos con la aparente excusa de cumplir un viejo sueño cuando en realidad quizás todo era un simple espejismo?

Al bajarse del coche y respirar el aroma que desprendía el césped recién cortado, Amy sintió que el corazón le latía cada vez con más fuerza. El hecho de estar allí después de todo lo acontecido la invadía con la nostalgia y la incertidumbre de lo que pudo haber sido y no fue. ¿Cómo enfrentarse a los padres del hombre que más había amado, amaba y probablemente amaría el resto de su vida?

Armándose de valor pulsó el timbre de la puerta. Absoluto silencio. ¿Y si aquello era una señal de que debía salir huyendo de aquel lugar y dejar las cosas tal y como estaban? Volvió sobre sus pasos hacía las escaleras del porche decidida a marcharse de allí cuanto antes y no volver a mirar atrás.

No sabía que Katherine Wallace la había oído llegar y aguardaba en silencio tras la ventana que daba justo al lado de la puerta de entrada luchando al igual que ella contra aquellos demonios internos que le impedían dar la cara ante la persona que más había odiado estos últimos años.

Retrocedió sobre sus pasos cuando escuchó el leve ruido del giro de un picaporte y luego el seco crujido de una puerta al abrirse. Entonces se giró para encontrarse frente a frente con un rostro apagado de sentimientos. No supo cómo reaccionar ni qué decir. Aquel silencio pareció durar una eternidad. Katherine fue la primera en tomar la palabra y le hizo un gesto para dejarla cruzar el umbral de la puerta que había franqueado varios años antes en unas circunstancias completamente diferentes.

—Entra si no quieres quedarte ahí congelada —le dijo en un tono indiferente e impasible.

Amy entró y siguió a Katherine hasta el salón mientras se deshacía de sus capas de abrigo. El calor de la chimenea la inundó de innumerables recuerdos. Se sorprendió al ver nuevas imágenes de Liam desconocidas para ella esparcidas por la acogedora estancia.

—Me estaba preparando un té —dijo Katherine mientras servía dos tazas y entregaba una de ellas a Amy. Acto seguido tomó asiento en el sofá esperando a que Amy hiciera lo mismo—. Has tardado demasiado en hacer esta visita —le dijo fijando la mirada en ella—. ¿Por qué, Amy? ¿Por qué lo hiciste?

Amy permaneció callada. La miró con ojos centelleantes a medida que abría su bolso con manos temblorosas y extraía de él aquel antiguo sobre cuyo contenido había terminado con sus ilusiones un imborrable 23 de noviembre de 1995. Lo colocó sobre la mesa ante la mirada interrogante de Katherine.

—Desgraciadamente una imagen vale más que mil palabras.

Katherine abrió el sobre. Cerró los ojos en el mismo instante en el que la cruda realidad atrapó sus retinas. Entonces Amy se lo confesó todo.

James Wallace hacía su entrada en el salón justo en el momento en el que Amy se hundía desconsolada en los brazos de Katherine. No pudo dar crédito a lo que vieron sus ojos, al igual que no pudo dar crédito al resumen de los hechos que acababa de hacerle su esposa.

—Comprendo tu buena intención de no interferir en su vida, pero creo que debería saberlo. Amy, esto no es justo para ninguno de los dos.

—Lo sé, James, pero me he preguntado miles de veces si Clyde tenía que aparecer en nuestras vidas para que Liam siguiera el camino que tenía trazado. Sin él jamás habría llegado a donde está en estos momentos. A pesar de que yo le profeso un odio indescriptible, estoy convencida de que está cuidando de él a su manera. Y no sólo en lo que respecta a su profesión. Sé que se siente tan culpable de lo que hizo que la única forma de conciliarse consigo mismo es haciendo todo lo que está en su mano para que Liam tenga lo mejor a su alcance. No lo estoy justificando y sé que, de alguna forma, la vida se encargará de hacerle pagar lo que nos hizo a los dos.

—No voy a poder mantener la boca cerrada sabiendo lo que ese malnacido de Clyde os ha hecho. —James estaba enfurecido con razón. Sabía que si hubiera tenido la oportunidad de tener a Clyde frente a él no sabía de lo que habría sido capaz.

—Tienes que hacerlo por Liam. Si él sabe que Clyde estuvo detrás de esto, ¿cómo crees que se va a sentir? En este momento de su vida está empezando a ver la luz, está haciendo lo que más le gusta, está siendo reconocido y está ganando dinero con ello. Si ahora empezamos a sacar a la luz todo esto, ¿cómo crees que va a reaccionar? Yo me marché sin darle lugar a explicar lo de las fotos. Estaba cegada por el dolor y la traición y no supe ver más allá. Si le hubiera dado una mínima oportunidad… me pregunto si… —No pudo acabar la frase.

—No tienes por qué lamentar tu decisión porque cualquier mujer habría reaccionado probablemente tal y como tú reaccionaste —le recordó Katherine—. No vamos a mentirte di-

ciéndote que Liam se recuperó pronto de este golpe. A decir
verdad, desde el mismo día en que nos confesó que lo habías
dejado nos prohibió terminantemente volver a hacer mención
a tu persona o a cualquier hecho relacionado contigo.

—Pero sabemos que no te ha olvidado. Para bien o para
mal, cambiaste su vida y eso es algo que tienes que aceptar
—interrumpió James.

—Para bien o para mal Liam también cambió la mía y lo
acepto como también acepto que ambos hemos empezado a tomar caminos diferentes que no debemos abandonar. Mi trabajo está en Chicago y tengo una nueva relación desde hace casi
un año. Me siento querida y en cierto modo he terminado encontrando la estabilidad que necesitaba. Me estaría engañando
a mí misma si no reconociera que aunque pasaran mil años y
viviera varias vidas, jamás sentiré por nadie lo que he sentido
por vuestro hijo. Pero eso es algo con lo que tanto él como yo
tenemos que aprender a vivir. Sé que él tiene también a alguien a su lado y quiero pensar que a su manera ha terminado
encontrando esa imperfecta felicidad que yo he logrado alcanzar. Aprendí algo muy importante de mi padre. Siempre dijo
que los seres humanos éramos como pequeños puzles. Los había de mayor o menor dificultad como había vidas felices e infelices. Los afortunados eran aquellos a los que la vida les brin-
daba la posibilidad de que todas las piezas encajaran a la
perfección desde el principio y con un solo movimiento. Los
desafortunados tropezaban una y otra vez hasta encontrar el
hueco perfecto para encajar la pieza. Otros sencillamente, jamás logran terminar el puzle.

Tanto James como Katherine atendían conmovidos a cada
una de las palabras pronunciadas por aquella joven que a pesar
de sus veintiocho años recién cumplidos parecía tener la sabiduría y la prudencia propias de un anciano. A pesar del evidente dolor que todavía sentía, había tenido el coraje suficiente
para viajar hasta allí y mostrarles la cruda realidad de la verdad. Habrían dado la vida por tener la mínima posibilidad de
que Liam pudiera haber tenido acceso a aquella conversación
pero si Amy les había pedido que se mantuvieran al margen de
todo aquello, entonces así lo harían, incluso sabiendo que quizá se estaban equivocando.

—Sólo espero que las piezas de vuestro puzle logren encajar antes de que sea demasiado tarde —dijo Katherine tendiéndole la mano. Amy la tomó entre las suyas en señal de agradecimiento. Después James se acercó hasta ella sujetándola con la misma ternura que lo haría un padre.

—Sé que van encajar, lo sé —dijo James— y será más pronto de lo que imaginas. Lo único que pido a Dios es que para entonces no os hayáis dejado a nadie en el camino.

# Capítulo veintinueve

## Liam, Nueva York-Los Ángeles 1998-2004

*L*iam apenas pronunció palabra durante aquel vuelo de regreso a Los Ángeles. A pesar de la evidente preocupación de Hillary por su actitud, no le importunó con ningún tipo de interrogatorio. Se limitó a aceptar el hecho de que probablemente estaba estresado ante la perspectiva de todo el cúmulo de trabajo y ofertas a las que tendría que hacer frente en los próximos meses. Sin embargo, nada más lejos de la realidad. En aquel preciso instante su éxito en Broadway y los múltiples ofrecimientos que Clyde le había puesto sobre la mesa eran la menor causa de sus desvelos.

A pesar de aquel revés con el que se había tropezado aquella mañana de principios de otoño en el aeropuerto O'Hare de Chicago, se había esforzado por combatir con cierto escepticismo la inseguridad en la que estaba comenzando a sumergirse desde que había podido ver con sus propios ojos cómo Amy había encauzado totalmente su nueva vida. Habían transcurrido ya dos meses desde entonces y fue consciente de que Hillary sabía que estaba alejándose de ella. Por su trabajo tenía libertad absoluta para viajar con él a Nueva York para seguir con su compromiso en el Majestic con el *El novelista*, pero Liam no le insistía en que le acompañara. A principios de enero tendría que pasar en Nueva York una larga temporada debido al comienzo del rodaje de la serie *La decisión*. Se sentía culpable por sentirse aliviado ante la posibilidad de estar lejos de Los Ángeles durante aquel periodo de tiempo.

Notó la calidez del cuerpo desnudo de Hillary contra su espalda. Sus manos lo apresaron desde atrás y terminó girándose hacía ella a pesar de su intención de abandonar el lecho e irse al salón. Hillary lo besó dulcemente y él respondió al beso con otro mucho más intenso, pero de repente se detuvo y se apartó. Se incorporó y permaneció sentado sobre el borde de la cama de espaldas a ella.

—Lo siento —le dijo mientras se levantaba y abandonaba la habitación.

Entró en el salón, pero cambió de opinión y dirigió sus pasos hasta la cocina. Sacó del armario una botella de whisky de Glendronach y se sirvió una copa. Lo bebió de un trago y lo dejó sobre la mesa. Después retiró la silla para sentarse y una vez acomodado, pasó varios minutos mirando al vacío sosteniendo entre sus manos el vaso mientras lo hacía girar entre sus dedos una y otra vez. Su mente comenzó a navegar nuevamente por las imágenes que había tenido que contemplar en O'Hare. Volvió a llenar el vaso y vació de un golpe su contenido sobre su estómago. No debía pensar en aquello. Trató de centrarse en Hillary y en el absurdo momento por el que pasaba su corta relación.

La había conocido cuando Clyde ya estaba negociando en su nombre con la cadena Fox para una serie de televisión de sólo ocho capítulos en la que él sería el protagonista. Cuando aquella genial propuesta llegó a sus manos sabía que no podría dejar escapar la oportunidad. Era la primera vez que estaba de acuerdo al cien por cien con Clyde. Habían transcurrido ya cinco meses desde entonces y debido a que su cuenta bancaria iba a aumentar considerablemente, decidió trasladar su domicilio a un lugar más acorde con su nueva posición. Había contactado con una agencia inmobiliaria de la que Hillary resultó ser la gerente. Fue ella quien le encontró aquel magnífico apartamento de Orange Street en Wilshire Boulevard.

La crítica especializada por fin había conseguido hacerle justicia. Se estaba dedicando finalmente a aquello en lo que siempre había creído y estaba siendo públicamente reconocido por ello. Se había entregado en cuerpo y alma durante los últimos tres años de su vida a cumplir su propósito. El trabajo y la disciplina eran lo único que le daba fuerza para afrontar el día a día. Deseaba mantener su mente ocupada hasta el punto de agotarla para no tener que enfrentarse a los atormentados recuerdos que continuaban persiguiéndolo. Hillary era la primera relación medianamente seria que había logrado mantener después de su estrepitoso y aún incomprensible fracaso con Amy. Y la podía considerar medianamente seria sólo por el simple hecho de que había vencido a las dos primeras citas. Todavía se preguntaba a sí mismo cómo había logrado alcanzar el récord de casi cinco meses junto a la misma mujer. No es que hubiera sido promiscuo hasta ese momento. Sencillamente no estaba preparado y dudaba de que aún lo estuviera.

—¿Por qué no me cuentas qué te preocupa?

Hillary lo despertó de su estado de semiinconsciencia. Liam levantó la vista hacia ella que se hallaba apoyada sobre el marco de la puerta observándolo con una mirada que denotaba un claro desconcierto. Volvió a bajarla para centrarla en el vaso que estaba considerando llenar por tercera vez.

—Será mejor que vuelvas a la cama. En este instante no soy buena compañía —le respondió sin desviar los ojos del vaso.

—Dentro de una semana te marchas a Escocia para pasar las Navidades con tu familia y a primeros de año te vas a Nueva York. No te va a quedar mucho tiempo para ti mismo y menos aún para mí. Así que creo que deberíamos hablar de ello.

—¿Hablar de ello? —Liam le dirigió una mirada recelosa mientras ella se acercaba para sentarse frente a él.

—Sobra decir que en estas últimas semanas has estado más distante que nunca. Sé que tu vida está cambiando a una velocidad fuera de lo común. Sólo quiero saber si estás bien, eso es todo.

—Estoy bien. No me ocurre nada.

—Liam. —Su sonrisa fue algo irónica—. A pesar de lo buen actor que eres, en tu vida personal ya me has demostrado que no eres capaz de fingir, así que búscate otra excusa.

Liam guardó silencio.

—¿Hay otra persona?

—No quiero hacerte daño, Hillary.

—Lo sabía —le dijo levantándose—. Sabía que te estabas viendo con otra. Maldito hijo de…

Liam se levantó y la sujetó por la muñeca para detenerla, obligándola a mirarlo a la cara.

—No me estoy viendo con nadie —le interrumpió—. No soy de esa clase, te lo aseguro.

—Entonces... ¿a qué se debe tu actitud?

—Ya te dije cuando te conocí que no creía estar preparado para comenzar una nueva relación.

—Aun así la comenzamos —le recordó con voz firme.

—Y, por supuesto, no me arrepiento de haberlo hecho. Has llegado a llenar un vacío en un momento muy complicado de mi vida, pero no puedo seguir engañándome a mí mismo porque de esa manera te estoy engañando a ti y no te mereces algo así.

—Creía que eras diferente, pero me he vuelto a equivocar. ¿Por qué no has tenido las agallas suficientes para dejarme? ¿Por qué has tenido que esperar a que sea yo quien te lo plantee?

—Tú no tienes la culpa. Yo sigo enamorado de otra persona y no puedo hacer nada para luchar contra eso. Quise darme una oportunidad cuando te conocí, pero no puedo continuar con esta farsa. No te mereces a alguien como yo a tu lado. No, si no puedo estar contigo al cien por cien.

—Si crees que vas a hacer que me sienta mejor con lo que acabas de decir, estás muy equivocado.

—No era ése mi propósito y, aunque no lo creas, no quería que esto terminara de esta forma.

—¿Y cómo pretendías que terminara?

—Lo siento, Hillary. No sabes cómo lo siento —le dijo posando suavemente las manos sobre sus hombros.

—Fue ella a quien viste aquel día en el aeropuerto, ¿verdad?

A Liam le pilló fuera de combate aquella pregunta. Seguía subestimando aquel sexto sentido de las mujeres. Asintió esquivando su mirada mientras Hillary se deshacía de sus manos y le daba la espalda para salir de allí. Se detuvo una vez más manteniendo la vista fija en él con toda la dureza de la que fue capaz.

—Ve en su busca, Liam. Y si no lo haces, intenta olvidarte de ella. Lo quieras o no tu vida tiene que continuar.

Liam no tenía nada más que añadir. Se sintió cobarde y despreciable pero, aún así, sabía que no podía hacer nada.

—Me marcho —dijo dándole la espalda—. Ya no hay nada

que me retenga aquí. Y no te molestes en acompañarme, por favor. Prefiero acabar con esto cuanto antes.

—Lo siento, Hillary.

Hillary desapareció de su vista y sólo cinco minutos después, cerraba la puerta tras de sí desapareciendo de su vida.

Liam permaneció sentado en la cocina decidido a ahogar sus penas en el resto de aquella botella de whisky. Brindó en silencio por el maldito destino que le había puesto en su camino a la mujer más excepcional que jamás pudo haber imaginado para después arrebatársela de un plumazo.

El día 21 de diciembre voló hasta Escocia para pasar unos días de vacaciones. No había vuelto desde el bautizo de su sobrina Sarah y habían transcurrido ya seis meses desde entonces. No podía tomarse más días de descanso porque tendría que seguir sus dos funciones semanales de *El novelista* mientras la afluencia de público continuara siendo igual de arrolladora. Necesitaba contagiarse del auténtico espíritu de aquellas fechas paseando por los lugares que lo habían visto crecer. Iba a necesitar aquella recarga de emociones para atreverse con todos los desafíos que le esperaban el próximo año. Clyde le había entregado un par de guiones en los que estaba profundamente interesado. Le había animado a que les echara un vistazo durante aquellos días de descanso en los que probablemente su mente estaría más despejada para tomar decisiones. Liam había tenido oportunidad de leerlos durante el vuelo y ambos le parecieron magníficas tramas. Aunque tuvo que reconocer que se decantó por uno que bien podría haber estado escrito por Amy aunque sabía a ciencia cierta que, por desgracia, no era así.

Jane aprovechó para dar la noticia de su compromiso con Douglas a todos los que habían acudido a Callander para cenar en Nochebuena. Contraerían matrimonio en el mes de marzo y los dos estaban más encantados que nunca.

La mañana de Navidad se levantó temprano cuando aún todo el mundo dormía para salir a correr a pesar de las bajas temperaturas. Cuando regresó, su familia ya estaba bajo el árbol esperando a que llegara para abrir los regalos.

—No vuelvas a hacer eso, ¿me oyes? —le dijo su madre con el rostro fruncido una hora después mientras seguía a Liam hasta la cocina.

—¿Hacer qué?

—Marcharte a correr el día de Navidad. ¿A quién se le ocurriría algo así? ¿Estás loco? Me he llevado un susto de muerte cuando he visto que no estabas en tu habitación.

—¿Se puede saber qué mosca os ha picado a todos? —Liam no sabía si enfadarse por aquel absurdo comentario o simplemente reírse—. Desde que he llegado me da la sensación de que me queréis proteger de algún mal.

—En Los Ángeles estás acostumbrado a vivir a unas temperaturas más templadas y me preocupa que enfermes haciendo idioteces como las de esta mañana —le dijo mientras abría el frigorífico para sacar varias lechugas.

—¿Bromeas? ¿Ahora te preocupa que coja un simple resfriado? —La siguió hasta la mesa sacudiendo la cabeza en señal de descrédito.

—Vale, Liam —dijo Katherine suspirando a la vez que ponía los brazos en alto—. Vamos a dejarlo. Eres mi hijo y me preocupo por ti.

—Vamos, mamá, dilo.

—¿Qué quieres que diga?

—Di lo que piensas.

—¿Lo que pienso de qué?

—Has visto que no estaba en mi habitación y has pensado: «Lo ha vuelto a hacer, por tercer año consecutivo ha desaparecido la mañana del día de Navidad».

Katherine dejó de deshojar la lechuga para encontrarse con aquella inescrutable expresión en el rostro de su hijo. No pudo decir nada, pero su silencio valía más que mil palabras y ella sabía que Liam era consciente de ello.

—Estoy bien, mamá. Sé que todos os empeñáis en borrar los recuerdos de este lugar que precisamente en estas fechas se hacen más intensos que nunca y que lo hacéis con la mejor de vuestras intenciones. Yo fui el primero que os obligué a olvidar pero ni yo mismo he logrado hacerlo del todo. Pero estoy bien y no quiero que os preocupéis por mí.

Katherine se tragó un desagradable nudo en la garganta

antes de hablar. Tenía mucho que decir, sobre todo después de la visita de Amy hacía tan sólo un par de semanas, pero no podía hacerlo. Habría sido infiel a su palabra y después de todo Amy había tenido razón. Sus vidas tenían que continuar y si las aguas tenían que volver a su cauce sabía que el destino, la providencia divina o quienquiera que hubiese ahí arriba, se encargaría de volver a recomponer el puzle.

—¿Lo dices en serio? —Katherine quería oírselo decir. Quería tener la certeza de que sus heridas se estaban curando. Quería tener la certeza de que no se había arrepentido de las decisiones tomadas.

—Lo digo muy en serio. Todos buscamos la felicidad, pero cada uno la encuentra en cosas diferentes. Yo la he encontrado en actuar, mamá. Nací para esto y tú lo sabes mejor que nadie. Jamás pensé que terminaría ganando dinero haciendo lo que realmente me gusta y ya ves. ¿Quién me lo iba a decir? —le dijo mientras se acercaba hasta ella y cogía una zanahoria de un recipiente que había sobre la mesa.

—A veces tengo la sensación de que te sientes solo. Será porque estás lejos de nosotros.

—La soledad impuesta es la más triste. Yo he elegido mi estado actual y creo que para lo que me espera en esta nueva etapa profesional es mejor que permanezca así. —Le dio un mordisco a la zanahoria.

—No me gusta oírte decir eso.

—Escúchame. Te mentiría si te dijera que tengo totalmente superado lo de Amy, pero también es cierto que ya he empezado a ver las cosas desde otro punto de vista. Quizás ella tenía que cruzarse en mi vida para que yo diera este paso. Ella me abrió los ojos y me hizo creer en mis posibilidades. Después de todo, le tengo que estar agradecido por lo que ha hecho.

Katherine mantuvo la vista fija en las hojas de lechuga. Liam se acercó a ella y la sujetó de la barbilla obligándola así a mirarlo.

—No estoy solo. Tengo buenos amigos y Clyde se comporta como un hermano conmigo.

Katherine echó la cabeza a un lado, pero volvió a su posición original. Escuchar el nombre de Clyde era sinónimo de traición tanto para ella como para James.

—Clyde no es el ogro que parece.

—Hazme caso. Ándate con ojo con él —le dijo con semblante serio.

—Ya sé que no es santo de vuestra devoción, pero tengo suerte de que se hubiera fijado en mí. No sabes la cola de actores desesperados dispuestos a lo que sea para que Clyde les dedique unos minutos. Está empezando a hacerse un nombre.

—Gracias a ti. Que no se te olvide.

—Lo sé. No se me olvida. Pero también te digo que las cosas se ven desde otro prisma cuando se está fuera de este mundo.

—Sólo quiero que sigas manteniendo los pies en la tierra. Detestaría que el éxito y la fama terminaran destruyéndote.

—Para eso os tengo a vosotros. No me olvido de que soy un chico de Edimburgo.

—Y quiero que lo sigas siendo. —Katherine posó las palmas de las manos sobre sus mejillas. Liam las apretó tiernamente con las suyas. Después acogió a su madre en un cálido abrazo.

—Soy feliz, mamá. No te preocupes porque, a pesar de todo, soy muy feliz.


Recibió al nuevo año 1999 en Edimburgo en casa de Tom y en compañía de todos aquellos viejos amigos que aún permanecían en Escocia o habían vuelto a sus hogares familiares con motivo de las fechas navideñas. Él era quien se había marchado más lejos. La mayor parte de sus compañeros de promoción estaban esparcidos entre Glasgow, Edimburgo o Londres. El resto, los menos, habían obtenido becas al finalizar la carrera para completar su formación en otros países extranjeros y habían optado por quedarse un par de años más en lugares como Roma, Milán, París o Madrid. Sólo Liam se había aventurado a cruzar el Atlántico. Resultó ser el más admirado y solicitado en todas las reuniones durante aquellos días de estancia en su país natal. Y, en cierto modo, era comprensible. Todos envidiaban su coraje para hacer lo que había hecho y no es que Liam no se sintiera orgulloso de sus logros. Lo estaba porque dedicarse a algo con lo que uno ha soñado desde su más tierna infancia no es algo que llegue a conseguir la mayoría de la gente. En aquellos instantes sólo veía cómo las personas con las que había crecido hablaban de la monotonía de sus vidas, trabajo y pareja como si todo ello fuera algo tedioso e incluso imperfecto. No entendían lo importante que podía llegar a ser un simple detalle como el de dormir durante un mes seguido en el mismo lugar, no tener un horario fijo, no tener unos ingresos fijos, ni amigos fijos y por supuesto lo de una pareja fija era algo impensable después de todo lo que le había sucedido.

No pudo volver al Traverse. Lo había intentado en anteriores ocasiones, pero no podía hacer frente a lo que representaba aquel lugar. Si Amy no hubiera aparecido en aquel teatro aquel 26 de agosto, ¿qué habría sido de su vida? Lo que estaba claro era que si ella no se hubiera cruzado en su camino jamás habría tenido la valentía suficiente para dar el paso.

Sus padres, por primera vez desde que Amy le había dejado, se atrevieron a preguntar por ella. Le sorprendió que lo hicieran dado que hacía ya demasiado tiempo que el pacto de silencio estaba sellado. Supuso que el objetivo sería normalizar la situación debido al tiempo transcurrido. Había tenido tiempo para aclarar su mente y en aquellos momentos estaba más decidido que nunca a trabajar duro para convertirse en el indiscutible número uno. Ya había sacrificado su vida personal y no estaba dispuesto a volver a hacerlo. Su objetivo primordial era hacer lo imposible para que el nombre de Liam Wallace tuviera un lugar en la historia del cine.

# Capítulo treinta

*L*a emisión de la serie *La decisión* en octubre de 1999 supuso la escalada definitiva de Liam Wallace al estrellato. El último capítulo consiguió mantener pegados al televisor a más de treinta millones de norteamericanos. Comenzaron a lloverle ofertas de las más prestigiosas cadenas de televisión, pero Liam tenía claro que su meta era la gran pantalla y que la televisión sólo había sido un medio para alcanzarla.

Aquella serie hizo que su rostro diera la vuelta al mundo. Fue galardonada con varios premios Emmy, entre ellos al mejor actor revelación.

El 18 de marzo del año 2000 nacía su sobrino Matt. Para entonces ya tenía en mente un par de interesantes guiones. No sabía que uno de ellos había sido escrito por Clint Eastwood: *Río de sueños*. Le faltó poco para ponerse a llorar de alegría cuando Clyde le dijo que Clint dirigiría y produciría aquel proyecto. Comenzó a rodar a sus órdenes a la entrada del nuevo milenio. La película obtuvo numerosos premios en varios festivales como el de Cannes, la Mostra de Cine de Venecia o el de Sundance aunque el resultado en taquilla no fuera el esperado. Pero a Liam no le importó. Con Eastwood había aprendido lo que jamás creía que podría aprender. Adoraba su profesión más que nunca y no le importaba considerarse un adicto al trabajo. Era invitado a todo tipo de eventos y, aunque en la mayoría de los casos no se sentía con muchos ánimos de acudir, terminaba cediendo a los consejos de Clyde. También necesitaba divertirse.

Y siguió su consejo a rajatabla. Comenzó a ser asiduo en los bares de moda de Los Ángeles y Nueva York. Era el rey de cualquier pequeña reunión o fiesta. Contaba cualquier anécdota o historia con tal entusiasmo y simpatía que todos terminaban embelesados o retorciéndose de la risa sólo de escucharlo.

Después de los atentados del 11 de septiembre comenzaba su ascenso hacia la cima. En el año 2002 cambió de registro para dedicarse a la comedia romántica *Dame una señal*. Tuvo un resultado de taquilla excepcional. Era una historia sencilla con alguna que otra peripecia emocional y con un final feliz. Al fin y al cabo eso era lo que quería el público. La realidad de por sí ya era lo suficientemente dura como para sentarse frente a la pantalla de un cine y continuar viendo más de lo mismo. Su papel en aquella pintoresca comedia lo convirtió en objetivo de la prensa del corazón. Atractivo, terriblemente seductor, buen tipo, mejor actor, colaborador entregado a causas humanitarias, encantador, inteligente, con un gran sentido del humor y sobre todo soltero. Sin quererlo, su vida personal era el tema preferido de cualquier publicación sensacionalista. Pese a que en muchas ocasiones le era fácil pasar desapercibido, no siempre lo lograba. Y podía considerarse afortunado porque le trataban con el máximo respeto.

En el año 2003 fue el aclamado protagonista de *El regreso de Hugh* y *Delito de omisión* en la que por primera vez se metía en la piel de lo que había sido antes de convertir su sueño en realidad. Daba vida a un atípico abogado. Su interpretación fue solemne y grandiosa. Y la forma que tuvo Hollywood de reconocerle tal maestría fue galardonándolo con un Globo de Oro en la categoría de mejor actor principal en la edición del año 2004. Tuvo la fortuna de estar acompañado por sus padres en aquel inolvidable momento. Saboreaba las mieles del éxito cuando todavía no había cumplido los treinta y cinco años. La conquista no había hecho más que empezar.

Cuando Clyde le ofreció la posibilidad de participar con él en su propia productora, Liam no vaciló a la hora de darle una respuesta. En marzo de 2004 se creó Arbroath Film Entertaintment y la primera propuesta que vería la luz bajo aquel nuevo paso en su fulminante carrera sería el presentado por el guionista y director Scott Fairfield: *El juicio final*. A finales de ese mismo mes se convertía en propietario de una fabulosa residencia de estilo mediterráneo a la que bautizó como Scottish Green en Los Ángeles.

En abril de aquel mismo año, con motivo de la promoción de *Delito de omisión* en América Latina donde, por problemas con la distribuidora, la cinta se estrenaría meses más tarde que en otros países, Liam viajó a la ciudad de Buenos Aires. La escalada de su vida personal a partir de aquel viaje sería inversamente proporcional a la de su prestigiosa carrera profesional.

Las temperaturas eran aún totalmente veraniegas a pesar de estar prácticamente en el ecuador otoñal de la ciudad de Buenos Aires. Aunque Liam habría preferido un hotel más convencional, terminó cediendo a los deseos de Clyde y finalmente se alojaron en el hotel Alvear Palace del barrio de la Recoleta. Según Clyde, era el lugar adecuado para recibir a la prensa y para esconderse de ella, aunque ello supusiera para Liam menos libertad para poder escabullirse y disfrutar de la ciudad por su cuenta y riesgo. Si bien Clyde no lo dejaba un minuto a solas desde que aterrizaron en el aeropuerto internacional de Ezeiza, cosa que Liam no alcanzaba a comprender, utilizó la astucia que lo caracterizaba para darle esquinazo.

Tenían razón aquellos que decían que en la grandiosa ciudad de Buenos Aires uno podía encontrar su propia ciudad. Cuando paseaba por sus animadas calles como Rivadavia o Florida, avenidas interminables como la de Mayo o Corrientes, bosques como el de Palermo y su Jardín Japonés y barrios como la Recoleta o Puerto Madero se sentía como en Oxford Street de Londres, Campos Eliseos de París, Gran Vía de Madrid, Central Park o East Village en Nueva York. Era evidente que la mezcla de estilos que caracterizaba a aquella enorme urbe era sin duda producto de su afán por parecerse a las grandes capitales del resto del mundo.

Después de haber disfrutado en la terraza del Café La Biela del placer de una cerveza bien fría acompañada de algunas «picadas» bajo el simple disfraz de unas gafas de sol y una gorra, retomó su paseo hacia la zona norte del barrio de la Recoleta con su guía en la mano como un turista más haciendo caso omiso de las continuas llamadas de Clyde a su móvil.

Aprovechó su relativa cercanía a Callao para visitar la Gran Librería El Ateneo en Avenida Santa Fe, la más grande de América Latina y visita obligada para los amantes de la lectura. Se quedó boquiabierto cuando traspasó las puertas de aquel antiguo teatro inaugurado en 1912 y reconvertido en la librería más espectacular que jamás había visto. Los bellos frescos de su grandiosa cúpula junto a aquellos millares de libros, invitaban a la calma después del bullicio típico de todas las tiendas de los alrededores. Cuando pasaba por las interminables hileras de estanterías recordó a Amy. Sabía que si hubiera estado en Buenos Aires aquel habría sido uno de sus lugares favoritos. Se detuvo frente a dos pilas de libros que captaron su atención. Curiosamente estaban unos al lado de los otros. El de la derecha se titulaba *Paisajes de Escocia* con una bonita foto en la portada de una carretera comarcal arbolada que llevaba a Callander. El de la izquierda se titulaba *Paisajes de California* con una fotografía del bello atardecer de la bahía con el Golden Gate al fondo. Curiosamente los dos montones apilados estaban descompensados. Alguien debió de haberse llevado uno de los ejemplares de Escocia. No pudo evitar esbozar una breve y melancólica sonrisa al tiempo que se dejaba llevar por los recuerdos.

De repente, un leve estremecimiento le recorrió la espina dorsal. Giró la cabeza y sus ojos, por simple instinto, se fijaron en una de las cajas en las que la gente hacía cola para abonar sus compras. Distinguió el ejemplar de Escocia que faltaba en el estante en manos de una mujer que con la mano que le quedaba libre sujetaba el carrito de un bebé. No podía ver el rostro de la madre, pero sí el de la criatura de no más de dos años que jugueteaba con la figura de un muñeco de goma. El rostro de aquella preciosa niña le era terriblemente familiar. Cuando trató de enfocar su mirada hacia la supuesta madre, otra mujer que debía de acompañarla le tapó por completo la visión. Sintió una ligera palpitación y dirigió sus pasos hacía la zona de caja cuando fue interceptado por varios fans que lo habían reconocido. Maldijo su mala suerte y mientras miraba de un lado a otro se percató de que no tenía escapatoria.

—¡Una foto, Liam, por favor!

—¿Puedes firmarme un autógrafo?

Liam sonrió y echó solo un par de garabatos sobre dos CDs de la banda sonora de alguna de sus películas. Mientras sonreía tratando de no perder la calma para que le hicieran un par de fotos, alzó el cuello para observar cómo aquella mujer se dirigía hacia la salida del establecimiento empujando el carrito de su retoño mientras su amiga le sostenía la bolsa con la compra que acababa de realizar.

—Lo siento de veras. Pero tengo que marcharme —suplicó con su natural sonrisa mientras se escabullía del pequeño tumulto que se había empezado a congregar a su alrededor. Firmó tres o cuatro autógrafos más antes de alcanzar la salida, pero ya era demasiado tarde. Miró hacia todos los lados de la Avenida Santa Fe. Pero por más que la buscó con la mirada no la encontró. Probablemente había entrado en alguna de las innumerables tiendas que había por la zona. De repente no le pareció nada razonable buscar a una simple desconocida que por un momento pensó que pudiera ser…

No. No podía ser. Estaba en Buenos Aires. ¿Qué iba a hacer ella en Buenos Aires?

Si se hubiera detenido cinco minutos antes frente a aquel expositor en concreto de la Librería Ateneo, habría sabido descifrar ese extraño presentimiento que le había invadido porque se habría dado cuenta de que la joven que se acababa de llevar ese ejemplar de *Paisajes de Escocia* era, precisamente, Amy MacLeod.


—Te espero abajo, no tardes demasiado —le dijo Clyde golpeando la puerta del baño—. Tenemos el tiempo justo para esta última entrevista y salir pitando hacia el aeropuerto. Tendríamos que habernos ido ayer y ya llevamos un día de retraso por tu aventura turística.

Liam no contestó. Contemplaba su rostro cansado en el espejo. No había logrado cerrar los ojos después del inexplicable sobresalto que habían sufrido sus emociones la tarde anterior. Eso, sumado a la copiosa cena y el abundante vino que había bebido en aquel restaurante de Puerto Madero habían contribuido a aquel malestar con el que se había levantado esa mañana.

—¿Estás bien? —volvió a preguntar.

Liam suspiró.

—Sí. Estaré listo en cinco minutos.

—No te olvides de beber ese zumo que tienes encima de la mesa. Te quedarás como nuevo.

—Lo haré.

Tal y como le había aconsejado Clyde, bebió aquel extraño brebaje. Volvió a mirarse en el espejo. Pantalón y americana azul oscura con camisa blanca sin corbata y unos zapatos comprados en La Martina, una exclusiva tienda situada a pocos metros del hotel. Con el cabello con dispersas canas a pesar de no haber cumplido aún los treinta y cinco iba a terminar quitándole el puesto a George Clooney. Tomó aire antes de abrir la puerta de la habitación y salió al pasillo dispuesto de nuevo a enfrentarse a su realidad.

Liam miró disimuladamente su reloj antes de responder a la siguiente pregunta.

—¿Es cierto que para el rodaje de *El juicio final* tiene previsto rodar en Argentina?

—Hemos considerado la posibilidad y quizás haya que hacerlo. A mí particularmente se me ha hecho muy corta esta estancia, pero parece ser que sólo será para rodar exteriores. Sería una excusa perfecta para volver a tener la oportunidad de disfrutar de esta sensacional ciudad, pero ya estarán informados de que voy a participar en la producción de este proyecto y esto es como una especie de empresa. —Comenzó a reír—. Hay que sopesar todos los gastos antes de pensar en los beneficios.

—Con pocas películas a sus espaldas tiene la fortuna de estar ahora mismo entre los grandes. ¿Cree que ha sido sólo un golpe de buena suerte o quizás considera que ha sido lo suficientemente inteligente como para elegir el guion correcto?

—Esa misma pregunta me la he hecho yo mismo cientos de veces. —De nuevo su mágica sonrisa—. La verdad es que ni yo mismo lo sé. Salí de Escocia en el año 1994 para probar suerte y tuvieron que pasar casi cinco años para poder tener la oportunidad de demostrar lo que sabía hacer. Yo he nacido del teatro y, de hecho, fue en Broadway donde recibí el espaldarazo definitivo. Creo que he sido una persona paciente. Cuando un guion llega a mis manos me pierdo entre sus líneas y si por un instante logro olvidarme del mundo y siento cierto cosquilleo en el estómago... ya sabes... esas mariposas de las que todo el mundo habla cuando se está enamorado. —Nuevamente una carcajada—. Pues bien, cuando siento eso sé que tengo que interpretar ese papel. Y me da igual el tipo de historia o de registro, no tiene que ser algo rocambolesco. Las historias más sencillas son aquellas que salen directamente del corazón de quien las escribe y eso lo percibe quien lo lee. Si yo percibo ese sentimiento lucho para llevarlo a la pantalla.

Dado que le entrevistadora se había quedado callada ante sus palabras Liam hizo un simpático gesto.

—Espero haber contestado a tu pregunta. He contestado, ¿verdad? Si no es así, ¿me la podrías repetir?

La periodista Gabriela Marni estalló en una carcajada y Liam aprovechó para beber del vaso de agua que había al lado de su mesa. Con aquel movimiento de cabeza distinguió a lo lejos la figura de una atractiva mujer que salía del pasillo alfombrado que llevaba a la cafetería del hotel. Iba acompañada de otros dos hombres.

—Ha contestado a mi pregunta, señor Wallace. No tendremos que vernos obligados a repetir nada.

—Me alegro —respondió Liam con una graciosa mueca mientras observaba cómo aquella joven acercaba sus pasos hacia el lugar en el que se encontraban.

—¿Cómo se ha sentido al tenerse que meter en la piel de un abogado? ¿Le ha resultado fácil o se ha convertido en un reto más después de reconocer públicamente que en realidad el derecho no era su vocación?

Todo sucedió en cuestión de secuencias de segundos que a Liam le parecieron una eternidad. Detuvo sus pasos a tan sólo un par de metros de él. Lo que venía sospechando desde que la había visto caminar hacia allí se acababa de confirmar. Se trataba de Amy. Se le quedó la boca seca y su rostro cambió radicalmente de expresión. Los tres miembros del equipo de grabación lo advirtieron al igual que Gabriela Marni, personal del hotel e incluso el propio Clyde. Volvió a beber agua para tratar de disimular el ataque de pánico que estaba a punto de entrarle.

—Bueno —carraspeó antes de contestar mientras fijaba su mirada en una preciosa y desenvuelta Amy hablando en perfecto español con un caballero que sería de la edad de su padre— no me ha resultado difícil, era un papel interesante y lo de menos, obviamente, es el detalle de la profesión del protagonista.

El otro caballero que la acompañaba dio un paso hacia delante mientras pasaba la mano por la cintura de Amy. Fijó la vista en la mano de él. Llevaba una alianza. Después desvió los ojos hacía la de Amy que se deslizaba hacia su oreja para retirar parte de aquel mechón rebelde hacía atrás. También la llevaba. Cuando le vio el rostro a aquel individuo, inmediatamente recordó a aquel que la había besado apasionadamente en O'Hare hacía ya más de cinco años. Cerró los ojos en un intento de borrar esa imagen.

—¿Se encuentra bien, señor Wallace? —Gabriela miró en todas direcciones en busca de ayuda. Clyde dedicó una interrogante mirada a Liam.

—Perfectamente, como es costumbre… a veces estoy en el limbo pero ya he vuelto. —Esta vez su sonrisa no fue la misma—. El hecho de que abandonara mi carrera de abogado para dedicarme al cine no significa que odiara lo que hacía. Estudié derecho porque era una opción más segura y práctica que convertirme en actor. Mis padres sólo deseaban que hubiera algo que me respaldara y a día de hoy tengo que estar muy agradecido.

—¿Habría vuelto a ejercer si no hubiera llegado a donde está en este momento?

Amy se despidió del caballero sesentón y al tiempo que su supuesto marido le decía algo, ambos se apartaban de ella para dirigirse al mostrador de recepción. Amy se disponía a seguirlos cuando le llamó la atención la cámara y las luces de grabación. La curiosidad pudo con ella y se acercó un poco más para ver a quién entrevistaban.

—No lo sé —respondía Liam encontrándose con la sorpresa y la alarma en aquellos verdosos ojos que ya no irradiaban el idealismo y la espontaneidad que siempre los habían caracterizado—. Si volviera al momento en el que decidí marcharme a California, no me lo pensaría. Lo haría de nuevo, sin lugar a dudas.

Liam se olvidó de donde estaba. Se olvidó de Gabriela Marni, se olvidó de la cámara, se olvidó de Clyde, se olvidó del personal del hotel y se centró en ella. Se levantó lentamente con los ojos fijos en los suyos. No fue consciente de que Gabriela le estaba diciendo que sólo le quedaban un par de preguntas más como tampoco fue consciente de cómo Clyde lo seguía con los ojos preguntándose qué demonios le estaba ocurriendo. Liam permaneció clavado en el suelo observándola mientras notaba cómo la angustia se apoderaba de él. No advirtió que Clyde había descubierto a Amy y ésta sintió la aprensiva sombra de pavor de sus ojos sobre su nuca mientras daba órdenes al equipo de grabación de que la entrevista había finalizado.

En ese instante en el que Liam decidía avanzar hacia ella, aquel tipo que guardaba cierto parecido a Ralph Fiennes, el del aeropuerto, apareció detrás de Amy. Una vez más tuvo que detener sus pasos.

—Nos están esperando fuera, cariño. Vaya, pero si es el actor escocés ese que te gusta tanto. ¿No vas a pedirle un autógrafo?

Amy desvió sus ojos hacia Clyde. Liam los desvió en su misma dirección para volver a ponerlos en ella y descubrir cómo su expresión había cambiado drásticamente mientras ambos se miraban. Jamás había visto en Amy semejante expresión de odio. En aquel triángulo el doble de Fiennes parecía estar fuera de onda.

—¿Ocurre algo? —preguntó Jorge.

Amy volvió a contemplar la fascinante y al mismo tiempo desoladora imagen de Liam Wallace dirigiéndole una mirada que ni siquiera ella misma habría podido interpretar. Pero algo le decía que él había llegado a comprenderla.

—No pasa nada. Vámonos si no queremos llegar tarde a esa reunión —dijo dándose la vuelta sin mirar a Jorge. Dedicó otra gélida mirada a Clyde que Liam no pudo ver. Liam sólo observó cómo aquel tipo le pasaba el brazo por la espalda mientras ella caminaba a su lado tratando de mantener el tipo.

—¿Se encuentra bien, señor Wallace? —le preguntó el director que se acercaba a él en ese instante—. ¿Algún problema?

—Todo está bien. No se preocupe —respondió amablemente sin desviar sus ojos de la figura de Amy.

—Todo ha salido perfecto —intervino Clyde tratando de disimular el repentino e inexplicable estado de tensión en el que se encontraba—. Puede que Liam haya sufrido algo de bajada de tensión. Han sido tres días demasiado intensos.

Liam contemplaba impotente cómo Amy desaparecía de su vista.

—De veras que todo está bien. No hay de qué preocuparse. Hemos estado encantados de estar aquí. Y ahora, si me disculpa, tengo que hacer un recado antes de partir —dijo Liam mientras Clyde le hacía señas con los ojos rogándole que no lo hiciera—. Ha sido un placer. —Le dio la mano sacudiéndola amigablemente y emprendió el camino hacia la salida del hotel.

—Para este hotel ha sido un auténtico honor haber tenido al señor Wallace entre sus huéspedes. Es muy admirado y querido en Argentina.

Liam dejó de escuchar la conversación que Clyde mantenía con el director del hotel Alvear Palace. Aceleró el paso a través de aquel esplendoroso y enorme vestíbulo hasta llegar a la salida. Una vez hubo traspasado la puerta, echó a correr mirando a sendos lados de la calle. Observó cómo el doble de Fiennes cerraba la puerta de un taxi que acababa de ponerse en marcha. Veía la silueta de la cabeza de Amy.

—Sabes que estoy aquí. Mírame, vamos. Mírame —musitó Liam notando cómo algo en su interior se rompía—. Por favor, hazlo, por lo que más quieras.

Amy giró la cabeza antes de que el taxi desapareciera calle abajo y clavó sus ojos en él como nunca antes había hecho.

Liam contuvo el aliento. Después dejó escapar un doloroso suspiro como para tratar de encajar el golpe que acababa de recibir. Trató de recomponerse antes de regresar a la entrada del hotel para ver cómo Clyde traspasaba la puerta giratoria y se detenía frente a él con semblante irritado. Liam pasó por su lado cabizbajo y en silencio.

—¿Se puede saber qué diablos te pasa? —Estaba realmente cabreado—. Has estado a punto de…

—Basta —interrumpió Liam girándose hacia él con el rostro desencajado y una mirada glacial que le intimidó hasta lo más profundo.

—Liam, escúchame. No…

—He dicho basta —repitió en tono áspero e hiriente mientras cruzaba de nuevo el umbral del vestíbulo del hotel procurando mantener la calma, aunque sabía con certeza que el minúsculo resquicio de esperanza que aún lo mantenía a flote acababa de extinguirse en aquel mismo instante.

# Capítulo treinta y uno

## Londres-Nueva York, 2004-2006

De regreso a Estados Unidos, Liam firmó ante notario la compra del apartamento de sus sueños en la Avenida Madison de la ciudad de Nueva York. Era una ocasión que no podía dejar escapar y Clyde fue el primero en inyectar en su cuenta bancaria una sustanciosa cantidad como ayuda que sabía le sería devuelta triplicada en cuanto su próxima película viera la luz.

El rodaje de *El juicio final* comenzó en la ciudad de Londres a finales del mes de mayo del año 2004. Liam no volvió a hacer mención a lo sucedido en Buenos Aires y Clyde tampoco lo hizo ya que sabía que eso habría sido un tremendo error por su parte. Clyde había accedido a asistir a aquella promoción temiendo que se produjera alguna escena como la que desafortunadamente finalmente tuvo lugar. Jamás imaginó que terminaría cruzándose con ella en una ciudad del tamaño de Buenos Aires. Todavía se le helaba la sangre con el solo hecho de recordar la dureza de la mirada de Liam aquel día. Pero lo que aterrorizó a Clyde fue el odio visceral que emanaba de los ojos de Amy. ¿Acaso sabía lo que había hecho años atrás? Pero si hubiera sido así habría buscado a Liam para revelarle la verdad, ¿no? Clyde sintió cierto alivio cuando supo que ella había rehecho por fin su vida, si bien sabía con certeza que jamás lograría alcanzar la felicidad que habría tenido al lado de Liam. Eso lo había mantenido despierto muchas noches durante los últimos años, pero tenía que pensar que había merecido la pena. Lo había convertido en lo que siempre debió ser y el hecho de que Amy se hubiera marchado tan lejos era la prueba que demostraba que el mensaje había sido captado. Sin embargo, seguía sintiéndose despreciable. Su conciencia no le dejaría descansar en paz hasta que viera con sus propios ojos cómo Liam vencía de una vez por todas el recuerdo imborrable de Amy para lograr alcanzar la felicidad frente a otra mujer.

Con motivo del comienzo del rodaje en Londres, Liam alquiló un pequeño apartamento en el barrio de Kensington con opción a compra. Necesitaba un lugar intermedio entre su Escocia natal y Estados Unidos para asentar un poco sus raíces aunque no tuviera muy claro el lugar al que pertenecía realmente desde hacía mucho tiempo. Fue allí donde comenzó a despuntar en sus juergas nocturnas. Las cosas se pusieron muy negras para Clyde cuando trataba de cubrirle las espaldas. Sabía que llegaría el momento en que ya no podría hacerlo y rezaba para que ese momento tardara en llegar.

Lo que Clyde desconocía era el triste hecho de que Liam ya llevaba muchos meses bebiendo a escondidas, incluso mucho antes de que tuviera lugar el desagradable encuentro en Buenos Aires. Lo llegó a sospechar cuando llegaba tarde al set de rodaje con ojos algo enrojecidos y sombrías ojeras. En principio lo achacó al cansancio y la presión a la que estaba siendo sometido pero, por contradictorio que pudiera parecer, era precisamente en aquellos días en los que tanto Scott como el resto del equipo creían quedarse sin aliento al contemplar su impactante interpretación. Todos comenzaron a pensar que Liam estaba aún más atormentado que el personaje al que daba vida ante las cámaras. En otras ocasiones gritaba sin razón aparente a algún asistente o al mismo director o a cualquier otro que se le pusiera por delante para luego arrepentirse de inmediato de su desacertada reacción, mostrando un sentimiento de culpa en sus ojos que no dejaban lugar a duda de que estaba pasando por una de las peores etapas de su vida.

El regreso a Nueva York tuvo lugar a comienzos de verano para continuar el rodaje que finalizaría a mediados de septiembre si las previsiones seguían su curso. Fue en la ciudad que nunca duerme donde Liam encontró el anonimato que necesitaba para seguir ahogando su paradójica vida de éxitos y fracasos en el alcohol.

Con motivo de la celebración de su trigésimo quinto cumpleaños en uno de los bares de moda de Nueva York, Clyde recibió una llamada de la comisaría de Policía. Liam había sido detenido por conducción imprudente con un elevado índice de alcohol en la sangre.

Pese a las influencias que Clyde ejercía sobre determinado sector de la prensa sensacionalista, no pudo evitar que la noticia terminara filtrándose en algún diario incontrolado. Estaba fuera de sí cuando conducía a Liam hasta la Avenida Madison a las cinco de la madrugada después de haberlo sacado del calabozo y de haber pagado la fianza. Sabía que después de haber permanecido allí varias horas se le había bajado un poco la borrachera. Liam no pronunció palabra hasta que cruzó el umbral de la puerta de su apartamento.

—Puedes volver a casa si quieres —le dijo sin mirarlo a la cara conforme entraba en el vestíbulo—. Ya has hecho todo lo que tenías que hacer.

Clyde cerró la puerta de un golpe obligando así a Liam a girarse hacia él y mirarle a la cara.

—Estas jugando con fuego, Liam.

—Chorradas —le dijo mientras volvía a darle la espalda y se encaminaba hacía el salón.

—Esto es más serio de lo que piensas.

—Oh, vamos. No seas tremendista, no soy ni el primero ni el último al que han pillado con unas copas de más. Eso no me convierte en un delincuente.

—Es una mancha en tu impecable trayectoria y lo sabes.

—Nadie es perfecto. —Se dirigió hasta el mueble bar ante la mirada incrédula de Clyde. Observó atónito cómo abría una botella de vodka.

—Pero ¿te has vuelto loco? —le gritó Clyde reaccionando con rapidez y arrebatándole de las manos la botella—. ¿Se puede saber qué mierda te pasa? Estoy empezando a perder la paciencia contigo. Llevo demasiado tiempo cubriendo tus fechorías y tus desenfrenos. Estoy empezando a hartarme.

—Pues ya sabes dónde está la puerta —le dijo mientras cogía un vaso y lo llenaba de whisky.

—Eres un maldito desagradecido.

—¿Desagradecido? —Esbozó un sardónico gesto—. ¿Podrías aclararme por qué debo darte las gracias? —preguntó con sonrisa mordaz.

—Necesitas ayuda.

—Oh sí, claro. La vieja frase de siempre —dijo bebiendo un trago.

—¿No te das cuenta de lo que estás haciendo con tu vida? Esto va a terminar destruyéndote. Si no eres coherente con tu vida personal, ¿cómo esperas serlo en tu profesión?

—¿Desde cuándo te ha importado a ti mi vida personal? Sólo te ha importado mi maldita carrera porque sabías que un solo triunfo mío te bastaba para llegar donde siempre has querido llegar. No lo niegues.

—Eres un egoísta.

—Tú me has enseñado a serlo.

—No voy a tenerte en cuenta lo que estás diciendo porque no estás en tus cabales.

—Maldita sea, estoy perfectamente. Deja de tratarme como si fuera tu hermano pequeño al que tratas de proteger porque sabes muy bien que no es a mí a quien tratas de proteger. Solo te proteges a ti mismo.

La imagen de Liam en aquellos instantes era un espejismo. Clyde no podía creer que hubiera llegado a aquellos límites.

—Si tanto te disgusta lo que haces, ¿a qué esperas para abandonar? Sé lo suficiente hombre para reconocer que no eres capaz de seguir adelante y olvidar el pasado.

—¿De qué demonios hablas? —preguntó enfadado.

—Sabes perfectamente de lo que estoy hablando. Afronta de una vez por todas que Amy ya está fuera de tu vida. No puedes seguir arrastrándola contigo. Lo quieras o no ella ya no forma parte de esto. ¿No te quedó suficientemente claro en Buenos Aires?

Observó cómo Liam apretaba los labios para no dejar escapar la ira que llevaba dentro. Clyde sabía que le había dado donde más le dolía, pero se había visto obligado a hacerlo si quería que reaccionara.

Clyde se dio la vuelta para dirigir sus pasos hacía la salida pero se giró una vez más.

—Y deja de culpar a los demás de tus inseguridades. Adelante, púdrete en el infierno si es eso lo que quieres.

Cuando Clyde se marchó pudo escuchar el estruendoso ruido del cristal al otro lado de la puerta.

Poniendo como excusa la fase de posproducción de *El juicio final*, Liam rompió por primera vez con la tradición de pasar las fiestas navideñas en Escocia en compañía de toda su familia. No estaba en condiciones de enfrentarse a la normalidad de las vidas de sus seres queridos cuando la realidad de la suya parecía empeorar con cada minuto que pasaba. A pesar de las insistencias de Clyde de que lo mejor que podría hacer en ese momento era precisamente marcharse a Escocia, Liam se negó en rotundo a seguir su consejo.

La noticia de que no regresaba a Callander fue recibida por su familia como un jarro de agua fría. Sabían que algo no iba bien por mucho empeño que Liam pusiera en ocultarlo. Una simple gripe no era pretexto creíble para abandonar esa costumbre. Lo que jamás imaginarían era el hecho de que no sólo los había abandonado a todos aquellas Navidades. Liam no pondría los pies en Escocia durante un doloroso y extenso periodo de tiempo.

No aceptó las múltiples invitaciones que tenía tanto en Los Ángeles como en Nueva York. Izzie O'Balle creyó que lo había convencido para que cenara en Long Island con toda su familia, pero en el último momento le telefoneó diciéndole que no se encontraba bien. Nadie hubiera imaginado que uno de los hombres más admirados y envidiados del mundo del celuloide pasaría aquellas fechas solo y encerrado con sus recuerdos en un lujoso ático de Manhattan.

Había un dicho o refrán que decía que si las cosas iban mal podrían ponerse mucho peor. Los contactos con su familia que habían venido siendo asiduos hasta hacía casi un año, se fueron haciendo cada vez más esporádicos hasta llegar a la total fragmentación de las relaciones. Por supuesto, todo a causa de la negativa de Liam a salir de aquel pozo en el que estaba empezando a hundirse sin permitir que nadie hiciera algo para evitarlo.

Un martes por la noche de finales de febrero del año 2005 Liam recibió una llamada de Edimburgo. Era su hermana Jane. A su madre le habían diagnosticado un cáncer que estaba en una fase algo avanzada, pero los médicos no querían abandonar la posibilidad de una mejora a través de la quimioterapia, si bien Liam sabía de sobra que no se trataba de mejora. En todo caso no era más que una posible prolongación de su vida a muy corto plazo.

Esperó hasta la mañana siguiente para telefonear a su madre. No pudo hacerlo en el momento en que Jane le reveló la triste noticia. Había tomado unas copas de más y no se sentía con las fuerzas suficientes para afrontarlo. Pero sobre todo no quería que su madre notara nada fuera de lo normal.

Se levantó varias veces durante aquella noche hasta que finalmente decidió bajar a la cocina para tomar algo que le hiciera conciliar el sueño. Después tomó el teléfono entre sus convulsas manos y marcó el número de casa. Después de haber escuchado la animada voz de su madre tratando de enmascarar su desoladora realidad hablando de temas que nada tenían que ver con lo que le sucedía, sintió que se partía en dos. No le insistió en ningún momento en la necesidad de que volviera inmediatamente a casa. Su madre lo conocía demasiado bien como para saber que Liam no estaba preparado para algo semejante.

Trató de recomponerse cuando colgó el teléfono. Arrastró los pies por las escaleras que conducían hasta su dormitorio. Entró en el cuarto de baño y se encerró en él. Fue hacia el lavabo y abrió el grifo dejando correr el agua fría durante unos segundos. Después ensambló sus dos manos para llenarlas de agua y arrojarla sobre el rostro. Con los ojos cerrados tanteó el lado derecho del mueble para coger una toalla. Cuando se hubo secado hizo un ovillo con ella y la lanzó al contenedor de ropa sucia. Se apoyó sobre el lavabo con las dos manos mientras se inclinaba hacia delante y levantaba la vista para contemplar su imagen en el espejo. Suspiró profundamente cuando empezó a tomar conciencia de su estado. Estaba al borde del precipicio. Sintió un leve temblor en los labios, seguido de un escalofrío que lo sumergió en una indescriptible tristeza. Entonces, aparecieron las lágrimas.

Υ

Tres días después, Izzie O'Balle paseaba inquieta de una lado a otro de su vestidor en busca de unos malditos zapatos que casaran con aquel traje de color imposible pero adorable de Prada.

—Llegamos tarde —oyó gritar a su marido desde el pasillo—. Ya son las siete menos cuarto.

—Sólo dos minutos, por favor.

Sonó el teléfono.

—¡Ni se te ocurra contestar! —volvió a gritar Miles mientras entraba en la habitación y veía cómo Izzie salía despavorida del vestidor con un par de zapatos Chanel de interminable tacón en tonos grisáceos.

Izzie se calzó los zapatos mientras se acercaba al teléfono a mirar la pantalla.

—Número privado —dijo abriendo un cajón y sacando unos pendientes de perlas.

—Razón de más para no contestar.

Dos o tres timbrazos más hasta que dejó de sonar.

—Lista —dijo mientras cogía su abrigo.

Miles se acercó a ella para besarla.

—Estás preciosa —le dijo.

—Vaya… gracias. —Izzie se inclinó esbozando una sonrisa para coger el bolso que se hallaba encima de la cama cuando su móvil comenzó a sonar. Lo abrió para contestar.

—Otro número privado.

—Vale, es tu móvil personal, poca gente tiene este número. Puede ser importante así que contesta si quieres, pero vamos a ir bajando, ¿de acuerdo?

—No pienso contestar. Si es importante volverán a insistir.

Una limusina los esperaba a la salida de su domicilio en Central Park West. Una vez dentro, el número privado volvió a insistir.

Ambos se miraron.

—Será mejor que contestes —dijo Miles.

Izzie pulsó la tecla de descolgar.

—¿Dígame?

—¿Izzie?

—Sí, ¿con quién hablo? —preguntó aún sabiendo que la voz le era tremendamente familiar.

—Soy Clyde, Clyde Fraser.

—Hola Clyde. —Miles la miró extrañado cuando la escuchó.

—¿Estás en casa?

—No. Miles y yo vamos camino del Moma a la cena anual del Colegio de Arquitectos.

—Siento molestarte un sábado por la noche, Izzie.

—¿Hay algo que pueda hacer por ti?

—¿Sabes algo de Liam?

—¿Liam? —Miles le dirigió otra mirada interrogante.

—Verás, no pretendo ser alarmista pero no hablo con él desde el lunes pasado. No contesta al teléfono de casa ni a ninguno de los móviles. Sé que no está en Los Ángeles, ni en Londres y menos aún en Escocia.

—Ni siquiera ha pasado una semana. Quizás se ha marchado a algún lugar recóndito a pasar unos días de descanso. Sabes que no es la primera vez que desaparece sin dar explicaciones. Es más, creo que no tiene obligación de darlas.

—Lo sé, Izzie. No se trata de eso; me preocupa porque está pasando por una mala racha.

—Eso es evidente, los rumores corren como la pólvora. Ya me he enterado de lo que ocurrió. Yo también traté de contactar con él después de aquello y no me ha devuelto ni una sola de mis llamadas.

—Está muy mal, pero se niega a recibir ayuda.

—Vaya… lo siento. No sabía que estaba llegando a esos límites.

—Sé que vosotros tenéis una relación estrecha con él y por eso pensé que podrías saber algo.

—Siento no poder ayudarte, Clyde.

Se produjo un silencio preocupante.

—Hay tres turnos de conserje en su edificio y los tres me juran que no lo han visto salir de allí desde el martes. No he querido hacer más preguntas para no levantar sospechas y no dar que hablar, pero algo me dice que no ha salido de su apartamento.

De repente se dibujó el terror en el rostro de Izzie porque

había comprendido el alcance de aquel comentario por parte de Clyde.

—Dios mío... ¿no pensarás que...? —No pudo terminar la frase.

—¿Sigues teniendo en tu poder las llaves?

—Sí... había quedado en devolvérselas ahora que iba a pasar más temporadas en la ciudad, pero insistió en que me las quedara por si había alguna urgencia.

—Yo diría que esto merece el calificativo de urgencia.

—Tendría que volver a casa a buscarlas.

—Izzie, siento aguarte la fiesta pero...

—No te preocupes, iré personalmente a comprobar como está. Liam es más importante que la cena de esta noche.

Miles le miró con cara de pocos amigos.

—No sabes cómo te lo agradezco. Por favor, te ruego que me mantengas informado desde el mismo momento en que entres allí.

—Lo haré y...Clyde...

—¿Sí?

—No te preocupes. Seguro que Liam está bien. Sea lo que sea lo que le sucede, le ayudaremos a salir de ésta.

—Eso espero. Gracias Izzie.

—Adiós Clyde.

Cerró el móvil y permaneció varios segundos mirando al vacío.

—¿Qué le ocurre a Liam?

—Cariño, lo siento, pero tendrás que asistir a esa cena tú solo. Tengo que volver a casa para buscar las llaves del apartamento de Liam.

—No pienso ir a ninguna parte hasta que no me cuentes qué sucede.

—Liam está pasando por una mala racha.

—Eso ya lo sabemos todos.

—Es peor de lo que imaginamos. Ya lleva arrastrándolo mucho tiempo. Necesita ayuda.

—¿Dónde está?

—No tengo ni la menor idea. No contesta a los fijos ni a los móviles desde hace varios días. Ninguno de los conserjes de su edificio lo ha visto salir desde el martes. Tiene que estar allí y nosotros somos los únicos que podemos entrar para comprobarlo sin levantar ningún tipo de sospecha.

—Dios, pobrecillo, con lo buen tipo que es.

Miles pulsó el botón para deslizar la mampara que los separaba del chófer.

—Tenemos que volver a casa. No iremos al Moma. Sus servicios han terminado por esta noche, pero le pagaremos la tarifa completa.

—Como desee, señor.

—Podríamos aprovechar la limusina para… —comenzó a decir Izzie.

—Nos tendremos que cambiar —interrumpió Miles— no podemos presentarnos allí vestidos de cocktail y menos aún en limusina. Tendrá que ser una visita como las que estamos acostumbrados a hacer siempre que vamos a verle. Si lo hacemos de esta manera daremos que hablar y eso es lo único que nos faltaba.

—Tienes razón. Lo siento, es que ahora mismo no puedo pensar con claridad.

—Tranquila —dijo cogiéndole cariñosamente la mano—. Va a estar bien. Ya lo verás.

Izzie asintió tratando de convencerse a sí misma de que así sería, pero tenía el horrible presentimiento de que Liam no iba a estar nada bien.


El apartamento de Liam ocupaba casi la mitad de la extensa planta del edificio, concretamente novecientos metros cuadrados de superficie repartidos entre vivienda de dos niveles, terraza, solarium y una minimalista piscina rectangular semicubierta. Había una entrada directa hasta la vivienda desde un ascensor privado aunque la mayoría de sus visitas subían en el que utilizaban el resto de los vecinos.

Pasaban tres minutos de las ocho de la tarde cuando Izzie y Miles traspasaban el umbral de las pulcras y macizas puertas de la residencia neoyorquina de Liam Wallace. Era Carlos quien estaba de turno. Les dirigió una amable sonrisa cuando los vio entrar. Sabía que no hacía falta anunciar aquella visita al señor Wallace. Ambos trataron de aparentar la máxima tranquilidad mientras se encaminaban hacia el ascensor privado. No era la primera vez que Carlos los veía subir en él, así que aquel simple acto no podía considerarse como algo inusitado.

Cuando introdujeron la llave en la ranura y oyeron el *clic* que les indicaba que debían pulsar el botón con las letras PH, ambos se miraron sobrecogidos ante la posibilidad de encontrarse con alguna de las aterradoras imágenes que habían pasado por su mente. La subida se les hizo interminable. Cuando el ascensor se detuvo y las puertas plateadas se deslizaron ante ellos, Miles cogió de la mano con fuerza a Izzie al notar el leve temblor que la invadía.

El silencio era sepulcral. Las lámparas de las mesas del vestíbulo estaban encendidas, pero aquello no era indicador de que Liam se encontrara allí. Siempre solía dejarlas así.

—Hay luz en el salón —dijo Miles soltándola de la mano y encaminándose hacia allí.

Izzie lo siguió hasta que los dos se detuvieron aturdidos ante el descomunal desorden de la estancia. Si algo definía a Liam, además de otras muchas cosas, era su carácter organizado y meticuloso. Pero por allí parecía que hubiera pasado un huracán. Cojines esparcidos por el suelo, latas de cerveza vacías, platos con restos de comida, vasos y botellas, la mayoría de ellas también vacías así como ceniceros llenos de colillas y montones de libros apilados en el suelo junto a algunas cintas de vídeo.

—Dios mío —murmuró Miles.

Izzie se quedó muda cuando se retiró hacia un lado y advirtió una imagen congelada en el televisor. Se acercó hasta la pantalla para poder verla mejor. Miles la persiguió con los ojos y fue hasta donde ella estaba.

Una chica de cabello castaño, piel tostada y preciosos ojos verdes, sonreía a la cámara. Liam, más joven y con un aspecto más bohemio y juvenil pero igual de guapo, la rodeaba con sus brazos desde atrás mostrando una felicidad en su rostro que ni Izzie ni Miles habían visto jamás.

—¿Sabes quién es? —preguntó Miles.

Izzie sacudió la cabeza mientras fijaba su vista de nuevo en las cintas de vídeo apiladas junto al reproductor de DVD y otro de VHS. Se agachó para leer los títulos de cada una de ellas: *Bo-*

*das de plata de papá y mamá, Sesenta cumpleaños de mamá, Navidad 93-94, Fiesta despedida Amy, Las Highlands con Amy. Abril 94, Amy y Liam en San Francisco. Año 94/95.*

Ambos intercambiaron miradas interrogantes, pero no se pronunciaron al respecto.

—Yo iré arriba —dijo Izzie—. Tú echa un vistazo por aquí y por la terraza. No te olvides de la piscina. —Estaba aterrorizada.

—De acuerdo —respondió Miles tratando de disimular el nudo que tenía en su estómago.

A medida que Izzie subía las escaleras comenzó a percibir un tenue ruido que no logró identificar. Cuando llegó arriba se detuvo para concentrar todos sus sentidos en aquel sonido. Se hizo más audible, aunque seguía sin saber de qué se trataba. Conforme se aproximaba al dormitorio de Liam notaba que el ritmo de su corazón comenzaba a acelerarse. Avivó el paso para entrar en la estancia rezando a Dios para que no hubiera ocurrido nada de lo que estaba imaginando en ese preciso instante.

No tuvo tiempo de ver el desorden del lugar porque solo supo que sus pies la llevaron corriendo hacia el cuarto de baño, cuando por fin descubrió que el sonido que venía escuchando desde la escalera era el agua de un grifo. La alarma se disparó en su mente y gritó despavorida el nombre de Miles cuando se encontró a Liam medio desnudo en el suelo de la ducha y con la cabeza sobre el cristal. Un fino reguero de sangre se deslizaba hasta el sumidero.

# Capítulo treinta y dos

—¡*L*iam! ¡Oh Dios santo! ¡Liam! —Deslizó la parte izquierda de la puerta corredera para cerrar el grifo. Se arrodilló a su lado y le palpó el rostro—. ¡Liam, por el amor de Dios, contéstame!—. Le inspeccionó las muñecas, pero no había rastro de ningún tipo de corte. Respiró tranquila cuando le localizó el pulso y advirtió que la sangre que había visto se debía a una pequeña herida que tenía en su brazo.

Miles irrumpió en el cuarto de baño.

—Santo cielo… —masculló agachándose al lado de ambos.

—Tiene pulso. Tranquilo… —dijo leyéndole el pensamiento cuando observó cómo su vista se fijaba en la diminuta hilera roja que había bajo su cuerpo—. Es sólo un corte superficial. Voy a buscar algo para taparlo. Está temblando.

Se levantó para abrir los armarios del cuarto de baño. Cogió varias toallas y un albornoz.

—Liam… —Miles le sujetó el rostro con ambas manos—. Despierta, Liam. Por lo que más quieras, despierta.

Liam entreabrió sus enrojecidos ojos azules. Izzie se arrodilló de nuevo a su lado para taparlo con varias toallas con la ayuda de Miles.

—Oh, gracias a Dios —murmuró Miles cuando contempló cómo lograba abrirlos de nuevo para enfocar su mirada en ambos.

—Miles —musitó a duras penas y volvió a cerrarlos.

—Vamos, cariño. Abre los ojos. No estás solo. Estamos aquí contigo —le rogó Izzie, angustiada—. Sé que no estás en condiciones, pero necesitamos que pongas un poco de tu parte para ayudarte a levantarte de aquí si no quieres pillar una pulmonía.

—Lo siento —murmuró en un débil lamento.

—No pasa nada, tesoro. Miles y yo estamos aquí para ayudarte. Vamos, haz un intento por incorporarte.

El rostro de Liam mostró una mueca de dolor cuando Miles trató de moverlo. Era un peso muerto de un metro noventa de pura fibra. Debía de tener todos los miembros y extremidades entumecidos. Se preguntaron cuánto tiempo había permanecido bajo el agua fría.

—Vamos, sólo un poco más —le animó Miles mientras lograba por fin que Liam pusiera un brazo alrededor de su cuello—. Muy bien, muchacho.

Afortunadamente Miles sólo era un par de centímetros más bajo que su amigo y su forma física era envidiable, así que con otro impulso más y con la ayuda de Izzie, finalmente consiguieron que lograra ponerse en pie.

—Mejor lo llevamos a la habitación de al lado —añadió Izzie—. La suya ahora mismo es una leonera.

Ambos lograron trasladarlo hacia la habitación de invitados. A duras penas se sostenía de pie ayudado por Miles mientras Izzie retiraba el edredón. Miles lo sentó en el borde de la cama para continuar con su tarea de secarlo y hacerlo entrar en calor. Liam se dejó caer sobre el cabecero al tiempo que Miles lo recolocaba poniéndole un par de mullidas almohadas bajo su cabeza.

—¿Podrías buscar algo de ropa interior en su dormitorio? La tiene toda empapada. Y trae un par de mantas más —dijo expresando un deprimido pero templado gesto después de los amargos minutos que acababan de vivir.

Izzie se acercó hasta su esposo y lo besó en la mejilla.

—Jamás voy a olvidar lo que estás haciendo esta noche.

Miles le sujetó la mano apretándosela con fuerza. No hicieron falta las palabras. En un minuto Izzie volvía equipada con todo lo necesario. Miles parecía haber terminado con su tarea de secado y entre los dos lo vistieron con ropa apropiada que le hiciera entrar en calor. Izzie lo volvió a arropar bajo las mantas mientras Miles regresaba al cuarto de baño en busca de signos que indicaran que podía haber tomado algo peligroso. Aliviada al ver que la frecuencia de los temblores de Liam comenzaba a disminuir, observó descorazonada cómo abría los ojos y la boca con intención de hablar pero volvía a cerrarlos cuando lo invadía una nueva sacudida.

—Deberíamos llamar a un médico —dijo Izzie asustada cuando Miles entraba nuevamente en el dormitorio.

—No hay signos de que haya tomado pastillas ni nada por el estilo. Está claro que se ha pasado con el alcohol.

—Podría entrar en coma etílico.

—Si fuera así, ni siquiera habríamos logrado ponerlo en pie.

—Liam —susurró Izzie—. Escúchame atentamente. ¿Has tomado algo aparte de…?

Liam negó con la cabeza.

—De todas formas bajaré y supervisaré la cocina y el salón. Haré un par de llamadas para quedarnos más tranquilos.

—Te lo agradecería.

—Vuelvo enseguida.

Izzie volvió a fijar sus ojos en el abatido y fascinante rostro de aquel escocés que años atrás la dejaba sin palabras en una audición para un casting de su obra *El novelista*. Desde que se había cruzado en su vida se había convertido en el hermano que nunca tuvo y en el mejor amigo de Miles. Nunca supo por qué había sentido esa perfecta sintonía con él. Lo que siempre tuvo claro desde el instante mismo en que tuvo la fortuna de conocerlo, fue el hecho de que Liam se esforzaba sin resultado en negarse a recibir el afecto o cariño de aquellos que mostraban querer dárselo sin esperar nada a cambio. En otras palabras, Liam tenía miedo de entregar sus sentimientos y sólo te dejaba llegar hasta la línea que él ya tenía preestablecida pero, a pesar de ello, la gente lo seguía adorando. Izzie sabía que todo ser humano era producto de las experiencias de su vida y que detrás de aquella línea que nadie había logrado cruzar se ocultaba la verdadera esencia de un Liam Wallace que estaba segura merecía la pena dar a conocer.

Volvió a agitarse bajo las mantas cambiando de posición colocándose de costado. Izzie le frotó varias veces la espalda a través de las mantas procurando darle mayor confort. Liam volvió a entreabrir los ojos.

—Izzie —balbució.

—Estoy aquí —le acarició aquella suave barba de varios días y después el cabello aún húmedo— y no me voy a marchar. Miles y yo nos quedaremos contigo el tiempo que haga falta.

—Yo… no quería…

—Ssshhh —le interrumpió— deja de preocuparte. Yo me ocuparé de todo. No pienses ahora y descansa. Bajaré a prepararte algo caliente, ¿de acuerdo?

Liam asintió cerrando los ojos. Izzie salió de la habitación y bajó hasta la primera planta para encontrarse con Miles que acababa de apagar su móvil.

—Clyde ya está avisado y le he dicho que es mejor que nosotros nos encarguemos de esto. Por lo menos ya se ha quedado más tranquilo. Estaba hecho un manojo de nervios. Le he expuesto la situación a Max y no tiene inconveniente en venir a echarle un vistazo. Va camino del aeropuerto, pero tiene tiempo de sobra así que estará aquí en unos minutos.

Ambos guardaron silencio, impactados todavía por lo que acababan de presenciar.

—Gracias.

—¿Cómo está?

—Ahora mismo descansa. ¿Por qué no te quedas con él arriba mientras yo voy a la cocina a prepararle algo que le asiente el estómago? Y aprovecha para cambiarte con alguna de sus ropas. Tú también estás mojado y no quiero que pilles un resfriado.

—De acuerdo, pero haz tú lo mismo si no es mucho pedir.

Izzie se percató de que Miles tenía razón. Sus tejanos y su camisa estaban empapados.

—Búscame algo por ahí arriba —le dijo esbozando una triste sonrisa.

Miles obedeció dirigiendo sus pasos hacia la escalera.

—Miles.

—¿Sí? —dijo dirigiéndose hacia ella.

—En momentos como estos me doy cuenta de que tomé la decisión correcta.

—Era una aburrida cena a la que no tenía ganas de acudir —dijo sabiendo perfectamente que no era eso a lo que se refería exactamente.

—Sabes que no es…

—Lo sé, lo sé —le dijo acercándose de nuevo y tomando su rostro entre sus manos. La miró de lleno durante unos instantes— pero es que me gusta oírtelo decir.

Izzie esbozó otra frágil sonrisa.

—Tomé la decisión correcta la noche que entré en aquel pub de Glasgow.

Miles la rodeó con sus brazos y la besó susurrándole al oído las mismas palabras que pronunció en aquel lugar hacía tan sólo cuatro años.


—Ha debido de estar tomando algún tipo de tranquilizante o ansiolítico, probablemente Valium, pero no presenta síntomas de ingestión masiva así que podéis estar tranquilos —explicaba Max después de haber examinado a Liam—. Iba a darle B12, pero dado que parece estar estabilizado lo mejor es que tome algo caliente y duerma la borrachera. Le he tomado la temperatura y tiene unas décimas. Os he dejado medicación suficiente. Vigiladle la fiebre porque si ha estado expuesto a ese chorro de agua fría durante mucho tiempo, tiene muchas posibilidades de haber cogido un serio enfriamiento. Si es así y la fiebre sube os recomiendo una visita al hospital.

—Muchas gracias, Max. —Miles le tendió la mano.

—No hay de qué. Llámame siempre que me necesites.

—Te rogamos la máxima discreción —le recordó Izzie.

—Descuida. Creo que es un gran tipo. Cuando todo el mundo lo dice y vosotros estáis aquí a su lado debe de ser por algo. Lástima que haya llegado a esto; espero de corazón que busque ayuda.

—La buscará, Max. Nosotros nos vamos a encargar de que así sea.

Max asintió y se marchó despidiéndose de ambos.


Después de haberle calentado un tazón de caldo de verduras qué Liam logró beber casi entero, Izzie le tomó de nuevo la temperatura para descubrir que el termómetro marcaba treinta y ocho grados. Después de asegurarse de que su sueño era sereno y de que había dejado de temblar, Miles la ayudó a restablecer un poco la limpieza y el orden.

Tardaron casi dos horas en retirar los platos sucios y tirar botellas y latas vacías. Miles se tomó la libertad de arrojar al contenedor de la basura todas las bebidas alcohólicas que había en el mueble bar del salón. Hizo un exhaustivo registro en todo el apartamento así como en el solarium, piscina y terraza donde encontró más envases de los que se deshizo igualmente. Exhaustos, ambos se reunieron en la cocina donde Izzie había puesto el lavaplatos en funcionamiento así como una lavadora. Miles obsequió a Izzie con un delicioso plato rápido de pasta que devoraron en pocos minutos. Era más de la una de la madrugada cuando acabaron de cenar.

—¿Qué vamos a hacer cuando despierte? —preguntó Miles sirviéndole una taza de té.

—Hay que ahondar en el motivo que le ha llevado a esta situación.

—Eso no va a ser tan fácil.

—O nos cuenta qué demonios le ocurre o se lo tendrá que contar a un psicólogo.

—¿Has considerado esa posibilidad?

—¿La de si necesita ayuda profesional? Claro que lo he considerado y va a necesitarla. No voy a parar hasta encontrarle el mejor lugar para salir de esto.

—Pero para eso primero tendremos que lograr que reconozca el problema que tiene. Si no lo hace no vamos a ninguna parte. Ya sabes lo cabezota que es.

—Aquí la cabezonería sobra porque no sólo se está jugando su carrera. También se está jugando la vida y esto hay que frenarlo de alguna manera. Me pregunto cómo vamos a hacerlo.

—Lo conoces desde hace mucho más tiempo que yo. ¿Nunca te habló de la chica del vídeo?

—Jamás.

—Me extraña que no lo hiciera. Has sido como una hermana para él.

—Siempre me ha dado la sensación de que hay una parte de su vida que ha querido dejar atrás por alguna causa que desconozco. Lo que está claro es que Liam no lleva vida de monje.

Un hombre como él puede tener a su alcance a la mujer que quiera, pero algo me dice que ha debido de haber alguien especial. De eso estoy segura; lo que no sé es cuándo, ni cómo, ni dónde. Quizás la chica del vídeo pertenezca a esa parte de su pasado de la que nunca ha querido hablar.

—Me ha parecido muy extraño que en este momento de su vida esté recordando cosas de su pasado. Ya has visto las fechas de las cintas de vídeo. La más reciente es del año 95. Ya ha transcurrido una década desde entonces. Quizás esas cintas puedan decirnos algo.

—Siento decirte que nunca me ha comentado nada al respecto. Y la verdad, no creo que sea buena idea ponerse a fisgonear en todas esas imágenes de su vida. Es algo que probablemente ha guardado para sí durante todos estos años por alguna razón de peso y deberíamos respetarlo.

—Estoy de acuerdo en eso. Lo que está claro es que tú puedes tener más mano izquierda en todo esto que yo.

—Lo haremos bien. Espero que sólo sea una mala racha. Confío en que va a superarlo. Su próxima película lo va llevar a lo más alto y tiene que estar preparado.

—Estás agotada. Creo que deberías descansar un rato. Yo echaré un vistazo a Liam —dijo a medida que se levantaba y le tendía la mano para que le acompañara.

—¿Puedo pedirte un favor? —le preguntó deslizando su mano entre la suya.

—Dime.

—Creo que debería permanecer un par de días aquí con él hasta que encontremos una solución a todo esto. Quiero darle tiempo para sincerarse, pero no lo haré si no te parece buena idea.

—Me parece una idea muy razonable. Si alguien puede sacarlo de esto, ésa eres tú.

—¿De veras que no te importa?

Miles la sujetó por la barbilla dedicándole un tranquilizador gesto para hacerle olvidar la tensión por la que estaba pasando. Sabía lo que Liam significaba para ella.

—¿Por qué habría de importarme? Si has superado la prueba de ver desnudo sin pestañear al hombre con el que sueña la mayor parte de la población femenina del planeta, no tengo nada que temer. Ya has caído en las redes de un escocés. No vas a tropezar dos veces con la misma piedra.

Izzie tuvo que sonreírle y Miles la fundió en sus brazos besándola con firme entusiasmo.

—Volveré a casa para traerte algunas cosas.

—No es necesario que lo hagas ahora. Me las puedo apañar con lo que llevo puesto hasta mañana.

—No tardaré, ahora no hay nada de tráfico. Así te podrás dar una ducha y acostarte con ropa limpia.

—Me parece perfecto. Aprovecha para comentarle a Carlos que el señor Wallace está enfermo y que nos quedamos aquí para cuidarlo. Todas las precauciones son pocas.

—Lo haré. —La volvió a besar una vez más antes de salir de la cocina para ir hacia el vestíbulo.

Cinco minutos después Izzie dirigía sus pasos hacia la planta de arriba. Se detuvo con un sobresalto cuando se topó con Liam al pie de las escaleras.


Tenía una mano apoyada sobre la barandilla. Bajó el último peldaño con lentitud. Llevaba el cabello revuelto y los ojos hinchados después de las casi cinco horas que llevaba durmiendo. Se había puesto un grueso jersey oscuro encima del pijama. A pesar de que su aspecto pudiera parecer totalmente desastroso seguía despertando la misma admiración e inexplicable efecto hipnotizador a la luz de las tenues luces que procedían del salón.

—¿Qué haces levantado? No son ni las dos de la madrugada. Vamos, vuelve a la cama.

—Estoy bien. No te preocupes —le dijo llevándose la mano hacia su enmarañado cabello—. Me duele un poco la cabeza.

Se sentó en el escalón. Izzie se inclinó para tocarle la frente.

—Sigues teniendo fiebre. Iré a por el termómetro. Anda, no te quedes ahí sentado. Ya que te niegas a volver a la cama, hazme el favor de irte al salón. La chimenea está encendida. Después te prepararé algo. Necesitas comer.

—No tengo hambre.

—Me da igual. Comerás de todos modos porque durante estos días sólo has estado engullendo porquerías.

—Vale —protestó levantándose y dirigiéndose hacia el salón.

Izzie tardó un par de minutos en bajar. Se lo encontró echado en el sofá con la mirada perdida. No advirtió su presencia hasta que Izzie puso sobre él un par de mantas.

—Gracias —le dijo mientras observaba el orden restablecido en la estancia—. No tenías que haberlo hecho. El servicio de limpieza está para algo.

—No tiene importancia.

—¿Dónde está Miles? —preguntó con voz queda.

—Ha ido a casa a buscarme algo de ropa limpia. Sí; y no me mires con esa cara. No pienso irme de aquí hasta que me cuentes qué diablos te pasa. —Le destapó y le colocó el termómetro en la mano para que se lo pusiera.

—No me ocurre nada, Izzie. Me avergüenzo de que me hayas tenido que ver así. Me he pasado de la raya, pero te prometo que no volverá a ocurrir.

—¡Oh vamos! Ahórrate esos comentarios porque a mí no me vas a engañar. Descansa y guarda tus fuerzas porque te aseguro que las vas a necesitar.

Liam guardó silencio mientras contemplaba como desaparecía del salón. Volvió pasado un rato con un sándwich y una taza de leche caliente.

—Ya te he dicho que no tengo hambre.

—Y yo ya te he dicho que me importa un bledo que no la tengas porque no me pienso mover de aquí hasta que te lo comas todo. Y tómate también la pastilla.

Liam, viendo que no tenía elección, permaneció callado mientras daba el primer trago de la leche caliente y pegaba el primer bocado al sándwich. Trató de evitar su mirada acusadora en todo momento hasta que acabó con todo lo que había en la bandeja. Luego se deshizo del termómetro. Comenzaba a estar tenso ante aquella situación y no supo cómo disimularlo.

—Treinta y siete y medio —dijo Liam.

Izzie respiró aliviada porque había bajado unas décimas pero, no dijo nada. Acto seguido le retiró la bandeja y se fue hasta la cocina.

—Ya te he dicho que lo siento.

Izzie se detuvo. Tomó aire para después soltarlo y dejó lo

que llevaba en las manos sobre una mesa auxiliar. Se volvió hacia Liam.

—¿Lo sientes?

—Sí, siento que hayáis tenido que verme así.

—¿Crees que con decir que lo sientes basta? ¿Sabes lo que ha pasado por mi mente y por la de Miles cuando hemos entrado en tu casa y hemos visto este desastre? ¿Sabes lo que es preocuparse por ti, llamar y ver que no contestas o que no devuelves ninguna llamada desde hace casi dos meses? ¿Sabes el terror que se ha apoderado de mi persona cuando he entrado en tu cuarto de baño y te he encontrado postrado bajo la ducha?

—Relájate, Izzie. Te equivocas si crees que he intentado lo que estás pensando.

—¿Que me relaje? Maldita sea, Liam, por un instante creíamos que te habíamos perdido. —Se acercó hasta el sofá para sentarse a su lado—. Si te hubiera ocurrido algo jamás me lo habría perdonado, así que no me digas que me relaje porque después de los terribles momentos que nos has hecho pasar, creo que me he ganado el derecho a cabrearme. ¿Está claro?

Liam permaneció callado una vez más. No tenía mucho más que añadir porque Izzie andaba sobrada de razones para decirle todo lo que le acababa de decir. Levantó la vista hacia ella y se armó de valor para confesarle de una vez por todas la verdad.

—Mi madre tiene cáncer y no he tenido las agallas suficientes para hacer frente a la posibilidad de perder a la mujer que me ha dado la vida. Y Amy, la única mujer a la que realmente he querido, me abandonó hace casi diez años sin darme ninguna explicación. Me la encontré en Buenos Aires con su marido.

Esta vez fue Izzie la que se quedó sin palabras. Miles, que acababa de regresar y estaba en el salón, lo había escuchado todo.

Los tres se miraron estupefactos. Entonces Liam dejó que Izzie y Miles cruzaran la línea.

# Capítulo treinta y tres

*T*ranscurridas casi tres semanas de la incesante y desenfrenada actividad que perseguía a todos los galardonados en los Oscar, Liam decidió aparcar a un lado todo asunto relacionado con su trabajo para dedicarse de lleno al motivo de su perpetua ansiedad: Amy.

Después de haber leído aquel manuscrito incompleto la impotencia de la ignorancia lo estaba destrozando. Se pasaba las noches en vela haciéndose las mismas preguntas una y otra vez. ¿Qué ocurrió realmente para que se marchara de aquella forma? ¿Cuál había sido aquel perverso presentimiento revelador que le había llevado a tomar la drástica decisión de apartarse de él de la noche a la mañana? ¿Qué razones le habían llevado a volver a Escocia para tener el valor de enfrentarse al odio visceral que su familia sentía hacia ella después de todo lo sucedido? ¿Qué les había contado para que de repente todos estuvieran de su parte? ¿Por qué le había dejado aquel manuscrito inacabado trasladándole a él la responsabilidad de recomponer dos vidas extraviadas y dos corazones hechos añicos? Y la pregunta que lo seguía martirizando: ¿Había habido un solo día durante estos once años en el que no hubiera dejado de pensar en él como él había pensado en ella?

Sin poder evitarlo sus pensamientos se trasladaron de nuevo a aquel fatídico día que su mente había tratado de arrinconar una y otra vez sin haberlo logrado. Había telefoneado varias veces aquella mañana a su despacho, pero no obtuvo respuesta alguna. Sólo continuas evasivas por parte de Marta.

Después del mediodía aprovechó su hora para almorzar y se dirigió a las oficinas de Murray & MacBride.

Según palabras de Marta, Amy había salido hacía cinco minutos a atender un caso de última hora. Liam sabía que estaba mintiendo así que, sin permiso previo, se encaminó hacia la puerta de su despacho a pesar de las advertencias de Marta. Efectivamente, Amy no se encontraba allí. Ofuscado, salió corriendo del edificio para reanudar su jornada laboral. Eran casi las seis de la tarde y Amy no le había devuelto ni una sola de sus llamadas. Aquello no era normal en ella. Se resignó y dejó de darle vueltas al tema mientras finalizaba varios informes antes de marcharse a casa. Era el día de su cumpleaños y quizás le estaba preparando una sorpresa. Sí, seguro que se trataba de eso. Menudo imbécil, ¿cómo no se le había ocurrido antes?

Sin embargo, lo que se encontró cuando llegó a casa, desde luego, fue toda una sorpresa. Una sorpresa que lo dejaría marcado de por vida. Lo primero que hizo fue abrir el armario del vestíbulo donde ambos colgaban siempre sus ropas de abrigo al llegar. Había dos perchas vacías en las que faltaban dos prendas de Amy. Al momento echó en falta más cosas que solían estar guardadas en ese armario. En efecto, faltaban dos maletas. Un pequeño temblor lo invadió, pero volvió a calmarse. Conociéndola, seguramente habría planificado algún viaje y no le había dicho nada. Sin pasar por la cocina ni por el salón, se encaminó con paso más tranquilo por el pasillo hasta el dormitorio que ambos compartían.

Abrió su armario. No faltaba nada. Después el de Amy. No podía creerlo. Estaba prácticamente vacío. Se sentó al borde de la cama y miró a su alrededor. Entró en el cuarto de baño. Si se trataba de una broma, no tenía ninguna gracia. Los objetos de aseo de Amy que se hallaban apilados en el lado derecho de la encimera de mármol del lavabo también habían desaparecido. Asustado y con una sensación de inaudita aprensión fue hasta la cocina. Aparentemente todo estaba en el mismo estado en el que la habían dejado aquella mañana antes de salir. Sus ojos se desviaron hasta el frigorífico. Un imán del monumento a Walter Scott sujetaba una hoja tamaño cuartilla escrita a mano por Amy.

Retiró el imán para leer la nota.

No sé por dónde empezar, Liam. Sólo sé que hoy se han derrumbado todos los castillos que estaba empezando a construir. Quizá porque eran castillos en el aire. He deliberado durante horas esta decisión y si te soy sincera, jamás pensé que tendría la osadía ni la determinación suficiente para llevarla a término.

Aunque creamos estar mirando en la misma dirección no es así. Hemos querido hacer compatibles nuestras aspiraciones con la mejor de nuestras intenciones, pero sin darnos cuenta hemos tomado atajos desacertados para llegar antes a la meta señalada. Yo abandoné hace tiempo la meta por voluntad propia, pero en ningún momento quise que tú lo hicieras. La diferencia estriba en que creo más en ti que en mí misma y eso es como caminar sobre una cuerda. Cuanto mayor es la confianza plena más posibilidad hay de que se tense la cuerda. Y ahí está el error. Una vez quebrada la confianza, la cuerda se deshace. Hoy mi confianza ha quedado completamente despedazada.

Necesito apartarme de ti, Liam, al igual que tú necesitas apartarte de mí. Necesito saber si soy capaz de respirar sin ti incluso sabiendo de antemano el dolor que me produce el solo pensamiento de perderte. Puedo cerrar los ojos a la realidad, pero no puedo cegar mi alma. Me marcho de San Francisco. El apartamento está pagado hasta final de año. Puedes quedarte en él si lo deseas. No trates de contactar con mi madre, nuestros amigos o mi círculo de trabajo para encontrarme. Nadie sabe las razones de mi marcha. Si todos han respetado mi decisión, espero que tú también lo hagas. De hecho, puede que en el futuro me lo agradezcas.

Me marcho de esta forma porque a pesar de todo, no tengo el coraje suficiente para decirte adiós.

Amy

Una parte de Liam Wallace se apagó aquel 23 de noviembre de 1995. Para Emily MacLeod, la madre de Amy, supuso un auténtico suplicio el verse obligada a silenciar la verdad. Dos días después presentó su dimisión en el U.S. Bank y, transcurridas dos semanas en las que había puesto patas arriba la ciudad de

San Francisco para encontrarla, se trasladó a la ciudad de Los Ángeles para comenzar, sin aún saberlo, una vertiginosa carrera como actor a la vez que una desastrosa vida personal.

La puerta de la todavía escueta biblioteca de Scottish Green se abrió de repente, haciéndolo volver a la realidad. Clyde permaneció en el umbral de la puerta con una pequeña carpeta de plástico en sus manos. No tenía muy buen aspecto y su cara estaba tan pálida como la pared.

—Creí que volverías a darme largas con mi petición. Llegas tarde —le dijo Liam levantándose de su asiento y rodeando la mesa. Se apoyó en el extremo con semblante serio mientras esperaba a que Clyde se acercara a entregarle el esperado informe al que parecía estar dándole tantas vueltas.

Clyde sintió que su frente comenzaba a transpirar. Él mismo había cavado el agujero de su tumba hacía casi once años y ahora estaba a punto de caer en él. Había tratado de posponer aquel asunto demasiadas veces durante las últimas semanas y Liam había terminado encolerizado jurándole que si le estaba escondiendo alguna verdad por dura que fuera tenía que saberla o tendría que atenerse a las consecuencias.

Curiosamente, el «día del juicio final» había llegado para Clyde de una forma completamente distinta a la de Liam. Allí estaba imponente y respetuoso como el caballero escocés que siempre sería, observándolo con rostro temeroso a la vez que desafiante.

Clyde se acercó hasta la mesa y dejó sobre ella aquella trágica sinopsis de la vida de la mujer a la que no había logrado olvidar.

—Antes de todo quiero dejarte claro algo —le dijo con voz queda.

—Adelante —respondió Liam impaciente.

—He cometido algunos errores cuestionables y quizás imperdonables desde el punto de vista ético a lo largo de todos estos años. Pero para que unos ganen otros tienen que perder, Liam. Así es la vida. Te has convertido en el mejor actor que se recuerda desde hace mucho tiempo. Los mejores directores, guionistas y productores besan el suelo que pisas. Eres el número uno. Eso es lo que quise hacer de ti aquel día cuando te vi actuar en el Traverse y lo he conseguido. No voy a pedir tu perdón porque sé que jamás podrás perdonarme por lo que os hice.

—¿De qué estás...? —Se levantó de inmediato interrumpiéndolo.

—Déjame acabar por favor. En esa carpeta te presento mi dimisión.

—¿Dimisión? ¿Te has vuelto loco?

—Dentro de un rato compartirás esa decisión. Es más, habrás deseado no haber tenido el infortunio de haberte cruzado conmigo en tu vida.

Liam estaba empezando a perder la serenidad.

—¿Por qué no vas al grano y me dices de una maldita vez eso que no te atreves a decir?

—Estaré arriba para contestar a todas tus preguntas —dijo dándose la vuelta y encaminándose hacia la puerta.

—No irás a ninguna parte. —El tono helado de la voz de Liam lo dejó totalmente paralizado—. Quiero saberlo todo y quiero saberlo ahora.

Clyde permaneció breves segundos dándole la espalda, segundos que a Liam se le hicieron eternos. Cuando se volvió de nuevo hacia él, Liam advirtió la mirada atormentada de Clyde.

—Haz las preguntas que desees —le dijo después de haberse aclarado la garganta.

—¿Sabes la razón por la que Amy me dejó?

Clyde suspiró y dirigió su mirada hacia la mesa.

—Mira el sobre amarillo que hay dentro de la carpeta y obtendrás tu respuesta.

Liam no se movió durante unos segundos. Luego se dio la vuelta para tomar la carpeta en sus manos e hizo lo que Clyde le pidió. Cuando deslizó el contenido sobre el cristal de la mesa sintió un inexplicable mareo seguido de una espeluznante sensación de náusea. Tuvo que buscar apoyo para no perder el equilibrio.

—Dios santo... —consiguió decir—. ¿Qué significa...? ¿Esto... esto es algún tipo de montaje? ¿Qué demonios...?

—No es un montaje. Las fotos son reales. Lo único que no se descubre en la imagen es que tú estabas completamente drogado.

—Jamás he tomado drogas. Durante un tiempo me pasé con el alcohol pero de ahí a meterme otro tipo de cosas, jamás, te lo juro.

—Lo sé, Liam. Fue la chica de la foto la que lo hizo, previo pago por mi parte.

Liam volvió a mirar detenidamente la imagen. Aquello era una habitación de hotel. Jamás había mantenido relaciones sexuales fuera de sus lugares de residencia, ya fuera Londres, Nueva York o Los Ángeles. Había sido lo suficientemente prudente como para no caer en redes de ningún tipo de chantaje. Fijó su mirada en el decorado de la habitación. Había estado en ese hotel en varias ocasiones para almuerzos o cenas de trabajo. Pero sólo una vez durmió en una de sus habitaciones y de eso hacía mucho tiempo. A juzgar por su aspecto, aquella foto era bastante antigua. De pronto recordó con nitidez aquella noche en el bar del Beverly Wilshire, su discusión con Clyde horas antes por su negativa a la firma del contrato para un rodaje en China porque no quería estar lejos de Amy durante tanto tiempo, aquella joven que apareció de repente para compartir varias copas con ellos. Recordó que empezó a sentirse mareado y que ambos insistieron en llevarlo a su habitación. A la mañana siguiente se había levantado con un terrible dolor de cabeza que había creído era fruto de una resaca. No recordaba absolutamente nada. De repente comprendió y acto seguido dirigió una sombría mirada a Clyde.

—¿A quién enviaste estas fotos? —preguntó sabiendo de antemano la respuesta.

—Amy las recibió en su despacho el 23 de noviembre de 1995.

Liam cerró los ojos apretando los labios en un intento de controlar su ira. Un terrorífico escalofrío le recorrió la espina dorsal. Estrujó una de las fotos con una de sus manos mientras que con la otra comprimía su deseo de linchar a aquel desgraciado que había destrozado su vida.

—¡Maldito cabrón de mierda! —Se fue directo hasta él agarrándolo con violencia por la solapa de su americana de ochocientos dólares hasta que lo inmovilizó estrellándolo contra la pared. —¿Cómo has podido hacerme algo así? Eres un desgraciado egoísta sin escrúpulos. —Los ojos de Liam centelleaban de rabia a medida que levantaba su puño dispuesto a machacar a Clyde allí mismo.

—Si no te hubiera apartado de ella no habrías llegado nunca adonde estás ahora.

Liam detuvo su mano en el aire para volver a sujetarlo y zarandearlo, golpeándolo nuevamente contra la pared.

—Nadie te pidió que me convirtieras en lo que soy. Apartaste de mi vida a lo que más quería. —La rabia que desprendían sus ojos terminaron convirtiéndose en una terrible expresión de abatimiento y desesperación—. Le hiciste creer que no me importaba. ¿De qué me ha servido ser el número uno? ¿De qué me sirve todo lo que tengo si no he podido tenerla a ella?

—Podías haber tenido a cualquier mujer. Llegué a pensar que te olvidarías de ella en cuanto empezaras tu camino hacia el Olimpo.

Liam lo soltó bruscamente y le dio la espalda. Estaba a punto de explotar.

—Pero no fue así. Sabías que no era así y sin embargo no te molestaste en decirme la verdad.

—Cuando pensaba confesártelo, Amy ya había empezado a encauzar un poco su vida. No tenía derecho a inmiscuirme.

—Tampoco tuviste derecho a inmiscuirte en nuestras vidas en aquel momento y, sin embargo, lo hiciste —le dijo con una gélida mirada volviendo a encararse con él.

—Lo que he hecho es imperdonable, Liam. Me siento un ser despreciable y el tiempo que me quede, sea mucho o poco, tendré que aprender a vivir con el castigo de no haber sabido ser lo suficientemente humano como para ver lo que en su momento no vieron mis ojos. Dos excelentes personas que sólo querían estar juntas. Quizá yo tendría que amar o haber sido amado para comprenderlo.

Liam se encaminó hasta la ventana tratando de mantener la compostura. Guardó silencio durante unos segundos antes de hacer la pregunta clave.

—¿Ha sido feliz? —Su voz sonó hueca.

—Después de haber vivido durante más de tres años en Chicago con Jorge Stich, ambos contrajeron matrimonio civil en San Francisco en el año 2001 antes de partir hacia un nuevo futuro en la ciudad de Buenos Aires.

—No has respondido a mi pregunta —añadió sin volver el rostro hacia él.

—En el año 2002 fueron padres de una niña y ahí comenzaron los problemas.

Esta vez Liam se enfrentó a la desterrada mirada de Clyde.

—¿Problemas?

—Parece que fue un desliz. Él no quería tener hijos, pero Amy siguió adelante con el embarazo. Tuvo una preciosa niña llamada Leah. —Clyde se detuvo unos segundos para que Liam asimilara lo del nombre de aquella niña, muy parecido al suyo—. Amy terminó refugiándose en el cuidado de su retoño y empezó a dejar de lado su profesión y su matrimonio. Tengo entendido que su marido ni siquiera estuvo con ella el día del nacimiento de Leah. Estaba de viaje de negocios.

—Dios mío… —murmuró Liam dolido por las penalidades por las que se había visto obligada a pasar.

—Ella regresó a San Francisco para trabajar a finales del año 2004. Solicitó el divorcio y su marido, herido en su ego masculino por haber sido abandonado por una mujer como Amy, comenzó la batalla legal por la custodia de Leah.

—Pero si se supone que no la quería… —añadió Liam horrorizado.

—A principios de febrero de este año el juez dictaminó la custodia a favor de Amy, pero estableció un periodo de visitas de dos meses durante el verano para que Leah estuviera con su padre en Buenos Aires. Amy se derrumbó por completo y aquel mismo día visitó a Jorge en la casa que habitaba durante sus visitas a San Francisco para rogarle una vez más que desistiera de aquella locura por el bien de la niña. Discutieron y Amy se llevó a su hija con ella bajo amenazas de denuncia por parte de Stich. Esa noche hubo una terrible tormenta y el vehículo de Amy se salió de la carretera.

Liam estaba aturdido. No daba crédito o lo que acababa de escuchar. Estaba aterrado por el silencio repentino de Clyde. Su cólera volvió a invadirlo. Clyde, viendo que Liam pensaba lo peor, continuó.

—Amy se salvó, pero su hija falleció de camino al hospital. Cuando recibió la noticia entró en estado de conmoción. Aunque se ha recuperado milagrosamente de todos los daños físicos sufridos, no logra levantar cabeza por la pérdida de su hija. Se siente culpable y está en un estado de abstracción permanente. Apenas habla y nadie ha logrado hacerle recordar lo ocurrido. Dicen que es posible que haya sufrido algún tipo de amnesia temporal, algo muy corriente en estos casos. Ahora esta ingresada en Oak Creek.

—¿Oak Creek? —Liam tenía la boca seca y no podía pronunciar palabra.

—Tienen un programa especial para gente que ha sufrido alguna pérdida traumática. Están muy avanzados en ese tema. Tienen a los mejores psicólogos del país.

—Dios mío, Clyde, ¿qué es lo que has hecho? —le preguntó mientras sacudía la cabeza como signo de desesperación e incredulidad.

—No pensé en las consecuencias de mis actos. Jamás habría imaginado que iba a suceder algo semejante.

—No sólo has destrozado mi vida. Has estado a punto de acabar con la suya, si es que no lo has hecho ya. —Si las miradas mataran Liam lo habría liquidado en aquel mismo instante. Se apoyó sobre la esquina de la mesa destrozado por lo que acababa de escuchar—. Haz un comunicado de prensa diciendo que temporalmente me retiro del mundo de la interpretación para atender un asunto familiar de suma importancia. Cuando lo hayas hecho quiero que desaparezcas. —Su voz sonaba fría como un témpano de hielo—. Mis abogados se pondrán en contacto contigo para zanjar tu participación en la productora.

Clyde permaneció de pie en silencio esperando a que Liam se dignara a mirarlo por última vez a la cara.

Y lo hizo. Una mirada que jamás podría olvidar.

—Márchate, por favor.

# Capítulo treinta y cuatro

*D*espués de más de una década probó suerte y marcó el número de teléfono de Emily MacLeod. No obtuvo respuesta, pero sí pudo escuchar su voz en el contestador automático. El dolor de cabeza lo estaba destrozando. Sintió que se desintegraba por momentos mientras se encaminaba hacia la cocina en busca de una pastilla para tratar de calmar aquel dolor.

Leyó detalladamente, una y otra vez, lo que Clyde le había redactado en aquel informe. Se metió en la ducha para tratar de despejar su mente y empezar a planificar sus siguientes movimientos. Habría optado por haberse afeitado la incipiente barba que volvía a hacer acto de presencia como signo de identidad, pero finalmente no lo hizo. Se puso una camisa blanca y unos tejanos. Se preocupó de preparar una pequeña maleta con lo necesario porque, a pesar de que no sabía a ciencia cierta con lo que se iba a encontrar, estaba claro que tendría que alojarse en San Francisco. Tuvo en sus manos el manuscrito y su corazón le dijo que debía llevarlo consigo. Cogió las llaves de su Audi Q7 y salió por la puerta de atrás hacía el garaje, dispuesto a recorrer los casi seiscientos kilómetros que lo separaban de Amy. Esperaba que Clyde hiciera el comunicado lo antes posible. Lo único que le consolaba en aquel instante era que en Oak Creek su intimidad estaría salvaguardada.

La frondosidad de los jardines que rodeaban aquel lugar tenía más semejanza con un hotel de lujo que a lo que era realmente. Redujo la velocidad para acceder a la carretera secundaria que conducía al edificio principal de Oak Creek. Cuando se encontró frente a unas verjas altas de hierro rodeadas de cámaras de seguridad supo que su entrada en aquel lugar iba a ser más complicada de lo que creía. Confiaba en que su popularidad le sirviera de algo. Alguna de las cámaras debió detectar su llegada porque en ese momento una sosegada voz masculina le habló por los altavoces.

—Buenos días, bienvenido a Oak Creek. ¿En qué puedo ayudarle?

Liam abrió la ventanilla de su vehículo para hablarle al micrófono que quedaba a su altura.

—Buenos días. Vengo a hacer una visita a Amy MacLeod.

—Su nombre, por favor.

—Liam Wallace.

La voz al otro lado debió pensar que se trataba de una broma o quizás se trataba de alguien que curiosamente se llamaba igual que el actor escocés.

—¿Ha dicho usted Liam Wallace?

—Sí, efectivamente.

—Disculpe, señor Wallace, pero su nombre no se encuentra entre las personas autorizadas para visitar a la señorita MacLeod.

—Soy un viejo amigo de la familia. He tratado de contactar con Emily MacLeod, su madre, pero no contesta al teléfono.

—Me consta que la señora Emily MacLeod se encuentra aquí en estos momentos.

—Le agradecería que contactara con ella para que diera fe de que soy un amigo de la familia. Estoy seguro de que autorizará mi entrada. ¿Podría hacerme ese favor?

Un corto silencio.

—Tendrá que esperar —respondió finalmente.

—Puedo esperar. Le aseguro que tengo todo el tiempo del mundo.

—De acuerdo. Un momento, señor Wallace.

—Gracias.

Si alguna de las cámaras había enfocado su rostro, imaginó el revuelo que se debía haber formado al otro lado de aquellas verjas. Consultó el reloj en varias ocasiones. Habían pasado casi diez minutos cuando volvió a escuchar la suave voz.

—¿Señor Wallace?

—Continúo aquí, dígame.

—Puede pasar a visitar a la señorita MacLeod.

—Gracias.

Cuando las verjas se abrieron dejándole paso comenzó a sentir de nuevo la inquietud. Esa confianza en sí mismo que siempre le había caracterizado en su vida profesional parecía haberse esfumado para dar lugar a la más pesimista de las dudas.

El edificio que albergaba aquella distinguida institución era una mansión de estilo sureño. Conforme iba caminando hacia las escalinatas que le llevarían hasta el interior se fijó en la asombrosa serenidad que se respiraba en el ambiente. Había grupos de paseantes, que supuso que serían pacientes con sus familiares, así como pequeños equipos formados por cuatro o cinco personas que realizaban diversas actividades bajo la atenta supervisión de sus médicos, psicólogos o monitores. Nadie había advertido su presencia hasta que cruzó el umbral de la entrada principal y una mujer menuda de mediana edad se dirigió hacia él.

—Señor Wallace, acompáñeme por favor. Soy la doctora Haines —dijo tendiéndole la mano tratando de no dejarse amilanar por tan ilustre y portentosa presencia.

—Es un placer, doctora Haines. Le agradezco que me haya recibido sin cita previa.

Liam la siguió por un largo pasillo en el que se sintió objeto de todas las incrédulas y desconcertantes miradas de aquellos que se cruzaban a su paso. Haines sacó una tarjeta del bolsillo de su bata blanca y la pasó por una ranura que había junto a aquella puerta. Cuando ésta se deslizó ante ellos, Liam la siguió al interior de un agradable despacho con unas bonitas vistas.

—Tome asiento, por favor.

Liam obedeció y se sentó en un cómodo sillón de cuero frente a la gruesa mesa de roble que le separaba de Haines.

—Bien, señor Wallace. Sobra decir el revuelo que ha causado su presencia en este lugar.

—Espero no haber provocado ningún contratiempo.

—Con usted se ha seguido el mismo protocolo que con el

resto de visitantes. Tanto nuestros pacientes como sus familiares y todo el personal que presta sus servicios en este lugar están obligados a respetar unas reglas basadas en el total respeto a la intimidad. Eso es algo que se cumple a rajatabla, se lo aseguro. Así que si usted cumple de la misma manera, estoy segura de que no vamos a tener ningún problema.

—Entiendo.

—Supongo que estará al corriente de todo lo sucedido a Amy MacLeod.

—De casi todo, creo. Después de más de diez años se me puede haber escapado algo, pero si se refiere a lo del accidente y lo de… —por un momento pensó que no podía continuar— la pérdida de su hija, sí, estoy al corriente.

—En ese caso es consciente del estado de conmoción emocional en el que se encuentra. Sufre una amnesia temporal probablemente provocada por el trauma sufrido. Apenas se comunica y no expresa emoción alguna.

—¿Es consciente de la pérdida de su hija?

—Sí, lo es. Repasa sus fotos en el jardín una y otra vez todos los días. Las enseña a otros pacientes y a los médicos. Sonríe cuando las muestra, pero después se echa a llorar.

—Dios mío… —musitó Liam mostrando un terrible dolor en sus ojos que no pasó desapercibido a la doctora.

—Emily MacLeod me ha confesado que hace muchos años que no tiene contacto con su hija.

—Es cierto.

—¿Y a qué se debe esta repentina visita, señor Wallace? Siento ser así de directa, pero me veo obligada a hacerle la pregunta.

—¿Va a seguir a rajatabla la regla del total respeto a la intimidad?

—Por supuesto.

—Entonces le diré que vengo a recuperar los diez años perdidos.

Emily cruzó el umbral de la puerta de aquella sala con mirada atónita ante la visita que le esperaba. Liam se levantó inmediatamente de su asiento quedándose sin palabras. Había tanto que decir y, sin embargo, no fue capaz de articular sonido alguno.

—Clyde me mandó una carta confesándomelo todo —murmuró Emily con la mirada de una madre inconsolable que ve cómo su única hija se hunde en un pozo sin fondo—. Sabía que tarde o temprano vendrías a buscarla. No me equivoqué contigo.

Liam se acercó a ella vacilante y la tomó en sus brazos. Los dos lloraron por dentro, recluidos cada uno en su propio sufrimiento.

—Tengo que verla, Emily —le rogó visiblemente turbado.

—No te recuerda.

—Cabe una posibilidad de que lo haga.

—Es posible. No lo sé, pero tengo fe en el hecho de que si hay alguien que puede sacarla de ese pozo en el que se está ahogando poco a poco, ése eres tú.

—¿Cómo puedes estar tan segura de algo así?

—Porque durante su estancia en el hospital lloró cuando le dedicaste el Oscar.

A Liam se le atravesó un nudo en la garganta. Se sintió confortado, pero prefirió no abrigar falsas esperanzas.

—He venido para quedarme y esta vez no voy a dejar que se marche.


La habitación de Amy tenía un precioso balcón con vistas a los jardines y al pequeño lago artificial que los rodeaba. Allí estaba ella sentada sobre un sillón de madera con cojines de suaves colores sujetando un libro entreabierto entre sus manos mientras miraba al vacío. Sólo podía ver su perfil. Llevaba el cabello suelto y algo más largo de lo que recordaba. El psicólogo que la atendía en ese momento la llamó para captar su atención.

—¿Amy?

Amy giró la cabeza hacia la voz que le hablaba y entonces Liam pudo verla al completo. Parecía como si el tiempo se hubiera detenido, como si jamás hubiesen pasado aquellos largos años en los que ambos se habían estado haciendo las mismas atormentadas preguntas de respuestas sin sentido. Seguía estando preciosa, aunque su rostro se mostrara ojeroso y apagado y la luz de aquellos ojos verdes que recordaba hubiera desaparecido.

—Amy, tienes una visita. Alguien muy importante ha venido a verte —le dijo el doctor Smith.

Amy fijó la mirada en Liam durante breves segundos en los que el mismo Liam creyó que iba a desmayarse. Pero fue sólo eso, una mirada que no expresaba nada. Sintió una punzada de dolor en el pecho, pero no era un dolor físico. Era mucho peor.

—De acuerdo —dijo en un hilo de voz. Después volvió a fijar la mirada en el libro que tenía sobre su regazo y lo cerró.

El doctor Smith se dirigió a Liam.

—No se precipite, por favor, tenga paciencia. Si me necesita estoy en la habitación de al lado. Sólo tiene que pulsar este timbre. Y por favor, no la deje sola en ningún momento.

—No se preocupe. Lo tendré en cuenta. Gracias.

—Buena suerte, señor Wallace.

Se quedó a solas con ella. Durante muchas noches en vela había imaginado mil y una maneras de haberse reencontrado. Jamás imaginó que cuando lo hiciera no iba a ser capaz de reconocerlo.

Se encaminó indeciso hasta la terraza. No supo si tomar asiento a su lado porque observó que había vuelto a abrir su libro disimulando probablemente seguir enfrascada en su supuesta lectura. De pronto sintió calor y se deshizo de la chaqueta. Optó por apoyarse contra la barandilla mientras esperaba a que levantara la mirada de su libro. Sabía que tarde o temprano lo haría y no se equivocó. Aprovechó ese instante para romper aquel angustioso silencio.

—¿Puedo preguntarte qué lees?

Amy mantuvo la vista fija en el mismo lugar durante un fugaz momento antes de desviarla en su dirección.

Liam reprimió el deseo de lanzarse sobre ella y acogerla en sus brazos. Estaba sufriendo lo indecible viéndola allí tan cerca de él y al mismo tiempo más lejos que nunca, tan desamparada y sin poder hacer nada para remediar su dolor.

Amy lo miró directamente a los ojos y, por un momento, Liam percibió cierto brillo de esperanza, como si su cerebro hubiera despertado durante una milésima de segundo. Pero ese brillo que él creyó haber visto fue sólo un espejismo. De nuevo se dedicó a su novela.

—¿A qué has venido? —le preguntó sin haber respondido a su pregunta.

—Lo creas o no, necesitas hablar y a mí me apetecía charlar contigo, pero si no te apetece me puedo marchar. —Liam se retiró de la barandilla acercándose hasta la silla para volver a coger su chaqueta. Pensó que así la haría reaccionar, pero se equivocó porque ni siquiera se dignó a mirarlo. Desolado dirigió sus lentos pasos hacia la habitación.

—Robert Burns —dijo de repente.

Liam se detuvo aliviado. Se giró hacia ella que en ese momento se dedicaba a acariciar las páginas de aquel libro.

—«La historia es cuestión de supervivencia. Si no tuviéramos pasado, estaríamos desprovistos de la impresión que define nuestro ser. […] Si nos fuera dado el poder de vernos como nos ven los demás, de cuántos disparates y necedades nos veríamos libres.» —le recitó Liam sin dejar de mirarla a los ojos.

Sorprendentemente, Amy reaccionó con ojos repletos de asombro ante aquellas palabras. Acababa de leer aquella frase justo aquella mañana y ahora la escuchaba en boca de aquel hombre de bonita voz y fascinantes ojos.

—¿*Poesía y canciones populares*? —le preguntó mientras volvía a entrar en la terraza.

Amy asintió y volvió a rehuir su mirada.

—¿Quién eres? —preguntó.

—Soy Liam Wallace —esperó alguna reacción, pero una vez más su esperanza se desvaneció— y he venido a ayudarte.

Esta vez Amy se levantó de su asiento y se dirigió a la balaustrada dándole la espalda.

—Nadie puede ayudarme —dijo en un débil susurro.

Liam permaneció detrás de ella, impasible y aparentemente entero pese a estar muriéndose por dentro.

—Te equivocas, Amy.

—No sabes nada de mi vida, una vida que ni yo misma soy capaz de recordar.

—Vuelves a equivocarte.

—No necesito ayuda. Quiero estar sola, por favor. ¿Por qué

nadie puede entenderlo? —Empezó a temblar y Liam supo que estaba llorando. No podía soportarlo más.

—La Amy que yo conozco nunca habría dicho algo semejante. Habría pedido ayuda y, en vez de querer estar sola mientras llora, habría querido que la abrazaran.

Amy no se movió. Permaneció inalterable e inexpresiva.

—Tú no me conoces —le dijo.

—En ese caso tendrás que darme la oportunidad de hacerlo.

—Necesito tiempo —murmuró confundida y conmovida después de haber escuchado las palabras de aquel individuo.

—Tenemos todo el tiempo del mundo. No me voy a ir a ninguna parte —le respondió Liam posando una mano sobre su hombro. Notó cómo se estremecía bajo su contacto, pero no se volvió hacia él ni lo rechazó.

—¿Quién eres en realidad?

La pregunta sorprendió a Liam. ¿Acaso había recordado algo?

—Ya te lo he dicho. Soy Liam Wallace.

—¿Volverás mañana, doctor Wallace?

Liam fue pillado claramente fuera de combate. ¿Había una mínima posibilidad de que hubiera sentido algo? Quería creer en ello porque si no lo hacía no sabía cómo podría hacer frente a aquella situación. Quería volver a verlo. Aquello era un enorme avance. Estaba dispuesta a hablar y él estaba dispuesto a hacerle recordar aunque tuviera que hacerse pasar por un imaginario doctor Wallace. No quería marcharse de allí, pero sabía que era el momento adecuado. No quería arriesgarse y perder ese diminuto contacto establecido con ella.

—Volveré. Te lo prometo, pero llámame Liam, ¿de acuerdo?

Amy no respondió. Liam pulsó el timbre y en menos de diez segundos el doctor Smith apareció en la habitación. Liam le hizo una seña para indicarle que todo iba bien.

—Hasta mañana, Amy.

—Adiós, Liam.

El doctor Smith miró hacia la terraza y después a Liam Wallace que contemplaba la figura de Amy visiblemente perturbado.

Se marchó de allí despedazado, pero levemente alentado por la posibilidad de acortar un largo camino que finalmente supondría un nuevo comienzo.

Mientras tanto Amy, todavía conmocionada por la visita de aquel hombre, sintió una inexplicable sensación de *dèjá vu*. Un extraño estremecimiento la había invadido cuando había sentido el suave roce de su mano sobre su hombro. Se sintió aterrorizada a la vez que salvada por aquel simple gesto. De nuevo quiso hundirse en el más absoluto de los vacíos para olvidarse de todo, pero esta vez algo misteriosamente indescifrable se lo impidió.

# Capítulo treinta y cinco

—*El* doctor Smith no obtuvo esa respuesta el primer día que intentó un primer acercamiento —le explicaba la doctora Haines mientras se paseaba de un lado a otro de su despacho— y he de reconocer que con usted, por lo menos, ha establecido ese pequeño contacto que todos estábamos esperando.

—No quiero menospreciar la labor profesional del doctor Smith, pero tampoco podemos ignorar el hecho de que Liam conoce a mi hija de una forma que probablemente nos pueda ayudar si complementamos su terapia con sus visitas —intervino Emily.

—Eso no lo pongo en duda, pero el señor Wallace carecería de objetividad. Su intuición puede ser buena para este caso pero, al mismo tiempo, podría llevarlo a precipitarse en determinadas actuaciones que llevarían a Amy a un posible desequilibrio en sus emociones —subrayó de nuevo la doctora.

—¿No existe la posibilidad de que ese efímero contacto que parece haber establecido conmigo se deba a que ha podido recordar algo? —preguntó Liam confundido y esperanzado.

—Es posible, pero ella no sabe que está recordando. Puede ocurrir en cualquier momento, señor Wallace. Sólo hay que ser paciente y esperar.

—Ya le dije que tenía todo el tiempo del mundo —respondió plenamente convencido de sus palabras.

—Aunque se le haya autorizado como visitante, eso no implica que pueda estar yendo y viniendo a su antojo. Tarde o temprano la prensa estará asentada a las puertas de este lugar y eso es algo que no podemos permitir.

—Nadie sabe que estoy aquí, se lo aseguro. He hecho cinco horas de trayecto por carretera precisamente por esa razón.

—Pero terminarán sabiéndolo y usted lo sabe mejor que nadie.

—Mi ex mánager y socio pasará un comunicado de prensa mañana a lo más tardar.

Emily lo miró aturdida.

—¿Comunicado de prensa?

—Me retiro temporalmente. Ahora Amy es prioridad absoluta.

Tanto Haines como Emily guardaron silencio.

—Podría permanecer aquí y nadie tendría por qué saberlo —continuó Liam.

—¿Permanecer aquí? —La doctora no daba crédito a la proposición que estaba escuchando.

—Sí. Me instalaría aquí ya sea como paciente o haciéndome pasar por el doctor Wallace. Lo que usted decida. Es la única opción posible si queremos que Amy salga de ésta y si no queremos tener a la prensa postrada a las puertas de Oak Creek.

—Es una locura.

—No tenemos elección, doctora Haines. Es la única opción posible.

—Has dicho tu ex mánager, ¿he oído bien? —preguntó Emily aturdida.

—Has oído bien. Antes de que lo despidiera, él mismo presentó su dimisión.

—Un momento. ¿Ha despedido a su mánager, el que va a informar a la prensa de su retirada temporal y piensa usted que aquí va a estar a salvo de los paparazzis? —La doctora estaba cada vez más confundida.

—Lo voy a estar por una razón muy sencilla. Ese hombre tiene una deuda moral conmigo desde hace años y ésta va a ser la única forma que va a tener de salvar su alma —explicó mirando a Emily y comprobando que entendía su postura. Por la expresión de sus ojos supo que le había comprendido.

—Esto va en contra de la política de este lugar. Pero si algo nos caracteriza es que somos pioneros en este tipo de programas, así que comentaré este asunto con el director y mañana podré darle una respuesta.

—Mañana podría ser demasiado tarde —aclaró Liam—. Si salgo de aquí hoy puedo ser un claro objetivo mañana.

—¿Quiere decir que quiere quedarse aquí esta noche?

Liam asintió.

—Necesitarás tu ropa y tus cosas —añadió Emily.

—He traído equipaje suficiente.

Los tres permanecieron callados durante varios segundos.

—Sabe que aquí dentro no ha pasado desapercibido, ¿verdad? —aclaró la doctora antes de darle una respuesta.

—Suponía que se cumplían a rajatabla las reglas de la intimidad.

—Trataremos de que así sea, pero nunca se sabe.

—En ese caso tendremos que hacer que mis paseos con Amy por los frondosos jardines de Oak Creek cambien de horario.

—Veré lo que puedo hacer.

—Sabía que lo entendería.

—Si no hubiera llegado a convertirse en actor estoy convencida de que habría sido un excelente abogado. Lo acaba de demostrar.

—Lo sé. No me lo recuerde.


Día 1

Liam la sorprendió mientras paseaba por los soleados corredores cubiertos de cristaleras.

—¿Puedo acompañarte a dar un paseo?

Amy se volvió hacia la voz que le hablaba y Liam se sintió de nuevo envuelto en sus ojos. Por un instante pareció que iba a rechazarlo.

—No soy buena compañía —murmuró bajando la cabeza.

—Podemos pasear en silencio. No hay necesidad de hablar si no quieres.

Así lo hicieron. Ambos salieron del edificio por la parte trasera tal y como le había indicado Haines. Dado que no era horario de visitas sólo corría el riesgo de cruzarse con otro tipo de pacientes acompañados de sus monitores o médicos. Caminaron en silencio durante más de diez minutos hasta que Amy tomó asiento en una de las cuatro mesas que había alineadas bajo unos bonitos castaños. Liam se sentó frente a ella para no incomodarla.

—¿Por qué no llevas bata blanca e identificación como el resto?

—Es parte de la terapia.

—¿Qué clase de terapia?

—Quiero hacer que recuperes la confianza en ti misma. Vestido de paisano se supone que debe de ser más fácil.

—¿Y qué pasos tienes que seguir en esa terapia?

—Tengo que ayudarte a recordar hechos de tu vida que tu mente cree olvidados. Hechos que quizá son felices y pueden ayudarte a hacer frente a lo que te ha ocurrido de una manera menos dolorosa.

—El dolor no se irá nunca —dijo fijando la vista en la superficie de la mesa.

—Lo sé, pero puedo ayudarte a sobrellevarlo de la mejor manera posible.

—¿Y cómo vas a hacerlo?

—Si te soy sincero, ni yo mismo lo sé. Tú me tendrás que dar pistas.

—Se supone que tú eres el psicólogo y yo tu paciente.

—Tú lo has dicho. Soy tu psicólogo, pero no tu adivino.

Levantó la mirada hacia él por primera vez desde que habían tomado asiento en aquel lugar. Una leve brisa alborotó su cabello y Liam reprimió el impulso de retirar aquellos mechones que se habían arremolinado y que le impedían ver con claridad su rostro. Amy se los retiró en un rápido gesto sujetándoselos detrás de su oreja.

—¿Quieres hablar de Leah?

Cerró los ojos y negó con la cabeza rehuyendo su mirada.

—Está bien.

Se produjo un silencio demasiado largo.

—¿Tienes hijos? —le preguntó Amy.

—No.

—¿Estás casado?

—No.

—¿Divorciado?

Liam negó con la cabeza con una leve sonrisa en sus labios

para tratar de darle una pequeña nota de humor a la triste escena.

—¿Eres gay?

—Heterosexual, soltero y sin compromiso —respondió mostrándole su franca sonrisa.

—Lo siento… no quería ser…

—No tiene importancia. Pregunta lo que quieras.

Amy lo observó detenidamente con curiosidad. Incluso sentado seguía resultando muy alto y de agradables proporciones. Tenía un timbre de voz que llegaba a sonar intenso y un acento que conocía, pero que no lograba descifrar. Parte de sus sienes dejaban ver algunos trazos grisáceos y tenía un bonito color de piel que acompañaba con justicia a unos preciosos ojos azules. El sol reflejaba algunos tonos cobrizos de su incipiente barba. En ese mismo instante una fugaz imagen cruzó su mente. Se vio a sí misma en un teatro, rodeada del público asistente a alguna función, aplaudiendo mientras de sus ojos se derramaban desconsoladas lágrimas. Ese pensamiento la llevó a agarrarse con fuerza al filo de la mesa al tiempo que cerraba los ojos.

—¿Qué te ocurre? ¿Estás bien? —preguntó Liam de repente asustado.

—No… no es nada. Es sólo que…

—¿Has recordado algo?

—No lo sé. No sé si quiero recordar.

—Tienes que hacerlo, Amy.

—No puedo…

—¿No puedes o simplemente no quieres?

—Mi mente está llena de amargos recuerdos, ¿qué sentido tiene llenarla con aquellos que a lo mejor es mejor que estén relegados al olvido?

En esta ocasión fijó los ojos en los suyos sin apartarlos. Liam posó una mano sobre su muñeca con cautela. Sorprendentemente ella no rechazó su contacto.

—¿No te has parado a pensar que quizás esos recuerdos pueden ser los mejores de tu vida?

—Hablas igual que mi madre.

—No me extraña; a los dos nos une un mismo deseo.

—¿Para qué recordar aquello que no podré volver a vivir?

—Aferrarse a los momentos felices es lo único que nos mantiene vivos. Te lo digo por propia experiencia.

Amy advirtió que por primera vez era él quien apartaba la mirada. Suavemente también retiró la mano de su muñeca. Fue en ese fugaz instante cuando una nueva imagen cruzó sus retinas. La palma de una desconocida mano se acoplaba a la suya. A continuación, la puerta azul de un edificio de piedra gris en la que ella misma introducía la llave.

—¿Por qué quieres ayudarme? —le preguntó tratando de dejar a un lado la extraña sensación que la invadía.

—Es mi trabajo.

—Es algo más que trabajo.

—En cierto modo ayudarte a ti es una forma de ayudarme a mí mismo.

Volvió a pensar en la puerta de aquel edificio de arquitectura totalmente diferente a la de Buenos Aires, Chicago o San Francisco. Tenía ciertos recuerdos de su curso de posgrado en Escocia. Pero todo se reducía a imágenes efímeras. Los recuerdos parecían querer abrirse camino en su mente desde que aquel desconocido había entrado en su vida. ¿Era él también parte de sus recuerdos?

—Estoy cansada. Quisiera echarme un rato antes de ir a comer.

—De acuerdo —accedió Liam a medida que se levantaba—. Te acompañaré a tu habitación. Esta tarde te llevaré un par de libros que te pueden interesar.

—No me concentro mucho en la lectura. Los libros son sólo una excusa.

—Te equivocas. Cuando sujetas un libro entre tus manos te estás aferrando a un recuerdo. Aunque no lo creas, es así.

—¿Y cómo lo sabes?

—Soy tu psicólogo.


Día 2


—Gracias por los libros de paisajes de Escocia. Debes de estar orgulloso de tu tierra —le decía mientras paseaban por los alrededores del pequeño lago.

Liam se detuvo.

—En ningún momento te he mencionado que sea escocés —le dijo.

—Debes de llevar aquí mucho tiempo, pero tus raíces te delatan mucho más de lo que piensas. El día que te conocí, en el que a punto estuviste de recitarme la «Oda al Haggis», lo dejaste muy claro. Además, tu nombre y tu apellido no dejan lugar a dudas.

—Me siento halagado. De un tiempo a esta parte he andado un poco perdido y a veces me he preguntado adónde pertenezco realmente —le decía con una sonrisa mientras reanudaban su paseo matinal.

—Yo también me he sentido así durante algunos años.

—¿Qué tal en Buenos Aires? —le preguntó manteniendo un tono totalmente neutro e informal.

—Es una ciudad bonita, demasiado grande para mi gusto, pero igualmente espectacular. A veces tenía la sensación de que estaba en la vieja Europa más que en una ciudad de América Latina.

—¿Fuiste feliz?

Tardó en contestar. Temió que volviera a desviar el tema, pero esta vez continuó.

—A mi manera lo fui.

—¿Y cuál es tu manera de ser feliz?

—Me casé con una persona que me quería o al menos eso pensaba.

—¿Por qué decidiste marcharte tan lejos? Uno no toma una decisión así a la ligera. Si lo hiciste debía de haber una razón de peso.

—Habíamos vivido juntos unos años. Nos queríamos, pero no lo suficiente y me di cuenta de ello demasiado tarde.

—Esas cosas pasan con bastante frecuencia. No te debes martirizar por ello.

—He de confesar que tengo ciertas lagunas de aquella época. Supongo que se debe a esta maldita amnesia. Fui una tonta al pensar que quería dar ese paso porque quería que formáramos una familia.

—¿No fue así?

—No… cuando nació Leah todo cambió.

Liam no la interrumpió. Dejó que se produjera aquel largo silencio entre ambos para que se tomara su tiempo.

—Ella se convirtió en el centro de mi vida —prosiguió para sorpresa de Liam— y Jorge pasó a ocupar un segundo plano. Traté de ser la perfecta esposa, madre y abogada. Supongo que era imposible acapararlo todo y terminé pagando las consecuencias. Si me hubiera marchado de allí en el momento en el que comenzaron los problemas nada de esto habría ocurrido. Mi hija estaría viva.

Liam percibió de lleno su implacable dolor. Se detuvo para tomarla por los hombros obligándola de esa forma a mirarlo a la cara.

—Jamás vuelvas a decir que la pérdida de Leah ha sido consecuencia de las decisiones que has tomado. Olvídate de esa absurda teoría porque tú no tienes la culpa de nada. Quiero que se te meta eso en la cabeza, ¿me oyes?

—Yo conducía el vehículo.

—¿Y si quien hubiera conducido hubiera sido tu madre o tu marido? ¿Los habrías culpado a ellos de su muerte? ¿Acaso te habrías sentido más aliviada? No lo creo.

—Fui una egoísta. No pensé en que Leah tenía solo cuatro años de edad y que cuando creciera tendría la oportunidad de ver por sí misma si su padre lo había hecho o no correctamente. Ella pagó por nuestras inseguridades, nuestros dilemas y nuestras faltas de entendimiento. No me comporté como una persona adulta —comenzaron a aparecer lágrimas en sus ojos— y tendría que haber pensado en Leah, pero no lo hice... no lo hice y ahora está muerta... está muerta por mi culpa. —Sus llantos eran ahora puro desconsuelo.

Liam no se lo pensó dos veces y la acogió entre sus brazos. La dejó llorar hasta que ya no le quedaron lágrimas.

—Tengo que vivir con ello y no seré capaz. Sé que no seré capaz. Nadie es capaz de superar la muerte de un hijo —le decía aún con lágrimas en los ojos recostada sobre la solapa de su chaqueta.

—Aprenderás a vivir con ello. El ser humano tiene una capacidad de recuperación asombrosa. Lo hiciste lo mejor que pudiste y Leah lo sabe. Se fue sabiendo que tenía una madre maravillosa y un padre que a su manera también la quería aunque tú no lo creas. Tienes que quedarte con esos bellos pensamientos. Tienes que quedarte con las imágenes de su nacimiento, de su primera sonrisa, de sus primeros pasos, de sus primeras palabras, sus besos y sus abrazos. Eso es lo que te dará la fuerza para continuar y Leah estará orgullosa de ti porque su madre habrá sido valiente y no habrá tirado la toalla. Además, eres joven y podrás tener más hijos. Estás en la mitad de tu vida y tienes aún mucho por hacer.

Liam notó que volvía a temblar entre sus brazos.

—Ya no puedo tener hijos. Como consecuencia de una hemorragia interna me extirparon... —No pudo continuar porque las lágrimas la ahogaron de nuevo.

Liam la apretó aún más contra él destrozado por lo que acababa de oír.

—Lo siento. ¡Oh Amy! Lo siento, no lo sabía... de veras que no lo sabía.

—No merezco estar aquí... —Su voz era el vivo reflejo del tormento.

—No digas eso, por Dios, ni se te ocurra pensar algo así. —Liam se sintió incapaz de decirle las palabras adecuadas para aquel momento. Deseaba gritarle a los cuatro vientos que cuidaría de ella para siempre, que recuperarían todo el tiempo perdido, que trataría de hacerla feliz para que sus heridas se fueran cerrando poco a poco aunque supiera que siempre estarían ahí. Siempre había estado dispuesto a hacerlo y necesitaba decírselo. Tenía que saber que esta vez sería diferente. No podía seguir guardando aquel sentimiento por más tiempo, pero la doctora Haines había depositado su confianza en él para hacer que Amy comenzara a recordar y no podía precipitarse. No podía hacerlo aunque aquella frustración de seguir amándola en silencio lo estuviera despedazando por dentro—. Ahora más que nunca mereces vivir porque vas a ser feliz, muy feliz.

—¿Cómo puedes decir algo así? —le preguntó sorprendida mientras se limpiaba las lágrimas con un kleenex.

—Lo sé, Amy. Simplemente lo sé.

# Capítulo treinta y seis

## Día 3

—*E*sta de aquí es la de su primer día en el jardín de infancia —le explicaba Amy con voz rota mientras le iba mostrando algunas fotografías.

Aquella tarde había vuelto a visitarla a su habitación después de haber pasado la mañana con ella paseando. Había logrado de nuevo hacerla hablar con normalidad de Leah y eso supuso un gigantesco paso en el acercamiento que empezaba a tener hacia él. Liam trató de mantener la compostura mientras las contemplaba y se preguntaba una y otra vez qué habría sucedido si Amy no hubiera perdido al hijo que ambos esperaban. ¿Habría sido motivo para que se hubiera quedado y le hubiera dado la oportunidad de aclararlo todo?

—En ésta es tu vivo retrato. Tiene tu misma sonrisa. —Se detuvo más tiempo del necesario en aquella fotografía y Amy pudo advertir cierta melancolía en su mirada.

—¿Por qué no hay nadie en tu vida? Es algo que no me explico. —Amy se arrepintió de su pregunta cuando fue consciente de la expresión de sorpresa de Liam—. Lo siento… no tengo derecho a fisgonear en tu vida privada. Olvida lo que he dicho.

Él se quedó pensativo. Sabía que estaba a punto de cometer una insensatez, pero se la jugó a pesar de todo.

—Me recuerdas a alguien que conocí hace tiempo —volvió a mirar la fotografía que aún sostenía en su mano— y me preguntaba cómo habrían sido nuestros hijos si…

—…si hubierais seguido juntos. —Amy continuaba acabando las frases que él siempre dejaba a medias. Una agradable sensación de regocijo lo inundó.

En ese preciso instante el nuevo flash de una imagen que apenas duró dos segundos volvió a irrumpir en su mente. El decorado del salón de un acogedor apartamento que no lograba recordar. Después una voz familiar y sin rostro que le decía «Yo te quiero y tu me quieres y ahora vamos a tener un hijo. ¿Qué problema hay? No estoy enfadado. Estoy feliz, muy feliz.»

Liam asintió pensativo mirando al vacío sin percatarse de que Amy estaba tratando de recomponerse después de su último recuerdo.

—¿Qué ha sido de ella? —le preguntó con notable interés—. ¿Has vuelto a tener contacto?

Liam sabía que se estaba metiendo en arenas movedizas, pero aun así continuó.

—En cierto modo, aunque no de la manera que yo habría deseado.

—¿Te ha rechazado?

—No que yo sepa.

—Eso es un paso importante.

—Se supone que los pasos importantes tienes que darlos tú, Amy. Me da la sensación de que nos estamos intercambiando los papeles, ¿no te parece?

Liam consiguió arrancarle una tímida sonrisa.

—¿Sientes aún algo por ella?

Liam asintió con la cabeza.

—¿Y ella por ti?

—Eso aún tengo que descubrirlo.

—Seguro que se dará cuenta de lo imbécil que fue al separarse de ti.

—Creo que se dio cuenta, pero ya era demasiado tarde para ambos.

—Nunca es demasiado tarde si se quiere a alguien. Deberías darte una oportunidad.

Liam aprovechó la ocasión que le estaba brindando para pagarle con la misma moneda. Ésa sería la mejor terapia para hacerla reaccionar.

—No sé si merezco una oportunidad.

—Pues claro que la mereces.

—No quiero volver a sufrir.

—Cuando hay amor de por medio se supera cualquier cosa. Te lo aseguro.

—¿De veras? ¿Estoy oyendo hablar a la misma persona que ayer decía que el dolor no se iría nunca? ¿A la que se culpa una y otra vez de los errores cometidos y que no quiere poner remedio para olvidarlos y comenzar de nuevo?

Amy se levantó y cruzó el umbral de la terraza hacia su habitación. Se quedó apoyada en el marco de la puerta.

—Mi caso es diferente.

Liam la siguió y permaneció en silencio frente a ella varios segundos viendo cómo aquellas lágrimas de infinito desconsuelo volvían a inundar sus ojos.

—Lo sé, Amy, has perdido a tu hija y eso va en contra de la ley de la naturaleza, pero desgraciadamente, no eres la única en este mundo que está pasando por ese calvario. Todos sufrimos y nos caemos, pero nos levantamos y seguimos adelante. A veces solos y otras veces, afortunadamente, teniendo a nuestro lado a gente que nos quiere y nos apoya incondicionalmente.

—Eres buena persona —le dijo con voz inconsolable.

—Creo que en este momento necesitas un abrazo escocés —le dijo mientras la rodeaba con ternura entre sus brazos.

Amy sintió un nuevo estremecimiento seguido de un frío infernal a pesar de estar a finales del mes de marzo. De nuevo imágenes fugaces. Un puente sobre un río, una preciosa casa a lo lejos. Estaba en los brazos de alguien, de alguien que la abrazaba y la hacía sentir a salvo, igual que en aquel momento. La imagen desapareció y se separó bruscamente de los brazos de Liam.

—¿Sucede algo? ¿He dicho o hecho algo que no debía? Amy, ¿te encuentras bien?

—He visto algo… estoy recordando algo… no sé lo que es pero…

—Dime qué has visto.

—Un puente sobre un río… hacía mucho frío… una bonita casa blanca con tejado de pizarra. Ayer tuve otras visiones fugaces… —Parecía nerviosa.

—Cálmate, eso es una buena señal —le dijo Liam tragándose un desagradable nudo en la garganta por lo que podía suponer a corto plazo aquella revelación mientras la llevaba a tomar asiento en uno de los sillones de la estancia—. No debes asustarte de nada. Son sólo recuerdos. Al principio te parecerá que no tienen sentido, pero poco a poco las piezas irán encajando.

—¿Y cómo voy a encajarlas?

—Yo te ayudaré a hacerlo. Todo va a salir bien, ya lo verás —le dijo con una sonrisa que no pasó desapercibida para Amy. Aquella sonrisa le era tan familiar.

—Me gusta verte sonreír. Tu sonrisa transmite bienestar.

Liam prefirió no pensar en lo que transmitía la suya.

—Si seguimos por este camino te prometo que me verás sonreír muchas veces más.


Día 4

—¿Para qué es esto? —le preguntó mientras sostenía en su mano un pequeño cuaderno que Liam le acababa de entregar.

—Es una especie de diario —le respondió sentándose a su lado en la terraza.

—¿Quieres que escriba un diario?

—No exactamente. Quiero que anotes cualquier recuerdo que se te venga a la cabeza. Por absurdo o incomprensible que pienses que pueda llegar a ser, es un recuerdo real. Así que lo anotarás y después me comentarás lo que has sentido.

—Hace tiempo que no escribo.

—Pues es una pena porque tengo entendido que eres realmente buena.

—Dejé de hacerlo, pero no logro recordar la razón.

—Ésta será una buena forma de averiguarlo.

—¿Por qué te estás preocupando tanto por mí?

—Estoy aquí para eso, Amy.

—¿Qué va a pasar cuando me marche de aquí?

—Pasará lo que tú quieras que pase. Esta vez tú serás la dueña de tu propio destino.

—¿Podré venir a visitarte?

—Por supuesto que podrás. No te vas a deshacer de mí tan fácilmente.

—A veces tengo la sensación de que te he conocido en otra

vida, ¿sabes? Me gustaría que eso fuera una señal de que formas parte de mis recuerdos.

Liam guardó silencio. En esta ocasión no supo qué decir. Las palabras se ahogaban en su garganta y luchaban por salir, pero sabía que debía dejarlas ahí.

—A mí también me gustaría —fue lo único que se le ocurrió decir.

Sabía que tenía que marcharse y dejarla a solas con aquellos pensamientos. Él también lo necesitaba, así que se levantó.

—Tengo que ver a otros pacientes —mintió—. Volveré después del almuerzo.

—De acuerdo. —Amy se mostró algo decepcionada por no poder seguir disfrutando de su compañía y Liam se dio cuenta de ello.

—Haz lo que te he dicho —le dijo señalando el cuaderno.

—Lo haré.

Amy lo contempló mientras deslizaba la puerta corredera para cruzarla y dirigirse hasta la salida de su habitación. Entonces recordó algo. Estaba en un aeropuerto. Echaba la vista atrás con lágrimas en los ojos mientras oía la misma voz familiar que le decía: «No olvides lo mucho que te quiero». La imagen desapareció sin haber podido ponerle rostro a la persona que le decía aquellas palabras. Estaba claro que no era Jorge.

—Liam —volvió a llamarlo en el momento en que ponía la mano sobre el picaporte. Él se volvió hacia ella y Amy advirtió una extraña emoción en sus ojos.

—Dime, Amy.

—Gracias.

—¿Por qué?

—Por hacer que no pierda la esperanza.

Liam le dedicó una afectuosa sonrisa de agradecimiento que Amy le devolvió. Acto seguido salió de la habitación preguntándose hasta cuándo podría soportar aquella situación.

# Capítulo treinta y siete

*P*asadas tres largas semanas con sus respectivas largas noches, Amy continuó recopilando todas las imágenes que venían a su memoria, tal como le había aconsejado Liam, y las iba anotando junto con sus impresiones en aquel pequeño diario que le había entregado.

Había advertido en más de una ocasión la inquietud que algunas de sus anotaciones provocaban en el estado de ánimo de Liam. Sus visitas se le comenzaban a hacer cada vez más cortas y aunque le costaba reconocer que era la primera persona con la que había conectado después de mucho tiempo siempre la perseguía esa vaga sensación de que se había cruzado con él si no en esta vida, en cualquier otra. Había conseguido con infinita paciencia hacerle hablar de su hija sin que ello significara que el mundo se iba a acabar. Todos los días la animaba e incluso le rogaba que le contara alguna anécdota referente a ella. Siempre terminaba echando alguna lágrima pero él no se lo reprochaba. Al contrario, la abrazaba con tremendo afecto diciéndole que era bueno llorar porque cuanto más llorara menos lágrimas le quedarían por derramar.

Aunque trató de conocer algún detalle más de su vida, siempre la eludía sacando a la luz otro tema de conversación. Optó por no volver a intentarlo y terminó respetando su intimidad. Su ausencia durante los últimos cuatro días se le hizo eterna. Se había marchado a Los Ángeles para atender un problema de índole familiar. Habría deseado indagar más en su repentina marcha, pero decidió no hacerlo y, por unos momentos, se olvidó de sí misma para preocuparse por Liam.

Se hallaba sentada sobre la cama inspeccionando algunos de los libros que le había prestado. Sostenía en su regazo el de los bellos paisajes de Escocia. Recordó de repente un libro parecido que había adquirido en una librería que no lograba recordar. Deslizó los dedos por la superficie de las suaves hojas y se dejó llevar cerrando los ojos. De nuevo la imagen de aquel puente sobre un río. Volvió a abrir los ojos. Comenzó a pasar páginas a gran velocidad. ¿Era un recuerdo o simplemente una imagen de aquel libro? Allí estaba la misma fotografía pero desde una perspectiva diferente. La casa no aparecía por ningún sitio pero sabía que tenía que existir. En ese instante se vio adormilada en una alegre habitación de cortinas y colchas floreadas. Estaba realmente cansada. Alguien le retiraba un libro caído sobre el regazo y la arropaba. Abrió los ojos para observar a aquella alta figura que se dirigía a la puerta. Una vez más no pudo ver su rostro.

Su madre llegaría en breves instantes. Aprovecharía su visita para preguntarle qué pasó realmente en Escocia.


Liam se había visto obligado a abandonar Oak Creek durante varios días debido a las inevitables consecuencias del comunicado de su retirada temporal. Su desaparición durante aquel largo período para alojarse en su escondite junto a Amy había llevado a todo tipo de especulaciones provocadas por la noticia de que Clyde y él ya habían dejado de ser socios. Noticia que obviamente se había extendido como la pólvora. Su abogado, Patrick Delaney, se había puesto en contacto con él por expresa orden de Clyde Fraser para agilizar todos los temas referentes a las acciones de Arbroath Entertainment. Liam no daba crédito cuando Patrick le informó de que Clyde le había cedido la totalidad de su participación.

El compromiso de conceder un par de entrevistas para acallar todos los absurdos rumores que habían empezado a circular fue ineludible. Aquello pareció tranquilizar al público en general y a la prensa en particular. Dejó claro que necesitaba un descanso después de la espiral de acontecimientos del último año. Necesitaba calma y un nuevo orden en su vida. Confiaba en que en esta ocasión, como en otras muchas afortunadamente, respetaran su decisión.

Υ

—Sabía que Liam haría contigo un gran trabajo. En este tiempo has avanzado de una forma extraordinaria. Empiezas a ser la Amy de siempre —le dijo Emily mientras tomaba sus manos entre la suyas y las apretaba con ternura.

—La Amy de siempre desapareció hace tiempo.

—No digas eso. Queda tu esencia que es lo más importante.

—Me estoy acostumbrando a su presencia. No sé cómo voy a lograrlo cuando salga de aquí.

—Lo vas a lograr. Cuando recuperes los recuerdos, te darás cuenta de que todo va a ir a mejor.

—¿Qué me ocurrió en Escocia? —preguntó cambiando radicalmente de tema.

—Pensé que preferías recordar y descubrirlo todo por ti misma y que no querías que nadie te adelantara nada.

—Estoy recordando, mamá. Recuerdos que hacen que me estremezca por el alto grado emocional que conllevan.

—Supongo que eso es un gran avance. Si son recuerdos que te hacen sentir bien, bienvenidos sean.

—Me siento querida cuando me vienen esas imágenes. ¿Por qué, mamá? ¿Por qué todas las buenas vibraciones que estoy empezando a sentir giran alrededor de Escocia?

Emily tardó en responder a aquella difícil pregunta dado su estado y dada la presencia de Liam en Oak Creek.

—Por una razón muy sencilla. Fue en Edimburgo donde pasaste uno de los años más felices de tu vida. Escocia te marcó desde tu nacimiento y más aún con la muerte de papá. Cuando decidiste hacer aquel curso de posgrado jamás pensé que la historia se iba a repetir.

Amy no la interrumpió. Esperó a que continuara.

—Te enamoraste. No querías que ocurriera pero, sin embargo, finalmente ocurrió.

—¿Es él entonces a quien estoy empezando a recordar?

—Probablemente.

—Pero sólo recuerdo los sentimientos. No he logrado nada más. Me siento tan… impotente.

—Vas por buen camino.

—¿Qué fue de él?

—Pronto lo descubrirás.

—¿Qué quieres decir? Mamá, estoy empezando a tener muchas dudas.

—Es bueno que las tengas. Esas dudas se aclararán mucho antes de lo que piensas. Sigue como hasta ahora y no tengas miedo a enfrentarte a lo que puedas descubrir. En el momento en el que seas consciente de que todas las piezas han encajado te sentirás la mujer más afortunada sobre la faz de la tierra.

—¿Afortunada? Mamá, he perdido a una hija.

—Leah estará siempre contigo. Aunque la hayas perdido físicamente siempre va a estar en tu corazón. Resérvale un trocito sólo a ella y guarda el resto para lo que te pueda deparar el futuro.

—¿Y qué me deparará el futuro?

—Probablemente un largo camino que ya has empezado a andar con la ayuda de alguien como Liam. Él puede ser la clave de tu rompecabezas. Relájate y piensa simplemente que el mundo comenzará de nuevo en cuanto salgas de aquí.

Su madre la abrazó una vez más visiblemente conmovida por la asombrosa liberación que estaban experimentando sus sentimientos. Abandonó la habitación dejándola sumida en sus tristes pensamientos sobre Leah y en los confusos sobre Liam. Tendría que hablar con él. Había llegado el momento de entregar a Amy el manuscrito.

Aquella tarde del último viernes del mes de abril, Liam la sorprendió adormilada en la terraza con un cuaderno entreabierto en su regazo. Un cuaderno que le era muy familiar. En la posición en la que había quedado, con un solo movimiento, sabía que saldría disparado hacia el suelo. Emily le acababa de poner al día de los avances de los últimos cuatro días. Se sintió optimista por lo que Amy parecía haber progresado en la exteriorización de sus emociones sobre todo en aquellas que se referían expresamente a él. Cuando esa misma mañana Emily lo había telefoneado asegurándole que el momento había llegado, anuló todos sus compromisos y puso rumbo a San Francisco. Cuando retiró el manuscrito de su regazo abrió los ojos.

—Sshh, tranquila, sigue durmiendo —le dijo sujetándole suavemente la mano.

Un nuevo *flash* interrumpió aquel plácido momento. Estaba recostada en el asiento del copiloto de un vehículo, pero estaba en el lado del conductor. Un semáforo en rojo. Cruce con Springburn Road. Aquello era Escocia porque de repente recordó que venía de Glasgow. Alguien la cubría con una chaqueta y ella le daba las gracias. Las imágenes que había leído hacía unos instantes se mostraron con una claridad asombrosa en su mente. En su recuerdo levantaba vagamente los párpados para encontrarse con unos radiantes ojos azules que la miraban fijamente con una increíble ternura. La imagen desapareció y volvió a la realidad para encontrarse con esos mismos ojos y esa misma ternura.

—Liam —musitó.

—Siento haberte despertado. Volveré más tarde si quieres —le dijo tratando de conservar la calma para no parecer conmovido ni esperanzado al haberla escuchado pronunciar su nombre de aquella forma.

Amy lo sujetó de la mano para detenerlo.

—No te vayas —le rogó.

Liam se giró hacia ella al tiempo que la miraba desconcertado por aquel gesto. Luego sus ojos se clavaron en su propia mano aún rodeada por la de ella. Enseguida fue consciente de cómo fijaba la vista en su anillo. El anillo del pacto; el que siempre había utilizado como señal de que estarían conectados.

—¿Quién eres en realidad? —le preguntó.

Liam cambió de posición su mano para atrapar la de ella e impulsarla a que se levantara. La distancia que los separaba era mínima.

—Soy Liam —le respondió.

Las imágenes de los últimos días volvieron a sucederse de nuevo sin descanso, pero con la salvedad de que en aquella ocasión la nitidez de las mismas fue tan colosal que supo que ya no se trataba de simples visiones fugaces. Eran recuerdos en toda regla. Aquella parte de su vida que creía relegada a las líneas de un simple manuscrito parecía que volvía a hacer acto de presencia como si aquellos interminables meses de letargo no hubieran existido. Ahora se encontraba en un puesto ambulante de un mercadillo de antigüedades de la ciudad de Edimburgo. Unas manos sujetaban un anillo: «Es bonito —decía— espera... parece que tiene alguna inicial escrita».

Liam no interrumpió sus pensamientos. Sabía que estaba recordando y si su corazón no le engañaba, la imagen que estuviera en sus retinas en aquel mismo instante tendría mucho que ver con el anillo que se había puesto expresamente ese día.

Amy vio con claridad a un joven sonriente con la pasión propia de la juventud, alto, apuesto, con unos bonitos ojos claros, de precioso cabello oscuro y ondulado murmurando unas palabras: «Una L y una A, las iniciales de nuestros nombres». Después levantó la vista hacia Liam. Alto, de rostro impactante con aquella suave y escasa barba, cabello más corto y algo más claro por las débiles canas que empezaban a hacer acto de presencia; con la aparente serenidad que regala el paso del tiempo.

—Este anillo... —la voz de Amy era un frágil murmullo.

Liam se lo quitó para ponerlo en su mano. Sabía perfectamente lo que iba a suceder a continuación. Con manos temblorosas ella miró el interior y comprobó las iniciales. Luego ella misma volvió a colocarlo en su dedo.

Entonces Liam lo dijo:

—Las iniciales de nuestros nombres.

En el instante mismo en que Amy elevó inconscientemente la palma de su mano en señal de juramento, Liam creyó que su corazón estallaría allí mismo. Trató de controlar todos los anhelos e ilusiones que llevaba guardando para sí durante tanto tiempo. Esperó pacientemente a que ella hiciera el siguiente movimiento. Cuando la mano de Amy se unió a la suya Liam cerró los ojos y los volvió a abrir para convencerse una vez más de que aquello era real. El milagro había ocurrido.

—Estemos donde estemos y pase lo que pase —dijo Amy, sin dudas ni vacilaciones, mirándolo a los ojos con una expresión difícil de describir.

—Estemos donde estemos y pase lo que pase —repitió Liam con voz claramente embargada por la emoción contenida.

Los labios de Amy oscilaron ligeramente, pero Liam puso un dedo sobre ellos sigilosamente para detener aquel repentino temblor. Se quedó mudo. Tenía tanto que decir que no supo por dónde empezar. Optó por inclinar el rostro de Amy gradualmente hacía él para besarla. Y así lo hizo. Suavemente al principio, para descubrir después cómo ella colocaba sus manos en su cintura a medida que su beso se hacía más intenso. Cuando Liam se detuvo, esas mismas manos que tanto había añorado se deslizaron alrededor de su espalda para apresarlo en aquel cálido abrazo.

—Llevaba soñando con este momento demasiado tiempo —logró decir Liam mientras ella alzaba su rostro hacia él sin soltarse de sus brazos.

—Lo siento —le dijo recordando aquel siniestro día en el que tomó la errónea decisión de apartarse de su vida—. Espero que algún día sepas perdonarme.

Liam sacudió la cabeza.

—Olvídate de eso —le dijo.

—Si te hubiera dado una mínima oportunidad… si sólo me hubiera quedado para que me lo explicaras…

—Y si yo no me hubiera resignado a pensar que ya no me querías, si hubiera luchado en vez de esconder la cabeza bajo el ala…

—Pero lo has logrado —le dijo llevando una mano hacia su mejilla. Una mano que Liam atrapó en la suya—. Ha merecido la pena. —Recordó con claridad sus palabras dedicadas en la entrega de los Oscar.

—Nada de esto ha merecido la pena.

—No digas eso —le dijo con mirada triste mientras Liam llevaba su mano hasta los labios para besarle la palma—. Lo creas o no estoy orgullosa de ti. Siempre lo he estado.

—He estado a punto de perder lo que más he querido en la vida.

—Pero ahora estoy aquí contigo. Has sido tú quien ha venido en mi busca.

—Pero lo he hecho demasiado tarde y has tenido que pagar un precio demasiado alto. Es algo que jamás me podré perdonar.

—Nunca es demasiado tarde para volver a empezar. Me lo has repetido una y otra vez durante estas últimas semanas, ¿o es que ya no te acuerdas?

—Has perdido a tu hija. Si hubiera tenido las suficientes

agallas para salir del pozo en el que me estaba hundiendo poco a poco nada de esto habría sucedido. —La agonía de su voz le rompió el corazón a Amy.

—Pero ha pasado y ya no hay marcha atrás. Tengo que aprender a vivir con ello. Tú también has pagado un alto precio. Fuimos dos víctimas de una mala jugada, Liam. Ninguno de los dos tenemos la culpa de lo sucedido.

—Tendría que haber movido cielo y tierra para buscarte. —Los ojos de Liam comenzaron a brillar y tuvo que morderse los labios para detener la ira y la impotencia que deseaban desesperadamente abrirse paso—. Dios mío, Amy… —exclamó mientras la envolvía nuevamente en sus brazos— creí que te había perdido, creí que te había perdido —repetía una y otra vez abrumado.

—Me has encontrado y me has salvado de caer en el abismo —le dijo Amy aferrándose con fuerza a su abrazo—. Nunca te lo podré agradecer lo suficiente.

Liam la besó con delicadeza. Después la miró a los ojos con rostro sereno.

—Cásate conmigo —le dijo.

—Pero Liam…

—No hay peros que valgan.

—Ha pasado tanto tiempo… y tantas cosas… que… creo… creo que deberíamos tomarnos esto con más calma.

—No quiero tomármelo con calma. He construido este momento en mi mente cientos de veces en los últimos diez años de mi vida y no pienso aceptar un no por respuesta.

—Hace apenas veinticuatro horas eras prácticamente un desconocido para mí y ahora me estás proponiendo matrimonio.

—Un desconocido ante el que has desnudado tu alma. Sabías que había algo que te estaba conectando irremediablemente a mí, pero no sabías lo que era.

—Estaba empezando a enamorarme de ti. Has conseguido hacerlo dos veces y eso no lo había logrado nadie.

—¿Me estás diciendo que si no me hubieras recordado habrías terminado cayendo en las redes del fabuloso e irresistible doctor Wallace?

—¿Y por qué no? Ya caí en tus redes una vez y no me importaría quedarme enredada en ellas de por vida.

—¿Me tomo eso por un sí?

—¿Tengo alguna otra alternativa? —preguntó acariciando suavemente su mejilla.

—Me temo que no —le respondió. Volvió a besarla.

—¿Y qué vamos a hacer ahora?

—Me lo dejaste bien claro en ese manuscrito que dejaste en Callander. —Ambos permanecieron unos instantes contemplando la pieza clave que había vuelto a reunirlos—. Tengo que escribir el final —respondió Liam— pero no pienso hacerlo sin ti.

## Capítulo treinta y ocho

*San Francisco, julio de 2006*

*L*iam introdujo la llave en la cerradura del apartamento del número 1870 de Pacific Avenue.

—He vuelto —anunció mientras sorteaba las cajas apiladas en el vestíbulo para entrar en la cocina—. ¿Sabes? Me encanta este lugar. Creo que cometemos un gran error dejando este apartamento. Debería vender mi casa de Los Ángeles y venirme a vivir aquí. No sabes lo que significa para alguien como yo poder pasear normalmente sin que te increpen —decía mientras sacaba los cafés de sus bolsas junto con un par de brownies y se encaminaba hacía el salón. Amy no se encontraba allí.

—¿Amy?

No obtuvo respuesta. En su dormitorio no había nadie así que debía de estar en el de Leah. Iba a entrar, pero se detuvo y permaneció apoyado en el marco de la puerta contemplando cómo doblaba cuidadosamente una por una alguna de las prendas de su hija que había comenzado a sacar del armario. Se demoró cuando en una de ellas comprobó que las etiquetas aún estaban puestas. Era una bonita rebeca de color celeste de Ralph Lauren. Levantó la vista hacía él que la miraba compartiendo en silencio el dolor que sabía sentía al tener que hacer todo aquello.

—Se la compré el día antes de... —No pudo continuar.

Liam dejó sobre una de las cajas los cafés y los brownies y acudió a ella.

—Cariño, ven aquí, vamos... —le dijo tomándola de la mano y acercándola hasta él—. Sshh... lo sé, mi vida, sé que esto es duro, pero tienes que hacerlo —le decía mientras la mecía en sus brazos y le acariciaba el cabello para aplacar sus lágrimas.

—Debería deshacerme de todo, pero no puedo hacerlo. No puedo.

—Nadie te ha pedido que lo hagas. Es lo único físico que te queda de ella así que te comprendo perfectamente.

—Siento tanto estar haciéndote pasar por todo esto.

Liam la separó de sus brazos y rodeó ambos lados de su cuello con las manos para después deslizar los pulgares hacia sus mejillas con el fin de borrar sus lágrimas.

—No digas tonterías. Aunque no haya llegado a conocerla, siento a Leah como parte de mí porque ella formaba parte de ti. No quiero que olvides eso, ¿me oyes?

Amy bajó la vista durante unos segundos. Volvió a alzar los ojos hacía Liam que volvía a deslizar los dedos una vez más sobre el contorno de sus ojos.

—En Oak Creek te preguntaste cómo habrían sido nuestros hijos si hubiéramos seguido juntos.

Liam asintió guardando silencio preguntándose cuál era su objetivo al haber recordado aquel comentario.

—Te puede parecer una locura pero cuando la tuve en mis brazos por primera vez nada más nacer quise pensar que era hija tuya. Lo deseé con tanta fuerza que incluso en algunas ocasiones llegaba a encontrarle cierto parecido contigo, ¿lo puedes creer? —preguntó esbozando una melancólica sonrisa—. Es por eso que le puse el nombre de Leah. Era el más parecido a Liam.

—Lo sé y no me parece ninguna locura. Sentiré a Leah como algo mío siempre.

Consiguió calmar un poco la angustia del momento, pero sabía que lo que desolaba a Amy por dentro era el hecho de no poder darle más hijos.

—Volverás a ser madre, Amy —le dijo.

—Sabes que no…

—Estoy hablando de ser madre, no de tener hijos —le interrumpió—. ¿Qué hay de la adopción?

—¿Es… estarías dispuesto? —le preguntó con cierto indicio de esperanza en su voz.

—Por supuesto que estaría dispuesto. ¿Por qué crees entonces que te he pedido que te cases conmigo? —Le mostró una traviesa sonrisa con objeto de hacerle pasar aquel mal trago aunque sólo fuera durante unos segundos.

—Creía que me lo habías pedido porque me querías.

—¿Bromeas? Era sólo para legalizar la situación y así agilizar los trámites. —Sonrió dándole un beso.

Amy alzó los brazos para rodearle el cuello con las manos. Las deslizó sobre su nuca y Liam agradeció aquel contacto.

—No podría estar superando esto si no hubiera sido por ti. Tendría que vivir varias vidas para agradecerte todo lo que estás haciendo.

—Por el momento me conformo con que te limites a vivir esta vida y no me dejes plantado en el altar el día 29. Sería un desaire por tu parte teniendo en cuenta que me casaré en Callander, donde me conocen desde mi más tierna infancia y ya sabes que tengo una imagen que salvaguardar.

—Lo tendré en cuenta. —Amy lo sorprendió con un largo beso.

—No puedo creer aún que por fin vaya a convertirte en la señora Wallace.

—Yo tampoco logro hacerme a la idea aunque no puedo negar que me siento halagada por el simple hecho de ser la que despose al soltero más codiciado de Estados Unidos.

Liam tuvo que reír.

—Estarás en el punto de mira durante un tiempo, pero cuando dejes de ser la novedad, las aguas volverán a su cauce y lograremos llevar una vida relativamente normal.

—Sabré sobrellevarlo, te lo prometo.

—¿Y lo de vivir permanentemente entre Los Ángeles y Nueva York?

—Haré todo lo que me pidas.

—Esto va a ser duro, sobre todo después del año sabático que vamos a pasar en Europa.

—Vendré con las pilas cargadas dispuesta a seguirte hasta el fin del mundo.

Liam la envolvió de nuevo con sus besos.

—Formaremos un gran equipo. Tenemos muchísimas cosas por hacer —le dijo con una felicidad patente en su mirada.

—Nuestro lema: Yo escribo y tú interpretas.

Y

La ceremonia tuvo lugar en una pequeña iglesia situada cerca de Loch Achray, a unos diez kilómetros de Callander. Era el lugar perfecto para conseguir el efecto que ambos deseaban desde el principio; algo íntimo y sencillo dadas las circunstancias personales recientes tanto suyas como de Amy. Por otra parte, en aquel rincón de Escocia era mucho más fácil escapar de alguna fotografía indiscreta en caso de que la noticia se hubiera filtrado.

Cuando hizo su entrada en el pequeño templo cogida del brazo de James Wallace y pudo ver a Liam, soberbio e impecable con su *kilt* tradicional creyó que estaba soñando. Su madre la observaba encandilada y con la mirada serena que le provocaba el ver finalmente a su hija al lado del hombre del que jamás debió haberse apartado.

Liam permaneció mirándola extasiado mientras se acercaba hasta él. Por fin se llevaba a cabo la escena que habría reproducido en su mente cientos de veces. Estaba más hermosa que nunca con aquel airoso vestido de corte romántico. Llevaba el rostro descubierto con el cabello recogido en un sencillo peinado. Creyó por un instante que el corazón se le iba a salir del pecho cuando tomó su mano. No pudo evitarlo y le dio un casto beso en la mejilla ante la mirada risueña de todos los asistentes.

—Estás preciosa —le susurró al oído con una atractiva sonrisa.

—Y tú sencillamente impresionante —le respondió Amy llena de orgullo.

Finalizada la homilía, los asistentes y los contrayentes junto al padrino y madrina, se pusieron en pie.

—Queridos Liam y Amy. Habéis venido para que el Señor consagre vuestro amor, ante la comunidad aquí reunida, ante la Iglesia. Jesucristo bendice hoy con toda su fuerza vuestro amor; Él es el primer testigo del compromiso que deseáis contraer. Os fortalecerá y os acompañará a lo largo de toda vuestra vida. Es un compromiso que ahora expresaréis ante todos nosotros.

Liam desvió su mirada para observar el bello perfil de Amy.

—Liam y Amy, ¿venís a contraer matrimonio sin ser coaccionados, libre y voluntariamente?

—Sí, venimos libremente —respondieron ambos al unísono.

—¿Os comprometéis a amaros y guardaros fidelidad durante toda la vida?

—Sí, nos comprometemos. —En esta ocasión fue Amy quien contempló embelesada la fastuosa imagen del hombre de su vida.

—¿Estáis dispuestos a recibir con amor a los hijos que tengáis y a educarlos en la fe de Cristo?

Liam la miró escuchando sus pensamientos al igual que ella absorbía los suyos.

—Sí, estamos dispuestos.

—Ahora —continuó el sacerdote— ya que queréis uniros en la alianza del matrimonio, unid vuestras manos y manifestad vuestro consentimiento ante Dios y su Iglesia.

Liam sujetó suavemente la mano de Amy mirándola con adoración.

— Yo, Liam, te recibo a ti, Amy, como esposa y me entrego a ti, y prometo serte fiel en la prosperidad y en la adversidad, en la salud y en la enfermedad, todos los días de mi vida. —Su voz sonó firme y sin vacilaciones.

—Yo, Amy, te recibo a ti, Liam, como esposo y me entrego a ti, y prometo serte fiel en la prosperidad y en la adversidad, en la salud y en la enfermedad, todos los días de mi vida. —La voz de Amy tembló ligeramente por la emoción contenida.

Liam le apretó suavemente la mano.

—Demos gracias a Dios —pronunció el padre O'Brien.

En el momento de la entrega y bendición de arras y anillos, ambos trataron de contener su alto grado de reservada euforia.

—Que el Señor os bendiga y os acompañe. Que tanto la historia que lleváis a vuestras espaldas como la nueva etapa que hoy comienza sean un estímulo de amor y de ilusión para todos los que os rodean. Que vuestro amor siga siendo igual de fuerte y sed felices en todo lo que deseéis emprender. —Ahora era el padre O'Brien quien parecía estar emocionado—. Por la autoridad que me ha sido otorgada por la Santa Iglesia Católica, yo os declaro marido y mujer.

Amy miró a Liam sonriente.

—Liam, ya puedes besar a la señora Wallace.

Se escucharon las leves risas de los asistentes y Liam rodeó con sus brazos a su recién declarada esposa para besarla.

—Jamás pensé que me casaría con un hombre con falda —le dijo Amy bromeando.

—Pues este hombre con falda que acaba de convertirse en tu marido piensa hacerte la mujer más feliz de la tierra.

—Llevas haciéndome feliz toda la vida, así que me temo que tu esfuerzo a partir de ahora tendrá que ser aún mayor.

Matt y Sarah interrumpieron aquel momento con sus risas. Después se vieron rodeados de abrazos, besos y buenos deseos. La recepción continuó en los jardines de la casa de los Wallace. No asistieron más de sesenta invitados. James estuvo totalmente de acuerdo con el deseo de su hijo de celebrar algo completamente íntimo y personal. Tanto Liam como el resto de la familia necesitaban algo así después del fallecimiento de su madre y de Leah. Vinieron los familiares más directos así como los amigos que habían dejado huella en sus vidas hasta ese feliz momento. Compañeros de trabajo, carrera o instituto y del teatro. Liam se quedó gratamente sorprendido al haber recibido confirmación de última hora por parte de Izzie O'Balle, la productora y guionista que le había dado su primera oportunidad en Broadway allá por el año 1998.

Estaba radiante y como siempre a la última en todo tipo de tendencias. No habían vuelto a tener contacto desde hacía varios meses. Izzie le había telefoneado hacía un par de semanas para organizar un encuentro urgente. Quería hablarle de una historia que deseaba adaptar a guion y llevarla al cine con él como protagonista. Cuando Liam le comunicó que se marchaba a Escocia para casarse y tomarse un descanso, Izzie creyó que estaba bromeando.

—Debes de ser la única persona de este país que no se ha enterado —le decía Liam entre risas.

—He estado de vacaciones, cariño. Y ya sabes que si estoy de vacaciones, no hay móviles, ni televisión, ni periódicos. Me convierto en una mujer de las cavernas. Además, de lo de la boda no se ha dicho nada, ¿cómo demonios te las has arreglado para que no se haya filtrado la noticia?

—Ya sabes que soy un profesional.

—Lo sé, eres un maldito genio escocés y tengo que adorarte aunque no quiera porque tengo a otro ejemplar como tú en casa. ¿Qué haría yo en mi otra vida para que Escocia me persiga de esta manera?

Liam estalló en una carcajada. Izzie era sencillamente inigualable. Le sacaba sólo un par de años, pero era la esencia propia de la sabiduría humana y parte de lo que Liam había llegado a ser, sin duda, se lo debía a ella. Si el buscador Google aún no existiera Liam sabía que Izzie habría sido su precursora.

—¿Qué tal está Miles?

—Supongo que engañando a otra pareja más de nuevos ricos. —Miles era arquitecto. Los más impresionantes y exclusivos áticos de Manhattan llevaban su sello. Y entre ellos por supuesto, se encontraba el de Liam.

—¿Cuándo os vais a dejar ver por aquí?

—Sabes que visito Los Ángeles cuando no hay más remedio. Sigo siendo una *new yorker* irlandesa. Antes de todo, supongo que recibirías mis cientos de llamadas por lo del fallecimiento de tu madre.

—Sí, estuve al tanto y no sabes cómo te lo agradezco.

—Debió de ser duro.

—Lo fue, Izzie, a decir verdad la muerte de mi madre ha cambiado mi vida y mi forma de ver las cosas. Haber vuelto a casa después de todo lo sucedido en los dos últimos años… ha sido algo…

—Lo imagino, tesoro. No sabes cómo nos hemos acordado de ti pero eres un valiente y ahí estás comiéndote el mundo. Mi chico de Callander con un Emmy, dos Oscar y un Globo de Oro. No sabes lo que me hiciste llorar cuando dedicaste el Oscar a Amy y a tu madre. La gente se cree que lo sabe todo de ti, pero sólo unos pocos conocíamos con absoluta certeza el significado de tus palabras aquella noche y me siento orgullosa de encontrarme entre esos pocos privilegiados. Vaya por Dios… mejor me callo si no quiero ponerme a llorar.

—No te molestes porque vas a seguir llorando cuando te diga con quien me voy a casar.

Hubo un silencio al otro lado de la línea y Liam supo que Izzie tenía el nombre en sus labios, pero esperó a que ella lo pronunciara.

—¿Amy?

—La misma —respondió Liam.

—Oh Dios mío, oh Dios mío, oh Dios mío... pero ¿cuándo, cómo y dónde? Santo cielo, Liam, ¿qué es lo que me he perdido?

Liam se lo relató todo a pesar de las continuas interrupciones de Izzie exclamando «Oh, Dios mío».

—Os tengo a ambos en mi escueta lista de unos sesenta invitados.

—Miles y yo estaremos encantados de asistir. No pienso perderme la boda secreta del año del mejor actor que ha dado Escocia y el mundo en décadas.

—Será un placer para mí que por fin conozcas a mi chica californiana.

—Esa mujer no sabe la suerte que tiene.

—Creo que sí que lo sabe. —Liam volvió a reír—. Y bien, ¿a qué debo el honor de tu llamada? ¿De qué guion querías hablarme?

—Pues curiosamente de un manuscrito que me enviaste hace varios meses, escrito precisamente por Amy.

—¿Estás hablando en serio?

—Me pareció sencillamente sublime y tú eres el único que puede interpretar ese papel. He empezado a mover hilos y ya tengo a un par de directores que venderían su alma por dirigirte. Yo estaría dispuesta a coproducirla contigo.

—Izzie, lo que me estas pidiendo es...

—Sí... te estoy pidiendo que aceptes el reto de llevar a la pantalla esta historia que me temo tiene que ver mucho con el Liam Wallace que no todo el mundo conoce. Nadie podría interpretar este personaje mejor que tú. He de reconocer que la parte escrita por ti me ha llegado al corazón. Eres un genio plasmando tus sentimientos sobre el papel. Me has dejado impresionada.

—En momentos de crisis personal la imaginación hace milagros.

—Pues este milagro no puede quedarse guardado en un cajón.

—Tendremos que hablar de esto con Amy. Ella forma ahora parte de Arbroath Entertainment.

—Hablaremos de todo esto más tranquilamente. Piensa en lo que podría significar este proyecto. Tendrás todo el tiempo del mundo durante tu año sabático para pensártelo.

—No te preocupes, lo haré. Estoy seguro de que a Amy le encantará escuchar tus propuestas.

—Nos vemos en Callander. Me alegro de que por fin hayas encontrado la felicidad que ya creías perdida.

—Gracias por haber estado ahí cuando te necesité.

—No me las tienes que dar. Yo soy quien tiene que agradecerte que hayas pensado en nosotros en este momento tan importante de tu vida personal. No cambies, por favor. Sigue siendo el mismo de siempre, por lo que más quieras.

—Teniendo a Amy a mi lado sabré mantener los pies en la tierra. Te lo aseguro.

—Mi más sincera enhorabuena, Liam. Nos vemos en un par de semanas. Sé feliz.

—Hasta pronto, Izzie. Cuídate.

# Capítulo treinta y nueve

Miles MacNeal se interpuso entre Liam y Amy durante aquel baile.

—¿Por qué no dejas de acaparar a tu esposa un ratito y dejas que baile con el resto de invitados? Podrás bailar con ella durante el resto de tu vida, pero nosotros sólo tenemos el día de hoy para aprovecharnos. —La voz de Miles sonó burlona.

Liam hizo una mueca de disgusto.

—Te la cambio por Izzie —propuso riendo.

Liam tiró de la mano de Izzie y Miles hizo lo mismo con Amy.

Los cuatro comenzaron a reír.

—Estás guapísima, no sé si te lo he dicho.

—Sí, varias veces, pero no me importa que lo repitas —dijo Izzie haciendo un simpático gesto con los ojos— porque me encanta oírtelo decir.

—Me alegro mucho de que hayáis podido venir. Significa mucho para mí.

—Es un encanto —le dijo refiriéndose a Amy—. Te quedabas corto cuando me la describías. Es una persona con la que se conecta enseguida.

—No tienes que jurarlo. Acabáis de conoceros hoy mismo y parecíais auténticas cotorras.

Izzie sonrió zurrándole en el hombro por su comentario y volvió la cabeza hacia atrás al escuchar una carcajada de Amy. Supuso que su marido estaría soltándole alguna payasada de las suyas.

—Me encanta verla reír. Lo ha hecho en tan pocas ocasiones últimamente. Me da la sensación de que se siente culpable de ser feliz porque cree que con eso está traicionando la memoria de su hija. No quería celebrar la boda, ¿sabes?

—En cierto modo la entiendo. De todas formas ha sido una ceremonia muy sencilla y una recepción muy natural y espontánea. Supongo que no quería mostrar sus emociones con demasiada gente observándola. Has hecho bien en convertir este día tan especial para ambos en algo tan simple a la vez que bonito.

—No me canso de admirarla por todo lo que ha soportado en su vida.

—Tú también has llevado un gran peso. Pero ahora debéis centraros en vuestra felicidad. Tenéis un largo año por delante para hacer muchos planes y espero que los llevéis todos a buen término.

—¿Crees que querrá terminar viviendo en Nueva York?

—Estoy convencida. Si te vas a dedicar a producir conmigo es el lugar adecuado. Sencillamente irás menos a Los Ángeles, eso es todo.

—Pero su familia está en California.

—Y la tuya aquí en Escocia.

—Nueva York puede ser un punto intermedio pero no sé si será buena idea criar allí a los niños que adoptemos.

—No es por nada, pero es un ático de seiscientos metros cuadrados con una terraza de casi doscientos en plena Avenida Madison. Muchas familias matarían por poder criar a sus hijos en un hogar semejante.

—Tienes razón, sólo digo estupideces.

—No te preocupes, yo sigo aquí para corregírtelas —añadió riendo.

—Le va a venir muy bien tenerte allí cuando volvamos. Va a aprender mucho contigo.

—Y yo de ella, sin duda. Hay que sacar a la luz todo lo que ha escrito cuanto antes. Tesoros así no pueden estar metidos en un cajón.

El baile concluyó y ambos aplaudieron a la pequeña orquesta.

La mayor parte de los invitados no fueron conscientes de que la noche se les había echado prácticamente encima. La temperatura había sido excelente durante toda la jornada y el radiante sol no les había abandonado en ningún momento. Parte de los asistentes dormían en hoteles de algún pueblo del condado. Aunque Liam insistió en que Miles e Izzie se quedaran, se negaron en rotundo. Querían pasar la noche en un encantador y romático B&B que habían buscado por Internet cerca de Saint Andrews.

Tanto Jane como Keith regresaron a Edimburgo con sus respectivas familias. James también se marchó con ellos acompañado por Emily. Jane tenía sitio de sobra para ambos en casa. Todos deseaban dejarlos solos durante aquella noche para que disfrutaran de su intimidad a pesar de las negativas de Amy y Liam.

Finalmente se salieron con la suya prometiendo volver al día siguiente para supervisar al servicio de limpieza mientras ellos se dedicaban a preparar el equipaje para marcharse a España y desconectar unos días aprovechando que Liam tenía que conceder algunas entrevistas a las televisiones de aquel bello país que hacía tanto tiempo soñaba con volver a visitar.

Eran casi las dos de la madrugada cuando Amy salía del baño de la última planta después de darse una ducha. Liam había elegido el dormitorio que ambos habían compartido hacía doce años y su hermana Jane se había encargado de encender docenas de velas para endulzar el ambiente. Matt y Sarah habían hecho algunos recortes y *collages* con fotos de ellos y Amy sonrió para sí misma ante tan hermoso detalle. La estancia no podría haber estado en mejores condiciones.

Retiró las finas sábanas de la cama y se acurrucó sobre los almohadones. La preciosa sonrisa de Leah se volvía a dibujar en sus retinas y cerró los ojos. Oyó correr el agua de la ducha que acompañaba el tarareo de Liam de alguna melodía del grupo sueco Abba. Sonrió para sí y se dejó llevar por los sonidos de la casa.

Cuando Liam entró en la habitación se la encontró profundamente dormida con una renovada expresión de cierta paz en su rostro. En aquella posición respirando suavemente a la simple luz de las velas, estaba preciosa. Rodeó la cama para meterse por el otro lado. Su peso sobre el colchón la hizo cambiar de postura y entreabrió los ojos.

—Sshh duerme —le dijo Liam echando una colcha sobre los dos.

—Es nuestra noche de bodas… —musitó recostándose sobre él. No logró abrir los ojos.

Liam la besó en la frente acariciándole el cabello y la apoyó sobre su torso. Deslizó las manos con suavidad a largo de su espalda y a los pocos minutos él también se perdió en un profundo sueño.


Liam la sintió removerse entre sus brazos y pasados unos minutos separó los párpados con dificultad. La tenía frente a él contemplándole sin perder detalle. Estaba a punto de amanecer y la tenue luz de las velas que aún estaban encendidas, reflejaban preciosos trazos de color ámbar en aquellos ojos verdes. Había restos de lágrimas en sus ojos.

—¿Qué ocurre, cariño? —deslizó la mano hacia su brazo.

—Tenía miedo a despertarme y ver que no había sido más que un sueño.

—¿De qué tienes miedo?

—De volver a perderte.

Liam borró el rastro de sus lágrimas con el pulgar.

—Estoy aquí y no pienso irme a ninguna parte. —La acercó a él con ternura mientras deslizaba la mano por la curvatura de su cintura y por detrás de sus caderas. Depositó un suave beso sobre sus labios—. ¿Recuerdas el día en que fuiste a verme actuar en Broadway? —preguntó mientras dibujaba figuras invisibles sobre su espalda.

Amy asintió.

—Al día siguiente tú tomaste un vuelo de regreso a Chicago y yo estaba allí para hacer un cambio de mi billete a Los Ángeles cuando él vino a buscarte a la terminal.

Liam percibió el sobresalto del cuerpo de Amy entre sus brazos, pero no dijo nada. Esperó a que él continuara.

—Pude observar toda la escena. Aquella noche, sin yo aún saberlo, comenzaron mis problemas con el alcohol.

—Oh Liam… lo siento… yo…

Liam llevó un dedo a sus labios para interrumpirla.

—Tú no tienes nada que ver con eso. Cuando observé como

te echabas en sus brazos sólo pensaba en una cosa. Aunque no creas lo que te estoy diciendo, en aquel instante no sentí celos. Lo que sentí fue un dolor y un vacío inmensos, pero a pesar de todo deseé de todo corazón que hubieras encontrado al fin a alguien que pudiera llegar a quererte tanto como yo te había querido.

—Tu deseo no se hizo realidad —le dijo Amy llevando una mano acariciadora hasta el contorno de sus azules ojos.

—Sabía que así sería.

—¿Y por qué?

—La respuesta es bien sencilla. Porque no ha habido ni habrá nadie que pueda quererte más de lo que yo te quiero.

Amy le rodeó el cuello con los brazos.

—Yo tuve exactamente esos mismos pensamientos la noche en que te vi salir del Majestic acompañado de aquella mujer. Aquella noche lloré como nunca lo había hecho, pero terminé llegando a la misma conclusión que tú.

—Dilo, quiero oírtelo decir.

Liam rodeó el cuerpo de Amy con sus brazos y la apretó contra el suyo.

—No ha habido ni habrá nadie que pueda quererte más de lo yo te quiero.

Liam buscó su boca para besarla y Amy se perdió en sus devastadoras caricias.

—Y ahora hazme el amor si no quieres que cambie de opinión. —Su voz fue pura sensualidad y Liam se apoyó sobre su codo para dedicarle una provocadora sonrisa. Tiró de las sábanas y agachó la cabeza.

—Creo que el Gran Wallace está preparado para el ataque.

—Pues dile que vaya preparándose para la ofensiva —le decía Amy con una provocadora sonrisa mientras separaba sus piernas y él se colocaba entre sus muslos.


—¿Estás preparada? —le preguntó Liam apoyado sobre el marco de la puerta de la habitación dos semanas después de su regreso de España.

Amy permanecía aún sentada en el borde de la cama, pensativa e incluso ausente, sujetando en su regazo aquella ánfora que contenía las cenizas de Leah. Con todo el devastador sufrimiento que implicó la pérdida de su hija, la noche en que los médicos y psicólogos tuvieron que darle la noticia de su muerte, también se vieron obligados a hablarle de la donación de órganos.

Al principio se mostró algo recelosa pero en aquel mismo instante se puso en el lugar de las familias que podrían estar esperando un corazón, un riñón o un hígado para alguno de sus seres queridos. ¿Y si Leah hubiera estado en aquella situación? ¿Y si se hubiera dado la penosa circunstancia de que la vida de su hija hubiera dependido de la muerte de otro ser humano? ¿Acaso no habría estado agradecida a ese donante anónimo lleno de amor desinteresado al prójimo? ¿No era ésa una forma de hacer que Leah viviera a través de todos ellos? Sería su último gesto de amor hacia ella. Sabía que así lo habría querido si hubiera tenido edad suficiente para comprenderlo.

Amy levantó la mirada hacia él asintiendo.

—Todos están abajo esperándote.

Amy se levantó a duras penas por la emoción contenida y Liam se acercó a ella.

—¿Estás segura de que quieres hacerlo?

—Sí… lo estoy… ¿en qué otro lugar iba a estar mejor que aquí? No estará sola. Mi padre y tu madre estarán con ella. Éste es el punto de partida de nuestras familias y aquí es donde debe estar.

—Siento que tengas que pasar por esto de nuevo, amor mío.

—Tenía que hacerlo, Liam. Si quiero seguir adelante tengo que reservarle un trozo de mi corazón. Y mi corazón se quedó en Escocia hace mucho tiempo.

Liam le sonrió complacido por lo que simbolizaban aquellas palabras y la besó con ternura. Acto seguido, le pasó el brazo alrededor de los hombros acercándola así hacia él y los dos bajaron para poner rumbo a las aguas de Loch Lomond donde la pequeña Leah descansaría definitivamente en paz.

# Capítulo cuarenta

*Nueva York, diciembre de 2006*

$S$arah entró corriendo en el salón acompañada de Phoebe y Matt. Traían las narices completamente coloradas a consecuencia de las bajas temperaturas que se estaban alcanzando en la ciudad por aquellas fechas.

—¡Tía Amy, mira lo que papá ha comprado en una librería del Village! —exclamó emocionada.

Amy revisaba en su portátil el último correo elctrónico de su tramitador en el proceso de adopción que Liam y ella habían comenzado hacia tres meses en la India. Parecía ser que todas las documentaciones y acreditaciones solicitadas habían sido recibidas sin demora. Respiró tranquila una vez más aunque siempre con la incertidumbre de la larga espera a la que ambos iban a estar sometidos.

Apagó el ordenador y se levantó de la mesa para sentarse junto a sus sobrinos en el sofá. Era la primera vez que el principal núcleo de la familia Wallace y MacLeod pasaban juntos la Navidad, a excepción de aquellos que tristemente ya no estaban entre ellos.

—¡Dios… tienes las manos heladas! —exclamó Amy arrastrando a Phoebe hasta sus brazos—. Estela aún está en la cocina, ¿por qué no le decís que os prepare un chocolate caliente?

Jane y Douglas entraron en la estancia reconfortados por el agradable calor de la calefacción central y la chimenea.

—No molestes a Estela —intervino Douglas— porque bastante tiene la pobre con preparar comida para tanta gente.

—Menos mal que habéis encargado todo a un servicio de *catering* y vendrá todo preparado para Nochebuena —dijo Jane.

—La tía Amy ha cocinado un montón de cosas ricas —añadió Phoebe.

—Eh, yo también he hecho algunas cosas ricas... —Jane comenzó a reír mientras tomaba asiento junto a Douglas en otro sofá.

—Nos estamos apañando muy bien. Somos un gran equipo —dijo Amy mientras acariciaba los cabellos pelirrojos de Phoebe—. ¿Y bien, qué era eso que me querías enseñar que ha comprado papá? ¿A propósito, dónde están tus padres?

—Están negociando una reserva de última hora para cenar en el salón privado de Eleven Madison Park —respondió Jane—. Quiere invitarnos a todos.

—En estas fechas es imposible encontrar ahí una reserva y menos en el privado. No había necesidad y además es muy caro.

—¿Estoy oyendo hablar a la esposa de Liam Wallace que en breve comenzará a producir una película basada en su propio guion? —El tono de Jane era socarrón.

Amy tuvo que reír. Volvió a oír pasos en el vestíbulo. Eran Keith, su esposa Annabelle, Mel y Jill. Los padres de Jill se habían quedado de compras en Saks con James y Emily.

—¿Lo habéis logrado? —preguntó Amy.

—He tenido que sacar mi cartera en la que tengo unas fotos junto a Liam. Al principio no creyeron que se trataba de su hermano.

Todos rieron ante la ocurrencia de Keith.

—Tenemos la reserva para las siete y media. Espero que Liam llegue a tiempo.

Liam se encontraba supervisando localizaciones de exteriores en Vermont para la próxima película que iba a producir con Izzie O'Balle cuyo rodaje comenzaba a principios del nuevo año. El objetivo que se habían marcado de pasar un año sabático no había sido posible. A finales de primavera viajarían a España, concretamente a Andalucía, con la finalidad de iniciar todas las actuaciones pertinentes para el rodaje del primer proyecto concebido por Amy y que sería producido e interpretado por Liam. Tenían la intención de permanecer allí durante todo el tiempo que hiciera falta, de modo que Amy ya estaba buscando casa en la costa del Sol y estaba entusiasmada con la idea de vivir en España durante varios meses. Así pues, se les presentaba un año 2007 lleno de interesantes propuestas, y en el fondo, así lo deseaba Liam. Era una noble manera de que Amy mantuviera la mente ocupada con algo que le apasionaba y aunque sabía que su dolor jamás podría ser mitigado estaba convencido de que el trabajo la ayudaba a sobrellevar su pena de una forma menos traumática. El simple hecho de haber comenzado los trámites de adopción junto con los dos rodajes que tenían previstos había sido sin duda causa suficiente para ver una renovada luz en su rostro y eso a Liam le hacía más feliz que cualquier otra cosa.

El sonido del móvil de Amy interrumpió la concurrida reunión. Era Liam.

—Hola, cariño —le dijo.

—Hola, cielo, ¿cómo va todo por ahí?

—Pues tu padre y mi madre junto con mis tíos están saqueando sus respectivas tarjetas de crédito en Saks y el resto acaba de llegar. Tu hermano ha hecho una reserva para Eleven Madison Park para las 19.30.

—¿Cómo lo ha conseguido siendo víspera de Nochebuena?

—Ser tu hermano debe servir para algo.

Liam comenzó a reír al otro lado de la línea.

—¿Te dará tiempo a llegar?

—Siento decirte que el vuelo saldrá con retraso. Hay que esperar a que amaine el temporal. Ha dejado de nevar pero el viento sigue estando presente. Lo más probable es que no llegue hasta medianoche así que no podré asistir a la cena.

—Vaya… —suspiró Amy decepcionada.

—Cariño, lo siento de veras. Te aseguro que no me apetece estar esperando en un triste aeropuerto sabiendo que todos lo estáis pasando en grande en mi ausencia.

A Amy se le escapó una breve sonrisa.

—Lo sé y te entiendo. Llevas dos días fuera y todos te echan de menos. Eso es todo.

—Te echo terriblemente de menos. Guardad algo de energía para cuando yo llegue, sobre todo tú —dijo en tono burlón.

—Lo haremos. Llámame cuando vayas a embarcar. Yo también te echo de menos. —Su última frase era una forma de contestar a su comentario.

—Lo haré.

—Te esperaré despierta.

—Conociéndote lo dudo —dijo Liam riéndose.

Amy lo imitó.

—Lo intentaré —respondió.

—Pasadlo bien, te quiero.

—Yo también. Adiós.

Amy presionó el botón de apagado del móvil. Todos la miraban expectantes.

—No llegará hasta medianoche, chicos. Así que mejor anulamos la reserva y cenamos aquí todos juntos. No estoy para muchas celebraciones —dijo cabizbaja—. Detesto estas fechas; si no fuera porque estáis aquí… —comenzó a decir.

—Vamos —dijo Keith dirigiéndose hacia ella— no queremos verte así. Estas fechas son tristes para todos y para ti más que para nadie, pero estoy seguro de que a las personas que faltan no les haría ninguna gracia vernos melancólicos y alicaídos. Estamos todos juntos y tenemos que aprovechar este momento. Disfrutar cada minuto de estos días es la mejor forma de rendirles homenaje.

Amy esbozó una sonrisa de agradecimiento por sus amables palabras y Keith le dio un cariñoso abrazo.

—Liam no querría verte así. Hazlo por él, ¿de acuerdo?

—De acuerdo. Habéis ganado la batalla, como siempre —añadió tratando de trazar una sonrisa en sus labios.

Sus dos sobrinas fueron hasta ella para abrazarla.

—No estés triste, tía Amy. Ya verás lo bien que lo pasamos. Va a merecer la pena.


Liam llegó finalmente a casa bien pasada la medianoche. Todos estaban completamente dormidos en el piso de arriba después de una jornada agotadora. Amy se había trasladado junto con su marido a una de las habitaciones de invitados de abajo durante la visita familiar. Las tenues luces de las lámparas de las mesillas de noche aún permanecían encendidas en un intento por permanecer despierta esperándolo. Liam no pudo evitar sonreír para sí mismo cuando advirtió una vez más que dormía profundamente. No quería despertarla, pero se acercó a ella y la besó dulcemente en la mejilla. El roce de su fría piel le hizo abrir los ojos.

—¿Qué hora es? —preguntó volviendo a entornar los párpados.

—Duérmete. Es tarde. Voy a darme una ducha caliente.

—¿Has cenado? —Se incorporó, pero el volvió a tumbarla y se sentó al borde la cama a su lado.

—Sí, he cenado. No te levantes. —Volvió a buscar sus labios y Amy lo agarró con suavidad por el cuello.

—Estás helado —le dijo—. Olvídate de esa ducha. Yo te haré entrar en calor. —Amy desabrochó un par de botones de su camisa y acarició el suave vello de su torso. Liam se dejó llevar por el roce de sus expertas manos obsequiándola con un largo beso. Cuando se separó de ella la miró con una expresión que Amy no supo descifrar.

—¿Va todo bien? —preguntó confundida.

Liam acarició el contorno de sus labios con el pulgar. Amy se sintió arropada y al mismo tiempo desnudada ante aquellos cansados ojos azules.

—Tengo algo que contarte —le dijo cambiando de posición y sentándose al borde de la cama. Se quedó pensativo.

—¿Qué ocurre? —Amy se incorporó apoyando su espalda sobre el cabecero.

—He recibido una llamada de Londres.

—¿Y?

—Clyde ha fallecido de un ataque al corazón.

Amy se quedó muda. En momentos semejantes habría dicho lo que dice todo el mundo. Habría dicho que lo sentía, pero en ese preciso instante, sencillamente no pudo hacerlo. Permaneció callada varios segundos hasta que se vio forzada a romper el incómodo silencio.

—¿Cuándo?

—Hoy era el funeral.

—Vaya… esto es un poco… la verdad… no sé qué decir. ¿Cómo ocurrió? Quiero decir, ¿tenía problemas de corazón?

—Tenía cierta tendencia a tener la tensión alta. Supongo que la vida estresante que llevaba contribuyó mucho a ello. Pero siempre creí que se cuidaba. La verdad, no me lo esperaba.

—¿Dónde estaba cuando sucedió?

—Solo. Su ex mujer se lo encontró. Tenía cita con su abogado para no se qué asunto legal. Al ver que no aparecía ni contestaba a las llamadas fueron a buscarlo a casa.

—Vaya...

—También mis sentimientos están confusos. No eres la única. Yo tampoco he sabido reaccionar ante la noticia.

Amy lo tomó de la mano y habría jurado notar cierto temblor.

—Ese hombre ha pasado a mi lado más de una década de mi vida y la noticia de su repentina muerte no ha causado en mí ningún tipo de aflicción. Ahora mismo no siento emoción alguna.

—Todo está aún muy reciente, cariño. Es comprensible que el rencor permanezca.

—Entonces, ¿por qué me siento tan culpable?

—Porque tú tienes corazón y eso es algo de lo que él ha carecido siempre. Jugó con nuestras vidas y no necesito recordarte las consecuencias que su maldito juego ha tenido en ellas.

Liam se deshizo de su mano y se levantó. Caminó de un lado para otro de la estancia mientras Amy lo contemplaba en silencio esperando a que su mente dejara de deliberar si debía decir en voz alta aquello que estaba pensando.

—Muchas veces me he preguntado si nosotros no hemos sido también responsables de esas consecuencias —le dijo.

Se detuvo y la miró directamente a los ojos.

—No se adónde quieres ir a parar.

—Si tú me hubieras dado la oportunidad de darte una explicación; si yo no me hubiera dado por vencido y hubiera movido cielo y tierra para buscarte, ¿no te has parado a pensar que quizás todo habría sido diferente?

—Liam, no creo que merezca la pena volver a hablar de esto.

—Sé sincera conmigo. ¿De veras que no lo has pensado nunca?

Amy agachó la cabeza cerrando los ojos en un gesto angustiado. Liam supo que ella también se había planteado esa misma cuestión cientos de veces por una razón muy sencilla. Había descubierto la jugada de Clyde mucho antes que él. Salió de la cama y se acercó a él.

—El único error que cometí fue creer que habías dejado de quererme. Cuando descubrí que no había sido así y tuve que verte salir del Majestic, triunfador, sonriente y acompañado de esa mujer, mis esquemas volvieron a derrumbarse. Consideré que lo mejor para los dos era que cada uno continuara su camino.

—Pero viniste a verme. Viste que llevaba puesto el anillo. ¿Es que eso no fue prueba suficiente de que no me había olvidado de ti? Descubriste la verdad y sin embargo volviste a Chicago y... —Liam no quería continuar porque sabía que si alguien había salido perdiendo con todo aquello había sido ella y no quería hacerla sufrir más de lo necesario.

—¿Y qué? —Le dirigió una mirada, mezcla de desafío y congoja.

—Olvídalo, no debí haber sacado ese tema a colación. —Tomó su rostro entre las manos con ternura—. Ni siquiera debería haberte mencionado lo de la muerte de Clyde. Lo siento, cariño. No pretendía hacerte recordar...

—¿Recordar? —le interrumpió apartándole las manos, indignada—. ¿Recordar la errónea y fatal decisión de no haber ido en tu busca para darnos una nueva oportunidad a pesar de saber que no me habías sido infiel? ¿Recordar la dura decisión de haber vuelto a Callander para confesárselo todo a tu familia y rogarles que te dejaran seguir con tu sueño? ¿Recordar mi desafortunada decisión de haber vuelto a Chicago a los brazos del hombre que creía lograría arrancarte de mi corazón? ¿Recordar cómo veía en Leah a la hija que me habría gustado tener contigo y ver cómo otro error mío le arrebataba la vida? Dime, ¿es eso lo que no pretendías hacerme recordar?

Liam trató de atraerla de nuevo a sus brazos antes de verla estallar en llantos.

—Mi vida..., escúchame. Por favor, no pienses que...

—No, escúchame tú. He lamentado cada minuto de cada día de estos largos años el no haber ido en tu busca aquel día en que supe la verdad.

—Basta, Amy. Deja de martirizarte —le dijo sujetándola con firmeza por los hombros—. Mírame, por favor.

Amy obedeció con lágrimas en los ojos.

—Fui yo quien debí salir en tu busca en el instante en que te descubrí en el aeropuerto, pero tal y como te sucedió a ti, yo también creí erróneamente que ya estaba fuera de tu vida.

—No tiene sentido seguir torturándonos con lo que pudo haber sido porque ya no hay marcha atrás. ¿Por qué hablar de esto ahora?

—Porque quizás éste era el momento de hacerlo. Es algo que nos ha estado consumiendo durante mucho tiempo y teníamos que sincerarnos al respecto.

—Son partes de mi vida que desearía olvidar.

—Pero no puedes hacerlo y con esto no pretendo menospreciar tu buena intención de no querer hurgar en el pasado para no hacerme daño pero tenemos que sacar todo esto, Amy. Sé que estas fechas son duras para todos y no quiero que de repente te vengas abajo. Mi único deseo es que ambos aprendamos a vivir con lo que nos ha ocurrido sin hacernos reproches como los que hemos estado a punto de hacernos hace unos minutos. Nunca me perdonaré a mí mismo lo que sucedió en Buenos Aires. Fui yo quien debería haber interrumpido aquella entrevista en el Hotel Alvear.

—Lo hiciste, Liam. La interrumpiste, pero una vez más fui yo quien volvió a salir huyendo cuando tus ojos me revelaron que jamás habías dejado de amarme. Me sentí tan fracasada cuando fui consciente de los años que habíamos perdido que no pude hacer frente al dolor que te había causado.

Liam tragó saliva porque él había experimentado ese mismo sentimiento cuando ambos estuvieron frente a frente.

—Salí en tu busca y debí haber detenido aquel taxi.

—Yo no debería haber subido a ese taxi.

—Pero lo hiciste y mi deber era haberlo impedido. Supe que algo no iba bien y no me equivocaba. Si lo hubiera impedido te habría llevado conmigo de vuelta a Estados Unidos y tu hija estaría viva.

—No es justo que digas eso. No después de todo lo que tuviste que pasar con posterioridad. ¿Lo ves? ¿Te das cuenta de que a pesar de que ya ha fallecido sigue interponiéndose en nuestras vidas? Fue Clyde quien provocó toda esta cadena de acontecimientos. Nosotros no elegimos; él se encargó de hacerlo por nosotros.

—Ha muerto sin que hubiera nadie a su lado, Amy. Tampoco lo veo justo.

—Se lo tenía merecido. Hizo que te odiara cuando tú no habías hecho absolutamente nada para merecerlo. Te abandoné por su culpa y he tenido que vivir con ello.

—Lo sé, amor mío, lo sé —le dijo acogiéndola de nuevo en sus brazos. Esta vez Amy se rindió entre ellos—. Sólo te digo que a su manera él también se llegó a preocupar por mí. Lo que nos hizo no tiene perdón, pero si aquella fatal noche no hubiera telefoneado a Izzie y Miles, sólo Dios sabe lo que habría podido suceder.

—Toda su excesiva protección hacia ti se debía a su sentimiento de culpa por haber hecho de tu vida personal un caos —le dijo reclinando la cabeza sobre su pecho.

—Todo lo que dices es cierto, pero a pesar de todo no puedo culparle de mi cobardía para hacer frente a determinadas circunstancias de mi vida de las que yo soy el único responsable. Nadie me ha obligado a tomar determinadas decisiones.

Amy levantó su rostro hacia él sin deshacerse de sus protectores brazos.

—Lo único que tengo que agradecerle a Clyde Fraser es el hecho de que te haya obligado a dedicarte a lo que mejor sabes hacer, pero incluso eso fue también mérito tuyo o incluso de Izzie O'Balle más que de él. Lo hiciste rico, Liam. Si alguien tiene que agradecerte algo, ése era Clyde.

Liam fijó su vista en un punto perdido.

—Lo ha hecho. Ha tenido una peculiar forma de devolverme el favor.

—¿Qué quieres decir?

Liam volvió a centrar la vista en ella.

—Otro de los motivos de la llamada de su abogado ha sido la invitación a la lectura de su testamento el próximo 4 de enero.

—Pero ¿por qué nosotros?

De repente Amy comprendió.

—Hace cinco meses que ordenó a Steven Rosenberg un cambio en su testamento a favor de Liam Wallace y su esposa Amy MacLeod. Tú y yo somos los únicos herederos legales de su fortuna.

# Capítulo cuarenta y uno

*Málaga, 2007*

*I*zzie le dio el visto bueno al vestido por el que Amy se había decidido finalmente tras recorrer casi una decena de tiendas de la malagueña calle Larios. Era una agradable tarde de mediados de octubre en la que ambas habían decidido aprovechar el poco tiempo libre del que disponían para ir de compras.

Había aterrizado por primera vez en la ciudad de Málaga hacía ya casi cinco meses para el comienzo del rodaje de *Better days*. Se habían instalado en una acogedora casa andaluza situada a un par de kilómetros de la preciosa localidad de Frigiliana. Disfrutaban de unas inmejorables vistas del mar, de la montaña y del bello pueblo de escalonadas casas blancas. Había elegido ese perfecto enclave alentada por Liam. Aunque era una localidad frecuentemente visitada por turistas, a ambos les pareció el lugar perfecto para alcanzar los pocos momentos de intimidad y tranquilidad que disfrutarían durante aquellos ajetreados meses.

Al ansiado deseo de llevar a la pantalla aquella excelente historia concebida, imaginada y meditada por Amy, se unió Antonio Banderas como productor. En el momento en el que Liam y Amy se reunieron con él y su esposa Melanie en su residencia de Los Ángeles para exponerle aquella descabellada pero atrayente propuesta, Antonio se mostró interesado en participar en el proyecto. Siendo malagueño de nacimiento y no siendo ésa la primera película que rodaba en su ciudad natal, todo el equipo de Arbroath Film Entertainment se encontró con la agradable sorpresa de que el rodaje se estaba convirtiendo en las mejores vacaciones pagadas de sus vidas. Así que, después de todo, su estancia en España no estaba siendo tan agitada como pensaron en un principio. El rodaje ya había llegado a su fin y afortunadamente gracias al esfuerzo de todas las instituciones y, particularmente, del ayuntamiento de la ciudad, todo había salido a pedir de boca. Salvo varios problemas de alguna licencia para rodar en playas de Punta Umbría en Huelva, dada su localización cercana a un Parque Nacional, el resto fue como la seda. Amy fue la salvación de Liam con respecto al idioma aunque después de cinco meses había conseguido hacerle estudiar los puntos fundamentales de la gramática española y sorprendentemente aprendía a una velocidad vertiginosa. El mismo Antonio Banderas siempre se dirigía a él en español y Amy optó por imitarlo. Tuvo que reconocer impresionada que Liam se defendía bastante bien. Resultaba de lo más sexy cuando lo escuchaba hablar en el más bello idioma que jamás había conocido.

Los recorridos por las callejuelas del centro histórico de la capital, las sonrisas en los rostros de los paseantes, esas deliciosas tapas acompañadas de una cerveza bien fría, los inolvidables momentos que pasaban sentados en el paseo marítimo de Pedregalejo después de haber disfrutado de una inigualable fritura de pescado y esa eterna luz que duraba hasta altas horas de la tarde, eran una de las mil y una razones por las que Liam estaba considerando muy en serio la posibilidad de establecerse allí para las vacaciones del resto de su vida.

Izzie había volado hasta la ciudad de Málaga para supervisar las últimas semanas de rodaje antes de regresar a Nueva York para comenzar con la fase de posproducción. Miles le había acompañado a condición de que aprovecharan aquellos días para tomarse unas minivacaciones. Liam se encontraba en Londres para asistir al estreno de la nueva película de Scott Fairfield. Llegaría después de medianoche para asistir al día siguiente a la fiesta de despedida que el Ayuntamiento de Málaga ofrecía a todo el equipo de producción. El rodaje había supuesto un impulso económico notable para la ciudad que había estado en el punto de mira durante todo aquel período. Liam había caído rendido ante el embrujo de aquella tierra y de toda la región andaluza así como del resto de las ciudades españolas que había tenido oportunidad de visitar junto a Amy. Por aquella razón había acordado con Antonio que el estreno mundial de *Better Days* tuviera lugar en abril de 2008 con motivo de la próxima edición del Festival de Cine de la ciudad de Málaga.

—Ése te queda perfecto —comentó Izzie al ver a Amy salir del probador.

—¿No es un poco atrevido?

—Si lo dices por el color, no. Además, estás muy bronceada y te favorece muchísimo.

—¿Crees que a Liam le gustará?

—Si por él fuera no llevarías nunca nada encima.

Amy comenzó a reír.

—Bueno, creo que me lo voy a quedar.

—Más te vale porque si tengo que entrar en otra tienda más caeré desfallecida. Necesito tomar algo ya.

—Pero si no hace ni dos horas que te has zampado un chocolate con churros —le sonrió mientras volvía a meterse en el probador.

—Lo sé, será el clima. Pero me muero por una tapa de ensaladilla rusa y unas croquetas.

El ruido de un móvil la interrumpió.

—Es el tuyo —gritó Izzie rebuscando en el bolso de Amy—, ¿contesto?

—Sí, por favor.

—Hola —dijo cuando logró dar con él.

—¿Hablo con Amy MacLeod?

—Me temo que no puede hablar en este momento. ¿Quién le llama?

—Soy Marcus Geerstat, su abogado, y usted es…

—Marcus, hola. Soy yo, Izzie.

—Hola, Izzie. No había reconocido tu voz. ¿Estáis todavía en Málaga? ¡Cómo os envidio! Seguro que disfrutando aún de temperatura veraniega a pesar de estar en pleno otoño.

—Pues sí. Este clima es una gozada. Mañana es la fiesta de despedida y desmontaremos el cuartel general en un par de días. El jueves regresamos a Nueva York. ¿Qué puedo hacer por ti? ¿Hay alguna buena noticia? Espera, Amy ya está disponible —le dijo al ver que salía de nuevo del probador.

—¿Quién es?

—Es Marcus.

Amy tomó el aparato en sus manos y se lo llevó al oído repentinamente alterada. Siempre que recibía alguna llamada de Marcus notaba que el ritmo de los latidos de su corazón aumentaba estrepitosamente.

—Hola, Marcus. ¿Ocurre algo?

—No te alarmes, es que no podía esperar para darte la buena noticia.

—¿Quieres decir que…?

—La embajada me acaba de notificar que podéis viajar el próximo 10 de noviembre para traeros a vuestro hijo —le interrumpió.

—Oh… Marcus… no es cierto. Es una broma.

Izzie la miró con expresión interrogante mientras veía cómo su amiga se llevaba las manos hasta la boca para dejar escapar una exclamación en silencio.

—No es una broma. Te aseguro que no bromearía jamás con algo así, Amy —le dijo en tono relajado.

—Lo sé, Marcus. Es que creía que este momento no llegaría nunca.

—Pues ya ves que todo llega y si las cosas salen como esperamos, pasaréis todos juntos vuestras primeras navidades en casa.

—Dios, estoy deseando darle la noticia a Liam. Lleva algunas semanas algo estresado e irritable así que sé que esto va a suponer un gran incentivo para él.

—Estoy seguro de que así será. Toda la documentación está en perfecto orden. Me encargo a partir de hoy mismo de ir tramitando los visados, los billetes y el alojamiento. También os iré organizando la cita con el médico para un par de vacunas recomendables. Nuestros tramitadores ya están en marcha con vuestro proceso. Lamento no haber avisado con más antelación pero, ya sabes cómo funciona todo esto.

—No te preocupes; estamos al tanto.

—Espero que la agenda de Liam le permita estar apartado del trabajo durante más de un mes. ¿Crees que podrá soportar estar todo ese tiempo en la India? —preguntó riendo.

—Estaremos preparados para pasar allí todo el tiempo que las autoridades locales requieran. Ya lo conoces y no saldrá de allí si no es con un pequeño Wallace bajo el brazo.

—Me parece perfecto, ¿qué tal si os veo en mi despacho el

próximo miércoles? Ya me ha dicho Izzie que regresáis dentro de tres días.

—Así es. Estaremos allí, Marcus.

—De acuerdo. Mis mejores deseos para los dos a partir de este mismo instante. Ese niño va a ser muy afortunado.

—Ésa es nuestra intención. Gracias otra vez, Marcus.

—Gracias a vosotros. Al fin y al cabo éste es mi trabajo y me pagáis por ello.

—Y lo hacemos con mucho gusto. —Amy rio de nuevo—. Hasta pronto.

—Buen viaje de regreso y hasta pronto.

Amy pulsó la tecla de apagado.

—¿Para cuando el viaje? —preguntó Izzie nerviosa.

—El 10 de noviembre. Oh, Izzie, aún no puedo creerlo.

—Es fantástico —se abrazó a ella—. Ya puede estar tranquilo porque tendrá un compañero de juegos.

Amy se separó bruscamente de sus brazos.

—¿Compañero de juegos? ¿Qué? Espera, no...

—Sí —interrumpió Izzie.

—Pero ¿cuándo? ¿cómo? Bueno, quiero decir...

—No haré caso a la segunda pregunta —dijo riendo— respecto al cuándo, estoy de catorce semanas.

—Pero bueno... si no se te nota nada. ¿Cuándo pensabas decírmelo?

—Bueno, la verdad es que no queríamos adelantar acontecimientos hasta que tuviéramos la certeza de la fecha de vuestro viaje. No me parecía justo hacerte partícipe de esto cuando tú aún no sabías... ya me entiendes.

—Eres tonta, ¿cómo puedes pensar algo así? Es una noticia magnífica y me duele que te lo hayas guardado justo hasta este momento.

—¿Y no es mejor así?

—De todas formas estaba empezando a sospechar. Tienes demasiado apetito y eso no es muy normal en ti.

—Me temo que voy a tener que empezar a controlarme si no me quiero poner como una foca.

—¡Izzie, Izzie! No puedo creer que estés esperando un bebé. Pero si yo creía que para vosotros el tema de los niños estaba ya zanjado.

—La verdad es que no podía seguir pensándolo mucho. Cumplo cuarenta dentro de poco, así que teníamos pocas opciones. Estamos muy contentos y ahora mucho más sabiendo que a vosotros también se os acaba el tiempo de espera.

—Estoy deseando hablar con Liam, pero creo que esperaré a que llegue para darle la noticia personalmente.

—No creo que aguantes hasta esta noche.

—Se me van a hacer eternas las próximas semanas.

—Todo va a pasar más rápido de lo que imaginas. Ya lo verás.

—Bueno, ¿qué te parece si empiezo por pagar este mini vestido y nos vamos a tomar algo para celebrarlo?

—Sí, por favor. Creía que no lo dirías nunca.


Tal y como había previsto Izzie, no pasaron ni tres minutos cuando marcó el número de Liam para anunciarle la feliz noticia, pero tuvo que dejarle el mensaje en el buzón de voz. Sabía que le devolvería la llamada en cuanto lo escuchara y así lo hizo, pero él también se vio obligado a dejarle otro mensaje que Amy escuchó una hora más tarde mientras Miles las conducía de vuelta a casa.

Cuando llegó se fue directamente hasta la ducha mientras Izzie y Miles descansaban un poco antes de la cena en las habitaciones de abajo. Volvió a intentarlo con Liam aunque sabía que en ese instante estaría en Leicester Square siendo aclamado por multitudes. Efectivamente, estaba fuera de cobertura. Escuchó su mensaje:

Vaya, parece ser que no nos ponemos de acuerdo. No vuelvas a hacerlo, cariño. No vuelvas a dejarme un mensaje así en el buzón de voz. Felicita a Miles e Izzie de mi parte. Lo celebraremos en cuanto llegue. He blasfemado cuando he sido consciente de que no he podido tenerte cerca para besarte y abrazarte. —Se detuvo un par de segundos antes de continuar—. Con un poco de suerte en dos o tres horas estaré camino de Gatwick. Espero no llegar muy tarde así que espérame despierta. Hoy te necesito más que nunca. —Su tono relajado dejó traslucir cierta nota de inquietud—. Te quiero.

Amy volvió a escucharlo y permaneció varios minutos meditando sobre el matiz de las palabras expresadas. Trató de no darle importancia y reanudó sus pasos hacia la cocina para preparar algo para la cena.

Pulsó la tecla de encendido del mando del televisor de la estancia y sintonizó un canal internacional que estaba retransmitiendo en diferido las imágenes de su entrada en el Leicester Square Theater. Como siempre apuesto, desenvuelto y cordial con todos aquellos que se apiñaban a su alrededor. Pero advirtió algo diferente en sus habituales formas. No se detenía durante mucho tiempo ante un micrófono o ante un admirador que le reclamaba un autógrafo o una foto. Sus respuestas a algunas preguntas de la prensa eran demasiado escuetas, sobre todo aquellas que hacían mención a algo relacionado con su vida personal lo cual era perfectamente comprensible. Acto seguido parecía despertar, como si se hubiera dado cuenta de que su actitud no era la correcta, para volver a sorprender con algún hábil comentario o con una sonora carcajada. Pero lo que realmente le preocupó fueron aquellas otras sonrisas comedidas o simplemente corteses acompañadas de alguna que otra mirada taciturna.

Por mucho que la gente se imaginara que lo conocía nadie salvo ella y los más cercanos a él sabían que cuando traspasaba el umbral de su vida privada, aquel imbatible e indomable escocés que con el paso de los años había adquirido proporciones de guerrero *highlander*, seguía mostrándose a sus ojos como el mismo joven alto, grácil, de aspecto despreocupado, mirada sincera, corazón de hierro, alma errante y voz profundamente poética que desafiaba las reglas para regirse simplemente por los principios. A pesar de las vicisitudes por las que se había visto obligado a pasar, era sin duda el hombre más valiente que jamás había conocido.

Estaba acostumbrada a permanecer en un segundo plano cuando se trataba de su profesión. Lo había decidido motu propio aunque era algo que Liam no llevaba del todo bien porque no deseaba estar apartado de ella más tiempo del estrictamente necesario. Sin embargo, en aquel preciso instante lamentó no haberlo acompañado a Londres. Por un momento creyó que se consumía por el solo hecho de no poder sentir el contacto de su mano apretando firmemente la suya, su mirada, su sonrisa y su beso tranquilizador. Era su forma de apaciguar su estado de nervios cada vez que tenían que hacer frente a cualquier compromiso ineludible por parte de ambos. Anhelaba su contacto más que nunca.

Dejó la televisión en silencio cuando volvió a cambiar de canal. Las mismas imágenes se volvieron a repetir en un canal español, mezclándose con las palabras que había dejado en su contestador y que todavía resonaban en su mente. «Espérame despierta. Hoy te necesito más que nunca.»

El ruido de la maciza puerta de roble al cerrarse la despertó del ligero sueño que estaba empezando a vencerle. Dejó a un lado el libro que se había resbalado sobre su regazo y consultó el reloj. Pasaban treinta y cinco minutos de la medianoche. Se levantó del sofá y fue al encuentro de su marido, que entraba en la estancia en ese mismo instante deshaciéndose de su americana. Se detuvo a tan sólo un par de pasos de ella. Pese al cansancio reflejado en sus ojos su aspecto era sencillamente sublime. A veces continuaba preguntándose qué había visto en una mujer como ella. Amy alargó su brazo y Liam la tomó de la mano para franquear la corta distancia que los separaba.

—Vaya… estás despierta. No me lo puedo creer —le dijo al tiempo que su esposa posaba un beso fugaz en sus labios.

—Debería haberte acompañado. Siento tanto no haber estado contigo para poder haber recibido la noticia al mismo tiempo.

—No pasa nada —le dijo Liam pasando su brazo alrededor de su cintura para acercarla aún más hacia él.

—Sí que pasa. Hoy me necesitabas y no he estado a tu lado. Soy una egoísta y…

—Cállate y deja que te bese —le dijo interrumpiéndola con una turbadora sonrisa sin darle lugar a réplica.

Amy se estremeció cuando Liam le separó suavemente los labios con el pulgar rozándolos levemente con la lengua para después sumergirse en ellos. Volvió a deslizar las manos sobre su cintura mientras su beso se hacía más profundo demorándose en cada curva.

—Vaya... —logró decir Amy cuando Liam se separó de ella jadeante—. ¿Era para esto para lo que me necesitabas despierta? Si lo llego a saber me habría puesto algo más apropiado y te habría esperado en la cama.

—Así estás perfecta —añadió Liam comiéndosela con los ojos.

De un impulso la tomó en sus brazos para llevarla hasta su dormitorio. Después de desnudarla, Liam besó, saboreó y acarició cada centímetro de su cuerpo mientras escuchaba los suaves gritos sofocados que escapaban de sus húmedos labios. Cuando notó como sus caderas se elevaban, Liam perdió el control y rodeándole la cintura con las manos, entró en ella con un solo movimiento. Amy cerró los ojos durante un breve instante, pero los volvió a abrir cuando sintió que Liam dejaba de moverse dentro de ella.

—Prométeme una cosa —le dijo de repente con voz ahogada.

Amy permaneció callada, aún conmocionada por las pulsaciones que sacudían su cuerpo. Los ojos de Liam desbordaban una pasión sin límites.

—Prométeme que jamás volverás a marcharte. Prométeme que no vas a volver a separarte de mí pase lo que pase.

—Mi amor, ¿qué es lo que...?

—Prométemelo, por favor. —Sujetó con vigor una de sus manos y las llevó de nuevo hasta su torso desnudo. Amy pudo sentir los acelerados latidos de su corazón.

—Cariño, me estás asustando...

—Quiero oírtelo decir, necesito oírtelo decir.

—No voy a volverme a separar de ti, pase lo que pase.

—Pase lo que pase —repitió Liam.

—Sí, pase lo que pase.

Entonces Liam, sin apartar la vista de su rostro, volvió a moverse para introducirse nuevamente en la suave calidez de aquella mujer que amaba hasta la locura haciendo que arqueara su cuerpo hacia el suyo fundiéndose ambos en perfecta armonía. Con cada desplazamiento la excitación de Amy aumentaba pidiendo más. Liam la besó con infinita ternura moviendo las caderas al mismo tiempo que entraba profundamente en ella asumiendo el control. Comenzó a incrementar el ritmo, pero sin interrumpir sus besos hasta que Amy sintió su aproximación a la cima mientras Liam se sumergía definitivamente en ella.

Liam apoyó la cabeza sobre el pecho de Amy cubriéndolo de besos y murmurándole palabras de amor. Salió de ella envolviéndola en un largo y protector abrazo, dejándola aturdida por lo que acababa de suceder. A los pocos minutos abandonó el calor del lecho para dirigirse hasta el cuarto de baño sin pronunciar palabra. Amy supo que algo le había sucedido pero, esperaba que fuera lo que fuese lo que le preocupaba en ese instante terminara confesándoselo.

Se levantó de la cama con una angustiosa inquietud. El agua de la ducha del baño comenzó a correr y optó por irse a la cocina para prepararse algo que lograra calmarla. Aquellos diez minutos que pasó sentada sola frente a la humeante taza, se le hicieron eternos.

Se levantó para dejarla en el fregadero en el mismo instante en que Liam entraba en la estancia en camiseta y ropa interior. Amy le volvió a dar la espalda mientras alzaba la mano para abrir un armario y coger otra taza.

—¿Te apetece algo? —le preguntó.

—Lo mismo que tú. Gracias.

Amy se dirigió hacia el frigorífico. Tomó la botella de agua en sus manos, vació parte del contenido en la taza y fue a meterla en el microondas.

Liam se acercó hacia ella por detrás y le rodeó los hombros con los brazos. Amy sintió el roce de sus labios sobre su cabello. Permaneció en esa posición durante breves segundos, arropada por su cuerpo, percibiendo el olor a champú que desprendía su cabello mojado y la suavidad de su boca sobre la curva de su cuello.

—¿Hay algo que me quieras contar? —le preguntó interrumpiendo aquel intenso instante girándose hacia él.

Liam llevó sus manos hacia la cintura de Amy. Ella no se movió.

—He tenido tiempo para pensar durante estas últimas horas. Tiempo para hacer balance de mi vida. —Se detuvo unos instantes para bajar la vista, pero después volvió a centrar sus ojos en ella—. Estoy a punto de cumplir treinta y ocho años y tengo absolutamente todo lo que un ser humano puede desear.

He logrado cumplir el sueño de convertirme en un buen actor, he sido premiado con el mayor reconocimiento y me pagan muy bien por ello. Tengo la suerte de tener a mi lado al amor de vida que también ha conseguido ver su sueño convertido en realidad. Y no sólo eso, en un par de semanas tendremos en nuestros brazos a nuestro más preciado tesoro. A nuestro hijo. Pero por si esto no era suficiente, también tengo la satisfacción personal de ver que finalmente has logrado estar en paz contigo misma y con Clyde a través de todas las obras humanitarias que estás llevando a cabo con su herencia.

—Eso es también obra tuya y lo sabes.

Hicieron caso omiso al pitido del microondas que les avisaba de que el tazón de agua ya estaba listo.

—Tengo un miedo atroz a que esta sensación de absoluta felicidad se derrumbe en cualquier momento.

Amy lo miró a los ojos tratando de encontrar la frase correcta a aquellos pensamientos que parecían perseguirlo.

—Nada es para siempre, Liam.

—Lo sé.

—Pero creo que los dos hemos sufrido lo suficiente como para tener derecho a que esta felicidad pueda perpetuarse y tendremos que hacer todo lo posible para que así sea. Pero para eso tendrás que confiar en mí.

—Confío en ti y lo sabes.

—Entonces, sea lo que sea lo que tienes miedo a confesarme, estoy segura de que no será tan grave.

Liam permaneció callado. Desvió su mirada hacia la mesa y Amy siguió la dirección de sus ojos. Había un sobre.

—Es una demanda de petición de prueba de paternidad —dijo Liam aclarándose la garganta.

No supo interpretar la insólita mirada de Amy que estaba a punto de decir algo, pero Liam sabía que las palabras habían quedado relegadas a algún rincón de su alma. Se acercó vacilante hasta la mesa para coger el sobre y abrirlo delante de él. Después de leerlo lo miró fijamente a los ojos.

—¿Quién es Elisabeth Wilson?

—Es alguien con quien estuve hace tiempo.

—Has estado con muchas mujeres. La prensa se hacía eco de ello cada vez que le ofrecías la oportunidad.

Liam prefirió hacer caso omiso a aquel comentario que denotaba un claro reproche.

—Estaba saliendo con ella justo cuando mi madre falleció y empecé a leer el manuscrito que habías legado a mi familia durante tu última estancia en Callander.

Liam sabía que Amy tenía muchas preguntas en su mente así que le ahorró el duro trago de tener que hacerle pasar por ello.

—El hecho de que por aquellos años estuviera con una mujer tomando café no quería decir que estuviera metida en mi cama. Llegó un momento en el que decidí desistir de tener que desmentir rumores infundados.

—Sabes que nunca te he echado en cara esa parte de tu vida. Eras un hombre libre y no tenías que darle explicaciones a nadie.

—Pero te las di a ti confesándote que nadie había conseguido llenar el vacío que me habías dejado. Lisa siguió conmigo aún sabiendo que aquella relación tenía los días contados. Puede que fuera un defecto, pero siempre le dejé claro tanto a ella como a las otras que jamás lograría corresponderles de la forma que ellas esperaban.

—Si lo hubieras logrado… —agachó la cabeza para rehuir su mirada o quizás los mismos recuerdos—. Si hubieras logrado amar, quizás no te habrías visto obligado a refugiarte en el alcohol con el coste que eso habría supuesto para tu carrera incluso para tu vida.

—Salí de aquel agujero por respeto a mí mismo y por el amor que aún sentía hacia ti. Sabía que donde fuera que estuvieses no estarías orgullosa de mí y eso no podía tolerarlo.

—¿Qué sentías por ella?

—Fue la única que llegó a captar que algo de mi pasado me había dejado marcado y que eso me estaba impidiendo mirar hacia el futuro.

—¿No has contestado a mi pregunta?

—No llegué a amarla si es eso a lo que refieres.

—¿Esta demanda te preocupa a nivel profesional o a nivel personal?

—No seré ni el primero ni el último actor famoso al que le llegue una citación de este tipo. Lo que me preocupa es cómo va a afectarte esto a ti o a nuestra relación e incluso al proceso de adopción en el que estamos inmersos. Dentro de poco viajamos a la India para traernos a nuestro hijo y a partir de ese instante nuestras vidas ya no serán las mismas.

—Todavía no sabes si esta demanda tiene alguna base.

—Conozco a Lisa. No creo que persiga fama ni dinero con esto. Debe de haber alguna razón de peso para que lo haya hecho de esta manera.

—Estuviste sólo unos meses con ella. ¿Cómo puedes estar tan seguro de que puedes ser el padre de su hijo? ¿Cómo sabes que sus intenciones son honestas?

Liam dio un paso adelante. Retiró con suavidad un mechón de cabello y envolvió su cuello con sus manos.

—Yo estaba seguro de que eras la mujer de mi vida desde el mismo día en que te cruzaste en mi camino.

Amy trató de esquivar su emotiva mirada, pero no pudo hacerlo porque Liam la sujetó por la mandíbula obligándola a inclinar su rostro hacia él.

—Y no me equivoqué —continuó al tiempo que posaba sus labios sobre los de ella. Amy no lo rechazó y sintió cómo sus brazos volvían a abarcarla en toda su plenitud.

—Te quiero. —La voz de Amy era un débil susurro—. Y espero estar a la altura de las circunstancias pase lo que pase. Si es cierto que hay una posibilidad de que seas padre de ese niño, no me entrometeré. Habla con tu abogado. Cuanto antes dejemos este tema resuelto, mejor será para todos.

—¿Estás segura?

Amy asintió plenamente convencida.

—No diremos nada a la familia —añadió—. Dejemos las cosas como están y ya lo contaremos todo llegado el momento siempre que la prensa no lo filtre antes.

—No se filtrará —aclaró Liam.

—¿Cómo lo sabes?

—El abogado de Lisa me ha llamado hoy mismo antes de despegar de Londres para comunicarme que la demanda había sido retirada y que su cliente prefería hablar con nosotros personalmente.

—¿Y qué significa ese cambio de táctica?

—Tendré que averiguarlo el próximo día treinta.

—Un momento, ¿he oído bien? ¿Te ha dicho que quiere hablar con nosotros?

—Sí. Le ha pedido que vaya acompañado de mi esposa.

—No entiendo nada, Liam.

—Yo tampoco. He tratado de sacarle más información a Jack Medlay, pero ha insistido en el secreto profesional.

—¿Desde cuándo sabías todo esto?

—Desde hace más de una semana. No debí habértelo ocultado, lo sé. Espero que me perdones, pero estaba aterrorizado con el simple hecho de pensar que este suceso podría alejarte de mí.

—¿Cómo has podido pensar algo semejante? Si he sobrevivido a la pérdida de una hija y a la posibilidad de haberte perdido a ti, te garantizo que puedo hacer frente a cualquier cosa.

—¿Lo dices en serio?

—En serio. Desde el corazón. Pase lo que pase.

# Capítulo cuarenta y dos

*T*rataron de conservar la tranquilidad hasta el 30 de octubre. Jack Medlay los había citado a las once de la mañana de aquel lluvioso martes en su despacho del número 360 de Lexington Avenue. La subida hasta la planta catorce acompañada de las miradas indiscretas del resto de trabajadores o visitantes del edificio de oficinas fue algo estresante para Amy. A pesar del tiempo transcurrido no lograba acostumbrarse a que la gente la tuviera en el punto de mira. Acudía sólo y exclusivamente a los eventos que consideraba realmente importantes para Liam. Tenía un espantoso sentido del ridículo cuando tenía que estar frente a las cámaras y admiraba a su marido por tener ese don de gentes del que ella carecía. Liam siempre le decía que era precisamente por aquella razón por la que era tan buena escritora. Amy era quien lo ataba a la realidad y al hecho de que de puertas para adentro seguía siendo aquel recién licenciado en derecho de Edimburgo con quien se cruzó en la calle Drummond. Se sentía muy celosa de su intimidad y deseaba que así fuera siempre. Sin embargo, Amy pudo observar nuevamente aquella mañana que para Liam no había supuesto esfuerzo alguno dado que no había escatimado en repartir sonrisas y saludos desde su entrada en el lugar.

La secretaria de Medlay los acomodó en una amplia sala de decoración minimalista mientras se deshacía en desmesuradas sonrisas hacia Liam. Amy fue consciente una vez más de los estragadores efectos que su marido provocaba en la gente, sobre todo en las mujeres.

El abogado de Lisa era un hombre de estatura media y escaso cabello pulcramente engominado, de no más de cincuenta años, de mirada astuta y sonrisa sorprendentemente apacible.

—Señor Wallace. —Y apretó calurosamente su mano—. Es un verdadero placer tenerle aquí—. Cuando Jack extendió su mano hacia Amy, de repente no supo cómo dirigirse a ella.

—Llámeme Amy, será menos complicado —le respondió con una franca sonrisa.

—¿Les apetece algo de beber?

—No gracias —respondió Liam apresurado.

—Entiendo, estamos ante una situación algo incómoda y quieren acabar con esto cuanto antes.

—No he querido causar esa impresión, señor Medlay, disculpe si…

—Llámeme Jack y, por favor, no hay necesidad de disculparse. Se ha comportado usted con toda la caballerosidad que se esperaba. Ha acudido a nuestra llamada con una sorprendente premura y eso agrada tanto al abogado como al cliente.

—¿Dónde está? —preguntó Liam.

—No se encuentra aquí.

—Dijo que quería que viniera con mi esposa. Esto no es fácil para ninguno de los dos. Debería estar presente tal y como acordamos.

—Le aseguro que la decisión de Lisa tampoco ha sido fácil. Su ausencia en esta reunión está más que justificada.

—¿Qué quiere decir?

—Ha sufrido una recaída.

—¿Recaída? —preguntó desconcertado al tiempo que miraba a Amy.

—Tiene cáncer. Se lo diagnosticaron cuando estaba embarazaba de siete semanas.

—Dios santo… —murmuró Amy cuando contempló el rostro desencajado de Liam.

—Henry nació el 30 de septiembre de 2006, con casi ocho semanas de antelación. Hubo que provocarle el parto para poder comenzar la quimioterapia cuanto antes.

Así que aquel era su nombre. Henry. Amy buscó alguna respuesta en sus ojos, alguna pista que le dijera que, efectivamente, ese hijo podría ser suyo. Pero no lo necesitó porque él mismo se encargó de hacer la desagradable pregunta.

—Sé que teniendo en cuenta la delicada situación no debería cuestionarlo, pero creo que me veo obligado a hacerlo. —La voz de Liam sonó hueca—. ¿Cómo está tan segura de que es mío?

—Haga usted mismo las cuentas y seguro que le saldrán —respondió Jack.

Hubo un molesto silencio que Amy rompió.

—¿Ha dicho que tuvieron que provocarle el parto para poder comenzar con la quimioterapia?

—Así es. Cuando le descubrieron la enfermedad, los médicos le plantearon la posibilidad de interrumpir el embarazo. Había que ganar tiempo. Cuanto antes comenzara su tratamiento, mayores podían ser las posibilidades de recuperación porque incluso estando en una fase avanzada había un mínimo de esperanza. —Desvió la mirada hacia Liam—. Pero no hubo manera de hacerle cambiar de opinión. Quiso seguir adelante con el embarazo porque por nada del mundo quería perder a aquel niño.

—¿Por qué no se puso en contacto conmigo? —preguntó Liam aún sobrecogido.

—Se filtró la noticia de que iba a contraer matrimonio por aquellas fechas. Supongo que consideró que no era el momento más adecuado.

—¿Y por qué lo ha hecho ahora?

—Porque se está muriendo, señor Wallace.

Liam enterró el rostro entre sus manos.

—Dios mío… —suspiró con voz ahogada—. ¿Cómo pudo tomar esa decisión? Si aquella noche no hubiera…

Amy le sujetó la muñeca con ternura y entrelazó su mano entre las suyas. Estaba temblando.

—No se martirice con eso. Ella sabía lo que ocurría mucho antes de quedarse embarazada. Estuvo sometiéndose a pruebas. Pruebas que desafortunadamente daban mucho que pensar. Lisa sabía perfectamente lo que hacía y le puedo garantizar que a pesar de su enfermedad y de las duras circunstancias del nacimiento y posparto de Henry, jamás he visto a una mujer más viva y feliz que a ella.

—¿Me está diciendo que sabía todo esto antes de… y aún así…? No puedo creerlo.

—No se culpe por ello. Usted no tiene nada que ver con su decisión.

—¿No rehizo su vida?

—En este momento tiene pareja —interrumpió Jack— y se puede decir que se ha mantenido a la altura de las circunstancias, pero obviamente no se va a hacer cargo del niño.

—¿No tiene familia? —preguntó Amy sin soltar la mano de Liam.

—Su padre falleció siendo ella muy pequeña. Su madre va por su tercer matrimonio así que Lisa no está a favor de que Henry se críe en un ambiente de escasez total de estabilidad emocional. Sus abuelos son demasiado mayores y tiene un hermano médico que trabaja en Centroamérica para una ONG. Sería injusto pedirle que se hiciera cargo de su sobrino cuando allí está haciendo una buena obra por cientos de niños.

—¿Por qué me envió entonces aquella citación?

—Quería agilizar los trámites para que no quedara duda de que usted es el padre biológico de Henry y que por tanto, legalmente, usted es quien tiene prioridad absoluta para solicitar la custodia.

De nuevo aquel incómodo silencio.

—Cuando se enteró por la prensa de que tenían intención de adoptar un niño supo que Henry no podría estar en mejores manos. Un padre que resultaba ser el hombre más honesto que jamás había conocido, con una esposa que había sido desde siempre la razón de su vida y que desgraciadamente había perdido a una hija como consecuencia de un accidente. Cuando supo que usted —miró a Amy— no podría darle hijos biológicos a Liam sabía que su decisión ya estaba tomada.

Liam se quedó pensativo contemplando el desolado rostro de su esposa.

—¿Cómo está Henry? —preguntó Liam.

—Hoy ha cumplido trece meses. Está muy espabilado para su edad. Ya ha empezado a dar sus primeros pasos. A pesar de haber venido al mundo en unas circunstancias bastante caóticas se ha desarrollado a una velocidad admirable. Es un niño sano, fuerte y tremendamente inteligente y por supuesto, sobra decir que la criatura es su vivo retrato.

—¿Cuándo podremos verlos a ambos?

—Eso lo dejo a su elección, pero de antemano les recuerdo que desgraciadamente el tiempo no corre precisamente a nuestro favor. Ahora mismo Lisa está estable dentro de su gravedad, así que no pondrá traba alguna para recibirles hoy mismo.

Liam lanzó una mirada a Amy.

—No tienes que pasar por esto si no quieres —le dijo.

—Quiero hacerlo —añadió mientras Liam tomaba su mano y la llevaba hasta sus labios para besarla sin importarle la presencia de Medlay, que agradeció el gesto mientras se dirigía hasta su mesa para abrir un cajón y sacar una carpeta.

—Pongámonos en marcha entonces. De camino al hospital podrán echarle un vistazo a la cesión de la custodia. Allí mismo aprovecharemos para hacerle unos análisis. Le garantizo privacidad absoluta sobre la prueba. Obviamente cuando esto acabe la prensa no se quedará de brazos cruzados pero, usted sabrá mejor que yo cómo controlar la situación. Como ya le he dicho es requisito indispensable para que este proceso siga su curso.

—No tendré inconveniente en hacerlo —respondió Liam levantándose de su asiento. Sintió que sus piernas no le respondían y por un momento creyó que iba a perder el equilibrio. El contacto de la mano de Amy le hizo recuperar la serenidad.

Ambos salieron del despacho acompañados de Jack Medlay. En esta ocasión Liam fue completamente ajeno a los saludos y sonrisas de aquellos que se cruzaban en su camino hacia la salida.


A pesar de que el trayecto era corto entre Madison y la Quinta Avenida, el colosal tráfico de Manhattan les hizo demorarse más de lo que pensaban. Accedieron al Mount Sinai Medical Center por la entrada de emergencia de la Avenida Madison, que conducía directamente al Guggenheim Pavillion. Desde allí reanudaron el paso hasta la zona del Cancer Treatment Center, donde el doctor John Levy les esperaba para ponerles al día de los tristes acontecimientos. El cáncer de Lisa se había extendido y tenía metástasis en el cerebro. El tumor era inoperable y aunque hubiera sido susceptible de operación sólo habría servido para alargar su vida varios meses y en unas condiciones no muy deseables. Acababa de firmar su negativa a continuar con una quimioterapia que lo único que estaba haciendo era alargar su agonía. Le quedaba muy poco tiempo y estaba empezando a apagarse.

Amy se detuvo delante de la puerta junto a Liam.

—Deberías tener este primer contacto a solas con ella —le dijo—. Te esperaré aquí. Si desea hablar conmigo sólo tendrás que avisarme, ¿de acuerdo?

—De acuerdo —le respondió admirando la entereza que mostraba a pesar de las circunstancias—. No sabes lo que significa el tenerte a mi lado en un momento como éste.

—Tú habrías hecho lo mismo. —Le plantó un beso en los labios y le pasó la mano por el cabello acariciándoselo—. Te quiero, no lo olvides.

Liam volvió a abrazarla antes de entrar en la habitación de Lisa. Eran casi las dos de la tarde y las persianas estaban medio cerradas dejando entrar una agradable luz que contrastaba plácidamente con los colores pastel de las paredes del lugar.

Lisa estaba despierta y esbozó una afable sonrisa cuando advirtió su presencia. Liam se fijó en su aspecto. Tenía la cabeza cubierta por un colorido pañuelo y a pesar de la pálida delgadez de su rostro parecía estar mejor de lo que esperaba.

—Nunca pensé que cuando volviera a verte sería en estas circunstancias —le dijo Lisa con voz sosegada—. Siento que tengas que verme así.

Liam se acercó hasta la cama y se sentó en el sillón que había a su lado. Se inclinó para acercarse a ella y le cogió cariñosamente la mano.

—No sabes cómo lo siento —le dijo mirándola a aquellos ojos que se estaban apagando poco a poco—. La vida no ha sido justa contigo.

—La vida nunca es lo suficientemente justa para nadie. Tarde o temprano hemos de pasar por algún momento crucial. Tú también has pasado por tu momento, ¿o es que ya te has olvidado?

—No. No me he olvidado.

Se quedó mirándolo durante unos instantes.

—Estás fantástico y tan guapo como siempre. El tiempo ha

sido justo contigo. Me alegra saber que por fin has encontrado el camino hacia aquella felicidad que ya creías perdida.

—Amy tiene mucho que ver en esto. Sin ella jamás lo habría logrado.

—Lo sé. Siempre estuvo ahí. —Agachó la cabeza para mirar la alianza de la mano de Liam que aún sujetaba ligeramente la suya—. Cuando estabas conmigo o con cualquier otra me preguntaba qué era lo que te habían hecho para negarte a ti mismo la posibilidad de amar o de ser amado.

—El destino nos hizo una mala jugada a los dos, pero hemos sabido aprovechar la segunda oportunidad que la vida nos ha brindado.

Se produjo un corto silencio cuando Liam desvió sus ojos hacia un mueble que se apoyaba sobre la pared opuesta a la cama. Varias hojas con trazos de vivos colores de lo que parecía ser la figura de un maltrecho árbol o un enorme sol estaban allí pegadas con cinta adhesiva.

Después sus ojos se posaron en tres fotos de un sonriente niño vestido con una camiseta roja y un veraniego pantalón blanco. Las otras dos lo mostraban junto a su madre, ambos sonrientes y con ojos llenos de vida. Inconscientemente apretó la mano de Lisa cuando descubrió el reflejo de sí mismo en aquellas imágenes.

—¿Es… —Liam tragó saliva— Henry?

Lisa asintió.

—El parecido contigo es innegable. A pesar de lo pequeño que es aún, te aseguro que tiene tu mismo carácter. Igual de tozudo, pero con un corazón del tamaño de Kansas.

Liam sonrió.

—¿Por qué no te sometiste al tratamiento? Habrías tenido un mínima posibilidad de…

Lisa apartó su mano.

—Posibilidad, ¿de qué? ¿De prolongar mi vida uno o dos años?

—Eso no lo sabes.

—Claro que lo sé y los médicos también lo sabían.

—Deberías haber contactado conmigo. Habríamos buscado otras opiniones.

—He estado en manos de los mejores y te aseguro que no

hay nada más que se pueda hacer. Si volviera atrás volvería a hacerlo. No me arrepiento de la decisión que tomé.

—No sé qué decir. Todo esto me está superando —agachó la cabeza.

—Tú no tienes la culpa de nada. Eh vamos, mírame.

Liam obedeció.

—Antes de conocerte a ti tuve una pareja durante más de cuatro años. Fuimos compañeros de instituto. Nos volvimos a encontrar tras haber terminado la universidad y surgió la chispa. Él era el mayor de siete hermanos y a pesar de ello adoraba a los niños. Al poco tiempo de estar saliendo decidimos irnos a vivir juntos y después de un año nos planteamos el tema de los hijos —tomó aire antes de continuar— pero pasaban los meses y no lograba quedarme embarazada. Nos sometimos a algunas pruebas y sorprendentemente ninguno de los dos teníamos ningún problema. Lo seguimos intentando hasta que opté por comenzar un tratamiento de fertilidad. Tampoco obtuvimos resultados así que terminamos por aceptar que el propósito de ser padres tendría que olvidarse por algún tiempo. Fue duro de aceptar porque deseaba fervientemente convertirme en madre. Nuestra relación por entonces ya se estaba debilitando y no creo que el hecho de no poder formar una familia hubiera sido la causa de que cada uno decidiera seguir su camino. Simplemente dejamos de estar enamorados. La magia se esfumó. En aquella época me salió el trabajo en la Fox y te cruzaste en mi vida.

—Es evidente que te cruzaste con la persona más inadecuada.

—Te equivocas. En aquel momento, al igual que tú, yo tampoco podía ofrecerte nada.

—Dos vidas imperfectas se cruzaron.

—Nunca te negaré que había sido tremendamente fácil enamorarse de ti.

Liam sonrió sinceramente agradecido.

—La última noche que pasamos juntos fue la primera vez que desnudaste tu alma. Supe que cuando me estabas haciendo el amor no era en mí en quien pensabas. Estuviste más cerca de mí que nunca y, sin embargo, jamás habías estado más lejos. Pronunciaste su nombre en varias ocasiones.

Liam alcanzó de nuevo su mano apesadumbrado por aquella incómoda revelación.

—Yo... lo siento... no recordaba...

—No voy a andarme ahora con reproches. —Le interrumpió mostrándole un tono tranquilizador—. Esa noche me obsequiaste con lo mejor que he tenido en mi vida y aunque no lo creas estoy feliz de ver que Amy está junto a ti porque en cierto modo Henry también forma parte de ella. Deseo cederte la custodia pero para eso tendrás que someterte a las pruebas de paternidad. Lo harás, ¿verdad? —le suplicó con cierta humedad en sus ojos—. ¿Dejarás que Henry se quede con vosotros?

Liam apretó los labios en un esfuerzo por no dejar que su pena también aflorara.

—Lo haré, Lisa. Por supuesto que lo haré.

# Capítulo cuarenta y tres

—¿*T*endría la bondad de acompañarme, señora Wallace?

Una mujer de no más de cuarenta años y de agradables facciones hispanas se le acercó mientras esperaba inquieta en aquella pequeña sala adyacente a la habitación en la que Liam se encontraba a solas con Lisa Wilson.

—Disculpe pero... —Amy se levantó de su asiento algo confundida.

—Discúlpeme usted a mí. Soy la doctora Montes. Eva Montes.

—Encantada de conocerla, doctora Montes —le dijo extendiéndole la mano.

—Soy psicóloga y formo parte del Departamento de Asuntos Sociales de este hospital. Estamos inmersos en un programa de apoyo a las mujeres en la situación de Lisa.

Amy se preguntó a qué clase de situación se refería expresamente la doctora Montes.

—Pacientes terminales en situaciones familiares especiales o irregulares —le explicó como si le hubiera leído el pensamiento.

—Comprendo... y ¿qué puedo hacer por usted? —Amy aún se encontraba algo perdida.

—Su esposo se dirigirá en breves minutos a Hematología. Se someterá a los análisis pertinentes y con posterioridad se reunirá con nosotros en otro lugar en un ala del hospital en la que afortunadamente se respira un ambiente mucho más alegre y distendido que en esta planta.

—Pero creía que...

—Todo marcha correctamente, no tiene de qué preocuparse. —Le ofreció una sonrisa tranquilizadora.

Después de cruzar diversos pasillos y subir y bajar varias veces en el ascensor, Amy se encontró en un pequeño pabellón completamente diferente. Estaba en el área de Oncología infantil y aquello parecía más una escuela primaria que un hospital. Era una bonita manera de hacer que aquellos pequeños seres lograran olvidarse por momentos de dónde se encontraban. Recordó la injusta forma en que su hija Leah le había sido arrebatada, pero se puso en la piel de aquellas madres y padres que tenían que pasar por el calvario de ver enfermar a sus hijos a tan temprana edad. La doctora se detenía cada dos por tres para saludar a familiares, pequeños sonrientes pacientes y otro personal del hospital. Amy se sintió observada por rostros interrogantes y se limitó a sonreír desde el corazón tal y como siempre hacía Liam. La doctora Montes le hizo pasar a un pequeño cuarto donde le entregó una bata y calzado especial.

—Puede dejar aquí el resto de sus pertenencias —le dijo.

Amy obedeció sin hacer preguntas y dejó a un lado su bolso y su abrigo. Luego reanudaron su paso para abrir una puerta que conducía a un aula infantil llena de pequeñas mesas redondas con sus respectivas sillas, pizarras, murales de colores, zonas de juegos y lectura.

—En ocasiones los hijos de pacientes terminales como Lisa suelen compartir este espacio con otros pacientes de corta edad que están en las últimas fases del proceso de recuperación previos al alta —le explicó Montes—. De ahí el atuendo que los visitantes deben llevar. Están completamente curados, pero sus defensas aún están bajas y preferimos no arriesgar.

—Entiendo. Es tan injusto que tengan que pasar por todo esto —murmuró con tristeza en sus ojos.

Eva la contempló sabiendo de antemano el padecimiento por el que aquella mujer había debido pasar y la cruz que tendría que llevar de por vida.

—Afortunadamente en ocasiones no llegan a asimilar totalmente el significado del lugar en el que se encuentran. Hacemos todo lo posible para que lo afronten con la mayor normalidad y, por supuesto, que salgan de aquí con la sensación de que no ha sido en absoluto una experiencia traumática.

—Encomiable labor, sin duda —añadió profundamente conmovida.

—Henry está allí sentado jugando con la niña pelirroja —dijo de repente cogiéndola totalmente fuera de guardia.

Estaba de espaldas a ella colocando las piezas en los agujeros que correspondían según sus diversas formas en aquel puzle de tres dimensiones. Una preciosa niña de rasgos asiáticos se levantó dirigiendo sus pequeños pasos hasta un cubo de plástico rojo para volcarlo y sacar otros juguetes. Henry se mantenía perfectamente erguido para su corta edad. Observó cómo imitaba a su compañera abandonando lo que estaba haciendo y fue entonces cuando Amy pudo ver aquel precioso rostro réplica de Liam a su misma edad. Sólo el cabello lo diferenciaba de aquellas fotos que había visto por primera vez en Callander hacía ya quince años. Lo tenía completamente lacio con un gracioso flequillo que caía sobre su frente y que le daba un toque tierno y travieso al mismo tiempo.

Notó por un instante que le faltaba el aire. Tragó saliva y trató de aclararse la garganta. No supo qué decir ni qué hacer. Permaneció breves segundos contemplando cada uno de sus movimientos y gestos. Hubo un momento en el que inconscientemente dirigió su mirada hacia ella, mientras reía ante la caída del cubo de plástico rojo sobre el suelo por culpa de su compañera de juegos. Una risa contagiosa y sincera como la de su padre. Se sintió atrapada en un cúmulo de emociones de diversa índole con los pies clavados en el suelo. Deseaba salir huyendo de allí, pero sencillamente no fue capaz de hacerlo. La magia de la mirada y la sonrisa de aquel niño la habían enganchado tal y como le había ocurrido con su padre muchos años atrás.

—¿Por qué he conocido a Henry antes que su… antes que mi marido?

—Lisa Wilson así lo ha querido —le respondió la psicóloga mientras ambas depositaban de nuevo sus ojos en él.

La niña asiática trató de poner en pie el cilindro con la ayuda de Henry, quien rio aún más cuando parte de las fichas del contenedor quedaron esparcidas por el suelo.

Amy dirigió una mirada suplicante a la doctora Montes y ésta asintió. Fue hacia los dos pequeños y se sentó con ellos sobre el enmoquetado y coloreado suelo para ayudarlos a recolocar todas las fichas sobre el mismo, haciendo la figura de un sol. Henry la observaba en silencio mientras formaba aquel dibujo sobre la alfombra. Cuando vio el resultado conseguido por aquella desconocida esbozó de nuevo esa preciosa sonrisa. Entonces Amy supo que Henry sería parte de sus vidas a partir de aquel mismo instante.

La conexión con el pequeño Henry fue inmediata. Era un niño plenamente acostumbrado a pasar la mayor parte del día entre extraños. Supuso que ella era una más de todos aquellos que se esforzaban por hacer que su tierna infancia no fuera diferente a la de cualquier otro niño. No fue consciente del tiempo que había permanecido allí rodeada de aquellos adorables compañeros de juego. Bailó, dibujó, se disfrazó, cantó e hizo todo lo posible para arrancarles a todas aquellas benditas criaturas unas hermosas risas que le llenaron el corazón.

No había transcurrido más de una hora en aquel lugar cuando levantó su mirada hacia la puerta de entrada. Liam se encontraba allí, con el mismo atuendo que ella llevaba, contemplándola con una expresión difícil de interpretar. Sus ojos se desviaron hacia Henry, que en aquel momento descansaba en su regazo. Volvió a dirigir la mirada hacia aquella mujer que había sido su razón de ser en la vida y que volvía a mostrarse tal y como la había conocido en aquel bar de Grassmarket. La luz que desprendía su rostro en aquel preciso instante era la misma de aquel día en Edimburgo; aquel día en el que ambos supieron que algo acababa de cambiar en sus respectivas vidas. Esa luz se trasladó a sus labios que se torcieron en una bella sonrisa que le llenó el alma. Después observó cómo tomaba la manita de Henry entre las suyas y alargaba su brazo para señalarlo. Liam pudo leer los labios de Amy.

—Es papá —le dijo al pequeño dándole un beso en la mejilla.

Henry siguió con la mirada hacia donde Amy señalaba con su dedo y Liam se encontró por primera vez frente a frente con el hijo que le habría gustado tener con Amy. El pequeño buscó con la mirada a Amy para volver a depositarla en él.

—Papá —repitió Henry inclinando el rostro hacia Amy como si buscara su aprobación.

Amy sujetó su manita con fuerza y se la llevó a sus labios para darle un sonoro beso. Luego se levantó y tomó a Henry en sus brazos para dirigir sus pasos hacia Liam, que continuaba en el mismo lugar con los pies clavados en el suelo. Amy notó cómo se tragaba un desagradable nudo en la garganta. Con la mano que le quedaba libre le sujetó la mano y él la envolvió en la suya con ternura pese a que estaba aguantando como mejor podía la extrema emoción del momento.

—No te había visto llegar, ¿cuánto tiempo llevas aquí?

—El suficiente —le respondió apretando inconscientemente su mano para así evitar la clara evidencia de su repentino estremecimiento y posando de nuevo sus ojos sobre Henry.

—Papá —pronunció de nuevo el pequeño mientras alargaba su brazo hacia su mejilla y dejaba escapar una traviesa sonrisa persiguiendo la mirada de Amy.

Liam sujetó la mano a su hijo.

—Parece que Lisa le ha enseñado bien —logró decir con voz ronca por la emoción.

—Eso… o es tan despierto como tú, aunque me temo que en este caso serán ambas cosas. —Un breve silencio—. ¿Cómo ha ido todo?

—Ha sido duro, le queda poco tiempo.

Henry se removió incómodo en los brazos de Amy y trató de deshacerse de ellos. Pensó en dejarlo de pie en el suelo, pero cambió de parecer.

—¿Ya te has cansado de mí? ¿Prefieres ir con papá?

—Papá —repitió Henry volviendo a levantar su brazo en dirección a Liam.

—¿Quieres ir con papá? —le preguntó Amy mirando de soslayo a su marido que seguía contemplando aquella escena atónito.

De repente, Liam se vio con Henry en sus brazos. Aquella preciosa criatura, que era el vivo reflejo de su infancia, alargó sus suaves manos hacía su rala barba. El contacto pareció sorprenderle, pero después le sonrió volviéndolas a posar en el mismo lugar. Liam acarició su lacio cabello y lo estrujó con cariño entre sus brazos mientras se lo comía a besos. Acto seguido rodeó a Amy con el brazo que le quedaba libre y la atrajo hacia él.

Amy inclinó su rostro para contemplar sus expresivos ojos azules, reflejo al mismo tiempo de la más absoluta dicha y de la más amarga aflicción. No era necesario hacer preguntas porque aquella imagen valía más que mil palabras. Ambos parecían haber alcanzado la felicidad completa, pero sin embargo, fueron plenamente conscientes de que Lisa Wilson había terminado dando su vida para que ellos estuvieran viviendo aquel momento.

—Sabrás hacerlo. Si Lisa ha dado este paso es porque sabe que serás el mejor padre para Henry y, a pesar de las tristes circunstancias que están detrás de esta decisión, hoy más que nunca estoy orgullosa de ver al magnífico hombre en el que te has convertido. Eres mucho más fuerte de lo que piensas, Liam y no sabes lo orgullosa que estoy de ti.

Liam le sonrió con los ojos agradecidos y la besó tiernamente ante la mirada exploradora de Henry que seguía descubriendo la suavidad de su escasa barba.

—Soy lo que soy gracias a ti. No lo olvides nunca —le dijo mostrándole esa sonrisa que ella adoraba.

Ambos rodearon con sus cuerpos al pequeño Henry mientras lo mecían con sus brazos. Las cámaras del aula eran testigos de ese otro instante que sin duda también cambiaría sus vidas.


Lisa estrujó el pañuelo de papel entre sus manos antes de volver a limpiarse las lágrimas después de haber tenido ocasión de contemplar esas mismas imágenes en diferido desde el ordenador portátil que amablemente le había traído la doctora Montes.

Peter, su pareja desde el nacimiento de Henry, la acomodó de nuevo entre las almohadas.

—Has tomado la decisión correcta, Lisa —le dijo con cierta agonía en su voz porque hasta él mismo se había emocionado viendo las muestras de cariño de aquella célebre pareja hacia el pequeño Henry.

—Ella parece muy buena chica —logró decir Lisa con la

voz contenida por la emoción y el perpetuo cansancio—. Liam debe de quererla mucho, ¿te has dado cuenta de cómo la miraba? Como si ella fuese lo único que existía en esa habitación.

Peter asintió sujetándole aquella temblorosa mano. Se preguntaba cómo Lisa estaba logrando encajar todo aquello de una forma tan valiente. Sentía que se estaba yendo de una forma estrepitosamente desgarradora.

—Ha mirado a Henry de la misma manera. Ahora sé que todo ha merecido la pena.

—No, Lisa. No digas que ha merecido la pena —le dijo Peter con dolor en los ojos—. Tú te vas y dejas a un hijo que debería crecer a tu lado. Así que no me digas que ha merecido la pena.

—Tú no lo entiendes.

—Sí que lo entiendo y te respeto. A ellos les has abierto las puertas de la esperanza de poder ser padres antes de lo previsto, pero en cambio tú… nunca sabrás lo que podría haber ocurrido si Liam Wallace no se hubiera cruzado en tu vida.

—Liam me ha dado la posibilidad de ser madre y con eso me basta y si ahora Henry le devuelve el favor dándole la posibilidad de convertirlo en padre, entonces todo esto habrá tenido un sentido.

Peter se incorporó y la tomó en sus brazos.

—Mi querida Lisa, si el cielo existe tú acabas de entregar parte de él al mismísimo Liam Wallace.


Lisa falleció cuatro días después como consecuencia de una parada cardiorrespiratoria. Debido al consentimiento a la orden de no resucitar que había firmado un mes antes, los médicos no intentaron alargar más su sempiterna agonía. Su último atisbo de vida se esfumó teniendo conocimiento de que Liam Wallace y Amy MacLeod eran legalmente los padres de Henry. Descansó en paz.

# Epílogo

*Escocia, Edimburgo. 26 de agosto de 2008*

*E*l público asistente al Traverse Theater de Edimburgo se puso en pie para aplaudir al escocés más universal del siglo XXI.

Liam Wallace fue recibido con un emotivo abrazo por el alcalde de la ciudad antes de cederle la palabra ante la multitud de conciudadanos, familia, productores y directores, políticos, amigos de su infancia y adolescencia, así como compañeros de trabajo y promoción, que fueron al mismo tiempo cómplices de sus sueños en aquel teatro a principios de los años noventa.

Tomó aire antes de comenzar el pequeño discurso que había ensayado cientos de veces en su cabeza desde que había recibido la invitación a aquel generoso homenaje hacía ya más de dos meses. Reparó inmediatamente con cierto pavor en que ese manifiesto que había dibujado en su mente acababa de desaparecer.

—Vaya. Creo que me he vuelto a quedar en blanco una vez más.

El auditorio dejó escapar unas ahogadas risas.

—Pero he salido de situaciones peores, así que este pequeño incidente quedará entre nosotros.

Se escucharon algunos aplausos dispersos.

—Mentiría si no reconociera que ahora mismo estoy terriblemente emocionado y casi al borde del desmayo. Pensaba que estos homenajes me los harían cuando tuviera que ayudarme de un bastón para poder cruzar el escenario, y ahora resulta que tengo la inmensa fortuna de ver que no sólo me lo han hecho estando en pleno apogeo de mis facultades físicas y mentales, sino que además eligen un lugar que para mí lo ha sido todo en mi vida. Y cuando digo que este teatro lo ha sido todo en mi vida, me refiero no sólo a mi vida profesional sino también a la personal.

Se detuvo para desviar la mirada hacia su pequeña familia. Primero hacia Amy, que lo miraba con los mismos radiantes y sonrientes ojos que hicieron que se enamorara de ella nada más verla. Después a sus hijos: William, de segundo nombre Ranjiv, que significaba «victorioso», de preciosa tez canela, ojos color miel y risa contagiosa. Cumpliría cuatro años el 13 de diciembre y, a pesar de que llevaba con ellos menos de un año, a Liam le parecía que había tenido en sus brazos a aquella criatura desde el mismo día de su nacimiento. Y el pequeño y travieso Henry, que había llegado a ellos en el momento más inesperado de sus vidas y al que su hermano mayor adoraba. Ambos eran responsables de que tanto él como Amy estuvieran disfrutando de una de las mejores etapas de su nueva y recuperada existencia. Amy estaba sentada en la primera fila entre su madre y James y otros dos asientos que eran ocupados por los niños, aunque en ese instante Henry estaba medio recostado en su regazo con su asombrada mirada fija en el escenario. Otra parte de la familia directa y parientes cercanos se hallaban esparcidos en el resto de butacas de la primera y segunda fila. Amy susurró algo al oído de William acariciándole el cabello, quien sonrió tímidamente ante sus palabras a medida que enfocaba sus ojos hacia la figura de su padre.

—Tal día como hoy, un 26 de agosto de 1993, tuve el placer de estrenar *El vecino de al lado* sobre estas tablas. Si aquel verano una preciosa californiana con sangre escocesa en sus venas no hubiera decidido cruzar el Atlántico para cumplir el sueño de vivir durante un año en la tierra de su familia paterna; y si Jill —la buscó entre el público de la segunda fila— no hubiera tenido la genial idea de traerla al Traverse ese mismo día, les aseguro que yo no estaría aquí tratando de recordar el discurso de agradecimiento que tenía preparado.

Se escucharon las complacientes risas de los espectadores.

—Así que me temo que la culpable de todo esto debería dar la cara igual que la estoy dando yo. —Se detuvo para mirar a su esposa que lo miraba con media sonrisa en los labios aunque sabía que con esa mirada si hubiera podido lo habría fusilado—.

Vamos, cariño. Sólo será esta vez. Te lo prometo. William, dile a mamá que no debe dejarme solo aquí arriba.

De nuevo las carcajadas del público y la mirada cómplice de William a su madre que optó por levantarse antes de que su marido comenzara a hacer chistes sobre su pánico escénico. A Henry no pareció gustarle la idea de que su madre lo pusiera sobre las rodillas de su abuelo, pero en el mismo instante en que Emily sacaba de su bolso un par de atrayentes barras de caramelo, el pequeño se olvidó de todo. Y Willian, lógicamente, imitó a su hermano menor yendo en busca de los brazos de su abuela. Amy guio sus pasos hacia la escalera que llevaba hasta el escenario mientras escuchaba los ensordecedores aplausos del incondicional público. Trató de recomponerse cuando subió el último de los seis peldaños. Le temblaban las piernas y Liam lo supo, así que abandonó el atril para ir en su busca. La tomó de la mano con firmeza y le dio un fugaz beso en los labios. Fue entonces cuando el auditorio pareció venirse abajo.

Una vez situados de nuevo en su lugar, los ánimos comenzaron a calmarse. Liam carraspeó antes de hablar.

—No sé la penitencia que me esperará después de esto. Prefiero no pensarlo.

En ese instante no sólo estalló en carcajadas el teatro en pleno. También Amy tuvo que reír ante el comentario.

—Bueno, empecemos a tomarnos esto un poco más en serio —dijo a medida que pasaba su firme brazo alrededor de la cintura de su esposa. Se detuvo para mirarla unos instantes—. He debido de ser muy buen chaval en otra vida cuando en ésta he tenido la suerte de cruzarme con alguien como tú.

Amy tragó saliva y dibujó en sus labios la palabra gracias mientras se escuchaba una profunda ovación del público.

—Todo, absolutamente todo te lo debo a ti. Cuando me viste actuar aquí por primera vez me abriste los ojos y me diste la confianza y la esperanza que necesitaba. Sólo por esa razón mereces este homenaje tanto o más que yo.

Amy agarró con fuerza la mano que se posaba sobre su cintura antes de hablar.

—Has luchado con creces para llegar a donde estás en este momento —logró decir Amy fijando la vista en él y no en el público—. Pero si hay algo que debo elogiar de ti es que tu lucha ha sido aún más intensa cuando se ha tratado de alcanzar tus objetivos personales. Para mí no sólo eres el mejor actor que he conocido. Eres, has sido y serás el mejor amigo, el mejor marido y el mejor padre. Así que disfruta de todo esto porque te lo has ganado.

Esta vez fue Liam quien se quedó sin palabras. La atrajo cariñosamente hacia él y le dio un tierno beso en la nariz. Amy dejó caer tímidamente su cabeza sobre su pecho mientras él ponía en posición el micrófono para decir algo más.

—La tengo en el bote. Creo que esta noche no me tendrá en cuenta la jugada que le he hecho.

Amy se separó de él golpeándolo con suavidad en el hombro y haciendo una mueca de disimulado enfado mientras las risas volvían a hacer acto de presencia.

—Gracias a todos por este momento que recordaré durante el resto de mi vida. Muchas gracias de todo corazón —dijo profundamente emocionado al despedirse.

El teatro se puso en pie para volver a ovacionarlo.

Miró a Amy que no pudo evitar estallar en otra carcajada. Ambos se fundieron en un cariñoso abrazo, conscientes de que ese fugaz momento era para el que se habían estado preparando desde que cruzaron sus miradas aquella mañana en Drummond Street.


—¿Mañana hay tortitas? —le preguntó William a su madre mientras lo arropaba.

—Por supuesto. Un trato es un trato. —Le apartó con suavidad el flequillo de la frente y le dio un beso—. Prometo levantarme temprano para que tú seas el primero en disfrutarlas. ¿Te parece buena idea?

William asintió con la cabeza, sonriente.

—Descansa porque mañana necesitarás todas tus energías para ir de pesca con papá. Aunque viendo la noche que hace, es probable que siga lloviendo y no podáis ir.

—Pero papá lo *pometió*. —Se quejó frunciendo el ceño.

—Todo depende del tiempo, cariño. Si no puede ser buscaremos un plan alternativo; ya encontraremos alguna forma de divertiros a ti y a Henry.

—Vale —respondió no muy convencido del todo.

Amy volvió a besarlo en la frente. Después se dirigió a aquella enorme cama-cuna en la que habían dormido todos los Wallace hasta casi los dos años. James se había ocupado de volver a montarla, a pesar de que Liam le había dicho una y mil veces que Henry ya dormía en su propia cama en Nueva York. El pequeño de la familia dormía plácidamente después de un día ajetreado de emociones. Se agachó para volver a arroparlo. Acarició su mejilla y permaneció varios minutos vigilando su apacible sueño. Advirtió la presencia de Liam en el umbral de la habitación. Entró y se acercó hacia donde estaba Henry mientras Amy se llevaba un dedo a los labios para que guardara silencio. Después se aproximó a William para comprobar que había caído rendido en cuestión de segundos. Lo besó en la sien con cuidado de no despertarlo. William sólo se removió entre las sábanas para cambiar de posición.

Se reincorporó para ver a Amy apoyada sobre el marco de la puerta de brazos cruzados. El ruido de la lluvia comenzó a hacerse más fuerte. Sin duda la tormenta estaría de camino y no vendría mal una descarga de agua para refrescar el ambiente. Cerraron la puerta y ambos se metieron en la habitación contigua.

—Menudo día —bufó Amy mientras se sentaba al borde de la cama—. Estoy agotada.

—Ven aquí —le dijo Liam arrodillándose sobre el colchón y sorprendiéndola por detrás masajeándole la espalda—. Yo me encargo.

—Mmmm… no te detengas.

Notó una breve risa ahogada proveniente de Liam.

—Es lo menos que puedo hacer después de todo lo de hoy.

—No ha sido para tanto… mmm… además me olvidé de confesarle a todos que también tienes unas manos mágicas.

Liam le retiró el cabello del cuello y se lo besó antes de continuar con su sedante tarea en aquella zona.

Amy comenzó a relajarse pero un ensordecedor trueno la obligó a abrir los ojos y cuando lo hizo reparó en la presencia de un objeto colocado sobre una mesa de la esquina y que le era muy familiar. Se trataba de la caja en la que había legado a Liam todos sus pensamientos y reflexiones de la historia que ambos habían compartido.

—Creía que la caja estaba en Nueva York —le dijo.

—La he vuelto a traer al sitio al que pertenece. De vez en cuando me gusta echarle un vistazo para rememorar los buenos momentos que hemos escrito juntos. Lo creas o no, ese manuscrito de alguna manera nos ha vuelto a reunir a los dos.

Un nuevo rayo inundó la habitación de una terrorífica luz. Por un momento la bombilla de la lámpara de mesa centelleó, pero volvió a recuperarse en un segundo.

—Me has devuelto a la vida durante estos dos últimos años. Han sido tan intensos que por un momento casi he llegado a creer que el tiempo que estuve separada de ti no llegó a existir.

Liam se detuvo para rodearla con sus brazos porque sabía que estaba recordando a Leah.

—No podíamos haber protagonizado un mejor desenlace —le dijo.

Amy acarició sus vigorosos brazos al tiempo que Liam la apretaba aún más contra él. Posó sus labios sobre el lóbulo de su oreja y después sobre su mejilla a medida que la obligaba a tenderse sobre su abdomen.

—Ni en la mejor de las películas. —Se recostó sobre su pecho mientras Liam apoyaba su espalda sobre el cabecero.

—Deberías continuarlo. Sería el mejor regalo para los niños.

—Yo estaría encantada de escribir el final pero si mal no recuerdo te encomendé a ti esa labor, ¿o es que ya lo habías olvidado? —preguntó inclinando su rostro hacia él.

Liam agachó la cabeza para darle otro beso.

—¿Y qué voy a recibir a cambio?

Su momento de intimidad fue interrumpido por el crujido de la puerta de la habitación que se abría lentamente. Por un momento ambos pensaron que se debía a alguna corriente de aire procedente del pasillo, pero cuál no fue su sorpresa cuando quienes asomaron por el estrecho hueco fueron William y Henry.

—Pero bueno, ¿qué hacéis los dos levantados?

Amy escapó de los brazos de Liam y salió de la cama.

—¿Podemos quedarnos aquí un ratito? —La desolación en la carita de William era más que evidente—. Es que… tengo miedo y Henry también.

—¡Oh! Ven aquí mi vida. Es sólo una tormenta. No pasa nada. —Amy lo cogió en sus brazos al tiempo que Liam hacía lo mismo con Henry, quien corrió a sus brazos despavorido en cuanto un nuevo relámpago anegó la estancia.

—Vamos todos a la cama —anunció Liam apiñándolos a los dos en el centro— pero sólo por esta vez, ¿de acuerdo?

—Vale —accedió William aliviado acurrucándose al lado de su hermano menor que los miraba a todos con una satisfactoria sonrisa.

—*Quero* ir con abuelo —dijo Henry aprovechando la ocasión de que parecía haber conseguido su propósito.

—De eso nada, granuja. El abuelo está durmiendo. Vamos, cierra los ojos y duérmete. —Amy lo zarandeó afectuosamente mientras se lo comía a besos—. Si no eres buen chico, mañana no iremos a ver los peces. A ver, cierra los ojos.

Henry obedeció mostrando una traviesa sonrisa.

—Venga, a dormir todo el mundo —dijo Liam acomodándose bajo las sábanas y apagando la luz.

El deseado silencio no duró más de dos minutos.

—Papi —murmuró William— quiero ir al baño.

—Mami, agua —balbuceó Henry.

Liam encendió la luz de la mesilla de noche intercambiando una mirada con Amy.

—¿Eras tú quien hace un segundo hablabas de escribir el final? —preguntó Liam arqueando una ceja.

Amy tuvo que sonreírle aunque se aguantó las ganas de soltar una carcajada.

—Final, ¿qué final? —continuó Liam—. Cariño, mucho me temo que esto no es más que el principio.

# Agradecimientos

$\mathcal{T}$endría que decir que el camino que se recorre hasta ver publicado un trabajo es duro y complicado. Sin embargo para mí ha sido una gratificante tarea detrás de la cual están muchas personas gracias a las que este proyecto se ha convertido en algo finalmente tangible.

En primer lugar, quiero dar las gracias a Terciopelo y a todo el equipo que ha creído en esto y ha querido darme una oportunidad, especialmente a Eva Mariscal, mi editora, a la cual agradezco sus amables palabras aquella inolvidable tarde de septiembre en la que recibí la gran llamada. Gracias también a Carol de Prensa por su ayuda y por el entusiasmo mostrado en las ideas propuestas.

Igualmente expreso mi gratitud a todas las muestras de cariño y apoyo manifestadas en los foros por otras escritoras a las que admiro y espero tener el placer de conocer algún día. Gracias a Románticas al Horizonte, Revista Romántica's, Autoras en la Sombra, El Rincón Romántico... Si me olvido de alguien os ruego mil disculpas porque mi memoria también falla. Mi especial reconocimiento a Loli y Nuria. Sois estupendas.

Finalmente no me olvido de todos aquellos buenos amigos que de alguna manera han contribuido a la realización de este sueño leyendo el manuscrito o animándome a que no lo abandonara bajo ningún concepto. Quisiera hacer mención a todos ellos pero para eso necesitaría varias páginas, así que sin ánimo de ofender a aquellos a los que omita, me limitaré a citar a quienes más me han «aguantado» durante este periplo: Isa,

Lotti, Magnus, Tessan, Roberto, Mamen, María, Nacho, Paula, Christine, Virginia, Juan Vicente, Sira, Gracia y no me olvido de los miembros del «London Team». A todos y todas, gracias una vez más por estar ahí siempre.

*Tú escribes el final*
IV Premio Terciopelo
SE ACABÓ DE IMPRIMIR
EN UN DÍA DE INVIERNO DE 2010,
EN LOS TALLERES DE BROSMAC,
CARRETERA VILLAVICIOSA DE ODÓN
(MADRID)